El chico de las bobinas

Crimen y Misterio

Pere Cervantes
El chico de las bobinas

DESTINO

Ediciones Destino, un sello editorial de Editorial Planeta, S. A.
Avda. Diagonal, 662-664, 08034 Barcelona (España)
www.edestino.es
www.planetadelibros.com

Adaptación de la cubierta: Booket / Área Editorial Grupo Planeta
Ilustración de la cubierta: © Stephen Mulcahey / Arcangel Imágenes
Primera edición en Colección Booket: mayo de 2021
Segunda impresión: septiembre de 2021

Depósito legal: B. 5.496-2021
ISBN: 978-84-233-5954-7
Impresión y encuadernación: QP Print
Printed in Spain - Impreso en España

Biografía

Pere Cervantes (Barcelona, 1971) es escritor. Licenciado en Derecho por la UAB, fue Observador de Paz para la ONU en Kosovo y para la Unión Europea en Bosnia-Herzegovina. Es autor de las novelas *Rompeolas* (2013), *No nos dejan ser niños* (2014), *La mirada de Chapman* (2016), *Tres minutos de color* (2017) y *Golpes* (2018); las dos últimas han recibido respectivamente el Premio de Novela Cartagena Negra en 2018 y el Premio Letras del Mediterráneo 2018 a la mejor novela negra. *El chico de las bobinas* es su nueva novela y ya cuenta con varias traducciones internacionales, entre las que destacan las de Alemania e Italia.

Primera parte

1945

I

Barcelona, agosto de 1945

En el silencio de una madre el amor siempre vence a la verdad. Porque es justo ahí, en esa mudez preñada de miedos y anhelos, donde hallará el lugar en el que se permite soñar, el refugio en el que protegerse de las tinieblas, alentar una infancia podada y encajar los años arrebatados por una guerra.

Aquella mañana rebozada de calima y humedad, Nil se despertó ilusionado con la promesa de tomarse una gaseosa con Tarzán y Jane, apartado del sueño tenaz que lo perturbaba desde hacía años. Ese en el que su padre gritaba su nombre con desesperación desde una celda de muros desconchados y teñidos de sangre mientras suplicaba a una presencia desconocida que no le hiciera más daño.

Al tiempo que las primeras luces se adueñaban del menudo comedor, y ajena a la presencia de su hijo, Soledad buceaba entre libros de contabilidad de la carpintería regentada por Joan Romagosa, responsable del mísero sueldo que entraba en el hogar. Estraperlos, remiendos y otros negocios aparte. Si había un momento del día en el que ella esbozaba una sonrisa sincera, era aquel. Como si agradeciera a un ser superior poder estar junto a su hijo un día más, que nadie se lo arrebatara como sí habían hecho con la pequeña Rosa. Nil besó a su madre con la sinceridad con la que lo hace un niño que todavía no es un hombre y se lanzó entusiasmado a hincarle el diente a la tostada de pan que había en la mesa.

—Feliz cumpleaños, mi niño —dijo Soledad.

Estrujó a Nil entre sus brazos para después salir disparada a abrir el cajón del único mueble que decoraba la estancia principal. Habían quemado los que faltaban para ahuyentar el frío del último invierno. Un objeto redondo del diámetro de una paellera y envuelto en papel de estraza arrancó la sonrisa del pequeño.

—Ya sé lo que es.

Cuando Nil se dispuso a desenvolver el regalo, su madre se ofreció a ayudarlo en la tarea. El muchacho respondió al ofrecimiento con una mirada condescendiente. El mismo muñón que durante el invierno adelgazaba la manga de las cazadoras, en verano lucía lustroso, con una serena indiferencia por parte de su propietario. Nil mostró una vez más la habilidad adquirida con su mano diestra: en el tiempo que le habría llevado a su madre cumplir con el cometido, el chico logró liberar el presente del papel que lo envolvía. El rostro se le iluminó frente a la bobina de película que descansaba sobre la mesa.

—Ha sido cosa de Bernardo —dijo Soledad ajustándose la bata que siempre la acompañaba en aquellas horas matutinas, sin importar la estación del año—. Es una película prohibida que tal vez nunca se vea en España. Se llama *El gran dictador*.

—¿Y de dónde la ha sacado?

—Eso tendrás que preguntárselo a él.

El muchacho se detuvo ante la bobina, y vencido por un pensamiento repentino no pudo evitar que su mirada cayera sobre la silla vacía, esa en la que únicamente se sentaba un recuerdo, una ausencia doliente que a pesar del tiempo transcurrido no remitía. «Otro cumpleaños sin papá», pensó con la voz estrangulada. Soledad tomó aire, y hastiada de no saber decirle cuándo regresaría su padre, optó por dejar anidar las emociones en su piel. Aquella era una decisión fruto del dolor, arrastrada por su propia inercia y convertida ya en costumbre. Y las costumbres, aunque pierdan su vigor, tienen una muerte lenta.

—Anda, ve a desayunar.

Nil obedeció a su madre, no sin antes regalar una caricia a la bobina que albergaba una prohibición. La miró con expectación y respeto.

—¿La partimos? —propuso Nil sosteniendo con una mano la tostada de pan. Un estallido de sol se colaba por la ventana del balcón.

En aquellos años todos tenían hambre. Comer poco, tener miedo y sufrir mucho eran los males comunes que azotaban la ciudad. Eran días en los que una madre ponía su tiempo y sus sueños en la mesa y terminaba repartiéndolos entre las bocas que había que alimentar, como hacía con el escaso pan y los temores todavía latentes. Le sirvió a su hijo un vaso de leche templada rebajada con agua y tomó asiento frente a él, contemplándolo embobada. A pesar de que Nil siempre lo había sabido, ella jamás le dijo lo mucho que le gustaba observar cómo se entregaba a las tareas ordinarias, envuelto por ese candor que ella sentía tan lejano.

—El señor Romagosa está cada día más viejo —anunció Soledad con la voz cansada, todavía de pie y con los brazos cruzados—. Y la verdad, no sé qué vamos a hacer si me quedo sin trabajo, Nil.

—Puedo dejar el colegio y ser ciclista de ocho cines a la vez —exclamó el muchacho mientras ella recogía la mesa y se marchaba abatida y sigilosa camino de la habitación que compartían.

No pasaba por su cabeza que fuese su hijo quien tuviera que mantener la economía doméstica a flote. Sin embargo a Nil le pareció una idea fantástica eso de dedicarse a repartir bobinas de películas no solo los fines de semana, y sobre todo abandonar ese edificio burgués y siniestro que era la Escuela Pía, donde los curas, en lugar de saludarlo, le ofrecían la mano para que se la besara. No fueron pocas las veces que Nil hubiera preferido mordérsela. Aquel comportamiento de los curas, que a él le arrancaba una sonrisa, era recibido por aquellos como un gesto de sumisión y buen hacer que a la postre le evitaba más de una arenga franquista. Nunca entendió que Dios hubiera claudicado en su puesto y los dejara en manos de aquel general de talla corta que le había arrebatado a su padre.

—Dicen que soy uno de los mejores.

Soledad ignoró el comentario de su hijo y lo obligó a repasar mentalmente los deberes, que se habían convertido en una suerte de dogma, igual que las advertencias fruto de la desconfianza que se respiraba en la ciudad: «No hables con extraños, ni hables de tu padre. No dejes que nadie entre en casa y no te metas en líos. Ya sabes que los líos empiezan por la boca». Esas simples órdenes más la obligación de acudir con la cartilla de racionamiento al colmado Breda y la de visitar a Jacinto el zapatero para que reforzara por cuarta vez la suela de sus botas eran los deberes que su madre le había confiado aquel sábado que se antojaba especial.

Un instante después de que Soledad acudiera puntual a la carpintería, Bernardo Mas, buen vecino de escalera, amigo de la familia y proyeccionista en salas de cine, reclamó la atención de Nil dejando caer la aldaba de la puerta con un repique, tal y como ambos tenían pactado a modo de santo y seña.

—Feliz cumpleaños, muchacho, mira —dijo Bernardo con una sonrisa de oreja a oreja al tiempo que señalaba una noticia de *La Vanguardia Española* resaltada con un círculo rojo.

«La guerra ha terminado en Asia.»

—Pero eso está muy lejos, Bernardo.

—Sí, pero ahora los americanos podrán dedicarse a lo que de verdad saben hacer, que es esto.

Bernardo desplegó un cartel de cine que extrajo del bolsillo del pantalón. John Wayne, con sombrero y sosteniendo un revólver con la mano, presidía la estampa. Nil lo contempló con admiración y hasta llegó a acariciar la efigie del que era uno de sus ídolos.

—¿Es o no es el mejor? —le preguntó Bernardo.

—A mí me gusta más Tarzán.

—Entonces, ¿no quieres ver *La diligencia*?

El muchacho negó con la cabeza en cuanto leyó el nombre de la sala de cine en la que se proyectaba.

—No pienso volver a pisar el cine Coliseum en mi vida —afirmó Nil tajante sin dejar de acariciarse el muñón bajo la empática mirada de Bernardo.

Una rabia contenida persistía en sus entrañas. Barcelona estaba atestada de rincones impregnados de sangre y dolor, y él jamás confundiría el cierre de las heridas con el olvido.

—Ya contaba con ello, muchachote. ¿Acaso he dicho que iremos allí? —Le guiñó el ojo bueno, el que no miraba para todos lados como una canica juguetona—. ¿Sabes que no hay nadie en este país que tenga esa bobina? —dijo al fin para destensar el instante, señalando el regalo que descansaba en la mesa, y Nil se acercó a ella embelesado.

Bernardo acariciaba el medio siglo, ostentaba una altura intimidatoria, anchas espaldas y una voz grave e intensa que no casaba con el gesto bobalicón, que junto a su labio belfo le confería esa etiqueta popular de buena persona. Fuera enero o pleno agosto, siempre llevaba su cabeza lunar protegida por una boina de pana y solo se afeitaba una vez por semana. Vivía encima de Nil y compartía piso y alcoba con Paulino Blanch, el acomodador amanerado del cine América, de su misma edad, aunque nadie lo diría atendiendo a esa piel tersa que muchas vecinas envidiaban. Puede que a Paulino no le llegara el sueldo para comer un chusco de pan y bacalao, pero por donde pasaba podía seguirse el rastro del inconfundible olor a Varon Dandy. Paulino era un tipo reservado que afectaba una educación impropia del Poble-Sec. En lo que respecta a Bernardo, amaba el cine y los carajillos por igual, y se mostraba locuaz desde el instante en el que se levantaba de la cama hasta que regresaba a ella.

—¿Qué hay de tu promesa? —le recordó Nil.

Bernardo levantó la mirada, alzó las pestañas y escarbó en su memoria. A pesar del esfuerzo no halló nada, y al gesto de decepción de Nil le siguió uno suyo de intranquilidad.

—Todos los mayores sois iguales —lamentó el muchacho enfurruñado.

Bernardo no podía creer que el chico no estuviera contento con la promesa de ver a John Wayne y *El gran dictador* en un futuro inminente. Pero hizo algo que nadie hacía por Nil en aquella época, que no era otra cosa que ponerse en su lugar. Solo entonces reparó en que la masculinidad del vaquero no podía pugnar con los héroes de un niño de trece años.

—Acabáramos —dedujo finalmente—. Tarzán y Jane, ¿es eso? Pero vamos a ver, bendito, ¿alguna vez este cuerpo serrano, inspirador de suspiros allí por donde pisa, ha faltado a una promesa?

Nil negó con la cabeza, conteniendo una risa que por orgullo no permitió que asomara.

—Hagamos una cosa —convino Bernardo—. Ahora mismo me voy al cine a preparar la sesión matinal y a alegrarle la mañana a Carmina la taquillera, y sobre la una, poco antes de comer, me recoges. Te doy mi palabra.

2

Si hubo un tiempo en el que la escalera del edificio era la prolongación de la familia y el barrio un país acechado del que uno procuraba no alejarse, fueron esos años, donde el miedo y las ilusiones se compartían como los hijos y el hambre. El mapa del barrio comprendía un batiburrillo de calles cuyos nombres habían cambiado por decreto, trazas de una guerra reciente y vecinos moldeados por la precariedad y el salvavidas de la esperanza. Jacinto el zapatero era uno de los abanderados de aquella dicotomía que tan bien representaba al bando perdedor.

Cuando Nil entró en la zapatería oyó repicar la campanilla de la puerta y lo recibió un penetrante olor a cola y disolvente. El local apenas alcanzaba los doce metros cuadrados y las paredes, empapeladas con portadas de *El Mundo Deportivo* con referencias a las gestas del Fútbol Club Barcelona, conferían al espacio cierta sensación claustrofóbica. La señora Carmen, una mujer de mediana edad, rolliza y enlutada desde hacía cinco años, se enfurecía frente a un también empapelado con motivos futbolísticos, como el resto del local.

—No me la defiendas, Jacinto, por muy prietas que tenga las carnes la moza, no me la defiendas. Lo que ha hecho, no hay Dios que lo perdone.

—Pero, señora Carmen —dijo Jacinto guiñando un ojo a Nil, único espectador de la contienda, mientras dejaba el martillo de remendón a un lado del mostrador—, no diga esas cosas delante de otros clientes, que no está el horno para bollos y después todo se confunde.

—Pues entonces dame la razón.

Nil parecía divertirse al ver enojada a la viuda más alcahueta del barrio frente al tipo más dicharachero. Conocía bien el tono guasón del zapatero, de rostro enjuto, afeado por unos dientes desordenados y unos ojos saltones que no le restaban pizca alguna de protagonismo a unas orejas de tamaño desorbitado. Una cabeza ahuevada que se estaba quedando calva remataba el conjunto. El seseo que presidía el barroco discurso del zapatero era marca de la casa en algunos vecinos del Poble-Sec, acostumbrados a mezclar, como si de una sopa boba se tratara, expresiones catalanas con el idioma patrio.

—Que sí, señora Carmen, que no está bien mantener a tu padre muerto en la cama durante *sinco* días y en pleno verano con tal de seguir dando uso a la cartilla de *rasionamiento*. Pero podría admitir que los suyos nos estrujan los bolsillos, por no nombrar a las benditas partes del cuerpo que se hinchan en *funsión* de lo que uno escucha a diario.

—¿Cómo que los míos? Serán los de todos. ¿O acaso eres un comunista encubierto?

—Señora Carmen, no saquemos las cosas de

quisio, mujer. Que yo soy de los pocos que lucharon unos meses con los falangistas y otros tantos para los republicanos.

La expresión de la viuda fue la misma que pondría un besugo al darse cuenta de que ha mordido un anzuelo.

—No ponga esa cara, mujer, todos tenemos un pasado. Y le digo una cosa: unos y otros nos han empujado a este *poso* de miseria. Y le digo más...

—Mejor me voy —advirtió la viuda cuando Jacinto salió del mostrador cual torero de la barrera, con el cuerpo erguido y un dedo señalando hacia un techo libre de prensa deportiva.

—¿Acaso le gusta ver la que fue también su *siudad* convertida en una colmena de indigentes? Con las paredes negras de tanto mueble quemado, con la gente *hasiendo* cola por un triste mendrugo de pan del color del carbón.

—Si mi marido viviera, no me hablarías así, Jacinto.

—Pero ¿de quién habláis? —terció Nil con la intención de mitigar la tensión.

—De Delfina, la fresca de tu vecina —respondió presta la viuda sin poder evitar que se le escapara una mirada al muñón del niño. Ella misma desvió la mirada al saberse cazada por el muchacho—. Entre ella y la parejita de invertidos... menuda escalera, hijo. La única a la que salvo es a tu madre, porque al viejo falangista también le falta un tornillo, si no, de qué iba a cobijar ahora a un desgraciado como el doctor Fuster. Y ese sí que es comunista declarado, vamos.

—¿De verdad tienen al abuelo muerto escondido? —se preguntó Nil—. Y yo que pensaba que ese mal olor era por un gato que se cayó por el interior de la galería.

—¡Qué gato y qué cuentos chinos! —exclamó la señora Carmen—. Y tú no te juntes tanto con el Quim ese, que es un tarambana y miente más que habla.

—No le diga esas cosas al muchacho, que al fin y al cabo lo único que *hasen* es buscarse la vida, como todos —terció Jacinto, ya más calmado.

—Aquí os quedáis y que Dios tenga en la gloria a ese pobre hombre, que debería ya estar enterrado —anunció la viuda poco antes de reemprender su marcha y dejarlos a solas—. Y una es buena pero tiene sus límites. Si antes de esta noche la Delfina no avisa a los de la funeraria, luego que no se extrañe de lo que pueda pasar.

Jacinto se alejó del mostrador, le dio una bolsa con un par de zapatos recién remendados y recibió unas monedas de la viuda a pesar de su gesto agrio. En cuanto la mujer se marchó, el zapatero respiró hondo.

—Cualquier día me *sierran* el negocio pero antes la diño que callarme —dijo Jacinto—. Y si ves a Quim dile que le den sepultura al viejo antes de que se presenten los grises, que esta no es de fiar. A ver si por conseguir un poco más de bacalao, harina y *aseite*, los enchironan. ¿Y tú que *nesesitas*, chato?

—Media suela de goma.

Jacinto le dio la espalda hasta localizar la pieza demandada. Se la entregó y le echó un vistazo a las pesetas con las que la viuda le había pagado el trabajo, que aún tenía en la mano.

—Te invito a una gaseosa y a una tapa.

—Hoy es sábado, Jacinto, y tengo que cubrir una sesión matinal en el Bretón y otra en el Central.

—Nos hemos cargado vuestra *infansia*, *collons* —rezongó el zapatero negando con la cabeza—. Oye, chato, ¿en el *sine Sentral* todavía mantienen el timbre para los estudiantes? Ese que los avisa poco antes de que termine la película, no vaya a ser que los pillen con las manos en la masa.

—Yo solo llevo las bobinas de un lado a otro con la bicicleta.

—*Hases* bien, todo a su tiempo. Que una *ves* pisas los territorios presididos por la libido se inaugura la lista de *sandeses* que cometerás en tu vida.

En ese instante se escuchó de nuevo la campanilla de la puerta e irrumpió el Dioni, conocido por todo el Poble-Sec como el Cuerpo Triste porque se pasaba el día llorando las muertes de su Pepita y, sobre todo, de su hijo Martí, una de las primeras víctimas de la División Azul, muy a pesar de su padre. Desde entonces el Dioni pasaba la vida bebiendo *barrechas*, frecuentando a las pajilleras de los cines del barrio y defendiendo las causas perdidas.

—Buenos días a todos los presentes —saludó el viejo—. ¿Has leído la prensa de hoy?

—¿Sobre los goles que meterá *Sésar* esta temporada?

—Sobre *la justicia cumplida* que publican en *La Vanguardia* —respondió el viejo al tiempo que depositaba sobre el mostrador una deteriorada lata de sardinas Baltar, ahora reconvertida en hucha—. Esta vez ha sido el Juanillo, el ayudante de la sastrería Modelo.

—¿Ese delgaducho y feo? —preguntó Jacinto.

—Mira quién fue a hablar. Esto es para colaborar con la Pepi, su mujer y los tres nenes. A uno de ellos es probable que lo conozcas, es de tu edad —le dijo el viejo a Nil.

El chico se encogió de hombros.

—Se acabó la *servesa* y la tapa del día —lamentó Jacinto tras depositar en el interior de la hucha las pesetas que la viuda le había dado.

—¿Dónde lo ejecutaron? —se interesó Nil. Temía que aquella noticia y los sueños reiterados en los que su padre aparecía torturado pudieran guardar alguna relación con aquello.

—En Montjuic, hijo —respondió el viejo—. Me marcho, voy a seguir visitando a personas buenas como tú, Jacinto.

—Que sea todo para la Pepi, abuelo. No quiero paradas en el bar —exigió el zapatero al viejo, pero este ya no lo escuchó.

La puerta del local, impulsada por la brisa que recorría el Paralelo, se cerró de nuevo. Una pátina de tristeza acababa de cubrir la mirada entelada de Nil.

—Tu padre no está en Montjuic —dijo Jacinto tras palmearle el hombro.

—¿Y dónde está? ¿Acaso tú lo sabes?

En esa ocasión el zapatero guardó silencio. Durante esos días incluso los tipos como él sabían cuándo era el mejor momento para cerrar la boca.

Aquella mañana de agosto, Nil cargó a la espalda el zurrón que contenía la bobina de *Los hermanos Marx en el Oeste* y pedaleó soñando que algún día sería él quien la proyectara en alguna de esas salas que frecuentaba. El público del Central era mayoritariamente estudiantil por su cercanía con la universidad. El ciclista sabía la que le esperaba si la película no se emitía a la hora programada. Pero ni los socavones de la calle Aribau ni las carencias físicas que la guerra le había impuesto lo hicieron retrasarse un solo minuto. Poseía una habilidad fuera de lo normal para alguien con un solo brazo. Con los años había aprendido que nuestras principales limitaciones son aquellas que se agazapan en los miedos y no en las carencias físicas.

Dejó la bicicleta en un reducido trastero al que se accedía desde la taquilla del cine Central y regresó a casa a pie, con cinco pesetas en el bolsillo y la satisfacción del deber cumplido. Nil bajaba por la ronda de San Antonio y pensaba cómo le pediría a su madre que hablara con Delfina sobre el encubrimiento de la muerte del abuelo de Quim. Que no existía afinidad entre ambas no era ningún secreto pero, en honor a la verdad, si alguna de ellas había intentado acercarse a la otra con el desparpajo que la caracterizaba, esa era Delfina. Lo cierto es que a Nil le aterrorizaba la posibilidad de que su amigo terminara siendo detenido por ocultar el cadáver de su abuelo con la intención de seguir utilizando la cartilla de racionamiento. La vieja viuda había sido clara con Jacinto el zapatero y no había escatimado palabras al lanzar su advertencia. No era ningún secreto que en esos tiempos el verdadero peligro anidaba en las bocas de los vecinos. Nil había imaginado para esa jornada de sábado un decimotercer cumpleaños apacible, marcado tanto por la sorpresa que le guardaba Bernardo como por la de su madre, consistente en prepararle algo especial para cenar. Había dejado atrás el Paralelo y alcanzaba el número 7 de la calle Poeta Cabañes cuando, poco después de abrir el picaporte del portón de madera, trincado por un alambre sujeto a un cáncamo, un hombre que huía del mismo portal chocó violentamente contra él. La diferencia de peso provocó que el muchacho terminara cayendo al suelo arenoso de la calle sin comprender muy bien qué había sucedido. El hombre, ataviado con traje gris ceniza y camisa blanca, agarró al joven de la pechera con una mano y lo levantó sin mucho esfuerzo. No pudo evitar una mueca de repugnancia al reparar en el muñón del chico. Pero al percatarse de la presencia de algún que otro viandante se avino a rebajar la violencia de sus gestos. Clavó su mirada azul y gélida en la del chico y se llevó el dedo índice a los labios. Después, con el mismo dedo, trazó el gesto inequívoco de rebanar un cuello ajeno. El muchacho asintió temeroso, con la respiración agitada y el pulso desbocado. El tipo era la viva imagen de Joseph Cotten en *La sombra de la duda*. Poco antes de marcharse se sacudió el polvo de la solapa y le ofreció una sonrisa que de tan efímera no mentía. Con los pantalones cortos de tergal y la camisa de trapo embadurnada de tierra rojiza, Nil no movió un músculo durante los segundos que a aquel tipo le llevó alcanzar el Paralelo y perderse entre los transeúntes, como acababa de hacer un gato negro y famélico que había rozado veloz la rodilla pelada del muchacho. Pasado el sobresalto entró en el portal. A pesar de la escasa luz que bañaba la escalera pudo distinguir en el rellano a un hombre tendido que yacía inconsciente. No poseía la elegancia del Joseph Cotten que acababa de amenazarlo ni tampoco su vitalidad. Llevaba una camisa blanca de lino manchada y un cinturón de esparto, y la posición de sus pies era extraña, uno mirando hacia el desconchado techo, el otro opuesto y huérfano de zapato. Cuando Nil se acercó espantado para interesarse por su estado, vio que una burbujeante espuma le brotaba por la boca como la lava de un manso volcán. Su respiración se reducía a unos discontinuos estertores. El muchacho decidió que lo mejor sería subir hasta el tercer piso y requerir la presencia del doctor Fuster, que aunque tenía prohibido que se le llamara así, todo el vecindario sabía de su profesión. Sin embargo las piernas no le respondieron con el vigor al que estaba acostumbrado. Lo más complicado era pasar por encima del cuerpo sin lastimarlo. La escalera era angosta y no contaba con una barandilla en la que apoyarse para mantener el equilibrio. El hombre presentaba una herida abierta en la ceja y le nacía un hematoma en el pómulo. Nil apoyó su única mano en la pared y, cuando ya había superado la cabeza inerte del desconocido, algo le atenazó la pierna. Gritó hacia dentro, como quienes enmudecen ante un miedo insuperable. El chico dio un par de coces y logró zafarse de los helados dedos del moribundo. El hombre emitió un sonido gutural y levantó el otro brazo con el puño alzado. No era la primera vez que Nil veía aquel gesto entre los compañeros de su padre. De repente el puño se abrió, lentamente, como si con cada movimiento se le quebrara un hueso. El muchacho sintió una gran curiosidad por saber qué sostenía entre los dedos. Se lo arrebató de manera que su piel no rozara la de aquel desgraciado, incapaz de defenderse. Se trataba del cromo arrugado de un actor de cine. Un galán de la época: pelo con brillantina, bigote fino y ojos verdes, como el traje rayado que exhibía. La mirada era desafiante, rezumaba seguridad, y en sus labios se adivinaba una sonrisa inminente que la convertía en seducción. La efigie dibujada estaba encuadrada en un marco dorado y en la parte inferior del cromo aparecía el número 57 y el nombre de Blas Montjuic. Nil se acuclilló sobre el escalón y constató que la imagen del galán distaba dos planetas de la de aquel infeliz. Ante el gesto de incomprensión del muchacho, el hombre pronunció una palabra definitiva: «David». Fue entonces cuando Nil se incorporó afectado y subió un escalón tras otro con la pesadez que arrastra la incertidumbre. Se palpó el bolsillo en el que guardaba las llaves. Sus movimientos eran torpes pero templados. Hasta que no logró deshacerse de la extraña sensación que le había provocado escuchar aquel nombre, no volvió a reparar de nuevo en la posibilidad de ir en busca del doctor Fuster. Nil remontaba los escalones cuando escuchó unas voces en el descansillo. Grave y autoritaria una de ellas. La otra, la voz sumisa, fue la que pronunció la palabra «inspector». El muchacho, temeroso de que la policía lo cosiera a preguntas, accedió cauteloso al interior de su casa. Sentado en el suelo y con la espalda apoyada en la puerta, intentó controlar la respiración. De pronto las voces quedaron amortiguadas, y tras un breve silencio que le pareció una eternidad escuchó unos golpes mitigados, como si alguien estuviera sacudiendo un saco de arena colgado del techo. Nil, precavido, no quiso comprobar con sus propios ojos qué estaba ocurriendo. De haberlo hecho hubiera visto al dueño de la voz autoritaria pateando la cabeza del hombre malherido. Al chico le temblaba la mandíbula y le sudaban las manos. Superado por el miedo terminó agazapándose hasta convertirse en un ovillo. Como si de ese modo pudiera aislarse de aquel siniestro sonido, que también se repetía en su recurrente pesadilla. en la que una sombra martirizaba a David Roig, su padre, huido un 26 de enero de 1939, el día en que Barcelona se convirtió en una ciudad espantada y azul donde miles de almas hambrientas se tragaron las palabras y sepultaron sus sueños.

3

Diez minutos después, la algarabía en la escalera era patente. Nil distinguió la lejana voz de Delfina, madre de Quim, con aquella musicalidad gallega de la que jamás había logrado desprenderse. Alguien aporreó la puerta de su casa. El golpe seco y contundente hizo que vibrara la pared. El chico abrió en cuanto escuchó la palabra «policía». En la lista de prohibiciones de su madre no halló la de no abrir la puerta a un guripa.

—¿No hay nadie más en casa? —preguntó el hombre al que pertenecía la voz sumisa que había escuchado momentos antes.

Nil negó con la cabeza.

Aquel policía, que tenía la cara salpicada por la viruela, se había disfrazado de policía secreta esa mañana, pensó el muchacho. Americana oscura de hombros nevados por la caspa, corbata del mismo tono y camisa gris estampada con lamparones de sudor. Bajo la solapa se adivinaba la silueta de una placa.

—¿Has escuchado algo raro? —preguntó el policía sin disimular su curiosidad por el muñón del chaval.

Nil volvió a repetir el gesto anterior y se encogió de hombros.

—Que te falta un brazo ya lo veo, pero ¿tampoco tienes lengua? Anda, dame un vaso de agua, que con este bochorno no hay quien trabaje.

Nil obedeció y se encaminó hacia la cocina. Llenó un vaso de cristal del grifo y se lo ofreció al policía. La voz sumisa ahora le parecía más dura, más categórica.

—Cada día le echan más cloro. ¿Con quién vives, muchacho?

El grito sofocado de Delfina constataba que su vecina acababa de ver al muerto. La puerta entreabierta le permitía a Nil estar al corriente de cómo se desarrollaban los hechos en la escalera.

—Mudo y medio sordo —afirmó el policía sin maldad, devolviendo el vaso al fregadero.

—Con mi madre —respondió Nil finalmente.

—Y está trabajando. ¿Me equivoco? —Eso último el policía lo dijo tras echar un vistazo alrededor.

Caminaba arrastrando los pies, con los pulgares por dentro del cinturón de piel. No vio nada que no estuviera acorde con el resto del barrio. Un comedor asfixiante, paredes desconchadas y dos fotografías enmarcadas. La de una niña de mirada intensa y la de un marido risueño y ausente, a tenor de la información que el chico le acababa de facilitar. Estudió esta última durante un instante y la devolvió a su sitio. La casa olía a lejía y el policía siempre relacionaba ese olor con la honestidad. Sin decir nada más, se marchó. Nil vio como subía por la escalera y lo siguió a cierta distancia. Al llegar al rellano del segundo, el muchacho se detuvo. El otro policía, el de la voz autoritaria, hablaba con el doctor Bonifaci Fuster.

—Buenos días, inspector Valiente —saludó Fuster cabizbajo, con voz trémula.

Nil conocía bien aquel miedo. Había sido inoculado de un modo eficaz por toda la ciudad y con especial énfasis sobre algunos hombres. El doctor Fuster era uno de ellos. Médico especialista en el aparato digestivo y republicano, primero exiliado a Francia y luego a Rusia, con apenas treinta y ocho años ya había atendido a otros españoles en los campos de concentración, compartido sarna, piojos y miseria con aquellos que habían logrado sobrevivir, y había presenciado cientos de muertes y otras tantas humillaciones. ¿Por qué a un hombre como él le temblaba la voz ante ese inspector? ¿Por qué desprendía ese hedor a obediencia debida?

Valiente caminaba erguido y en círculo alrededor de Fuster. Lo retrató con la mirada de pies a cabeza y escupió sobre sus zapatos.

—Menudo disgusto me acabas de dar —dijo el inspector con semblante serio, cerrando los ojos y pinzándose el entrecejo con los dedos—. Creía que a las ratas como tú ya las habíamos exterminado.

Bonifaci Fuster no osó replicar.

—Dime una cosa —pidió el inspector susurrándole en la oreja al doctor—. ¿Toda la finca está infestada de republicanos?

—Solo llevo un mes aquí, no conozco prácticamente a nadie.

Bonifaci Fuster acomodó en su memoria el momento en el que, recién llegado a la ciudad, aquel mismo inspector lo identificó en una pensión del barrio chino. Tres respuestas titubeantes y la frente perlada de sudor le bastaron al inspector para descubrir el pasado republicano de aquel doctor que destilaba miseria y miedo. Fue citado un día después en Jefatura, donde Fuster compareció sin la cantidad de dinero exigida por el inspector. La retirada de la licencia médica y la prohibición para ejercer su profesión fueron las consecuencias de no someterse a la extorsión del policía, que le había ofrecido simplemente la posibilidad de mirar hacia otro lado.

—Entonces supongo que no has visto quién ha matado a este —concluyó en voz alta Valiente mientras señalaba hacia la escalera con el mentón.

—He salido al escuchar voces, pero no he visto nada.

El inspector Valiente le soltó un guantazo que le partió el labio inferior. Fuster se tragó el sabor metálico de su propia sangre y después el orgullo. Dejó escapar dos lágrimas cuando encajó el segundo golpe, esta vez en la boca del estómago. Arrodillado en el suelo, con las manos sujetándose la zona lastimada, empezó a temblar.

—Sigue tú con el interrogatorio a esta rata —le ordenó el inspector Valiente a su compañero—. De la puta gallega del piso de enfrente ya me ocupé yo. Se acababa de levantar, la muy zorra, es lo que tiene vivir del fulaneo.

El policía quiso esperar a que Fuster se incorporara pero, al ver que la cosa podía llevarle más tiempo del que disponía, terminó por ayudarlo. El médico se lo agradeció con un vago gesto de cabeza. Lo acompañó hasta la puerta y ambos entraron sin decirse nada. Valiente continuó subiendo por las escaleras y se detuvo frente a la puerta de Bernardo y Paulino. Nil alcanzó una planta más. Desde allí tenía una panorámica privilegiada. Valiente pulsó el timbre con insistencia exhibiendo la placa. Al instante se abrió la puerta y apareció Paulino.

—Usted dirá.

Valiente apoyó una mano en el quicio y con la otra apartó a Paulino con brusquedad. Caminó por el interior taconeando con los zapatos, simulando un paso militar. El traje marrón y la camisa color crema que llevaba eran de una talla inferior a la que necesitaba. Su barriga prominente amenazaba a más de un botón. Valiente era a sus cuarenta años un mastodonte de rostro ojeroso, cabeza rapada, piel cetrina y oscuros ojos entornados. Tiró de un zarpazo varios de los libros que ocupaban una estantería y se sirvió un vaso de vino que había en la mesa, junto a un plato de garbanzos negruzcos y un chusco de pan reseco.

—¿Hay alguien más en la casa? —preguntó el inspector mientras se servía ansioso un segundo vaso.

—Ahora mismo no.

—¿Y a quién no tengo el placer de conocer todavía?

—A Bernardo Parra, mi compañero de piso.

El inspector lanzó con mala uva la cuchara sobre el plato de legumbres, se acercó hasta Paulino y le alzó la barbilla con un dedo.

—¿Sois palomos?

—¿Perdone, inspector...? —respondió Paulino tartajoso.

—¿Que si sois invertidos?

—Solo somos amigos del barrio, y con los salarios de hoy... Ya me dirá usted.

—Estoy hasta los cojones de escuchar lamentaciones. ¿Qué pasa? ¿Que estabas mejor antes? Mírate.

Paulino bajó la mirada.

—Solo hay que olerte y ver el rasurado de tu afeitado para saber de qué pie cojeas. ¿Quién iba a vestir una camiseta lila con alpargatas del mismo color si no fuera un invertido?

«El temblor de la mentira», pensó Valiente.

—Inspector, yo no...

A través de la puerta entornada Nil escuchó el bofetón. Lo segundo fue ver como el plato de garbanzos se estrellaba contra la pared y Valiente agarraba del pescuezo a Paulino, obligándolo a comerse los restos de comida esparcidos por el suelo. Cuando el inspector se cansó de su propio espectáculo, le lanzó una patada contra las costillas y se sirvió un tercer vaso de vino mientras Paulino trataba de respirar.

—El vino nos dice qué tipo de personas somos —dijo Valiente—, y esto es puro vinagre.

Vació la botella sobre el pelo de Paulino y después la arrojó contra una estantería mellada de libros.

—No descartes que vuelva más tarde.

Cuando Nil escuchó esa suerte de despedida provisional comenzó a descender los escalones de tres en tres, se escabulló entre los vecinos más curiosos y alcanzó la calle sin volver a mirar el cuerpo inerte de quien había pronunciado el nombre de su padre. Puso rumbo a la carpintería del señor Romagosa. Tenía que evitar a toda costa que su madre se cruzara con ese animal al que llamaban inspector Valiente.

4

En tiempos de oscuridad se inauguró, en 1940, la Avenida de la Luz, la primera galería comercial de Barcelona ubicada en las entrañas del centro de la ciudad, por las que también se accedía a las estaciones de los Ferrocarriles Catalanes que llegaban de Sarriá. Junto a otros locales como la bombonería Cataluña y diversas *boutiques* que chirriaban frente al hambre que se palpaba tras la guerra, tres años después se tuvo a bien construir el cine Avenida, conocido como el Palacio de la Risa porque contaba en su programación con una abrumadora lista de comedias protagonizadas entre otros por Stan Laurel, Oliver Hardy y Abbott y Costello. Bernardo fue el proyeccionista de esa sala desde el día de su inauguración, en el que como homenaje a Walt Disney se repuso *El pequeño lord*.

«En caso de corte del fluido eléctrico no se devuelve el dinero», leyó Nil del cartel que la taquillera acababa de pegar en el cristal junto al de los precios, que cambiaban en función de si se escogía preferencia o general y de si se acudía al cine en días ordinarios o festivos, siendo la entrada más económica una peseta y la más cara, dos cincuenta. Una mujer se acercó hasta Nil y, de la pila de programas que había sobre la repisa de la taquilla, se llevó uno, no sin antes detenerse a leer el mismo cartel.

—¿Dónde iremos a parar? —exclamó la mujer a voz en grito, asegurándose de que la taquillera la escuchara bien—. Hasta en el cine nos quieren robar. Como si no cortaran la luz cada dos por tres...

Nil sonreía ante la certera ocurrencia de la señora cuando salió Bernardo con semblante serio. El muchacho no sabía por dónde empezar.

—Hoy ha ocurrido algo horrible en la escalera.

Bernardo le puso una mano en el hombro e hinchó sus carrillos.

—Estoy al corriente, Nil.

Unos minutos antes, Paulino lo había visitado para darle rigurosa cuenta de todo lo acontecido en la escalera, en particular con un inspector de policía.

—Pero esa gentuza no nos va a amargar el día de tu cumpleaños. Anda, sígueme.

—¿A dónde vamos? —preguntó Nil ya más relajado, liberado del peso que había soportado desde que había huido del portal.

—Tú sígueme. Por cierto, me gusta más tu muñón destapado, deberías ocultarlo menos.

Nil sondeó con la mirada la seriedad del comentario, después se miró el brazo amputado y se irguió. Si algo le gustaba de Bernardo era que jamás lo trataba como a un tullido. Nunca hallaba en él rastro alguno de condescendencia.

Emergieron a la calle desde el subsuelo de la Avenida de la Luz, en la céntrica calle Pelayo. Un campo de nubes de color berenjena les ofrecía una tregua del calor. Puesto que Bernardo rehusó utilizar el metro, caminaron más de media hora. Cada vez que abandonaba la cabina de proyección, el hombre necesitaba estirar las piernas y sentir la respiración de la ciudad, aunque esta fuera agónica. Las marcas de la guerra se habían logrado maquillar, pero al igual que el transcurrir de los años empuja a las arrugas, aquella Barcelona sombría no había sabido cómo velar el desencanto. En la calle Caspe, cerca de la entrada principal a Radio Barcelona, un hombre joven y su hijo de cinco años, ambos escuálidos, con ropas andrajosas y un exceso de roña, escarbaban en el interior de las bolsas de basura en busca de algo que meterse en el cuerpo.

—Dentro de treinta o cuarenta años esta escena no se volverá a dar. No, señor —dijo Bernardo, negando con vehemencia, convencido de que el futuro siempre es un lugar mejor—. Nuestros errores han de servir para algo.

A la altura del 201 de la calle Mallorca, un majestuoso edificio de cristal recordaba que en todo tiempo oscuro siempre existe un resquicio de luz. Dividido en dos plantas diferenciadas por su estructura, la primera de ellas a pie de calle, desplegaba una serie de extraordinarias cristaleras que escupían el reflejo de los transeúntes y protegían la intimidad de los trabajadores. En la parte noble de la fachada, desafiando al cielo, sobresalía el emblema de una cabeza de león circundada por un anillo dorado cuyas letras rezaban ARS GRATIA ARTIS.

—Bienvenido a la Metro Goldwyn Mayer, muchacho.

Era ese mismo león que tantas veces había visto al inicio de las películas, y ahora lo tenía frente a sus narices, coronando lo que para él era la fábrica de cine de su ciudad.

Bernardo saludó al portero uniformado, quien, a pesar de llamarlo por su nombre, no dudó en impedirle el acceso interponiendo un brazo a modo de barrera. Bernardo colocó a Nil delante dejando que el muñón del chaval sirviera de señuelo, pero al comprobar que eso tampoco era suficiente, extrajo del bolsillo un paquete de Lucky por estrenar.

—Cosa fina, Gregorio —advirtió Bernardo al vigilante—. Después de esto, los Ideales te darán asco. Necesito hablar con Miralles.

El vigilante se apartó de su camino, enfrascado en el cálculo del beneficio que obtendría con la venta de cada uno de los cigarros.

El edificio de la Metro era una grosería para la época. Cataratas de luz natural invadían las estancias diáfanas. Algunos empleados, ataviados con camisas blancas y corbata, caminaban apresurados de un lado a otro sosteniendo un cigarro en la mano, mientras que otros tecleaban veloces en una máquina de escribir. Los usos estadounidenses habían encontrado su particular oasis en la Ciudad Condal. Junto a algunas puertas cerradas colgaban carteles de películas. *Capitanes intrépidos*, *Tarzán y su hijo*, *Al caer la noche* y *El mago de Oz* entre otras. Bernardo y el tal Miralles se fundieron en un abrazo. Después de intercambiar algunas palabras, ambos miraron a Nil con ternura. Fue el propio Miralles, rechoncho y de rostro encendido, como a punto de sufrir un infarto, el que se acercó al joven, que permanecía abstraído ante aquellos carteles en inglés y las numerosas fotografías del *star system*. Una de ellas lo dejó sin aliento. Entre Linda Darnell y Victor Mature, lo miraba con sonrisa de triunfador el mismísimo Joseph Cotten. Nil ponderó la posibilidad de contarle a Bernardo lo sucedido con aquel tipo tan parecido al actor que había protagonizado una película de Hitchcock, pero desechó la idea. Al fin y al cabo solo le había pedido que cerrara la boca y eso era algo que estaba dispuesto a cumplir. El muchacho terminó de recorrer aquella estancia con la sensación de haber estado allí con anterioridad; sin embargo, la neblina de un pasado dominado por las ausencias no le permitía recordar con nitidez.

—Elige uno —dijo Miralles al tiempo que sus pulgares jugaban con los tirantes. Con la talla de esos pantalones, Nil podría haberse hecho un par de abrigos.

—¿Lo dice de verdad? —preguntó el chico.

Miralles descolgó el cartel de Tarzán, lo dobló con diligencia y se lo entregó.

—Me han dicho que has venido a conocerlo.

Nil asintió con entusiasmo.

—Venid conmigo —dijo Miralles.

Entraron en un habitáculo que se asemejaba a una sala de cine por el terciopelo rojo con el que estaban forrados tanto el suelo como las paredes. Servía de recibidor previo al estudio de doblaje, instalado en la trasera del edificio. Nil se arrellanó en un sofá de piel blanco, un mueble inexistente a todas luces en su reducido mundo. Bernardo y Miralles departían con un joven apuesto que vestía traje oscuro, peinaba su pelo cuidado hacia atrás y les hablaba con determinación.

—Hoy no podrá ser, Miralles, no es el día.

—Digo yo que, después de más de diez años en esta empresa, tendré derecho a saber al menos qué ha pasado para que no podamos entrar en el estudio —protestó Miralles sin hacer caso del brazo de Bernardo, que le indicaba que sería mejor claudicar.

—Está bien —concedió el joven ejecutivo con un suspiro, dejando adivinar su deje americano—. Sobre este asunto debo exigirles el mayor de los sigilos. —Bernardo y Miralles asintieron con insistencia y permanecieron expectantes—. Acaban de asesinar al hermano de Pierre Bernier, nuestro jefe de doblaje.

—Madre mía —soltó Miralles secándose el sudor de la frente con un pañuelo.

—¿Dónde ha sido? —preguntó Bernardo con un pálpito rondándole en la cabeza.

—¡Pero a ti qué más te dará dónde ha sido! —replicó Miralles molesto.

—En un portal del Poble-Sec —respondió el joven—. Nuestro Pierre está destrozado. Comprenderán que hoy no es el mejor día para que una visita acceda a los estudios.

Tanto Bernardo como Miralles volvieron a asentir, esta vez con las miradas perdidas. El joven estrechó apresurado la mano a Bernardo y Miralles y se despidió con una inclinación de cabeza.

—¿Y este es de los nuestros o de los otros? —quiso saber Bernardo una vez perdieron de vista al ejecutivo americano.

—Digamos que se hace el pelota ante todo lo que huela al Régimen pero simpatiza con la bandera tricolor. Solo tienes que fijarte en quién es el jefe de doblaje.

«Pierre Bernier», se respondió el proyeccionista con cierta melancolía. Otros tiempos, otra vida.

—¿Y los de la Social no husmean por estos lares?

—Bernardo, el americano es una anguila escurridiza y la Metro paga puntualmente todos los impuestos. Sobres a policías incluidos, ya me entiendes.

Bernardo afirmó repetidamente, con una afectación triste.

—¿Y a ti ahora qué te pasa? —preguntó Miralles a Bernardo al ver a este afligido.

Bernardo le quitó importancia con un barrido de mano al aire, como si estuviera espantando un insecto. Miralles miró a Nil un instante.

—Déjame que active el plan alternativo. —Consultó la hora en su reloj de pulsera—. Tal vez ya hayan terminado. Dame cinco minutos.

Cuando Miralles abandonó la sala, Bernardo tomó asiento junto a Nil, quien a pesar de intuir que algo no iba bien prefirió guardar silencio. El proyeccionista suspiró profundamente y se dispuso a leer uno de los ejemplares de *Primer Plano* que descansaban sobre una mesa de centro. En la portada aparecían los actores Fernando Fernán Gómez y Sara Montiel. Al tiempo que Bernardo ojeaba el contenido de la principal revista de la cinematografía española, una niña de la edad de Nil salió por una de las puertas que hasta el momento había permanecido sellada. Lucía una melena oscura y lisa y dos faros verdes que se activaron al percibir que no estaba sola en la sala. Se sentó en el suelo con las piernas cruzadas, en posición de loto, poniendo toda su atención en aquel par de desconocidos.

—Hola, guapa, ¿quieres sentarte? —dijo Bernardo ofreciendo la mejor de las sonrisas.

Le dio un codazo a su acompañante. La joven, por su parte, negó con la cabeza y les preguntó:

—¿Sois actores?

Nil y Bernardo rieron la ocurrencia.

—Yo sí —dijo ella.

Nil miró de soslayo a Bernardo sin dejar de prestar atención a los ojos verdes que lo escrutaban. Ataviada con una rebeca y una falda plisada, los zapatos viejos que calzaba no mentían acerca de su estrato social. Sin embargo, las mejillas llenas y el brillo de su piel eran el reflejo de una buena alimentación. Algo en ella perturbaba a Nil.

—Soy una de las actrices de doblaje en *El mago de Oz* —presumió la niña.

—¿Y quién eres en la película? —preguntó Nil incrédulo.

—Cuando la veas lo adivinarás.

Las cabezas de Bernardo y de Nil bullían, pero ninguno de ellos alcanzó a recordar qué personaje de la película hablaba con la voz meliflua de esa niña algo repelente pero a la vez hipnótica.

—¿Qué te ha pasado en el brazo? —le preguntó la niña con naturalidad.

—La guerra —respondió Nil lacónico.

—¿Y qué hacéis aquí?

Bernardo devolvió la revista a su sitio, cruzó una

pierna sobre la otra y estiró los brazos en cruz sobre el cabezal del sofá.

—Estamos visitando el edificio. Hoy es el cumpleaños de Nil. Trece años —dijo señalando al muchacho—, y está a punto de conocer a Tarzán.

A Nil le nació un arrebol en las mejillas y pisó con todas sus fuerzas un pie de Bernardo.

—¿A Johnny Weissmüller? —preguntó extrañada la joven.

—Más o menos —respondió Bernardo—. ¿Y tú cómo te llamas?

—Lolita —dijo con la mirada clavada en Nil—. ¿Qué hora es?

Bernardo levantó su mano indicando que carecía de reloj. En la muñeca solo conservaba viejas marcas de detenciones policiales.

—Será mejor que vaya a la entrada a esperar a mi abuelo, debe de estar a punto de llegar.

Lolita se levantó de un salto, apoyó una rodilla en el sofá y se inclinó para besar la mejilla del muchacho.

—Feliz cumpleaños, Nil.

Lolita se marchó y Bernardo tuvo que asegurarse de que el chico no hubiera sufrido un síncope. Dos manotazos en la espalda pretendieron devolverlo a la realidad. Pero Nil todavía permanecía inmerso en aquella suerte de nebulosa creada por Lolita cuando Miralles regresó acompañado por una mujer y un hombre que rondaban los cuarenta. Ambos vestían ropas que encajaban a la perfección con sus respectivos cuerpos. Nada que ver con los trajes de muertos que recibía Bernardo de alguna viuda esperanzada en poder cambiar las inclinaciones sexuales del proyeccionista.

—¿Sabes quiénes son, Nil? —preguntó Miralles satisfecho ante la mirada expectante del chico—. Cierra los ojos un instante, imagínate que estás en la selva y escúchalos.

El chico obedeció y una voz aterciopelada y vibrante se presentó como Jane. Su interlocutor, de dicción más grave, pronunció con torpeza su nombre, Tarzán, una y otra vez, como si le encantara escucharse a sí mismo. La siguiente palabra que articuló fue *unga*. Nil, que mantenía los ojos cerrados, evocaba la escena en la que Tarzán le indicaba con gestos a Jane que *unga* significaba *comida*. La voz de Jane le preguntó rendida por qué la había traído hasta ese lugar, a la selva, y Tarzán se limitaba a responder: «Yo, Tarzán; tú, Jane».

Nil se incorporó del sofá risueño, arqueando la espalda y dirigiendo su mirada apagada a un cielo ficticio donde Johnny Weissmüller le hablaba a Maureen O'Sullivan. Eran ellos, estaban allí con sus respectivas voces, compartiendo un instante de sus vidas con él. De pronto, sin poder evitarlo, le asaltó un inoportuno pensamiento que borró de un plumazo la sonrisa de su cara. De su padre, como de su hermana, apenas conservaba en la memoria las fotografías que veía a diario en la quietud del comedor. En ambas sus protagonistas sonreían a la cámara y a la vida, ajenos a lo que el destino les deparaba. Fuera de esas instantáneas los recuerdos se iban diluyendo como una acuarela bajo la lluvia. Cada noche, poco antes de dormir, el muchacho trataba de invocar a su padre, luchando contra aquel olvido inclemente y pertinaz. En ese instante también cerraba los ojos y rogaba poder rememorar aquella voz nítida y paternal que tanto necesitaba. Sin embargo todo quedaba en un intento estéril. Escuchaba a Bernardo, a Quim e incluso al dicharachero de Jacinto con su habitual seseo. Toda una retahíla de voces que lo alejaban de ese territorio vallado con el amor de un padre en el que un niño se siente a salvo.

5

Bajaron por el paseo de Gracia acompañados por un cómodo mutismo. Mientras Nil devoraba la ciudad con los ojos, Bernardo caminaba ensimismado en sus pensamientos. El inesperado asesinato del hermano de Pierre Bernier lo había puesto todo patas arriba. Cuando todo se calmara regresaría a la Metro y les suplicaría que lo dejaran acceder a los archivos. Necesitaba poner la guinda al cumpleaños de Nil, pero como bien le había advertido el joven ejecutivo americano: «Hoy no es el día». Fue al pensar en lo ocurrido cuando una suerte de alarma se apostó en su estómago. Pierre Bernier, al igual que Bernardo, llevaba un tiempo retirado de la organización. Aquella muerte inopinada podría atraer a muchos fantasmas del pasado. Ni siquiera Paulino conocía con detalle en qué andaba metido el proyeccionista poco antes de que la ciudad fuera tomada por el bando vencedor. La posibilidad de llevar juntos una vida apacible había logrado acallar a su otro yo, inconformista y dolido tras haber perdido una guerra. Cada vez que le llegaba la noticia del asesinato de uno de los suyos, Bernardo se sentía avergonzado por dejar abandonados a quienes, como David, renunciaron a lo que más querían y seguían luchando por revertir la situación del país.

Una tormenta de verano les sorprendió y decidieron refugiarse bajo la cornisa de un edificio en la calle Diputación. Bernardo se sacó del bolsillo un cigarro y lo encendió con la mirada puesta en aquella lluvia efímera y dócil. La reciente visita a aquella catedral del cine y el empeño que Bernardo había puesto en hacerlo feliz hicieron que Nil se replanteara la posibilidad de implicar a su amigo en su más reciente secreto. Si había alguien en quien confiaba, ese era él. El muchacho no se lo pensó y le mostró el cromo del actor que le había entregado el moribundo de la escalera.

—¿Lo conoces? —preguntó el muchacho.

Bernardo sostuvo la estampa y se la acercó a los ojos. Negó con la cabeza, pero al levantar la vista se quedó abstraído, intentando ubicar ese rostro que le era levemente familiar.

—¿De dónde has sacado esto?

—Lo encontré en el bolsillo de una bata de mi madre.

—No deberías escudriñar en sus cosas. ¿Lo sabe ella? —Bernardo hizo el ademán de guardarse el cromo en el pantalón—. Veré qué puedo averiguar sobre este tipo si tanto te interesa.

Nil le arrebató el cromo con una habilidad impropia de un manco. Bernardo alzó las manos a modo de disculpa.

—Está bien, está bien. Sé quién nos puede ayudar a saber más de tu cromo pero hoy ya se nos ha hecho tarde.

Nil no dijo nada. Insistir en ello podría despertar la curiosidad infinita de Bernardo.

—Por cierto —añadió el proyeccionista—, Miquel el peluquero se me ha acercado hoy ladrando. Parece que alguien le ha vuelto a robar las entradas de cine que le dejan debajo de la puerta por dejar que cuelguen la programación del Condal. Supongo que tú no tendrás ni idea de quién ha podido ser.

—Ni por asomo —respondió Nil con indiferencia.

El chico dirigió la mano hacia el cielo y comprobó que la lluvia arreciaba.

—¿Seguimos?

Sin apenas darse cuenta alcanzaron el Paralelo, que era el nombre por el que todo el barrio conocía la célebre avenida. Se consideraba un acto de rebeldía popular llamarla por su nombre oficial, avenida Marqués del Duero. Todo reconocimiento al mundo castrense era una patada en los bajos de los vecinos del Poble-Sec, susceptibles de sarpullidos varios y alergias ignotas ante tales iniciativas. Bernardo pidió a Nil que se detuviera un instante frente a la cristalera del Café Español. Era el refugio favorito de Paulino en días grises como aquel, en los que la humillación rebrotaba y sumía a ese hombre sensible en una tristeza peligrosa y dañina. Años atrás, un episodio similar al que había ocurrido esa mañana con el inspector Valiente había arrastrado a Paulino a ingerir una caja entera de aspirinas. Que Paulino combatiera su decaimiento con vasos de coñac últimamente se había convertido en una costumbre. A Bernardo le inquietó no verlo a esas horas en el café, beodo, desatado y dando la paliza al resto de parroquianos con historias de cuando tuvo un pequeño papel en la película *Torbellino* junto a Estrellita Castro. El proyeccionista todavía conservaba las crónicas de las revistas especializadas en las que auguraban un futuro prometedor para aquel galán de facciones griegas, convertido años después en un modesto y anónimo acomodador de cine. Bernardo agilizó el paso sin dar explicaciones a Nil, y en cuanto enfilaron la calle Poeta Cabañes supo que el día todavía le guardaba una sorpresa. La presencia de un Lancia Ardea, negro e impoluto, había alertado a todo el barrio. Varias cabezas chafarderas brotaron de los balcones escoltados por jaulas de canarios, geranios decaídos y barandillas oxidadas. El miedo hizo acto de presencia cuando se abrió la puerta del copiloto y emergió del interior el inspector Valiente. Aunque en un primer instante puso toda la atención en el muchacho tullido, no tardó en detener el paso de Bernardo con una palmada de mano sonora y dolorosa en el pecho.

—Conocemos tu pasado, Bernardo. ¿Qué buscaba el francés en este edificio? —inquirió Valiente al proyeccionista con un impostado tono de voz que pretendía ser amable.

—No sé a qué se refiere, inspector —respondió Bernardo.

El proyeccionista se apresuró a empujar a Nil hacia el portal. El muchacho obedeció sin rechistar pero dejó la puerta entornada, convirtiéndose en testigo presencial de todo lo que ocurría.

—Acércate. —La voz de Valiente sonó severa y Bernardo se preparó para encajar el primer golpe—. Tal vez esto te refresque la memoria.

Del interior del Lancia surgió una sombra que abrió la puerta y empujó el cuerpo maltratado de Paulino contra el suelo. Bernardo acudió presto a socorrer a ese hombre, cuyos ojos inexistentes se escondían bajo unos párpados abotagados. Tenía la nariz rota, y de su boca no dejaba de manar sangre y bilis. Valiente se aprovechó de que tenía a Bernardo agachado para patearle el estómago hasta que consiguió que se encogiera.

—Invertido, rojo y desmemoriado —gritó el inspector—. Ya verás como se te pasa todo.

Con un gesto de la cabeza, Valiente reclamó la atención de un policía uniformado de gris que se abalanzó sobre Bernardo hasta lograr esposarlo. Maniatado, y únicamente preocupado por saber si el cuerpo inmóvil de Paulino aún respiraba, fue empujado al interior del vehículo policial. Se escuchó el improperio de algún vecino, pero en cuanto Valiente alzó la cabeza, desafiante, volvió a reinar el silencio y el miedo. Ya con la cabeza apoyada en el cristal del Lancia, camino de la Jefatura, Bernardo se tranquilizó al ver como Paulino se levantaba con la ayuda de Nil y de otros conocidos que habían salido de su escondrijo como los caracoles tras la tormenta.

6

Dado el creciente murmullo del barrio, Soledad había terminado asomándose al balcón. Fue al detectar la presencia del vehículo de la Brigada de Investigación Social cuando se le heló la sangre. Descubrir la oronda figura del inspector Valiente junto a las de Nil y Bernardo, que pretendían acceder al portal en ese momento, la hizo palidecer. Aquel detestable policía y su único hijo eran dos mundos opuestos que debían permanecer separados. Sintió renacer una olvidada animadversión hacia ese ser mezquino al que no había vuelto a ver desde el día en que perdió para siempre a la pequeña Rosa. El pasado regresaba de nuevo para pisotear el presente. Estaba dispuesta a todo con tal de evitar que Nil cayera en sus garras, pero cuando ella salió a la calle el coche de la secreta ya había arrancado y se encaminaba hacia la Vía Layetana. Fue entonces cuando Nil salió disparado a socorrer a Paulino y Soledad se sumó al grupo de personas que ayudaban al herido.

A pesar de que Paulino era un saco de huesos, madre e hijo se vieron incapaces de subir un piso más con él. Decidieron curarlo en su casa sin pensar en cómo se las apañarían para acostarse los tres en un piso con una sola habitación.

—Mamá, tiene demasiadas heridas abiertas. ¿Y si pedimos al doctor Fuster que nos ayude?

Soledad había puesto en remojo algunos trapos y con ellos cubría los hematomas que tapizaban los ojos de Paulino. Al liberarlo de la camisa rasgada descubrieron varios cortes repartidos por el pecho, el abdomen y las costillas, amén de algunas quemaduras hechas con una colilla.

—Allí abajo —señaló Soledad en dirección al fogón de la cocina—, en el cesto que traigo del puerto, busca agua oxigenada y mercromina —conminó Soledad a su hijo—. Voy a hablar con Fuster.

El doctor abrió la puerta temeroso. Incluso después de constatar que se trataba de Soledad, siguió temblándole la mano con la que se apoyaba en el quicio de la puerta. Intercambiaron un breve y cortés saludo y la mujer lo puso al día de la situación. A pesar de que Fuster se mostró en un principio reacio, no supo enfrentarse a esa sonrisa blanca que lo alteraba desde el primer día que la vio.

—Fui doctor republicano.

—Lo sé.

A Fuster le sorprendió esa respuesta. Llevaba poco tiempo viviendo en esa escalera y se consideraba un tipo receloso de su vida. Sin embargo, que fuera Soledad la que supiera de su pasado era motivo de esperanza para unas ilusiones silenciadas y torpemente ocultas.

—¿Sabe lo que me ocurrirá si regresa el inspector y me ve atendiendo a Paulino?

—¿Qué teme? ¿Perder una licencia que ya no tiene?

—Que me vuelvan a detener y...

Soledad lo cogió de la mano y tiro de él con expresión lastimera. Fuster hubiera querido sentir el tacto de esa mano durante toda una vida. Asintió con la respiración acelerada. Descendieron una planta y entraron en el piso. A pesar del hambre el doctor ignoró el chusco de pan negro y la salazón que reposaba en un plato sobre la mesa. El herido, recostado en el suelo, emitía débiles lamentos.

Dieron las diez cuando Paulino concilió el sueño sobre una cama improvisada a base de toallas y mantas. Nil se había acostado sin cenar. La promesa de su madre había quedado postergada tácitamente para otro momento mejor. El muchacho pensó que eran demasiados años aplazando celebraciones. Otro cumpleaños sin el regalo más anhelado: el regreso de su padre. El estómago vacío y la cabeza poblada de preocupaciones no lo ayudaban a dormirse. Las aterradoras amenazas del falso Joseph Cotten, el hombre muerto en la escalera, los métodos violentos del inspector Valiente y el semblante desfigurado de Paulino eran imágenes que se solapaban las unas sobre las otras en el cargante bochorno de la noche.

Soledad y el doctor Fuster estaban sentados uno frente a otro, al amparo de la luz tenue de unas velas y acompañados por una botella de coñac. Aunque ella no dejaba de abanicarse, su melena de color indefinido, cercana al rubio champán, quedaba intacta. Nil siempre decía que su madre era la viva imagen de Lana Turner, la actriz que jamás se despeinó. Ni el vestido hecho con retales ni la ausencia de maquillaje conseguían atenuar, a sus treinta y cinco años, aquella belleza natural que ni siquiera la guerra había logrado doblegar. Solo una parte de Soledad había sucumbido a las desgracias y esa era su mirada. El azul intenso que había acompañado a la explosión de su juventud quedó velado el día en el que perdió a su hija.

—¿Qué lleva a un republicano a realquilarle una habitación al fascista de Pepe Mora? Ese viejo tiene la lengua muy suelta, ándese con cuidado —advirtió Soledad con determinación.

—A menudo el infierno es el mejor lugar para pasar inadvertido ante el diablo —respondió Fuster con la montura de las gafas apoyada al final de su nariz—. Yo le trato las tres úlceras que no le dejan vivir y a cambio obtengo un techo.

—Pocas me parecen para ese mal nacido —gruñó Soledad.

Al instante se arrepintió de desearle mal a alguien. Chasqueó la lengua a modo de retractación y decidió que sería más interesante seguir indagando sobre aquel hombre.

—Los tiempos de Rusia debieron de ser muy duros.

—¿Pero cómo sabe tanto de mí?

—Una mujer sola a cargo de un niño tiene que saber qué clase de vecinos tiene, ¿no cree? —preguntó con su mirada azul, digna de formar parte del mundo del celuloide y sin embargo tan rodeada de miseria.

El doctor asintió y miró sin disimulo el retrato de David Roig.

—Hui a Rusia y fui uno de los médicos republicanos que se ocuparon de los llamados niños de la guerra. De ahí me he traído un frío que no me abandona y unas penurias que me han convertido en un rastrojo de hombre —dijo Fuster con cierta melancolía.

Permanecieron en silencio durante casi un minuto.

—¿De dónde ha sacado esto? —preguntó el doctor al tiempo que sostenía la botella de coñac.

—Un viejo amigo de mi marido trabaja en el puerto, y ya sabe usted cómo van estas cosas... —Soledad sonrió y apuró de un trago el dedo de coñac que se había servido—. Intercambios.

—¿No será de las que bebe a solas?

—No creo que eso sea asunto suyo, doctor —respondió Soledad entre orgullosa y divertida ante el gesto consternado de un Fuster comedido que se quedó sin palabras.

Nil asomó en calzoncillos con gesto de derrota. Con su única mano se restregaba los ojos.

—No puedo dejar de pensar en Bernardo, mamá.

Soledad se acercó a su hijo, lo besó en la cabeza y lo abrazó.

Fuster tragó saliva, se levantó de la silla al tiempo que recogía el maletín.

—Será mejor que me vaya y los deje descansar. Buenas noches, señora. Buenas noches, Nil.

Ambos lo despidieron con la mano.

—Asegúrese de que Paulino se tome las aspirinas cada seis horas, diga lo que diga. Y gracias por el coñac.

«Y sobre todo por la compañía», calló Fuster de regreso a su piso. El galeno tenía la sensación de haber dado un paso atrás en su acercamiento a esa mujer. Quiso creer que una vez más las palabras pronunciadas lo habían condenado, y eso un republicano y perdedor como él ya lo debería de saber.

7

En las entrañas de la Jefatura, conocida como la Casa de los Horrores, Valiente se acercó hasta la pila con la camisa arremangada sosteniendo un Bisonte en la boca. Tiñó el lavamanos con sangre ajena y blasfemó al comprobar en su propia piel la aspereza de la toalla. A escasos metros, el policía de voz sumisa que había escuchado Nil se armaba de paciencia frente al urinario al comprobar como la próstata seguía haciendo de las suyas y en cada micción enviaba un ejército de agujas en dirección al glande. Manolo Espinosa, ese era el nombre del policía, apretó los dientes ante el ataque de aquella glándula anómala que cada día tenía más mala leche y lo amenazaba con no llegar a los cuarenta años. Y eso que apenas le quedaban un par de meses para ello. Valiente reparó en la frente perlada de su compañero y en su expresión agria mientras se subía la bragueta.

—Alegra esa cara, Espinosa, coño, que no es la primera vez que tenemos que emplearnos a fondo.

El policía se sacó un paquete de tabaco del bolsillo y se encendió un cigarro. Después de la primera calada se vio con fuerzas para responder a su superior.

—Ese hombre no sabe nada sobre el francés, inspector. Se nos ha ido la mano con un inocente.

—No me vayas de listo, eso lo sabes ahora, después de enseñarle a esa maricona cómo nos las gastamos en este edificio.

En ese preciso instante asomó un joven y recatado policía uniformado de gris, que previamente había solicitado permiso para dirigirse al inspector golpeando con los nudillos en la puerta del aseo.

—¿Y a ti qué te pasa? —inquirió Valiente a pleno pulmón—. No me dejáis ni mear tranquilo.

—El comisario quiere verlo, señor inspector.

—Si quiere —intervino Espinosa—, vuelvo al calabozo y digo que dejen al tal Bernardo en libertad.

—Solo los invertidos se aprenden los nombres de pila de otros invertidos... —repuso Valiente con una sonrisa aviesa—. Joder, Espinosa, no tienes sentido del humor. Vamos a hacer las cosas bien: deja que tu amigo el marica pase la noche entera aquí. Ya sabes que eso despeja la mente, y tal vez mañana por la mañana vea las cosas de otro modo y hasta le gusten un buen par de tetas.

Una vez Espinosa conoció a un policía que llegó a tener seis úlceras. Cada una de ellas provocada por un superior distinto. Todos ellos tenían un denominador común: la ineptitud. Soportar a diario la mezquindad de Valiente era algo muy distinto, y aunque no quisiera reconocerlo, lo cierto es que empezaba a hacerle mella. Sin ir más lejos, su propia mujer le había reprochado que ya no jugaba con su hijo menor, el de diez años, que su sonrisa se había esfumado y que desde hacía más de tres meses ni la tocaba ni la miraba como antes. Envalentonada por los silencios de su marido, también había observado que este se iba encogiendo poco a poco, que le había cambiado hasta el modo de hablar, y ahora tenía esa voz estrangulada tan propia de los temerosos. Pero cómo contarle a tu esposa que son las manos que ya no la acarician las que ayudan a esa bestia a ejecutar sus fantasías más retorcidas. Que los ojos que la evitan son testigos de aquellas atrocidades que jamás confesará. Cómo contarle que una vez al día se le extravía la sonrisa mientras lucha por no llorar.

El comisario Quesada recibió a Valiente de pie. Invitó a su subordinado a que tomara asiento y empezó a caminar de un extremo a otro del despacho. Lentamente, con las manos atrás y el mentón bien alzado. Siempre bronceado, era miembro del Club Natación Barceloneta y lo primero que uno veía al contemplarlo era un estilado bigote, la cabeza rapada y un cuerpo consumido en el interior de un traje al que le sobraban un par de tallas. Valiente clavó la mirada en la bandera nacional con el águila de san Juan y en el retrato de Franco que descansaba en el suelo, apoyado contra la pared. «Con veinte kilos más el comisario Quesada sería el doble perfecto del Caudillo», pensó el inspector.

—Jean-Paul Bernier, el francés asesinado, no era un tipo cualquiera —dijo Quesada frente al balcón que daba a la Vía Layetana, de espaldas a Valiente—. Enlace del Frente Nacional de Cataluña en Francia y miembro del grupo de Caracremada. —El comisario se volvió de sopetón—. El mismísimo Ramón Vila Capdevila.

Quesada tomó asiento, extrajo un caliqueño de una caja metálica de galletas Artiach y, sin encenderlo, lo mantuvo en la boca.

—Hace un mes —continuó Quesada con tono manso—, usted me pidió que hablara con el director de la cárcel Modelo para que lo pusieran en libertad. Según sus informadores, una vez estuviera en la calle, Jean-Paul Bernier recuperaría su papel de contable en la organización y nos llevaría a descubrir dónde tienen apalancado el dinero nuestros amigos los maquis. ¿He dicho algo incorrecto, Valiente?

El inspector negó con la cabeza, sabía que lo peor estaba por venir. La inusitada calma que afectaba Quesada era marca de la casa. Jamás alzaba la voz ni perdía los papeles. Y es que en su voz residía una secreta arrogancia que había aprendido a silenciar. Aquel hombre de ideología política ambigua atemorizaba con sus silencios maquiavélicos, con ese ademán de mosquita muerta que, sin embargo, tenía a su cargo un ejército de defensores del Régimen y de todo aquello que tuviera color azul.

—¿Y ahora qué, Valiente? Ahora cómo le cuento yo a don Federico de Correa y Veglison, nuestro excelentísimo gobernador civil, que en un despiste, mientras vigilábamos al tal Bernier, alguien lo envenenó delante de nuestras narices.

Valiente se preguntaba si el comisario tendría cojones para dejar la foto del Caudillo en el suelo si el estirado de Correa y Veglison lo viniera a visitar un día de estos.

—¿Envenenado? —preguntó el inspector.

—¿Usted qué cree? Si le parece la espuma que echó por la boca se debió a que le inyectaron bicarbonato y gaseosa...

Valiente masticó su orgullo y dejó escapar un tenue suspiro. Quesada apoyó las manos sobre la mesa de roble y echó el cuerpo hacia delante.

—Mi padre me enseñó —continuó el comisario— que el secreto de esta vida consiste en no hacer el trabajo de los demás. ¿Me sigue, Valiente?

El comisario se retrepó en el sillón de cuero ajado y, al ver que su subordinado acataba todo ataque verbal, abrió uno de los cajones que hacían a la vez de soporte de la mesa. Extrajo un documento oficial firmado por el mismísimo Francisco Franco Bahamonde y lo dejó sobre la mesa. Valiente se dispuso a leerlo.

—Los tiempos cambian, Valiente, y todo indica que esta ciudad ya no se va a engalanar para recibir a otro Himmler.

El inspector no supo si aquel último comentario lo dijo con sarcasmo o con cierta melancolía. De haber sabido la respuesta tendría más claro de qué pie cojeaba aquel tipo de pasado ignoto. El documento tenía varios folios y en él se plasmaba la exigencia de los Aliados de que el gobierno español procediera a la localización, detención y repatriación de más de cincuenta nazis que residían en España. A Valiente ningún nombre de esos le decía nada, pero no era ningún secreto que los nazis habían gozado hasta la fecha del beneplácito del Caudillo para llevar a cabo sus negocios con plena impunidad. Frecuentaban los mejores locales de la ciudad, compartían mesa con las autoridades y llevaban, en definitiva, una vida fastuosa, inimaginable para la mayoría de los españoles. Aquel cambio de rumbo obedecía a razones de altos vuelos que a Valiente se le escapaban. La Segunda Guerra Mundial había terminado y Alemania formaba parte de los perdedores. Al Caudillo no le gustaba perder ni cuando no participaba. La relación que había unido a Alemania y España durante tanto tiempo quedaba ahora en entredicho ante un futuro inminente en el que Estados Unidos tal vez estaría dispuesto a mirar hacia otro lado con tal de contar con algunos favores de ese pequeño país que todavía olía a miseria y permanecía fragmentado a pesar de la «Una, grande y libre» que el aguilucho pregonaba.

—Los seis nombres subrayados en esta lista negra —apuntó Quesada— viven en Barcelona. Nadie ha de saber de la existencia de este documento, así que levante el culo, Valiente, y patee las calles. Indague quién de ellos ha trabajado hasta hace poco para los servicios secretos alemanes. Porque... ¿sabe una cosa? A Jean-Paul Bernier lo envenenaron con cianuro, el veneno favorito de la Gestapo.

Valiente asintió convencido y apoyó las manos en la agarradera de la silla.

—¿Eso es todo?

—No, Valiente, no es todo. He de mandar a mi peor inspector una temporada a Portbou. Y, la verdad, cada vez tengo menos dudas en la elección.

El inspector tensó el gesto. Esa era la carta escondida de Quesada. Acabar en un pueblucho cerca de la frontera con Francia lo convertiría en un ser invisible, «y los invisibles no hacen carrera», pensó.

—Recuerde, Valiente, no permita que sea yo el que haga su trabajo. Más bien váyase acostumbrando a que sea usted el que haga el mío. Y ahora lárguese a su casa y cámbiese esa camisa. Parece usted un carnicero en vez de un policía.

8

Cuando el doctor Fuster regresó a su piso, Soledad decidió, a pesar de que ya era más de medianoche, cumplir con su palabra. Acostumbrados a comer una tortilla española elaborada con el albedo de varias naranjas como sustituto del tubérculo y con una mezcla de bicarbonato, ajo, aceite y harina como remedo de los huevos, aquella noche fue todo un acontecimiento. Los pajizos cartones usados como cartas de racionamiento no daban para nada. Una muestra más de hipocresía a la hora de satisfacer algunas conciencias acodadas en el nacionalcatolicismo que imperaba en el Régimen. Buscarse la vida se convirtió en esos días en una suerte de normalidad que para según quién sí estaba penada. El estraperlo fue la consecuencia natural de la escasez de alimentos básicos. El cinismo radicaba en la existencia de una permisividad incomprensible para quienes hicieron del estraperlo un modo de hacer fortuna. Sin embargo no se aplicaba el mismo rasero a quienes ejercían aquel intercambio ilegal únicamente para poder subsistir. Una semana antes, Soledad había recorrido las calles del paseo del Borne cercanas a

Santa María del Mar con los cartones de tabaco que el propio Romagosa le regalaba como complemento a su mísero sueldo. Alejada del vicio de la nicotina desde el nacimiento de Nil, solía obsequiar a Bernardo y a Paulino con algún que otro paquete. El resto iba destinado a la obtención de productos ya olvidados por su paladar. En esa ocasión, y en vistas del inminente cumpleaños de su hijo, se hizo con un kilo de patatas y media docena de huevos de granja. Madre e hijo dieron buena cuenta de un manjar del que apenas recordaban su sabor. En más de una ocasión tuvo Soledad que afear al muchacho la glotonería que había exhibido en la mesa.

—Es que está muy buena —se excusaba Nil con la boca llena y los ojos renacidos.

Soledad apartó un trozo de tortilla y lo cubrió con un plato.

—¿Para mañana? —preguntó el muchacho.

—Para Bernardo y Paulino, que lo van a necesitar más que nosotros.

Nil ayudó a su madre a recoger la mesa con la precaución de no despertar a Paulino, que seguía durmiendo. Ni siquiera había cambiado de posición desde que Soledad y el doctor lo habían dejado así para que descansara.

Estaba su madre fregando un vaso cuando Nil hizo la pregunta.

—¿Conoces a un actor que se llama Blas?

A Soledad se le escurrió el vaso de las manos. Aunque el estrépito de los cristales hizo que Paulino abriera los ojos, al instante se volvió a dormir. A la mujer se le detuvo el tiempo mientras contemplaba las luces lejanas y centelleantes que ofrecía el balcón. El crujir de los vidrios al recogerlos, como pedazos rotos de su vida, la hizo regresar al presente. Se acercó a su hijo y le alzó el mentón con una mano mientras con la otra evitaba que siguiera barriendo.

—Dame eso y vete a dormir —exigió Soledad al tiempo que se apoderaba de la escoba.

Nil se acercó cabizbajo al regazo de su madre y se aferró con fuerza a él con el brazo que le quedaba. Se sentía culpable por haberla conducido a esa tristeza de la que no volvería hasta pasadas unas horas. Su madre era lo único que tenía, y el temor a perder su cariño lo horrorizaba. Solo cuando recibía el cálido abrazo de su principal protectora respiraba tranquilo. Una mención inapropiada, una canción inesperada emitida en la radio o un reencuentro imprevisible podían derribar toda aquella fortaleza aparente que pendía de un hilo. Las amputaciones de Soledad, aunque invisibles, también la menguaban. Aquellos silencios en los que ella se refugiaba, lejos de significar un aislamiento sensorial, eran todo un volcán emotivo. Las emociones se solapaban unas con otras y le provocaban esa inacción que a él tanto lo entristecía. El muchacho abandonó el comedor abatido, sin una respuesta a su pregunta y viendo como su madre se sentaba sobre la caja de gaseosas que había en el balcón y que hacía las veces de taburete. Ya en la cama, Nil volvió a tener problemas para conciliar el sueño. Su estómago había dejado de rugir, pero no podía dejar de preguntarse qué historia ocultaba el cromo que aquel moribundo le había entregado pronunciando el nombre de su padre desaparecido.

Reclinada sobre una barandilla tan corroída como su propia alma, Soledad perforó con la mirada la luz mortecina que emitía una farola de la calle. Un 17 de marzo de 1938 habitaba en aquel albor. Poco antes del mediodía, bajo un cielo límpido y fastuoso, paseaban por la Gran Vía de Barcelona. Ella agarraba de la mano a Nil, y su mejor amiga, Antonia García, hacía lo propio con la pequeña Rosa, el vivo retrato de Soledad. Acababan de preguntar en un edificio oficial por la lista de fallecidos en las últimas contiendas. Constatar en ella la ausencia de los nombres de David y de Blas Vaccaro, íntimo amigo de la pareja y eterno aspirante al corazón de Antonia, suponía un triunfo más. Soledad se lanzó a los brazos fuertes de su amiga, adiestrados para descargar sacos de legumbres en un colmado del barrio de Gracia. Los niños las imitaron, arrancándoles a las dos mujeres unas carcajadas que nadie podía presumir que serían las últimas. La alegría, desde que había estallado la guerra, era siempre efímera. Que David no formara parte de aquel inventario de defunciones no evitaba que Soledad tuviera que salir adelante. Sus padres habían muerto cuando ella apenas contaba seis años. Criada por una tía lejana a la que una tuberculosis se llevó el mismo día que Soledad alcanzó los dieciocho años, el camino trazado por su destino había sido arduo y estrecho. De no ser por la sempiterna ayuda de Antonia y el señor Romagosa, un alma cándida caída del cielo y propietario de una carpintería, su única salida hubiera sido la de muchas otras.

Antonia acababa de proponerle visitar a una prima que vivía a dos calles de donde se hallaban cuando fueron sorprendidas por las alarmas de los bombardeos aéreos. La Aviación Legionaria italiana había iniciado un continuo y sistemático ataque a la ciudad la noche anterior. Ello provocó la confusión de los ciudadanos, quienes ante el sonido de la alarma ya no sabían si esta marcaba el final de una ofensiva o el inicio de la siguiente. Cuando el terror se dispensa de manera reiterada y en un breve espacio de tiempo, el sentido común se evapora y solo existe el instinto. Soledad y Antonia no dudaron. Corrieron como solo un mamífero que huele la muerte es capaz de correr. Ambas mujeres sostenían en brazos al pequeño Nil, de cinco años, y a Rosa, de tres. Persistían las sirenas y las piernas no les daban para más. De repente, un vehículo negro se subió a la acera y les interceptó el paso. En un primer momento las mujeres trataron de sortearlo y continuar la carrera en busca de un refugio antiaéreo, pero un brazo ajeno atenazó el de Soledad. Las dos mujeres palidecieron al ver al hombre que las mantenía retenidas. Víctor Valiente se alzó la solapa del gabán y mostró altivo el emblema que lo acreditaba como policía. Ajeno al sonido de la sirena, disfrutaba percibiendo el pánico que afloraba en sus miradas. A Soledad empezaba a dolerle la presión que aquel bárbaro ejercía sobre su antebrazo. Los ruegos de una madre desesperada por proteger a sus hijos todavía excitaron más a Valiente. No les dijo nada, su mera presencia, imprevista e inoportuna, resultaba suficiente para hacerles saber que no las había olvidado y que tarde o temprano pagarían por lo que habían hecho.

La sonrisa taimada de Valiente se desvaneció

ante la inminencia del ataque de los aviones. Advertido por el cercano y amenazador estruendo de los motores, soltó el brazo de Soledad con violencia. Entró de nuevo en el vehículo y, haciendo oídos sordos a las súplicas de una madre aterrorizada, el inspector ordenó al conductor que arrancara en dirección contraria a la que marcaban los Savoia S79. Solo entonces Soledad y Antonia corrieron hacia el cine Coliseum en busca de refugio. La primera explosión levantó media calle. La bomba lanzada en la confluencia de la Gran Vía con la Rambla de Cataluña, frente al Coliseum, alcanzó a un camión militar cargado de trilita que transportaba a veintitrés jóvenes soldados. La explosión fue de tal virulencia que se elevó una columna de humo de más de doscientos metros y dificultó que los tripulantes del avión tomaran fotografías de detalle. En ellas no apareció el cuerpo inerte de la pequeña Rosa sin rostro, abrazada a una Antonia desmembrada con la mirada fantasmal. Tampoco el brazo izquierdo de Nil, cercenado por un fragmento de metralla, encogido y desangrándose bajo el cartel de *El pequeño vagabundo*. Cuando Soledad recuperó el sentido y consiguió levantarse con la cara manchada por el polvo blanco y la sangre de sus hijos, el silencio que la envolvía le corroboró que tenía los tímpanos perforados. Miró a lo lejos, todavía aturdida, y pudo distinguir varias columnas de humo y edificios convertidos en rescoldos. Todo a su alrededor olía a azufre y, cuando tuvo el valor de mirar hacia el suelo, las piernas le flaquearon y cayó tendida sobre un manto de polvo y de restos humanos. Desde allí, entregada a un destino feroz, gritó encolerizada a ese cielo ceniza y asesino.

Soledad apartó la mirada de esa azulada luz de farola que la había transportado al peor día de su vida. Cerró los ojos con fuerza, intentando borrar de la cabeza ese recuerdo que al regresar la había atrapado en un vacío irreparable. Se incorporó de la caja de gaseosas y, sorteando la presencia de Paulino en el comedor, se dirigió a la cama donde descansaba Nil. Cuando abrazó a su hijo en la más absoluta oscuridad, le pareció escuchar el rumor silencioso de los aviones, el sonido ascendente de las ambulancias y los alaridos inhumanos de quienes como ella pudieron contarlo.

9

Una semana después del aniversario de Nil se volvió a respirar la frágil rutina de aquellos días. Tras pasar por los calabozos de Vía Layetana, Bernardo había cicatrizado bien las heridas y Paulino ya exhibía por las calles del Poble-Sec esa piel tratada con jabón Lagarto y gotas de aceite de oliva. Siempre ocultó a Bernardo el uso del aceite para fines cosméticos. Al hambre al final uno llegaba a aclimatarse, a lo de llevar a cuestas una cara de muerto, jamás.

Las vacaciones estivales dejaban a Nil más tiempo libre del que solía tener cuando compatibilizaba el colegio con el empleo en el cine. Una vez hechos los recados que su madre le encomendaba, solía pasar gran parte del día en compañía de Quim, vecino de escalera e hijo de la Delfina. Quim tenía quince años cumplidos, el pelo cortado a cepillo, una mirada vivaz del color de la miel y los párpados crónicamente hinchados por las ausencias nocturnas de su madre. Que Delfina frecuentaba algunas casas de tolerancia como el Recreo y la Gaucha no era ningún secreto en el barrio. Sin embargo, aquel joven resabiado no quería escuchar palabra alguna sobre ello. Madre e hijo llevaban horarios distintos, cuando una se acostaba el otro salía a la calle. Solían comer juntos, el único momento del día en el que Delfina estaba sobria y profesaba sin recelos el amor que le tenía. Quim era un buscavidas larguirucho y magro que a su edad ya conocía bien cómo se las gastaban en las calles, pero a solas con su madre, cuando no había mirada alguna que los espiara, se convertía en un muchacho vulnerable y falto de afecto. Abandonado a su suerte, Quim ejercía como limpiabotas desde que cumplió doce años, edad a la que había abandonado el colegio. Conocido como el limpia del Bracafé de la calle Caspe, solía esperar a los clientes sentado sobre el maletín de madera, retratando los recovecos de la ciudad con la mirada y consumiendo un cigarrillo mientras soñaba con convertirse en otro y sacar a su madre del pozo en el que vivía. En la crudeza de los inviernos los camareros le permitían que esperara a la clientela al fondo de la barra, y si todos ellos lucían los zapatos limpios era a cambio de un café con leche o de algún que otro cigarrillo. Al resto de clientes, por tres pesetas les convertía en lustrosos los calzados más desastrados, les daba cháchara y, si hacía falta, se ofrecía como guía para quienes estaban de paso por la ciudad. También pertenecían a sus dominios el restaurante popular El Canario de la Garriga, frente al hotel Ritz, y la fuente de Canaletas, en pleno corazón de las Ramblas.

Aquella mañana de agosto, Nil reía a gusto en el portal escuchando las historias que Quim le contaba sobre un tipo que llevaba un par de zapatos de distinto color y unos calzones como boina. Era el Metralleta, un joven republicano al que le perforaron el cráneo en la batalla del Ebro y que, a pesar de haber salvado la vida, había perdido para siempre la cordura. El Metralleta merodeaba a menudo por el Bracafé y, aunque todo el mundo lo rehuía, en más de una ocasión Quim le había prestado un servicio sin cobrarle una peseta. Nil sabía que aquel gesto, lejos de la intención de mofarse de un demente, decía mucho de su amigo. Un alma sensible protegida por un caparazón forjado con las embestidas de la vida. Quim no había conocido a su padre, pero eso era algo de lo que en casa no se hablaba. En más de una ocasión se había preguntado desde cuándo su madre gateaba por las noches. La respuesta verdadera le daba pavor. Para los demás, y Nil no era una excepción, su padre había muerto durante la guerra, cerca de Francia. Y adornaba la explicación mostrando la instantánea deteriorada de un tipo armado que sonreía a la cámara poco antes de entrar en combate. La había encontrado años atrás junto a un álbum de fotografías abandonado en la calle. En él descubrió la silenciada historia de una familia probablemente rota, como tantas otras. El hombre del retrato aparecía en distintas instantáneas junto a una mujer de cara ancha y cuerpo robusto como el de Delfina que sostenía en sus brazos a un niño que no sobrepasaba los seis años. Al principio fue un juego, el de imaginar que aquel desconocido había sido su padre, pero con el tiempo, como sucede con las mentiras que se repiten y jamás se desvelan, también terminó creyéndosela.

—¿No es un poco pronto para que vayas con la

bicicleta cargado como un burro? —le preguntó Quim a Nil consultando un reloj de cadena que días atrás se le había caído a un cliente mientras faenaba con sus zapatos. El limpiabotas no tardaría demasiado en llevárselo al Raspas, el avaro joyero del barrio, para saber cuánto le darían por él.

—Tengo recados que hacer.

—A estas horas Miquel el barbero todavía está cerrado. ¿Vamos?

A Nil la ocurrencia ya no le hacía tanta gracia como la primera vez. Y menos desde la reciente advertencia de Bernardo. Pero Quim tenía el don de la seducción. Era aquella sonrisa granuja colmada de lealtad con la que solía acompañar sus propuestas más disparatadas la que lograba desarmar al muchacho.

Ascendieron por la empinada calle Margarit custodiados por balcones asediados por alambres con la colada tendida. El sol centelleaba sobre la montaña de Montjuic y un cielo desnudo de nubes advertía que la canícula volvería a hacer de las suyas. Se escuchaban las primeras voces de la mañana, todavía desperezándose del mal sabor de una pesadilla. En tiempos de carencias las ciudades madrugan. Quedarse en la cama era conformarse con una realidad que hedía. En plena pendiente, frente a un humilde colmado que dispensaba el pan con cuentagotas, se toparon con las primeras colas. Todos los que las guardaban sostenían en la mano una cartilla de racionamiento. Una moto con un carromato cuyo cartel anunciaba SE ACEN PORTES recorrió la calle al tiempo que su conductor decía a voz en grito ese mismo mensaje. En el bar de Braulio, a mitad de calzada, tres hombres se tomaban la primera *barrecha* de la mañana mientras decidían a qué capataces visitarían en busca de trabajo. Poco antes de que la calle muriera alcanzaron la barbería de Miquel. El barbero había colgado en el cristal la programación semanal del cine Condal, y junto a ella un cartel de *Deliciosamente tontos* con Amparito Rivelles sosteniendo un teléfono y Alfredo Mayo ataviado con un traje blanco. El cine Condal era conocido en el barrio porque los más pequeños solían orinar en pleno pasillo y por las cenas aceitosas que se celebraban sobre sus butacas.

—Anoche el cartel no estaba —aseguró Quim al tiempo que le guiñaba un ojo a su amigo—. Y ya sabes, cartel colgado, cartel pagado. ¿A quién le toca?

—La última vez fui yo el que metió la zarpa —recordó Nil.

—Seamos prácticos. Tu mano es más pequeña que la mía. Y en el caso de que nos pillen... —Quim esgrimió su sonrisa más canalla—. ¿Quién iba a meterse con un tullido? Anda, yo vigilo, que tengo la vista más adiestrada. Tú ocúpate de las entradas.

Nil se agachó maldiciendo su suerte. Le reconfortó comprobar que el barbero no había instalado ningún zócalo de madera en el umbral de la puerta y que todavía le cabía el dedo índice. Al poco de iniciar el rastreo percibió el tacto de las entradas, que para su sorpresa en aquella ocasión no estaban a ras de suelo. Algo le decía que estaban ligeramente elevadas, como si descansaran sobre una superficie añadida.

—¿Hay premio o ya se nos han adelantado? —preguntó Quim, que estaba sentado sobre el maletín de limpiabotas mientras se fumaba un cigarro con indolencia.

A Nil le hubiera gustado responderle con palabras pero lo hizo con un aullido. El estallido metálico fue discreto pero veloz. Por un momento creyó que iba a quedarse sin dedo. Fue tan fuerte el dolor que invirtió más tiempo en quejarse, ante el gesto de incomprensión de Quim, que en tratar de recuperar la parte de su única mano que había quedado atrapada. Cuando así lo hizo, con la escasa fuerza que le quedaba, pudo zafarse de la trampa para ratones que había sustituido la habitual porción de queso por dos entradas de cine. Al ver Quim la butifarra ensangrentada en la que se había convertido el índice de su amigo, no pudo evitar que se le escapara una carcajada. Nil se encaminó avergonzado hacia el Paralelo, con gesto de dolor y el dedo herido bajo la axila de su brazo fantasma. Sin poder dejar de reír, Quim lo dejó marchar durante unos metros para después salir corriendo tras él.

—¿Y lo más bueno de todo sabes qué es...? —articuló Quim con dificultad, recuperando el resuello. Una risa intermitente no le dejaba concluir la frase—. Que la película se llama *Deliciosamente tontos*.

A Nil la ocurrencia le arrancó una sonrisa que poco a poco se convirtió en una risotada. En esos años grises no era habitual ver a la gente por la calle exhibiendo un gesto de felicidad. Se consideraba una señal de que alguien había perdido la cabeza o de algo tan olvidado como el hecho de ser joven. Lo cierto es que con sus risas puras y contagiosas Quim y Nil alegraron la mañana a más de un vecino con el que se cruzaron. Menos a la señora Carmen, la viuda alcahueta del barrio, que al ver como Nil no había seguido sus consejos respecto a Quim le giró la cara enfurruñada con su mueca más mustia.

Joan Romagosa suspiró visiblemente molesto. Apagó la radio que siempre lo acompañaba en la carpintería, salvo en aquellos momentos en que requería de concentración. Se rascó el escaso y cano pelo que le quedaba mientras rumiaba el modo de poder arreglar el pernio de una puerta. Cambió la pieza por otra pero el problema persistía. Pensó que tal vez la causa fuera la tornillería. A menudo lo más pequeño provoca lo más grande. «Que se lo digan a las células que nos matan», pensó. Cansado de no hallar la solución, salió del habitáculo destinado al taller y tomó asiento frente a Soledad, afanada en ordenar las facturas pendientes de cobrar y llevar al día el pago de los impuestos municipales, que no dejaban de atosigarla.

—Ya no sirvo ni para reparar una puerta —rezongó el viejo septuagenario.

Tenía las manos gruesas y cuerpo enjuto. Su mirada gris había perdido intensidad, y aquella combinación de nubes de su retina se iba diluyendo día a día hasta conformar una tonalidad difuminada, propia de un cielo agotado.

—No diga tonterías. Váyase a tomar un café al Braulio y ya verá como todo lo ve de distinta manera.

—Que no, Soledad, que me tiemblan las manos y se me nubla la cabeza. Ni siquiera recuerdo qué cené ayer.

Soledad tomó aire y lo soltó con tiento, evitando desvelar una preocupación que iba adquiriendo tintes de obviedad.

—Y hablando de recordar —cambió de tercio Soledad—. ¿Sabe que todavía no ha cobrado el tapizado del cine Pascual? Si le digo la verdad, no sé a qué espera para hablar con Eugeni Pascual.

Soledad se levantó de la silla, rodeó la mesa que los separaba y, en cuclillas, puso las manos sobre las rodillas de Romagosa.

—Necesitamos el dinero más que nunca, las cuentas no salen.

El viejo le acarició fraternalmente la mejilla y dibujó una sonrisa cargada de tristeza, con el rictus invertido, como si de una máscara veneciana se tratara. Se incorporó lamentando las molestias de la espalda, ya convertidas en crónicas. No había movimiento al que no acompañara alguna dolencia.

—Son tiempos malos, mujer —dijo Romagosa con un hilo de voz, silenciando la guerra desigual que le había declarado su cuerpo—. ¿Cómo voy a exigirle al viejo Eugeni que me pague si no tiene ni para abrir el cine? ¿Acaso crees que él no sufre por tenerlo cerrado y tener cada día más deudas? Además, su madre me daba la merienda cuando en mi casa no podían...

Soledad escuchaba atenta, sabiendo que el viejo tenía razón. Le emocionaba saber que todavía existían personas que ponían por encima de todo la lealtad a un amigo.

—Mi obligación es recordárselo.

—Y haces bien, Soledad, haces bien. Te voy a hacer caso y me voy a tomar ese café. Ahí dentro —dijo Romagosa señalando una caja de cartón próxima a la mesa sobre la que trabajaba Soledad— tienes cajas de tabaco americano recién llegado.

—Muchas gracias.

—De gracias, nada, que con la miseria que te pago no sé cómo me aguantas. Si ya lo decía mi mujer antes de que nos abandonara, «vamos a adoptarla, que es la hija que necesitas».

—No hace falta que ningún documento me recuerde lo que es usted para mí.

A Romagosa esas palabras le provocaron un escalofrío. Rodeó el rostro de Soledad con las manos y la besó con ternura en la frente. El repique de la campanilla de la puerta interrumpió el momento. Un hombre fornido, rayano en los cuarenta años, se despojó de la boina que cubría su cabeza lunar y saludó con los ojos bajos a Romagosa.

—Maestro, vengo a pagarle parte del trabajo que nos hizo en casa hace tres meses.

El viejo le palmeó la espalda como agradecimiento y le indicó con el mentón que Soledad lo atendería.

—Todo llega, Soledad, todo llega —dijo a modo de despedida Romagosa, con el aplomo con el que hablan quienes hacen lo que deben.

10

Cuando el ritmo de trabajo se lo permitía, Soledad subía a casa y se tomaba un receso antes de afrontar el resto de la jornada. Era un tiempo para ella donde no cabía nadie más. Ni siquiera sus propios fantasmas, a quienes espantaba encendiendo la radio o cantando a voz en grito. Algunas veces, incomodada por la sonrisa que David desplegaba en el retrato del comedor, terminaba volcándolo por la necesidad de sentirse absolutamente sola. No soportaba ver como aquellos esplendorosos veinticinco años salían de la fotografía y le preguntaban con ojos contrariados si mantenía el honor de la familia o cómo se las arreglaba con la casa o con la educación de su hijo. Era ese aislamiento intencionado el que le otorgaba la fuerza necesaria para continuar, esa que la impelía a soñar que algún día no dependería más que de ella misma. Vivía en un mundo de hombres autoritarios, deprimidos y ausentes. Un mundo en el que solo las mujeres eran capaces de gestionar la miseria que ellos habían provocado. Ser soltera, viuda o una mujer abandonada en el nombre de una bandera perdedora te convertía en objeto de escarnios, abusos y chascarrillos. La sociedad no estaba preparada para aceptar a mujeres que no estuvieran subordinadas a un hombre. Soledad sabía que tendrían que pasar muchos años, más de una vida entera, para lograr lo que la naturaleza exigía por encima de la voz de los hombres. Sin embargo, no estaba dispuesta a someterse a aquel código social aceptado en el que el silencio y la sumisión de la mujer eran valores apreciados. Gritaría con gestos en lugar de con palabras. Y aunque el dolor agazapado en su corazón por la pérdida de una hija le quitaba de cuando en cuando el aire y las ganas de vivir, no iba a sucumbir a esas costumbres tan arraigadas.

Nil sabía de aquella rutina intermitente de su madre pero desconocía los detalles que la conformaban. Siempre pensó que se debía al cansancio que arrastraba a cuestas. Su madre era una mujer inquieta, un nervio, en palabras de su padre, y aun así no eran pocas las ocasiones en las que al caer la noche se quedaba dormida encima de la mesa del comedor y Nil la miraba embelesado, sintiéndose un afortunado por tenerla. En alguna ocasión, tras esas treguas laborales que Soledad se tomaba, Nil había vuelto a poner en vertical el retrato de su padre creyendo que una ráfaga de viento lo habría volteado. Sin embargo nunca tuvo que hacerlo con el retrato de Rosa. No recordaba haberlo visto boca abajo jamás. Ante el riesgo de que aquel día Soledad estuviera en casa y tuviera que darle explicaciones por ese índice espachurrado que precisaba una cura, decidió evitar el encuentro e ir a visitar a Bernardo al cine Avenida de la Luz.

En la cabina de proyección, además de una botella de coñac escondida y montañas de bobinas que apenas permitían el movimiento, había también un pequeño botiquín. Bernardo terminó de envolverle el dedo magullado con esparadrapo mientras Nil se dejaba hacer, embobado al ver a través de la diminuta ventana de la cabina como Tyrone Power disfrutaba del reposo del guerrero junto a la bella Linda Darnell.

—Esta mujer es mi amor platónico —confesó Bernardo.

—No mientas, Bernardo —sonrió Nil—, tu amor platónico es John Wayne.

—Listo, que eres un listo —exclamó el proyeccionista en cuanto logró anudar los dos extremos de la venda.

Bernardo comprobó con el ojo bueno el tiempo que restaba para que terminara la proyección de *El signo del zorro*.

—¿Te acuerdas del cromo que te enseñé el día que...? —Nil evitó incluir en la pregunta los detalles que ambos ya conocían. Bernardo asintió—. Me dijiste que conocías a alguien que podría ayudarnos.

El proyeccionista se tomó un tiempo para pensar. Se levantó del taburete, extrajo del pantalón el cartel de *La diligencia* de John Wayne y lo desplegó una vez más.

—¿Sabes una cosa, muchacho? Llevas años demostrándome que llevas el cine ahí dentro —dijo Bernardo golpeando con un puño cerrado, suavemente, sobre el corazón de Nil—. ¿Quieres que veamos *La diligencia* en el cine más especial y secreto que te puedas imaginar?

Encarrilaron la calle Conde Borrell cuando Bernardo le recordó a un emocionado Nil que su cuerpo aún no se había recuperado de la detención y no estaba para según qué trotes. Una vez dejaron atrás la confluencia con la calle Tamarit, el proyeccionista se detuvo frente a un angosto pasaje. Se adentraron en él a pesar de las reticencias iniciales de Nil. El olor a orines y la veloz rata que rozó el pie del muchacho se alejaban mucho de lo que había imaginado durante el trayecto. Según Bernardo, aquellos muros mohosos de los edificios y la calzada embarrada del pasaje corroboraban que la última vez que el sol visitó ese lugar el Caudillo todavía era cabo. En la mitad exacta del callejón hallaron una pequeña librería cuyo rótulo de madera rezaba en letras esculpidas: La Gran Mentira. Nil leyó con cierta confusión y en voz alta el nombre del local y se acercó tanto a la puerta que su nariz chocó contra el cristal. Una bombilla encerrada en una jaula de canario que pendía del techo permitía atisbar unas estanterías colmadas de libros. La lámpara de artesanía de supervivencia apuntaba a una pequeña mesa rectangular que simulaba ser una claqueta de cine. La puerta de acceso estaba cerrada y no había señales de que hubiera nadie en el interior. Cuando, de pronto, una sombra negra y maléfica, con dientes menudos aunque amenazantes, impactó de manera desafiante contra el cristal, mostrando las pezuñas y sus escasas ganas de hacer nuevos amigos. El gato permaneció en guardia maullando una suerte de advertencia que hizo que Nil se retirara de la puerta.

—No te dejes intimidar por Nineta —aconsejó

una voz gutural y a la vez tenebrosa, despojada de toda sonoridad.

El hombre que acababa de hablar se acercó a Bernardo. Ambos se abrazaron como dos amigos que llevan tiempo sin verse, aunque solo había pasado un mes desde su último encuentro. Vestido con una vieja camisa blanca de manga larga y con el cuello cubierto por un pañuelo de estampado violáceo, sus ojos saltones destilaban inteligencia. Todo ello, junto al pelo abundante, negro y ensortijado le daba un aire de genio despistado. No hacía mucho que había cumplido setenta años y, aunque su voz no ocultaba la operación de tráquea a la que había sido sometido meses atrás, su rostro avejentado revelaba el miedo, ese nuevo e indeseado compañero con el que le había tocado convivir a raíz del diagnóstico médico.

—No me digas que te has quedado dormido... —dijo Bernardo con sorna.

—¿A estas horas? A las seis de la mañana ya estoy en pie. Vengo del bar. Me han prohibido el tabaco, pero no los carajillos.

Leo necesitaba tomarse alguna pausa para hacerse entender mejor. La enfermedad le exigía vocalizar con precisión.

—Nil, te presento al gran Leo González —dijo Bernardo poco antes de que el hombre y el muchacho se estrecharan la mano—. Desde hoy ya nunca dirás que soy el tipo que sabe más de cine, te lo aseguro.

El comentario arrancó una carcajada muda de Leo, que se disponía a abrir el negocio. Fue Bernardo el que empujó a Nil para que entrara, pues el chico se había quedado quieto frente a la puerta, temeroso de que aquella criatura diabólica pudiera llevar a cabo sus más recientes promesas. En cuanto accedieron al local, la gata regresó, dócilmente transformada por la presencia de su amo, al rincón en el que una caja de cartón y un recipiente con leche le servían de hogar. Mientras Bernardo y Leo se ponían al día sobre las novedades de las últimas semanas, Nil revisaba los libros que había en la tienda. En todos ellos reinaba una única temática: el cine. Biografías de actores, americanos la mayoría, guiones originales en inglés, ensayos técnicos relativos a la iluminación y a la fotografía y unos tomos encuadernados que contenían decenas de ejemplares de la revista *Primer Plano*. No faltaban los libros relacionados con el cine alemán y con la nueva tendencia italiana bautizada como neorrealismo.

—¿Por qué se llama La Gran Mentira? —quiso saber Nil.

Leo y Bernardo se buscaron con la mirada, pero fue el proyeccionista quien con un leve movimiento de mentón invitó a su amigo a que respondiera.

—Es por las iniciales de mi nombre y mis apellidos. Leo González Martín.

El mohín del muchacho con la boca dejaba claro que no le convencía aquella explicación. Y mucho menos cuando detectó la sonrisa pícara de Bernardo.

El librero recortó las distancias con el muchacho y apoyó una mano en el hombro de aquel joven curioso cuyos ojos ni siquiera parpadeaban ante la expectación de lo que estaba a punto de escuchar.

—El cine, hijo, el cine es la más grande y bella

mentira. Todos aceptamos que nos engañen con una historia bien contada. Que nos lleven a lugares inexistentes, que nos hagan soñar con besos irreales..., depositamos nuestra fe en las palabras de un vaquero, un detective o una mujer fatal que desaparece de nuestras vidas en cuanto regresa la luz en la sala. Es sin duda la mentira más aceptada, ¿no crees?

El muchacho meditó la respuesta un instante, pero al no hallar una réplica que estuviera a la altura de aquella afirmación se limitó a encogerse de hombros. Se acercó a los estantes y señaló uno de los libros.

—¿Y los ha leído todos? —preguntó Nil al librero.

—Todos menos ese. —Leo señaló uno de ellos al tiempo que le daba un codazo guasón a Bernardo—. Cógelo.

Nil extrajo de la librería un libro cuyo título era *Raza*, en el que aparecía el actor Alfredo Mayo ataviado de militar.

—¿Qué tiene de malo? —preguntó cándido el muchacho.

—Digamos que no me gusta demasiado su guionista. Un tal Jaime de Andrade.

Solo los dos hombres rieron la gracia ante el gesto de incomprensión del chico. No todos conocían las aficiones literarias de Francisco Franco Bahamonde.

—Creo que esta es la tienda más pequeña en la que he estado —dijo Nil decepcionado—, y eso que incluyo la zapatería de Jacinto.

—¿Sabe algo de la votación? —le preguntó Leo a Bernardo.

Este negó con la cabeza. Nil apretó los labios con desconfianza al no entender a qué se referían.

—Está bien, todo a su tiempo —dijo Leo—. Y ahora, vuélvete y cuenta hasta cinco, muchacho.

El chico obedeció dándole la espalda a ese par de tipos que, aunque no tuvieran la intención de hacerle nada malo, era obvio que algo tramaban. Leo se acercó al lateral de una estantería, apartó uno de los libros y tiró de una pequeña palanca. Al instante se activaron unos resortes invisibles, y tres segundos después la estantería se deslizó hacia delante, recortando el espacio que los separaba y dejando un pequeño hueco por el que a duras penas cabía el corpachón de Bernardo.

Nadie tuvo que decirle a Nil que se volviera. El insólito rumor del mueble había atraído toda su atención. Bernardo disfrutaba viéndolo absorto, entregado a esa aventura que no había hecho más que empezar. Entraron en la habitación oculta. Pasados unos segundos, y de manera automática, la estantería regresó a su ubicación original, quedando los tres atrapados en una cámara de apenas seis metros cuadrados donde no se apreciaba ventana ni puerta alguna. De la decoración, más excesiva que la del edificio de la Metro Goldwyn Mayer, llamaba la atención la presencia de varios focos con reposapiés de madera, algunos viejos proyectores de cine, una silla de director en cuyo respaldo podía leerse el nombre de Edgar Neville y una colección de carteles de películas pintados a mano. Nil quedó fascinado ante el dibujo del gorila gigante sosteniendo en su mano a la rubia Fay Wray, la primera reina del grito. Dos de las paredes estaban prácticamente cubiertas con fotografías en blanco y negro. Victor Mature, Robert Taylor, Rita Hayworth, Alan Ladd, John Wayne, Lana Turner, Linda Darnell, Glenn Ford... Rostros seguros de sí mismos, bellos y preñados de magnetismo. También había antiguas cintas de cine recortadas y —según el propio Leo— prohibidas por la censura, que descansaban expuestas sobre una vitrina cubierta de polvo. Repartidas de manera estratégica, cuatro columnas de bobinas, etiquetadas y ordenadas por su país de producción, reducían todavía más el espacio del habitáculo.

—La creación del acceso a este cuarto —se esforzó Leo en explicar, aunque la irritación de la garganta era ya una losa diaria— fue mérito de mi padre, que en paz descanse. Fue él quien creyó oportuno reforzar la seguridad. —El chico escuchaba atentamente—. De todas estas caras que nos miran, ¿cuál crees que puede servir de llave?

Nil miró a Bernardo tratando de obtener algún dato más pero el proyeccionista no movió ni una ceja. Se acercó al retrato de John Wayne y lo señaló.

—Si este fuera el negocio de Bernardo... Pero resulta que es mío, muchacho.

Nil dio una vuelta sobre sí mismo, tratando de saber cuáles de esos ojos contenían la respuesta. «Y si fuera mío sería el de Lana Turner», pensó el chico. Como no se decidía por ninguno, fue el propio Leo el que lo hizo y señaló a la protagonista de *Solo los ángeles tienen alas*. La sexualidad descarada y a la vez elegante de Rita Hayworth tenía embelesado a Leo, que no se cansaba de contemplar aquella belleza feroz. El librero pidió a Nil que se acercara a Bernardo y que ambos se apartaran de la única pared sobre la que no se apoyaba ninguna bobina. Al descolgar con tiento el retrato de aquella *pin-up* que ocupaba los sueños de los soldados americanos y los acompañaba en sus batallas, el suelo empezó a temblar. Las entrañas de aquel edificio rugieron como la voz gutural de Leo. Una danza de engranajes y poleas hizo posible que en el suelo asomara una trampilla. Nil se acercó cauteloso a ella y de ese agujero oscuro subió un olor a humedad y a cirios recientemente apagados. Leo prendió una vela y fue el primero en entrar en aquella suerte de cueva. Gracias a la lumbre, el muchacho distinguió el nacimiento de una escalera de madera con peldaños irregulares. Nil y Bernardo siguieron los pasos del anfitrión, y al pisar el último de los escalones, inmersos en una penumbra desconcertante, escucharon unas lejanas gotas de agua y la risa esofágica de Leo. Nil no tuvo tiempo de temer ningún mal inminente. Tras el chasquido de un interruptor, la sala quedó totalmente iluminada. El muchacho no podía creer lo que estaba viendo. Llegó a contar cuatro filas compuestas cada una por seis butacas, un pasillo lateral, una puerta con una placa de latón que indicaba el baño y una pequeña cabina a la que se accedía mediante una angosta escalera. Y frente a esa perfecta reproducción de una sala de cine, una pantalla de seis metros de largo por tres de ancho coronaba esa estancia majestuosa que, aunque de reducido tamaño, no carecía de detalle. Las butacas, forradas de terciopelo azul oscuro al igual que el suelo, la dotaban de cierta elegancia.

—Como ves —dijo Leo guasón—, solo nos falta una platea y un anfiteatro.

Nil recorrió la sala boquiabierto, acariciando cada una de las butacas, sentándose en una de ellas, sonriendo a Bernardo.

—Durante la guerra, muchacho —continuó Leo—, se construyeron más de mil doscientos refugios en Barcelona.

El hombre con la voz amputada levantó una mano y agachó la cabeza con un gesto de dolor. No era fácil mantener ciertas costumbres con el órgano fonatorio extirpado. La de narrar historias se había convertido en toda una odisea.

—Continúa tú, Bernardo —suplicó Leo con su voz cercenada—. Ya conoces la historia.

Bernardo tomó el relevo sin dilación.

—Uno de sus mejores amigos —anunció el proyeccionista señalando con un dedo a Leo— resultó ser Ramón Perera, un ingeniero que en el año 1937 trabajó para la Junta de Defensa Pasiva de la Generalitat. Para que me entiendas —matizó Bernardo—, un departamento público creado para proteger a los ciudadanos ante lo que se nos venía encima.

—La guerra —pronunció Nil con entereza.

—Pues bien —continuó el proyeccionista—, por petición del aquí presente —dijo señalando a Leo—, el tal Perera lo ayudó a construir esta maravilla.

—¿Un cine?

—No, un refugio, al principio. Uno más en las tripas de la ciudad.

Bernardo se acercó a la escalera por la que se accedía a la cabina y le mostró a Nil que bajo esta había una fuente con una cisterna de agua y una pequeña cocina. Disponían de todo lo necesario para soportar cualquier ataque del exterior durante el tiempo que fuera necesario.

—Lo del cine —se esforzó en añadir Leo— vino después. Cuando en el 39 convirtieron Barcelona en una ciudad de intrusos, me refugié en mi pasión secreta. Esta que estás viendo. Por cierto, Bernardo, si no le has hablado de la votación tampoco lo habrás hecho sobre la promesa. ¿Me equivoco?

Bernardo negó con la cabeza divertido e invitó a Nil con la mano a que tomara asiento en una de las butacas de la primera fila.

—A día de hoy solo seis personas en todo el mundo conocen este secreto que contemplas —informó Bernardo—. Tú serás el séptimo, y el más joven con diferencia. Nunca nos reunimos para otra cosa que no sea ver cine, pero antes de invitar a un nuevo miembro sometemos la decisión a votación. Si uno solo de los miembros se opone, el invitado queda descartado. Hubo un tiempo en el que fuimos quince, pero la vida es un suspiro impaciente que no espera a nadie.

—¿Todos votasteis a mi favor? —preguntó Nil destilando cierta vanidad.

Leo asintió.

—¿Y por qué? ¿Y quiénes son los demás? —quiso saber el muchacho.

—Porque el cine también es tu pasión —respondió Bernardo—. Respecto a los demás, tal vez coincidáis algún día, tal vez no. Cuando seas mayor de edad tendrás una llave y podrás entrar aquí cuando quieras.

Nil se levantó de la butaca sin pensárselo y se abalanzó sobre el cuerpo fortachón de Bernardo, regalándole un intento de abrazo que décadas después el proyeccionista todavía recordaría como uno de los momentos más hermosos de su vida. Leo se acercó y acarició la cabeza esquilada del chico.

—Ningún miembro —recordó Bernardo con gesto solemne— puede hablar de esto con nadie si antes no se somete a votación. Nadie es nadie, Nil, sin excepciones. Corren malos tiempos para ver determinadas películas y leer según qué libros. Y no estamos dispuestos a renunciar a nuestra pasión y mucho menos a la libertad de elegir lo que queremos ver o leer. En caso de incumplimiento jamás volverás a pisar esta sala. ¿Te ha quedado claro?

El chico asintió alzando su única mano a modo de juramento. Los dos hombres se esforzaron en contener una sonrisa que, liberada, podría haber sido malinterpretada.

—Una pregunta —quiso saber el muchacho—. ¿Y quién escoge las películas?

Los dos hombres se miraron cediendo la respuesta uno al otro. Como ninguno de los dos se animaba fue Nil el que continuó.

—¿Podré traer el regalo que me hizo mi madre? *El gran dictador*.

Al librero se le dibujó una gran sonrisa en el rostro.

—Fue Leo el que te consiguió esa película —confesó Bernardo—. Y claro que puedes. De hecho, son ese tipo de películas las que nos gusta ver aquí, justamente las que nos prohíben.

—Bueno, señores —dijo Leo—. Me apetece ver por segunda vez lo que dentro de unos años será considerado una obra maestra del señor John Ford.

—Un momento —pidió Bernardo antes de que Leo se dispusiera a preparar la bobina de *La diligencia*—. Nil, ¿no querías que alguien te ayudara con el cromo?

Ante tanta emoción, el muchacho se había olvidado de aquella empresa que últimamente le robaba el sueño. Se apresuró en extraer el cromo del bolsillo, envuelto en un pañuelo, y se lo entregó a Leo. Este se puso unos lentes que colgaban de su cuello gracias a un cordel de confección propia que los sostenía por las patillas. Estudió la fotografía, con curiosidad al principio, con desconcierto después. Tomó asiento en una de las butacas y sin dejar de mirar aquella estampa se comprimió las cejas con los dedos. A Bernardo no le había pasado desapercibida aquella mutación en la expresión de su viejo amigo.

—¿Algo que debamos saber? —preguntó el proyeccionista con cierta inquietud.

Leo empezó a hablar sin mirarlos a la cara, centrando su atención en aquella efigie dibujada de un galán de la época de pelo con brillantina, bigote fino y ojos verdes.

—El pasado domingo visité a un viejo amigo en el mercado de San Antonio. —Las pausas de Leo eran cada vez más seguidas y prolongadas—. Hace mucho tiempo que ya no creo en las casualidades, y lo cierto es que un tipo se le acercó y le preguntó por este mismo cromo.

—¿Estás seguro de que hablamos del mismo? —inquirió Bernardo.

Como respuesta, Leo asintió convencido, comprimiendo los labios y mirando fijamente a su amigo con cierta preocupación.

—¿Quién era ese tipo, Leo?

—Lo mismo le pregunté yo —añadió el librero—. Solo pude saber que se trataba de un alemán que rondaría los cuarenta años. De buen porte y exquisita educación. De lo que estoy seguro es de que le preguntó justamente por este cromo. El tendero del mercado de San Antonio conoce bien mi trayectoria profesional y quería saber si conocía a Blas Montjuic, que era el nombre de ese actor por el que el alemán se había interesado. Tuve que decirle que no.

—¡Qué raro que no lo supieras! —exclamó Bernardo.

—Admito que me cabreó no saber de quién hablaban —explicó Leo con resignación, encogiéndose de hombros y alzando la mirada por primera vez desde que tenía el cromo en sus manos—. El alemán le ofreció a mi amigo hasta tres mil pesetas por el cromo.

Bernardo dio un silbido, tragó saliva y miró a Leo con los ojos muy abiertos.

Nil se acercó al librero y le arrebató el cromo con su única mano.

—Lo siento, no está a la venta —determinó el chico.

Aunque a Leo le sorprendiera aquella reacción, pudo ver en la expresión del muchacho lo mucho que aquel cromo significaba para él. Le quitó importancia al arrebato juvenil y decidió ayudarlo a saber más sobre aquel objeto de deseo del que nada había escuchado hasta la fecha.

—Si no es el dinero lo que te interesa —advirtió Leo—, sé quién te puede contar algo más sobre este actor.

El librero se acercó hasta la cabina de proyección y regresó con un lapicero y un trozo de papel. En un principio anotó el nombre de Victoria, pero tras pensárselo terminó tachándolo para anotar otro junto a una dirección y le entregó a Nil el papel.

—Ella te podrá ayudar —dijo Leo—. Trabajó en la editorial Bruguera cuando se editaron estos cromos. Pero sobre todo tened en cuenta una cosa —anunció con un dedo alzado—. El actor de este cromo se llamaba Blas Vaccaro, y no Montjuic. Por eso cuando el tendero de San Antonio me preguntó por este nombre no supe a quién se refería.

—¿Lo conociste? —preguntó Bernardo.

Leo se mordió los labios y no respondió. Les indicó con un gesto que tomaran asiento en las butacas mientras él se dirigía a la cabina. Un instante después, y con la sala a oscuras, apareció en pantalla, bajo un cielo colmado de nubes, una diligencia escoltada por jinetes. Sobre la imagen caía en cascada el listado de los principales actores. Leo tomó asiento junto a sus amigos. Mientras ellos se entregaban a ese viaje de nueve personas en un territorio hostil, el librero permaneció anclado a la imagen de aquel galán de bigote fino y ojos glaucos con el apellido cambiado. «Tu final, Blas, también fue el mío», se dijo con los ojos llorosos y una presión en el pecho que solo remitió cuando apareció en escena Claire Trevor y miró a John Wayne del modo en el que todo hombre sueña que lo miren alguna vez en su vida.

11

Hubo un tiempo en el que todas las ciudades quisieron tener un hotel Ritz. En 1945, Barcelona ya hacía veintiséis años que había dejado de ser una de ellas. Las largas colas de racionamiento, los edificios mellados donde se hacinaban familias numerosas, hambrientas y desesperadas, la tristeza con la que se acostaba a diario gran parte de la ciudad..., todo ello se encontraba a un par de calles de aquel edificio majestuoso, asentado en la avenida de José Antonio Primo de Rivera. A la hora en la que algunos de sus clientes frecuentaban el bar del hotel para tomar un vermú, el inspector Valiente aparcó el Lancia negro frente a la marquesina de la entrada principal, accedió al edificio y atravesó apresurado el lujoso vestíbulo. El bochorno de la calle allí no existía, y aquella muestra de elegancia y distinción lo puso de buen humor. La miseria que a diario tenía que contemplar con sus propios ojos terminaba irritándolo. La de vagos y maleantes que amparándose en los males del país no daban palo al agua. Preguntó en la recepción por la habitación 108 y siguió las indicaciones que una atractiva morena de ojos felinos le facilitó.

De camino a su destino recordó la orden que hacía apenas media hora había recibido del comisario Quesada. «Nadie debe conocer el contenido de esta lista.» El día antes el comisario había recibido en Jefatura una carta donde el empresario Hans Lutz lo citaba en el hotel Ritz. Los Aliados exigían a Franco la repatriación de quienes consideraban espías al servicio del mismísimo Hitler, y Lutz era el número veinticinco de la lista negra que habían confeccionado con sus nombres. Cuando Quesada le pidió a Valiente que fuera él la persona que hablara directamente con aquel alemán, propietario de un laboratorio farmacéutico en la elegante calle del Doctor Roux, se le activaron todas las señales de alarma. El gobierno franquista había ordenado a los principales responsables policiales que se mantuviera en secreto el contenido de esa lista, exigiendo que antes de dar cumplimiento a los extremos demandados por los Aliados se procediera a consultar a las más altas instancias. Franco había cedido a las pretensiones del bando vencedor y, aunque no quería detener a ningún nazi, se veía obligado a llevar a cabo alguna actuación para calmar el enojo de los Aliados, irritados ante la dejadez del Régimen. Quesada era el hombre más hábil para esquivar las balas políticas, y aquella lista tenía visos de convertirse en toda una ráfaga. Valiente supo que se adentraba en territorio peligroso pero estaba dispuesto a asumir el riesgo y a sacar tajada de todo ello.

La habitación 108 disponía de una gran cama de matrimonio, un mueble bar surtido con bebidas inimaginables para la mayoría de los barceloneses y una bañera romana decorada con mosaicos. Años después aquella misma bañera contemplaría los cuerpos desnudos de Ava Gardner, John Wayne y Frank Sinatra, entre otros.

Abrió la puerta un joven rubio y silencioso. Su corte a cepillo y su corpulencia le indicaron a Valiente que se encontraba frente a un militar disfrazado de civil. El traje que llevaba le sentaba mucho mejor que al tipo que esperaba atento sobre un butacón tapizado de verde. Hans Lutz tenía el pelo bermejo, peinado hacia atrás con gomina, un afeitado impecable y los zapatos lustrosos. En su atuendo, un pañuelo de seda brotaba lo justo por el bolsillo de la americana para combinar a la perfección con el color blanco y los lunares rojos de la corbata. En la solapa llevaba atado un cordón que sujetaba un monóculo ajustado a uno de sus ojos azules. Al levantarse para estrecharle la mano a Valiente, este pudo constatar que aquel hombre no sobrepasaba el metro cincuenta. Al inspector le irritaba que Hans Lutz lo mirara a través de aquel lente escrutador. Con un vaivén de mano el empresario alemán invitó a Valiente a que tomara asiento frente a él, en un sillón idéntico al suyo.

—Gracias por su visita, señor comisario.

—No soy Quesada, señor Lutz —aclaró de inmediato el policía tras un carraspeo—. Soy el inspector Víctor Valiente, uno de los responsables de la Brigada de Investigación Social.

La expresión de Lutz se avinagró ante aquel imprevisto. Volvió a levantarse, mandó a su escolta que abandonara la habitación y se sirvió un whisky americano en un vaso de cristal.

—En mi país es una falta de respeto enviar a otros sin advertir de ello —dijo Lutz, más apenado que molesto.

Valiente quería empezar con buen pie y decidió no responder a esa primera ofensiva.

—¿Le apetece tomar una copa, inspector?

—Vino tinto.

Lutz bajó ligeramente la cabeza, clavó la mirada en Valiente sosteniendo el monóculo y sonrió.

—Es usted un hombre de caprichos baratos, inspector, y eso nunca es bueno.

El alemán sirvió el vino y le entregó la copa al policía. Sentados uno frente al otro, Lutz tomó la iniciativa ante la actitud reservada del inspector.

—Todo empezó aquí, en esta misma habitación, en diciembre del 39 —dijo el alemán repasando de un vistazo la estancia para terminar deteniéndose en la atenta mirada del policía—. Por aquel entonces yo llevaba en Barcelona más de ocho años. Al cumplir los treinta decidí alejarme de las garras absorbentes de mi padre y perpetuar su laboratorio farmacéutico en algún lugar más cálido que mi Hamburgo natal. Sin embargo, en cuanto Hitler invadió Polonia y los ingleses declararon la guerra a Alemania, a pesar de mi estatura, fui llamado a filas. Al cursar una solicitud de prórroga a través de la embajada alemana en Madrid, llamé la atención del que era la máxima autoridad de la Gestapo en la capital española. ¿Tiene un cuaderno para anotar el nombre que le voy a dar?

Valiente negó con la cabeza y se señaló con un dedo la sien.

—Otto Koppke, el número tres de su lista —dijo

Lutz sin tapujos, dejando bien claro que también él podía acceder a esa información—. Tiene en la actualidad cuarenta años, una espalda curtida en la natación y es hábil con las palabras y temible por sus acciones. Fue él quien me citó en el año 39 en esta habitación. Y créame, su exposición fue muy clara. Si quería permanecer en Barcelona en lugar de ir al frente ruso, debería trabajar para la Abwehr, el Servicio de Inteligencia Militar de las Fuerzas Armadas Alemanas.

—Veo que la lista de los Aliados es correcta —dijo Valiente.

—Tenía que salvar mi vida, inspector. Y no sea ingenuo, en esta España decadente y desarticulada no hay turistas, lo que hay es una numerosa colonia de espías. Ingleses, americanos y alemanes. Aunque algunos, como es mi caso, por imposición. Ya ve cómo soy, en el frente no duraría ni una hora.

Valiente extrajo un papel de su americana y leyó algunas de las anotaciones en voz alta. Luego se dirigió a Lutz:

—Su laboratorio es una tapadera desde hace unos años. —Lutz escuchaba impasible—. De hecho, utiliza la empresa como intermediaria en la compraventa de obras de arte expoliadas a los judíos. Así es como se gana la vida. Y al parecer muy bien. Me gusta llamar a las cosas por su nombre, Hans.

—Todos mis compatriotas me llaman Juanito.

—Como yo soy español, lo seguiré llamando Hans. Lo que no acabo de entender es por qué citó al comisario en esta habitación, ¿para contarle su apasionante vida?

—Quiero protección —exigió Lutz.

—No me gusta su tono —replicó Valiente, sabiéndose poderoso frente a aquel tipo que se hallaba contra las cuerdas.

—Disculpe, inspector —respondió Lutz con poca convicción, reculando en sus ademanes y apurando de un trago el whisky—. Como comprenderá, si hay algo que manejo bien es la información. Sé que buscan al asesino del anarquista francés Jean-Paul Bernier, al que estaban vigilando por sus contactos con los maquis.

Valiente inclinó el cuerpo hacia delante, con el mentón apoyado en las manos y los codos sobre las pantorrillas.

—Lo mataron inyectándole cianuro. Como dicen por aquí, blanco y en botella, ¿no cree?

—Dígame algo que no sepa, Hans.

—Hace unos años el Führer le pidió a Himmler que creara una orden clandestina que se ocupara de mantener intactos los ideales nazis por todo el mundo. Un grupo siniestro cuyo máximo responsable en España fue Otto Koppke.

Valiente empezaba a inquietarse, de nuevo una historia del pasado. Lutz prosiguió:

—Incluso contaba con el apoyo de la policía española para localizar, secuestrar y repatriar a todo alemán que se alejara de lo establecido por el Gran Reich. La Red Ogro era el nombre por el que se conocía a esa célula. Si caías en sus redes terminabas tus días en un campo de concentración y juzgado por un tribunal arbitrario.

Valiente consultó el reloj de su muñeca con una

mueca de hastío y Lutz cazó el gesto. El alemán levantó una mano pidiéndole un poco más de paciencia.

—Como ve, con el tiempo han cambiado los perseguidores, inspector. Sin embargo los perseguidos somos los mismos. —Valiente ignoró el comentario, quería saber a dónde le llevaría todo eso—. Koppke estaba al corriente de que el gobierno español había comprado importantes cargamentos de oro a Suiza y había realizado el transporte a través del puesto fronterizo de Canfranc. Pero aquellos camiones no solo llevaban el oro que los suizos habían comprado a la Alemania nazi, que a su vez lo había robado de los países ocupados: también llevaban numerosas obras de arte.

—Y ahí es donde entra usted.

—El que también quiso entrar fue Otto Koppke. En cuanto supo que el destino de esas pinturas era mi farmacéutica quiso obtener una parte del pastel. No le bastaba que yo entregara más de la mitad de mis beneficios al Gran Reich. —Lutz tomó otro sorbo de whisky y cruzó una pierna por encima de la otra—. Ante mi negativa a que formara parte de la administración de mi laboratorio farmacéutico, Koppke me incluyó en la lista de la Red Ogro. Solo tuve un modo de evitar ser secuestrado y posteriormente repatriado por mis compatriotas. ¿Se imagina cuál?

Valiente frotó el pulgar y el índice como respuesta. Lutz asintió y continuó con el relato.

—Cuando Himmler, el jefe de la policía alemana, se suicidó el pasado mes de mayo con cianuro... —Lutz resaltó esto último—, Koppke huyó de la vida lujosa de Madrid. Se le terminaron las fiestas privadas rodeado de actrices y toreros, los escarceos con sus amantes en el hotel Palace. Todo ese mundo se le vino abajo con la desaparición de su mentor.

—Me está desconcertando, Hans, y eso no me gusta.

—Inspector, en esa lista negra que tiene en su bolsillo constan seis nombres de alemanes en la ciudad de Barcelona. ¿Me equivoco? —Lutz no esperaba respuesta—. Pues debe incluir a uno más. Otto Koppke reside en Barcelona desde hace unos meses. No sé dónde vive en estos momentos, pero su mujer se llama Gertrude Fresser y regenta un peculiar local en la calle de la Luna número 2. Por cierto, inspector, ¿se ha dado cuenta de que Fresser es un apellido judío?

—Por supuesto —respondió Valiente cargado de cinismo.

—Cosas de la guerra, inspector. Un jefe de la Gestapo acostándose con una judía.

Valiente se levantó y se sirvió otra copa de vino. Caminó hacia la ventana y contempló el trajín de carros y algún que otro coche por la avenida. Necesitaba ordenar toda aquella información. No podía presentarse ante Quesada y soltarle el sermón que había recibido de aquel alemán de modales aristocráticos, mirada inquietante y lengua viperina. Por otra parte, Lutz se relajó al ver como hacía lo propio el policía.

—Koppke mató a Jean-Paul Bernier, inspector.

Lutz esperaba un comentario de Valiente pero, al ver que el policía no reaccionaba, quiso asegurarse de que se diera por enterado.

—Espero que toda esta información sirva para que... ya sabe, sus hombres no me localicen cuando los Aliados aprieten las tuercas a su gobierno.

Valiente se volvió y esbozó esa sonrisa que no auguraba nada bueno para su interlocutor.

—No tenga ninguna duda de que así va a ser, Hans. Pero quiero una parte de sus negocios con el arte.

Entonces Lutz se levantó, aunque frente a Valiente parecía que seguía sentado. Escrutó al policía con su ojo acristalado, y asintió con aire circunspecto.

—Inspector, en cuanto usted salga de esta habitación me voy a esconder en un rincón de este país y después ya nadie me encontrará. Necesito contar con su apoyo durante ese breve espacio de tiempo. Solo le pido que se olviden de mí durante setenta y dos horas.

Valiente escuchaba impaciente.

—Cuando encuentre a Koppke, haga lo que tenga que hacer con él, pero no desaproveche la ocasión de acercarse a Gertrude Fresser. Ella es una gran empresaria, y si usted cumple mis peticiones me ocuparé personalmente de que Gertrude atienda sus necesidades. Es todo lo que le puedo ofrecer.

A Valiente le desagradó la respuesta de aquel hombre reducido. Acostumbrado a sembrar el terror allí por donde pasaba, no contaba con una reacción altanera. Podía detenerlo en ese mismo momento, un documento oficial lo amparaba. Pero también sabía que eso le comportaría otros problemas. Quesada lo había advertido, no quería más errores. Valiente hizo un esfuerzo para no llevarse a ese renacuajo a Jefatura y decidió dirigirse hacia la puerta de salida.

—Y tenga cuidado de no enamorarse de Gertrude, inspector —advirtió Lutz con una sonrisa de satisfacción, dándole la espalda y sirviéndose otra copa—. Algo me dice que le gustan las mismas cosas que a Koppke.

12

Dos días después de que Nil hubiera conocido el secreto mejor guardado de Bernardo, habían planeado visitar a la mujer cuyos datos les había anotado Leo en un papel. Las tardes de verano, cuando el sol ya caía, tenían algo de resurrección. A esa hora la vida en la ciudad se aceleraba aprovechando las últimas horas de luz, ante el temor de sus habitantes a enfrentarse a la inminente noche y tener que rendirle cuentas. Un día más siendo un don nadie, no pudiendo aportar a la familia nada que llevarse a la boca: esa era la historia que más se repetía en aquel barrio en el que ni siquiera las alegres aspas de El Molino endulzaban la amarga realidad. A la altura de la zapatería de Jacinto, Bernardo aceleró el paso para que el muchacho hiciera lo propio, pero la reacción llegó tarde.

—¿A dónde vais con tanta prisa, bandarras? —exclamó Jacinto.

El zapatero se asomó por la puerta del local, enfundado en un guardapolvos azul con las mangas recortadas. No llevaba nada debajo y le asomaba por el pecho una copiosa pelambrera. Se encendió un cigarro y le ofreció otro a Bernardo. El proyeccionista se detuvo resignado y aceptó el pitillo. A Nil se le escapó esa sonrisa tonta que siempre asomaba ante la presencia del zapatero.

—Eso es cosa nuestra —respondió Bernardo cortante.

—Vale, vale... Perdone usted, caballero —dijo Jacinto alzando las manos a modo de disculpa—. Ni que fuera yo de la secreta. En este país nos han jodido de por vida, ya no confesamos ni el pedo que nos tiramos.

—Los de la secreta tienen cara de estreñidos, tú simplemente eres feo, Jacinto —soltó Nil divertido.

—¿Y a ti qué te pasa, chato? ¿Me he metido yo acaso con tu muñón?

Jacinto le pasó cariñosamente un brazo por el cuello a Nil. Unos segundos después, su gesto cambió por lo que estaba a punto de comentar:

—Ayer anduvo merodeando por aquí el guripa que *hase* unas semanas acompañaba al inspector Valiente, ese que...

—Ya sé quién es Valiente, Jacinto —cortó Bernardo—. ¿Qué quería?

—La muerte de ese *fransés* les está *hasiendo* perder la chaveta. Aquí hay gato *enserrao*.

A Bernardo aquella conversación le empezaba a incomodar. Nil era todo oídos.

—*Disen* que echaba espuma por la boca porque lo han *envenenao*. Por eso yo solo me fío de las anchoas del Braulio, que vale, tienen su antigüedad y están secas como la mojama, pero no hay bacteria que pueda con ellas.

—¿Nos vamos? —preguntó Bernardo.

Cuando ambos hicieron el ademán de reemprender el paso, Jacinto agarró de un brazo a Bernardo y le susurró:

—A ver si me pasas un cartel de esos, ya sabes, donde *aparesca* la mujer de mi vida.

—Veronica Lake te viene muy grande, Jacinto.

—Ya lo que me faltaba, que no nos dejen ni soñar.

Media hora después descendieron por las Ramblas, bulliciosas y apartadas de las penurias de las calles limítrofes. Bernardo se aferraba a aquella arteria de la ciudad para creer que algún día todo volvería a ser como antes. A los pies de la estatua de Colón, junto a uno de los leones que lo escoltaba, una jaula para canarios con cinco compartimentos descansaba sobre un tablón de madera. La coronaban dos banderas nacionales y un cartel que rezaba: LAS PAJARITAS QUIROMÁNTICAS LE SACARÁN SU DESTINO POR 25 CÉNTIMOS. El joven que regentaba ese peculiar negocio reparó en la atención que le prestaba Nil y reclamó su presencia con un gesto de la mano y una sonrisa, pero Bernardo estiró del brazo del muchacho y continuaron caminando.

—Solo quería saber si algún día volveré a ver a mi padre.

Al proyeccionista le escoció el comentario. David Roig no era solo el padre de Nil, también fue un buen amigo suyo, un compañero. Recordaba las lágrimas de David la víspera de su partida, poco antes de ponerse al servicio de la causa y dirigirse a los Pirineos. La última conversación que mantuvieron se desarrolló en el mismo tejado que ahora frecuentaban Nil y Quim.

—Todos te advierten de que puedes perder la vida por tus ideales pero nadie te menciona el dolor por apartarte de tu familia —reconoció David Roig, acurrucado en el suelo rojizo del tejado, con la mirada ocupada por un cielo crepuscular. La voz grave que siempre lo había acompañado pareció desaparecer en ese instante.

—No tienes por qué hacerlo, nadie te va a exigir nada —le recordó Bernardo.

David se lo quedó mirando sin replicarle. Sabía bien quién era la única persona que jamás le iba a perdonar que se quedara con los brazos cruzados, viviendo con miedo y sumisión, enterrando sus sueños en las montañas de Montjuic y convirtiéndose en el hombre temeroso que no era. Aquella persona era él mismo, así lo habían parido y así pensaba morir. Todo lo que ocurriera durante su trayecto vital no eran más que daños colaterales de su propia naturaleza. Apretó la mandíbula, encogió la mirada y pronunció la última frase que Bernardo escuchó de su boca.

—Nil tiene la mejor madre del mundo.

David dijo eso para tratar de aligerar el peso que la conciencia le hacía cargar por abandonar a su pequeño.

—Y un padre que no olvidará —añadió Bernardo—. Pase lo que pase.

El proyeccionista apartó aquel recuerdo de su cabeza cuando alcanzaron la plaza del Duque de Medinaceli y se adentraron en la calle Ancha, donde los adoquines, cubiertos por una capa de musgo, se volvían más resbaladizos. A mitad de calle Bernardo descubrió que las señas anotadas por Leo pertenecían a una funeraria. Instantes antes de cruzar la puerta llegó al lugar un carruaje humilde, sobrio y arrastrado por un solo caballo.

—En esta vida, ese pobre desgraciado ha sido un muerto de hambre —dijo Bernardo con tono lastimero—. Si en tu entierro el carruaje lo arrastra un solo caballo, muchacho, mala cosa.

—¿Hay alguien dentro de la caja? —preguntó Nil impresionado.

Un hombre que apestaba a muerte descendió del carruaje. Ojeras pronunciadas, traje negro remendado, cicatriz que le cruzaba media cara y un aliento putrefacto del que dieron buena cuenta cuando los saludó con un escueto «buenos días» para seguidamente acceder a la funeraria. Bernardo y Nil siguieron sus pasos y, antes de preguntar por Amelia Soler, esperaron a que aquel espanto de hombre hiciera su trabajo.

—Traigo materia fresca —anunció a gritos y con cierto entusiasmo ante un mostrador desocupado.

El local estaba desangelado. Dos sillas destartaladas en un lateral y una vitrina vacía y cubierta por una capa fina de polvo decían muy poco de aquel negocio en decadencia a pesar del importante número de muertes que acontecían en la ciudad. La desnutrición en los infantes y las enfermedades llamadas *del pecho*, como la tuberculosis y la bronquitis, causaban estragos entre la población más afectada por la pobreza. Si había un negocio cuyo viento debería soplar a favor era ese, y sin embargo aquel espacio mísero estaba muy lejos de la prosperidad que solía presuponerse a los de su ramo.

Una mujer de pelo largo y cano, piel lechosa y mirada apagada salió de detrás de una cortina negra arrastrando una pierna. Echó un vistazo rápido a los dos hombres y al muchacho y apoyó las manos sobre el mostrador de madera.

—Quedamos en que todo se haría de noche —le recordó con desdén la mujer al conductor del carruaje. Lanzó una mirada esquiva a Bernardo y a Nil y volvió a dirigirse al representante de la parca—. Que sea la última vez, díselo a quien tú ya sabes. Y ahora dejadme la caja aquí, ya me ocuparé yo de todo.

El hombre obedeció sin rechistar y abandonó el negocio con la cabeza gacha.

—¿Y ustedes qué desean? —preguntó la mujer cambiando el tono, esforzándose en aparentar una amabilidad que no logró.

—Preguntamos por Amelia Soler —respondió Bernardo.

—Servidora.

—Venimos de parte de Leo González —explicó el proyeccionista logrando que el rostro de la mujer se destensara. Creyó ver en ella un amago de sonrisa, pero fue tan breve que lo atribuyó a su imaginación.

El representante de la muerte irrumpió de nuevo con un féretro de pino. En esta ocasión lo ayudaba un mozo del que nadie dudaría que era su hijo. Descargaron la caja a escasos metros de Nil y, tras recibir un sobre de manos de Amelia, se marcharon en silencio.

—Síganme —les conminó la mujer tras cruzar la cortina negra, que no permitía ver qué escondía la trastienda.

A Nil le pareció extraño que la base del féretro estuviera empolvada, pero por nada del mundo pensaba acercarse a descubrir el motivo.

El almacén no difería mucho de la dependencia principal. Lejos de contener material fúnebre, apenas constataron la presencia de dos féretros sin manijas ni decorados, destinados a cualquiera que no se pudiese permitir pagar algo mejor. Llamaba la atención que ambas cajas también estuvieran cubiertas por un polvo blanco. Cerca de una mesa sobre la que descansaban libros de contabilidad, el proyeccionista llegó a contar más de veinte garrafas de aceite.

—¿Es para embalsamar? —preguntó Bernardo a la mujer señalando las garrafas.

A Amelia le incomodó la pregunta, les acercó un par de sillas cuya resistencia era dudosa y esperó a que los visitantes le explicaran el motivo por el que Leo les había dado esa dirección. Estaba claro que aquel hombre con rostro bobalicón y el chico manco que lo acompañaba no habían venido a por el aceite o la harina que vendía de estraperlo. La mujer utilizaba los féretros como medio de transporte seguro, a salvo de las multas severas con las que se castigaba el mercado ilegal de aquellos productos básicos que seis años después de la guerra todavía escaseaban.

Bernardo le hizo un gesto a Nil para que le entregara el cromo a la mujer.

—Leo nos dijo que tal vez nos podría dar datos sobre este actor —dijo Bernardo—. Si no me han informado mal, usted trabajó en la editorial Bruguera editando cromos como este.

La Amelia arisca se desvaneció de sopetón. Sujetaba el cromo sin esconder un temblor de dedos más propio de la emoción que de la incipiente artrosis que no la dejaba conciliar el sueño. Tras los dedos fueron sus labios los que empezaron a tiritar. No tardó en ponerse a llorar, sollozando en silencio, con solemnidad y con la mirada clavada en el rostro del galán de mirada glauca. Bernardo le ofreció un pañuelo de tela que Amelia rechazó con aspavientos. Aquel llanto contenido había esperado demasiado para que ahora fuera interrumpido. Requería de tiempo, de ser liberado sin trabas. El proyeccionista y el muchacho agacharon la cabeza, desviaron la mirada y respetaron ese acto íntimo.

—No se llamaba Montjuic —logró decir Amelia una vez remitió el sofoco—. Vaccaro era el apellido verdadero de Blas.

—Eso mismo nos dijo Leo —dijo Nil.

—Era el hijo de Victoria —continuó Amelia—, mi mejor amiga. Y digo *era* porque Blas desapareció tras una detención policial hace ahora cinco años. Pero no quiero hablar de ello, fue muy doloroso para todos. Sí les puedo decir que era una excelente persona, incapaz de hacer daño a nadie, y que se dedicaba al doblaje de películas y a poner su voz al servicio de algunas radionovelas.

Amelia tenía serias dificultades para controlar un llanto intermitente. Bernardo, sorprendido por lo que acababa de escuchar, se preguntó por qué Soledad conservaba ese cromo olvidado en el bolsillo de una bata. El proyeccionista acercó la silla y posó un brazo sobre el hombro de la mujer, que continuó hablando:

—Poco después de que Blas desapareciera para siempre vino a verme a Bruguera un amigo suyo, un anarquista huido a Francia. Después de que compartiéramos un café y hermosos recuerdos de Blas, me pidió que le editara un cromo especial que simulara pertenecer a la colección «Famosas estrellas de la pantalla». Me dio una foto de Blas y me indicó que su apellido, en lugar de Vaccaro, fuese Montjuic. El número del cromo tenía que ser el 57, no me pregunten por qué. Un cromo único cuya utilidad nunca he sabido. —Amelia se recompuso y devolvió el cromo a Nil—. No pertenece a ninguna colección, así que no creo que tenga mucho valor, si es lo que están buscando. —El tono agresivo de Amelia acababa de regresar.

—Solo es curiosidad —confesó Bernardo.

—En estos tiempos la curiosidad es la principal causa de mortalidad —respondió Amelia con los brazos cruzados sobre el pecho.

En ese mismo momento alguien reclamaba su atención afuera. Bernardo y Nil se incorporaron y, aunque en un principio el proyeccionista hizo el ademán de estrecharle la mano como signo de agradecimiento, la mujer se apresuró en levantar la cortina negra y los invitó a que se marcharan.

En la entrada del local, una familia compuesta por una madre y sus dos hijos sostenían dos botes vacíos y una botella de cristal. Bernardo cruzó la mirada con aquella mujer de expresión famélica al tiempo que uno de los niños se abalanzó sobre el féretro e intentó levantar la parte superior. Amelia le dio un manotazo en el brazo y el chico lo entendió a la primera. Solo entonces Bernardo conectó toda la información que había obtenido desde que había entrado en la funeraria. El modo descuidado en el que ese par de tipos abandonaron el féretro, dejándolo caer sobre el suelo con un importante estruendo, las numerosas garrafas de aceite de la trastienda y la harina que asomaba por todos los rincones. Amelia exigió a Bernardo con la mirada que se marcharan. El proyeccionista no necesitó palabras para entender la naturaleza clandestina de aquel negocio.

Ya fuera del local, pisando los adoquines mohosos de esa calle condenada a la sombra, Nil caminaba pensativo mientras Bernardo todavía le daba vueltas a los inimaginables modos que tenía la gente de sobrevivir en esa ciudad.

—Bernardo, ¿y si un día regresamos a la Metro Goldwyn Mayer y preguntamos por Blas Vaccaro?

El hombre detuvo el paso y encaró al muchacho con gesto inquieto. Los fantasmas del pasado acababan de aflorar con la narración de Amelia. La última detención policial que había sufrido a cargo de Valiente y la paliza a Paulino le habían servido para reavivar un miedo inoculado años atrás.

—¿Y si lo dejamos? Ya has visto lo que duele remover el pasado.

—Es muy importante para mí.

Nil veía en aquel cromo una suerte de mapa por descifrar que lo acercaría irremediablemente hasta su padre. Al proyeccionista le sorprendió la firmeza del chico y asintió con desaliento sin atreverse a preguntar. No le gustaba ver como empezaba a asomar en aquel muchacho el adulto testarudo en el que se convertiría. Reemprendieron la marcha sin más comentarios acerca del cromo. La tarde se había diluido y un cielo rojizo pronosticaba otro día de calor. A esa misma hora, la ciudad coleccionaba sombras en las esquinas, los vecinos tomaban el fresco sentados a horcajadas en las sillas, en el Rigat se bailaban canciones de Machín, una mujer se vendía a un vencedor por el precio de una barra de pan, un niño cenaba *farinetes* sin imaginar lo que le habían costado a su madre y un hombre sujetaba vencido unos barrotes preguntándose si algún día volvería a ver a los suyos. Y todo eso ocurría en esa ciudad enmudecida bajo cielos anaranjados que abrigaban un rumor de esperanza.

13

El cartel del local era una de esas mentiras aceptadas por todo el barrio. Rezaba MERCERÍA LA LUNA, en honor a la calle en la que estaba ubicado. Sin embargo no había que tener una mente muy avispada para saber que de puertas hacia dentro la Marlene Dietrich, que era como todo el mundo conocía a Gertrude Fresser por esos lares, regentaba una casa de tapadillo. Los pómulos eslavos, la melena rala y aquella mirada lánguida atribuida a la célebre actriz eran también rasgos apreciables en la mujer de Otto Koppke. Algunos vecinos pasaban largas horas sentados en el banco municipal próximo al negocio únicamente para ver entrar o salir a aquella belleza germana que había revolucionado a la parroquia. El local disponía de tres habitaciones en la segunda planta y tenía por lema «Lo mejor de la ciudad para los mejores de la ciudad». Chicas que de día eran empleadas de Casa Vilardell completaban su jornada laboral acudiendo un par de horas a esas citas concertadas con hombres perfumados de pelo engominado, dulces en los primeros instantes y rudos e imprevisibles en los desenlaces. Gertrude Fresser se había asegurado de que cada una de ellas tuviera al día su cartilla de sanidad, que conservaban en el local. En 1941 un decreto ley creó las Prisiones Especiales para Mujeres Caídas, donde iban a parar aquellas que ofrecían sus servicios de manera clandestina y sin cumplir la vigente normativa. Las niñas de Gertrude, que así era como ella las llamaba, no eran descarriadas ni prostitutas vulgares. Concebidas con el mayor cinismo como jóvenes intrépidas, la cola de espera para formar parte de las elegidas empezaba a ser abrumadora. Sobre todo porque había sido la propia Gertrude la encargada de divulgar desde el primer día que algunas de esas niñas se habían convertido en la esposa de algún hombre pudiente de la ciudad, por lo que aquel negocio había acabado siendo un trampolín de sueños.

Cuando el inspector Valiente se detuvo para leer el cartel que coronaba la puerta principal, la noche era cerrada, la calle olía a orines y un sereno que arrastraba los pies al andar lo saludó marcialmente. El inspector olía a guripa a cien metros de distancia, aun bajo la luz mortecina de una farola renqueante. Animado por el hecho de constatar que aparentaba ser lo que era, accedió al interior de aquel negocio encubierto. Valiente tenía por costumbre informarse bien sobre las personas y los lugares que pensaba frecuentar. El día antes había leído algunos informes policiales recientes en los que se reflejaba que muchos de los habituales clientes del lujoso prostíbulo Madame Petit, alertados por el incipiente descuido de las lenguas viperinas de algunas de las chicas, habían preferido migrar a locales más reservados, como resultaba ser la mercería de Gertrude Fresser. En cuanto el inspector puso el primer pie dentro percibió que se trataba de un lugar distinguido. El elegante empapelado oscuro con cenefas doradas, el aroma del bienestar de los privilegiados, las fotografías en blanco y negro de torsos, piernas y espaldas desnudas colgadas en la pared. De fondo, acariciado por la aguja de una gramola, sonaba el *Bésame mucho* de Jimmy Dorsey. A Gertrude Fresser le ocurrió lo mismo que al sereno de la calle. Al ver a Valiente supo al instante que no se trataba de uno de sus habituales clientes. El inspector ignoró el saludo educado de aquella mujer de belleza helada y recorrió los escasos metros que lo separaban de la recepción de aquel diminuto hotel. No había duda de que Gertrude Fresser había hecho un buen trabajo consigo misma, dado que emanaba clase y poseía una mirada que a pesar de su templada sonrisa invitaba a no darle jamás la espalda.

—Busco a Otto Koppke.

Gertrude se acercó al inspector con tiento, calibrando qué tipo de hombre tenía delante. Convivir durante más de siete años con un comandante de la Gestapo te confería un conocimiento del ser humano fuera de lo habitual.

—¿Con quién tengo el honor de estar hablando? —preguntó la mujer al tiempo que ofrecía su mano para ser besada.

Valiente desechó el gesto y a cambio le mostró el listado de los Aliados con el nombre de su marido subrayado.

—Inspector Valiente, señora Fresser, ¿o prefiere Koppke?

Gertrude no respondió, hizo el ademán de apoderarse del documento pero Valiente lo retiró a tiempo.

—Está de viaje —anunció la alemana sin disimular su incomodidad—. Dentro de dos días tiene concertada una reunión en Barcelona con personas ante las cuales usted se cuadraría, señor inspector.

—Le voy a pedir dos cosas —advirtió Valiente al creer percibir un discreto grado de hostilidad—. La primera es que me diga dónde puedo encontrar a Otto cuando regrese, es urgente. Y la segunda, que no me subestime. De saltarse una de las dos, le recomiendo que sea la primera, ya que voy a encontrar a su marido con o sin su ayuda.

Valiente se disponía a marcharse cuando la voz de Gertrude lo detuvo.

—¿Sabe que ayer Lutz se marchó de España?

La noticia sorprendió al inspector y así lo reflejaba su expresión.

—Conocía a un armador vasco que le debía un favor y dinero. Primero embarcaron su mujer y los niños con un pasaporte falso. Después lo hizo él vestido de portuario. ¿Se lo imagina? —le preguntó Gertrude, a quien parecía divertirle la historia—. Ese cuerpecillo enfundado en un mono grasiento y azul. Me hubiera encantado verlo. En estos momentos debe de estar navegando rumbo a Argentina.

—No perdió el tiempo.

—Que todo fuera apresurado no significa que hiciera las cosas mal. Tengo entendido que le permitieron embarcar ciertos muebles y una importante colección de cuadros de algunos pintores holandeses de renombre. Pero no todos. Algunos me los confió a mí y a mi buen hacer.

Valiente reculó unos pasos y se acercó a Gertrude.

—Disculpe mi memoria, inspector —dijo Gertrude con cierto aire altanero—. ¿Es posible que Lutz me dijera que tal vez en un futuro próximo usted y yo podríamos trabajar juntos?

—Es posible.

—Como puede comprobar, ando muy lejos de subestimarlo.

Gertrude abrió la puerta y esperó a que Valiente saliera.

—Y descuide, inspector, en cuanto vea a Otto le diré que nos ha visitado.

14

No solía avisarla. El punzante recuerdo de David siempre repetía el mismo patrón. Primero una fuerte opresión en la sien y a continuación la inmediata necesidad de abandonar la tarea que estuviera llevando a cabo en ese momento. Soledad se sintió aliviada al comprobar que en aquella ocasión la había sorprendido a solas. El señor Romagosa acababa de salir a tomarse un café en el Braulio y no había nadie que pudiera verla en ese estado. Habían regresado la sensación de que le iba a estallar la cabeza, una extendida presión en el pecho y esas irrefrenables ganas de llorar. De un cajón del despacho cogió una caja de puros Farias y de esta, recogidas con un lazo rojo, extrajo las últimas cartas de David. Le habían llegado a través de un enlace anónimo de la organización. Databan de diciembre de 1944, pues hacía más de ocho meses que no tenía conocimiento sobre cómo estaba su marido. David, como venía siendo costumbre, transmitía más entusiasmo en la descripción de las hazañas logradas por la organización que por su familia. A veces Soledad se preguntaba en qué tipo de hombre se había convertido. Sospechaba que tal vez siempre había sido así, un tozudo aguerrido incapaz de escuchar a los demás. Con más ideales en sus venas de los que un hombre puede tolerar. Releyó esa última carta y no halló en sus palabras la huella del joven que años atrás le había robado el corazón. No podía entender cómo todo aquello se había evaporado, cómo alguien en cuya mirada ella acumulaba tanto deseo había terminado escribiéndole esas cartas colmadas de palabras huecas. «Cuando la familia de un hombre deja de ser su bandera todo se vuelve incomprensible», pensó al tiempo que se apartaba de la cara unas lágrimas más propias del rencor que de la ternura. Y es que las verdaderas heroínas se vendían por las esquinas del barrio chino, se convertían en estraperlistas de poca monta como ella o se dejaban la espalda y las rodillas trabajando como mulas. Pero de ellas nadie hablaba en *La Vanguardia*, en los bares del Poble-Sec o en los seriales de la radio. La atención era para ellos, aquellos creadores y partícipes de la guerra que habían decidido convertir a las mujeres en derrotas. Hastiada de ser una de ellas, acudió a un pequeño botiquín que el señor Romagosa guardaba bajo la mesa y localizó una caja de tabletas Okal. Se tomó una y volvió a sentarse, esta vez con los ojos cerrados, sujetándose el entrecejo y regulando la respiración. Una vez que desapareciera la jaqueca podría seguir con su trabajo.

—¿Estás bien, Soledad? —La despertó la voz preocupada de Romagosa.

No tenía noción del tiempo transcurrido pero concluyó que no debía de ser mucho si el carpintero regresaba de tomar su café matutino. Le quitó importancia a su estado con un gesto y le entregó al maestro un pedido que acababa de entrar poco después de que él se marchara.

—Tú misma, ya sabes que enfermo mal curado, dos veces enfermo. Por cierto, Dolores me ha dado este sobre.

Romagosa se lo entregó a Soledad y esta lo cogió con una mueca de desagrado.

—¿Cuánto es esta vez? ¿Un diez por ciento de lo que debe?

—No seas así, mujer...

—¿Que no sea así? El otro día la muy pájara se dejó en los almacenes Jorba más de cien pesetas en saldos de retales y en dos americanas para el borracho de su marido. La vi con mis propios ojos.

—Mujer, si es en ropa... No querrás que por pagar al carpintero tengan que ir desnudos por la calle... Además, de sobras sabes que no me gustan los chismes.

Soledad agachó la cabeza ante unas palabras cercanas a la regañina en boca de un hombre que ni siquiera sabía alzar la voz.

—Yo no digo nada, señor Romagosa, pero a mí me enseñaron que antes de comprar hay que dejar de deber.

—Lo que trataba de decirte era que en el sobre solo hay una parte. —Ahora era el carpintero el que, alzando las cejas hirsutas y blancas muy por encima de las gafas, quería evitar a toda costa un nuevo enfado de Soledad—. El resto está ahí.

Con un gesto del mentón, Romagosa le señaló una montaña de paquetes de café.

—Será vivaracha...

Soledad tuvo que contenerse para no perder las formas.

—Ya sabes que a mí, con este reuma, todo me cuesta mucho —lamentó Romagosa.

—No se preocupe, ya me llevo ahora unos cuantos al Borne, que a esta hora siempre hay movimiento.

—De lo que saques, la mitad para ti.

Apenas se había alejado unos pasos de la carpintería cuando el doctor Fuster le salió al encuentro. La miró a los ojos con cara de bobo y esbozó sin querer una de esas sonrisas que deberían estar prohibidas a fin de resguardar la dignidad de un pobre enamorado. La expresión de Bonifaci Fuster cambió bruscamente cuando dirigió la mirada a la abultada barriga de Soledad.

—¿A dónde va usted? —preguntó Soledad, sabiéndose deseada por ese pobre diablo que destilaba inocencia y bondad.

A Fuster se le atragantaron las palabras, todavía asombrado por aquella barriga que su mente científica no alcanzaba a comprender.

—¿Y si acompaña a esta pobre embarazada hasta el Borne? No querrá que vaya sola y me exponga en mi estado a un mareo o a algo peor en estos tiempos que corren.

El doctor Fuster se limitó a asentir con la cabeza. Soledad acercó su boca al oído de Bonifaci y le susurró:

—Hoy va a ser testigo de cómo se gana una el pan en esta ciudad.

A Fuster tal anuncio le produjo una repentina

sequedad de labios y una taquicardia que sus libros de medicina no habrían sabido explicar. Se pasó gran parte del paseo tratando de imaginar a qué se había referido. Cuando a medio camino se encontraron con una conocida y Soledad desenvainó de su panza supuestamente embarazada un paquete de café, el doctor Fuster no supo dónde meterse. Ejercer como médico a escondidas era algo que su moral asumía con temor, pero practicar el estraperlo suponía exigirle más de lo que sería capaz de hacer incluso por sí mismo. Se excusó con torpeza ante Soledad y se dispuso a rehacer el camino recorrido.

—No me deje sola —suplicó Soledad con tal intensidad que hasta Bonifaci Fuster, paralizado y con un sudor frío recorriéndole la espalda, se preguntó si esa súplica se refería únicamente a ese determinado momento.

Nil cruzaba la calle Conde del Asalto cuando le llamó la atención el jolgorio que estaba montando un corrillo de jóvenes a las puertas del cine Barcelona. Entre ellos distinguió a Quim, sentado sobre el maletín de madera que siempre lo acompañaba, con un brazo extendido hacia delante y con el puño cerrado mientras ocultaba el otro a la espalda.

—¿Qué hacéis? —preguntó Nil a su amigo limpiabotas.

Los cuatro chicos, rateros del barrio, rieron con ganas ante la pregunta del muchacho.

—¿Quieres jugar a los chinos, tullido? —le preguntó el Pantera, un gitano de la playa del Somorrostro de cuerpo musculado y mirada intimidatoria que pronto cumpliría dieciséis años.

—Se llama Nil —dijo Quim con voz trémula, temeroso de las consecuencias que podría comportar su atrevimiento.

La playa del Somorrostro era la ciudad sin ley. Un bosque de barracas aglutinadas, de techos enlatados y plastificados que como los champiñones había brotado años atrás frente al mar, de espaldas a la ciudad. Y tal vez porque también la ciudad le daba la espalda, durante mucho tiempo no lograron verse. Al principio se aposentaron en el barrio aquellos campesinos que a finales de los años veinte creyeron que una vida mejor les esperaba, ocupando una parcela de arena a merced de las inclemencias del Mediterráneo y de los residuos que en los ríos vertían las fábricas cercanas. Bastaba echar un vistazo para que uno se preguntara cómo podían vivir en semejantes condiciones. Con los años, un asentimiento gitano transformó aquel conglomerado de chabolas en una zona marginal. Niños jugando descalzos y con el pecho descubierto en pleno invierno, burros que arrastraban carros cuyas ruedas soportaban milagrosamente la carga de lo que una ciudad en posguerra lanzaba a la basura. Ser del Somorrostro te concedía el respeto de los demás. Un respeto nacido del terror, de las distintas leyendas que corrían por la ciudad acerca de los jóvenes que habían desaparecido una vez que habían cruzado la primera de las calles que configuraban aquel barrio fantasmal donde la bruma y la niebla se ocupaban de velar los secretos de un territorio prohibido.

El Pantera interrumpió el juego y se levantó con ganas de jarana. Se acercó al limpiabotas y le estiró de una oreja hasta conseguir que se incorporara. Cuando lo tuvo de pie, el gitano le dio un empellón en el pecho.

—¿Te he preguntado yo cómo se llama tu amigo? —gritó el Pantera—. Entonces, *¿pa'* qué hablas?

Nil le indicó a Quim con la mirada que lo dejara. Hacía mucho tiempo que lo que menos le dolía era escuchar palabras como tullido, manco o el Sinmano.

—Y tú, ¿tienes tres pesetas? —le inquirió el Pantera a Nil.

El muchacho asintió temeroso de que, además de robarle, el Pantera le diera un bofetón de recuerdo.

—Pues venga —apremió el Pantera—, uno más *pa'* jugar.

Quim pidió una tregua para poder contarle a Nil cómo se jugaba a los chinos. El ganador obtenía una entrada para el cine Barcelona y diez pesetas que serían entregadas al acomodador. Era bien sabido que el programa de aquella sala incluía dos películas de reestreno, el preceptivo NO-DO, y un par de pajilleras en la última fila del anfiteatro. El acomodador conocía bien las normas que la costumbre popular había convertido en ley. Si alguien le entregaba diez pesetas, tres se las quedaba para él y el resto lo repartía con una de las dos mujeres que, ducha en manualidades bajo la penumbra, terminaría realizando el servicio demandado. La elección de la pajillera correría a cargo del acomodador en función del tipo de cliente. Sabía bien que la sangre joven siempre demandaba una mano veterana. Contra todo pronóstico, y fruto de un azar saleroso, Nil venció aquella partida a los chinos.

La primera reacción que tuvo el muchacho fue ceder tal privilegio a Quim, a sabiendas de que para su amigo aquellos menesteres no suponían ningún mal trago, sino todo lo contrario. El limpiabotas ya estaba recogiendo el dinero de los demás cuando el Pantera cazó una de sus manos y la apretó contra el suelo.

—Ha ganado el tullido —sentenció el gitano con la mirada clavada en Quim—. Así que saca tus zarpas o te rompo los huesos. Y tú, tullido, no nos mientas, que el acomodador es mi primo y me dirá si le has dado el dinero *pa'* la paja o te lo has *apalancao*. Que no me entere yo que las putas pasan hambre.

Nil claudicó ante la insistencia de aquel mastodonte de chaval que no comprendía el término negociación. Sin mediar palabra, entró al cine hecho un manojo de nervios. La taquillera le dijo que acababa de empezar la segunda sesión, lo cual facilitaba las cosas a la hora de conservar el anonimato. Cruzó tan rápidamente el largo y amplio pasillo que ni siquiera reparó en que la película que ofrecían era *Polizón a bordo*. Le entregó la entrada al portero y, después de que este la cortara, apartó un roído cortinaje de terciopelo que tenía más pulgas que años. Al instante lo deslumbró el haz de una linterna a la que acompañaba una voz ronca e intimidante:

—¿Alguna preferencia?

A la memoria de Nil acudieron las recientes palabras del Pantera. No había escapatoria. Al tenderle el dinero al acomodador sintió la aspereza de una mano de dedos gruesos y, gracias al reflejo de la linterna, la presencia de una sonrisa mellada que en la oscuridad daba verdadero pavor.

—Sígueme.

Nil tomó asiento en la butaca que el acomodador le había indicado, junto a la silueta de una mujer de formas anchas y pelo encrespado. El muchacho, inexperto en esas transacciones, clavó la mirada en la pantalla y al instante se sumergió en la historia de aquel gallego que junto a un amigo se colaban en un barco con la intención de hacer las Américas. No habían pasado ni dos minutos cuando la mujer acarició a Nil por encima de la bragueta y, acercando la boca a la oreja del chico, le susurró:

—No tenemos todo el día, cariño, así que espabilando.

Tal vez fuera una profesional fuera de serie en lo suyo, pensó Nil, pero aquellas prisas no ayudaban a que el pito se le pusiera como la situación demandaba. La mano intrusa le bajó la bragueta, serpenteó dentro del calzoncillo y liberó un pene flácido y poco colaborador. Nil sintió como el corazón le bombeaba más de lo habitual y, a pesar de que estaba quieto como una estatua y con la mirada fija en la película, la mujer volvió a advertirle con un susurro:

—Si quieres tocarme las tetas, son cinco pesetas más. Si no, la única que toca soy yo.

Ante el silencio de Nil, la mujer dio un suspiro lleno de resignación. El negocio no tenía muchas posibilidades de prosperar con tanta miseria. Mientras con una mano trataba de reanimar aquel cilindro de carne blanda, con la otra acarició el cuerpo del muchacho. Empezó por el pecho, le siguió el área abdominal, y al llegar al brazo amputado fue cuando Nil escuchó una conocida muletilla que lo dejó helado.

—¡Manda *carallo*!

Dos filas por delante, una voz áspera les exigió que se mantuvieran en silencio. Nil y Delfina se miraron en la penumbra frente a frente. Fue tal el impacto que la vecina gallega, y madre de Quim, había sufrido que no soltó el pene del muchacho, sino todo lo contrario, cada vez lo comprimía con más fuerza. Nil gritó de dolor hasta que Delfina liberó el miembro como si acabara de despertarse de una pesadilla y en su mano sujetara una rata muerta. La mujer se abotonó el escote y salió disparada de la sala.

El muchacho se quedó inmovilizado. De no haberse encendido las luces de la sala ni siquiera hubiera reparado en que la película había terminado. Se había pasado una hora y cuarto calibrando las consecuencias de lo ocurrido. Llegó a la conclusión de que la única solución pasaba por exigirse un pacto de silencio. Ni Soledad ni Quim debían enterarse jamás de lo ocurrido en el cine Barcelona.

Estaba el muchacho enfrascado en aquel problema cuando la distinguió entre el público que abandonaba la sala. Cómo olvidar su melena azabache y esa mirada verde que también se había percatado de su presencia. Lolita iba cogida de la mano de un hombre, pero fue tal la sorpresa de Nil que este tardó unos segundos en advertir que se trataba de Leo. En cuanto vieron al chico, que tenía un aura de indefensión y el gesto tenso, se alejaron de la cola que se encaminaba hacia la puerta de salida y se acercaron hasta su butaca.

—A mí también me pasa —dijo Leo estrechándole la mano—. Hay películas que lo dejan a uno cavilando, ¿verdad?

Nil fue incapaz de entender las palabras que el librero y amigo de Bernardo acababa de pronunciar. Había visto como se movían sus labios, como articulaban sonidos, pero su cabeza continuaba anclada en el grito de Delfina.

—Hola, Nil —saludó Lolita con una sonrisa que logró ruborizar al muchacho.

Leo miró a uno y después a otro sorprendido.

—¿Conoces a mi nieta, granujilla? Pero si apenas lleva unos meses en Barcelona.

Nil seguía callado, con las mejillas ardiendo.

—Nos conocimos hace unos días, en los estudios de grabación —explicó Lolita a su abuelo—. El día de su cumpleaños.

Aquella última aportación de la niña no pasó desapercibida para Nil.

Leo empezó a ser consciente del efecto que su nieta provocaba en el muchacho. Dejó escapar una sonrisa y decidió echarle un cable.

—Por cierto, ¿fuisteis a visitar a mi amiga Amelia?

Nil asintió sin poder evitar que su mirada volviera a deslizarse hacia la de Lolita.

Leo se agachó y se acercó al oído del chico.

—A mí siempre me pasaba lo mismo, se me encogía la lengua ante una cara bonita, y ¿sabes una cosa? —Nil negó con la cabeza expectante—. Nuestros silencios terminan por hacerles daño.

Nil llegó al portal de su casa poco antes de comer. Aunque no se quitaba de la cabeza a Lolita y una parte de su cerebro se había quedado detenido en sus gestos, en esa sonrisa constelada de dientes blancos y algo desordenados que le otorgaban carácter, el grito de Delfina acudía una y otra vez a su memoria. En cuanto pisó el primer peldaño de la escalera recibió un susto de muerte.

—¿Cómo ha ido? —le preguntó Quim, agazapado en la sombra y sentado sobre el maletín de madera.

Aquel era el tercer susto de la mañana. A pesar de tener decidido qué le iba a contar a su amigo, ahora que lo tenía enfrente no sabía por dónde empezar.

—Bien —logró articular, encogiéndose de hombros.

Quim se levantó con gesto de decepción.

—¿Casi me parto la cara por ti y así me lo pagas?

—¿Qué quieres que te diga?

—¿Pues qué va a ser? Si tenía las manos suaves, si te dejó que le sobaras las tetas, si le tocaste, ya sabes...

Nil estuvo a punto de decir que sí a todo, pero tras barruntar la posibilidad de que algún día Quim supiera la verdad de lo ocurrido decidió que lo mejor sería callar.

—La próxima vez, que te defienda tu primo frente al Pantera —dijo Quim despechado, empujando levemente a Nil al tratar de subir por la escalera.

En medio de un enorme sentimiento de culpabilidad por lo que había ocurrido en la sala del cine Barcelona, a Nil le vino a la cabeza un pensamiento. Su amigo era un joven que vivía prácticamente en la calle. Pateaba los locales del centro en busca de clientes con zapatos destartalados y su red de conocidos en la ciudad no dejaba de crecer. Tal vez él podría aportarle más información sobre el cromo enigmático.

—¿Quim?

El limpiabotas se detuvo y se volvió.

—Tú conoces a mucha gente, ¿verdad? —Quim asintió con orgullo—. ¿Podrías averiguar cosas sobre un tal Blas Vaccaro? Era un actor de doblaje al que mataron hace unos años.

Nil no lograba comprender los motivos por los que su amigo no le respondía y afectaba una mirada de sorpresa. Fue al sentir una presencia en la espalda cuando Nil se volvió y se topó de narices con su madre. Desconocía qué tipo de mueca debía de exhibir Lana Turner cuando se enojaba, pero conocía al detalle la de Soledad. Primero dejaba asomar una palpable tensión en los labios, después estrechaba los ojos y finalmente succionaba los carrillos dejando entrever unos hoyuelos que vaticinaban una inevitable reprimenda.

15

Madre e hijo dieron buena cuenta de las lentejas con panceta que Soledad había conseguido en el mercado negro gracias al intercambio de café. Comieron en silencio, uno frente al otro. Nil sin poder quitarse de la cabeza a Lolita, una imagen que alternaba con la de su pene manso tratando de lograr su primera erección en manos de Delfina. Soledad esforzándose en olvidar la sonrisa recatada, aunque atractiva, del doctor Fuster. El rumor del Paralelo, el estruendo de otros platos y el vocerío del bar del Braulio se colaban por el balcón. Con el tiempo el muchacho se había convertido en un experto en el escrutinio de los estados de ánimo de su madre. Aquel día interpretó su mutismo como una mala señal. En más de una ocasión le había advertido de que el pasado no se remueve. No hacía tanto que a Soledad se le había caído de las manos un vaso al escuchar en boca de Nil el nombre de Blas. El muchacho procuró comer las lentejas lentamente, prorrogando así aquel momento de paz que en breve iba a diluirse. Cuando ya no quedaba en el plato nada que rebañar, puesto que tampoco había pan con el que ayudarse, recogió la mesa. Empezó a preocuparlo el abatimiento que reflejaba la mirada de su madre. Acercó una silla a la de ella y le agarró la mano.

—Lo siento, mamá.

La disculpa de Nil logró un primer efecto. Soledad regresó de su viaje mental y le dedicó una sonrisa débil. Cubrió la única mano de su hijo con las suyas y dejó caer el cuerpo hacia delante. Toda ella era pesadumbre. Ese mismo año Nil había descubierto que su madre era una versada mentirosa. Una suerte de cocinera de la verdad que había decidido reducir la dosis habitual que le serviría a su hijo. Y es que durante aquellos años, la verdad estaba muy próxima al dolor y a la tristeza y su madre únicamente quería aislarlo de ambos. Sin embargo, jamás mentía cuando no sonreía. Ese era el gesto delator que había descubierto Nil a la edad de trece años. Con la intención de endulzar sus mentiras piadosas, Soledad esbozaba una sonrisa exagerada que en ese instante no hizo acto de presencia. Nil le ofreció toda su atención, sabía que lo que estaba a punto de escuchar no era una de esas verdades rebajadas como la leche que se tomaba cada mañana.

—Recuerdo que fue en el invierno de 1940, tú debías de tener siete años —empezó a contar Soledad bajo la atenta mirada de Nil—. Un mozo me entregó en mano una carta a mi nombre en cuyo remite venía la dirección de los estudios de la Metro Goldwyn Mayer en Barcelona. Que, por cierto, un pajarito me ha dicho que no hace mucho has estado allí.

—Bernardo —lamentó Nil con un leve resentimiento.

—Si no fuera por él no sabría nada de lo que haces por ahí. ¿Cuándo confiarás en tu madre? ¿Cuando esté bajo tierra? —Nil agachó la cabeza y Soledad le alzó el mentón con un dedo—. No te olvides de que eres lo que más quiero. ¿Lo tienes claro?

A Nil le incomodaba aquella sinceridad emotiva.

—¿Qué decía la carta? —quiso saber el muchacho.

Soledad negó con la cabeza, vencida ante la desfachatez sentimental de todo hijo adolescente. Era ley de vida, el amor entre una madre y el de un hijo están condenados a vivir a destiempo.

—Querían que asistiera al doblaje de la película *Capitanes intrépidos*. El escrito venía firmado por Blas Vaccaro y me lo pedía «por un pasado compartido».

—¿Blas y tú erais... novios?

A Soledad se le escapó una sonrisa, fugaz pero suficiente para que Nil la captara. Era bella cuando sonreía.

—Blas era un gran amigo de tu padre, así que te vestí con las mejores ropas que tenías, te peiné con la raya al lado...

Nil dibujó una mueca de desagrado.

—... Y nos fuimos a los estudios de la Metro. Cuando Blas te vio se le escapó una sola palabra: David. Me dijo que eras idéntico a tu padre a los siete años, cuando ellos se conocieron y se convirtieron para siempre en amigos inseparables. —A Soledad se le escapó un suspiro—. ¿Quién iba a imaginar por aquel entonces lo que se nos iba a venir encima? En fin, ¿qué te estaba diciendo? Eso, que Blas te cogió de la mano y te dio una vuelta por los estudios.

Poco después, cuando regresaste a mi lado, todavía seguías con la boca abierta y los ojos radiantes. El cine se te había colado por los poros y, ya ves, todavía sigue ahí.

Nil asintió con orgullo.

—Aquella tarde que para ti fue como ir a la feria, Blas me contó cosas de tu padre. Llevaba sin saber de él más de medio año. Cuando me confirmó que seguía vivo tuve que irme corriendo al baño para que no me vieras llorar.

—¿Fue ese día cuando te enteraste de que papá estaba refugiado en las montañas?

Soledad asintió, afectada por el recuerdo de aquellas emociones frente a la elección de un marido que los había excluido. La guerra jamás termina cuando se dice, el odio que la alienta es una mala hierba que no deja de crecer.

—Nil, lo que te voy a decir no puedes contárselo a nadie. Está en juego la vida de tu padre, ¿lo entiendes?

Nil enarcó las cejas con gesto de hastío y chasqueó la lengua. Soledad recibió de esa manera un tanto arrogante el sello que certificaba el pacto de silencio que pedía. Obviamente, lo entendía. Cuando David se marchó de casa para defender sus ideales Nil era un mocoso. Ni siquiera una guerra era motivo suficiente para que ese crío entendiera que iba a crecer sin la presencia de un padre. Conforme pasaron los años y esa ausencia opresiva se enquistó, el muchacho necesitó saber más. Soledad decidió mantenerlo informado a su manera, siempre evitando incrementar el dolor por la ausencia de ese padre que había decidido sacrificar su vida. Con delicadeza y abundantes dosis de sutilidad, logró obtener de Nil una complicidad férrea en todo lo que se refería a David. No eran pocas las ocasiones en las que el muchacho le había demostrado que se había convertido en un hombrecito mucho antes de lo previsto. Soledad aprendió que la madurez de una persona es siempre proporcional a las penurias y al hambre que pasa.

—Fue Blas Vaccaro quien me dijo que en 1940 tu padre ya se había convertido, según la organización, en uno de los principales hombres de confianza de Ramón Vila Capdevila, conocido como el Caracremada.

A Nil aquel apodo le despertó todos los sentidos.

—¿Quién es, mamá?

—Es un líder de la resistencia en Francia. Anarcosindicalista, como tu padre, ya que desde bien pequeño lo pusieron a trabajar en una fábrica. De hecho, fue allí donde sufrió quemaduras por toda la cara. En 1939 huyó de Barcelona y se exilió a Francia. Allí creó su propio ejército de luchadores. Ahora los llaman maquis, por aquello de que viven entre la maleza, en zonas boscosas, y tu padre es uno de ellos. Lo sé porque así me lo contó en su última carta.

Nil no daba crédito a esto último.

—¿Cuándo la recibiste?

—Hace ocho meses.

—¿Y por qué no me la enseñaste?

«Porque apenas se acuerda de nosotros —calló Soledad, ocultándose en lo más hondo de su dolor—. Porque no quiero que te sientas como yo me sentí, un elemento secundario en la agitada vida de David Roig.»

—La quemé por miedo a que algún policía la descubriera. Tu padre te echaba mucho de menos, como siempre, y me cosió a preguntas sobre ti.

—Pero si tú no puedes responderle, ¿cómo va a saber cómo estoy?

Soledad respiró hondo y se tomó un tiempo para responder.

—A través de intermediarios. Blas Vaccaro, conocido en la organización como el Montjuic, era uno de ellos. Todo lo que nos pasaba, yo se lo contaba a Blas y este transmitía el mensaje a otro amigo que se iba a Francia y así lo que yo quería decirle terminaba llegándole a tu padre.

Nil permaneció unos segundos digiriendo aquella explicación.

—Pues dile que lo echo mucho de menos —dijo Nil.

Soledad asintió con la cabeza y puso todo su esmero en esbozar una sonrisa que fuera creíble. Hacía meses que no sabía si David estaba vivo o muerto, si se acordaba de su familia o aquella guerra particular le había obnubilado del todo el sentido. Ella también lo había echado mucho de menos y, sin embargo, después de tanto tiempo conviviendo con su ausencia, no podía evitar la aparición intermitente de una rabia nutrida de soledad.

—Se lo diré.

Nil recordó las palabras de Amelia en la funeraria. Les había mencionado que Blas llevaba varios años desaparecido.

—¿Podemos ir a ver a Blas, mamá? ¿Sabes dónde está? —quiso saber el muchacho y, seguidamente, recibió una caricia de su madre en la cara.

—Verás, hijo, para mantener una lucha como la de tu padre hace falta una buena organización y, sobre todo, dinero, mucho dinero. En 1940 Blas Vaccaro era el contable de la organización. Él se encargaba de recaudar cantidades importantes, mantenerlas a buen recaudo y distribuirlas entre los hombres entregados al combate y a sus familiares. Mientras Blas vivió no nos faltó nunca esa ayuda. No era mucho, pero se agradecía. Blas siempre decía «nuestro dinero es la voz», porque algunos de los colaboradores eran también actores de seriales radiofónicos o dobladores de cine, como era su caso.

Soledad estuvo a punto de añadir algo más pero prefirió callarse.

—¿Qué le pasó? —preguntó el chico sin mencionar la entrevista que mantuvieron Bernardo y él con Amelia.

—Blas sabía dónde se guardaban las reservas de dinero y ese secreto en la España de hoy es suficiente motivo para que te maten.

Soledad volvió a suspirar, y aunque por un momento ponderó la necesidad de que su hijo supiera toda la verdad, se armó de fuerza y decidió que todavía no era el momento. Prosiguió:

—Una tarde te dejé con Bernardo y me fui a visitar a Blas. Me dijo que tenía un sobre con dinero para nosotros. En pleno rodaje de una película apareció el inspector Valiente. ¿Sabes quién es?

—El bestia que golpeó a Bernardo y a Paulino.

—El mismo —confirmó Soledad con el gesto contraído. La simple mención de ese nombre frente a su hijo le encogía el corazón. La tensión afloraba en el rostro de la mujer conforme se acercaba al desenlace—. Yo estaba en una cabina de doblaje merendando, protegida por un cristal opaco. De esos a través de los que lo ves todo pero nadie te ve a ti. El inspector acudió acompañado por dos grises y un representante del Departamento de Propaganda de la Junta de Censura.

—¿Esos que recortan trozos de películas?

Soledad asintió y siguió:

—Valiente leyó el guion que Blas estaba memorizando y lo abofeteó delante de sus compañeros. Le dijo que aquel personaje era un cerdo anarquista. Fue entonces cuando Blas se envalentonó y lo insultó llamándolo ignorante. La ira se apoderó de Valiente y ahí mismo, delante de todos, lo dejó sin sentido a consecuencia de los puñetazos y patadas que le propinó. Nadie hizo nada por evitarlo. Ni siquiera yo, que me quedé escondida y atemorizada en la cabina con mi bocadillo de sardinas a medias. Se lo llevaron a rastras y apareció en el Campo de la Bota al día siguiente, muerto. Lo supe semanas después porque no me atreví a acercarme a la Metro por miedo a que estuviera vigilada. Un conocido común de Blas me contó lo sucedido. Desde entonces ya nadie nos ayudó de ninguna manera. Y ahora es tu turno.

Soledad esbozó una de sus sonrisas exageradas y clavó la mirada en la de Nil. Ella no estaba preparada para contarle lo qué ocurrió en 1935 entre Valiente, Blas Vaccaro, David Roig, la buena de Antonia y ella misma. Hay cosas que un hijo no debe saber de sus padres. Nil supo reconocer en aquel gesto maternal tan propio de ella que su madre había decidido reservarse una porción de la verdad. Sin embargo, fue esa última invitación a que él hablara la que le produjo más desazón.

—¿Qué quieres decir, mamá?

—Hace unos días me preguntaste de sopetón si conocía a un actor llamado Blas. Yo acabo de cumplir con mi parte, ahora te toca a ti. ¿De dónde has sacado su nombre?

La pregunta fue directa, de esas que lo obligan a uno a no andarse por las ramas si quiere mantener el cariño de su interlocutora. El amor incondicional de una madre estaba por encima de muchas cosas pero no de sus propias vidas. Y Nil tenía miedo. Soledad le acababa de contar que Blas Vaccaro, uno de los mejores amigos de su padre, había sido asesinado por ser el principal contable de la resistencia. Unos días atrás un moribundo había pronunciado en sus narices el nombre de David, haciéndole entrega de un cromo inédito con la imagen de Blas sobre ese apellido ajeno. Por otra parte, Leo le había confirmado que un extranjero iba por allí ofreciendo una fortuna por hacerse con aquel cromo. Luego estaba la irrupción en escena del mal bicho de Valiente. Consciente del peligro que lo acechaba, ponderó durante unos segundos deshacerse del cromo y no decirle nada más a nadie. Pero una extraña fuerza magnética le impedía deshacerse de él. Una creencia apoyada en el deseo de volver a ver a su padre le decía que aquella ilustración numerada era el camino más directo para llegar hasta David Roig.

—Fue el nombre que pronunció el francés antes de morir en el portal.

Soledad no salía de su asombro.

—Pero ¿lo llegaste a ver con vida?

Nil asintió esbozando la expresión más angelical que pudo.

—¿Y qué más te dijo? —La voz de Soledad revelaba cierta intranquilidad.

—Nada más.

Soledad se levantó de la silla y dio varias vueltas alrededor del diminuto comedor, mordiéndose las uñas, cavilando ante la mirada atenta de Nil. Un grito de la calle reclamó su atención. Se asomó al balcón y comprobó que era Romagosa, que quería saber si se encontraba bien, ya que le extrañaba que a esas horas todavía no hubiera regresado a la carpintería. Soledad se disculpó, se arregló el pelo apresuradamente frente al espejo del baño, besó a Nil en la comisura de los labios y se marchó. Mientras Nil se preguntaba cuál sería el siguiente paso en relación con el cromo, Soledad bajó por la escalera todavía aturdida por aquellos mordiscos del pasado. Inquieta e intrigada por ese crimen cometido a escasos metros de su casa y del que su hijo había sido testigo directo. La vida le había enseñado a oler el peligro y a rechazar las casualidades con las que tratamos de explicar todo aquello que desconocemos o tememos afrontar.

16

En la puerta principal de la Jefatura, un policía uniformado le ofreció a Valiente una detallada descripción de la mujer que acababa de dejarle un sobre a su nombre. El inspector no tuvo ninguna duda de que se trataba de Gertrude Fresser. Transcurridos tres días desde su primer encuentro, ya había llegado la hora de recoger los frutos. Leyó el contenido de la nota y sonrió con satisfacción. Había llegado el día en el que conocería a Otto Koppke. El lugar propuesto para la cita era la sala Rigat. Calculó el tiempo que le llevaría ir hasta casa, en pleno barrio de Gracia, y cambiarse de ropa. La sala Rigat se había convertido en el paraíso artificial que necesita toda ciudad que respira infortunio. Ese reducto en el que los mayores estraperlistas de Barcelona, empresarios entregados al Régimen, retoños de la aristocracia y burgueses con pretensiones lograban las licencias municipales y los antifaces con los que conseguían que las autoridades hicieran la vista gorda respecto a sus negocios. El Rigat escupía mármol, butacas forradas, maderas con una pátina de barniz oscuro, escalinatas y muchos espejos capaces de detectar la miseria. No, de ninguna manera. Al Rigat no se iba con la ropa de diario, decidió Valiente.

Subió por la Vía Layetana, ruidosa y despierta, con la intención de montarse en algún tranvía de la línea 20. A lo lejos vio venir chirriando uno rojo que publicitaba los comprimidos Cerebrino Mandri. La gente iba montada hasta en los estribos. Valiente le enseñó la placa de policía al conductor y, al no ver ningún asiento libre, se acercó a la puerta de salida sujetándose a una barra. A través del cristal, el inspector se fijó en un vendedor ambulante de sardinas que mostraba su producto, de origen desconocido, sobre un cesto redondo. El vendedor no dejaba de mirar a un lado y a otro, tratando de localizar a algún policía. Valiente chasqueó la lengua y desde la ventana le dirigió una mirada penetrante y de desprecio antes de que el tranvía se reintegrara al tráfico urbano. El perseguido termina convirtiéndose en un ducho lector de miradas, y aquel vendedor había leído la del inspector sin que le cupiera duda alguna. La ciudad necesitaba mano dura, pensó Valiente. Él y los suyos iban a dejarse la piel para que así fuera. Recorrer las calles desde un tranvía le permitía constatar en un santiamén el precario estado de salud de esa Barcelona infestada de rojos y de pordioseros. De pronto se puso a pensar en la cita que iba a tener dentro de un par de horas. Enfrentarse con uno de los principales responsables de la Gestapo en España le exigía andarse con pies de plomo. Y aunque coincidía con el parecer del comisario Quesada en lo referente a tener la sartén por el mango en lo concerniente a esos nazis, no podía ignorar que muy altas instancias todavía estaban interesadas en que siguieran siendo intocables. La libertad de Otto Koppke pendía de un hilo, y Valiente sabía a ciencia cierta que cuando un zorro se ve acorralado su única salida es el ataque.

El inspector adoraba aquel barrio cuya personalidad empujaba a los vecinos a afirmar con orgullo que ellos eran de Gracia y no de Barcelona. Aunque ya hacía una semana que habían terminado las fiestas populares, la calle permanecía engalanada con flores marchitas y globos arrugados. En el número 2 de la calle Verdi se adentró en un portal angosto y escasamente iluminado, accediendo al único piso ubicado en la primera planta. Valiente recorrió deprisa el hogar donde nació y vio morir primero al alcohólico de su padre y seguidamente a la tísica de su madre poco después de que terminara la guerra. Una semana separó ambas muertes pero Valiente solo lloró la segunda. Eran muchos y demasiado dolorosos los recuerdos que coleccionaban aquellas paredes. Por eso siempre caminaba por allí acelerado, con miedo a detenerse en alguno de los rincones de esa casa que le hablaba cuando menos se lo esperaba. La voz de su madre suplicándole que no hiciera daño a nadie. La de su hermano mayor, Alfredo, mordiéndose el labio inferior y gritándole que no dejara vivo a ninguno de sus asesinos. Jamás comía ni cenaba en casa por miedo a tener que enfrentarse a sus muertos. Solo acudía allí para dormir y cuando su cuerpo estaba ya extenuado. Las prisas de aquel día y el hecho de ocupar sus pensamientos en cómo iba a manejar la conversación con Otto Koppke hicieron que no tomara las precauciones habituales y pulsara el interruptor del baño. Un gesto común que evitaba a toda costa. El espejo le devolvió la insoportable imagen de un cuerpo desnudo cuyo torso estaba cosido desde la cintura hasta el pecho. La segunda cicatriz, más camuflada pero no menos dañina, se escondía en el escroto, donde la ausencia de testículos dejaba huérfana a una polla flácida e inservible, un hecho que Valiente jamás había asumido y que fomentaba su carácter tenebroso. Cada vez que atisbaba aquel cuerpo expoliado su memoria viajaba años atrás, al momento en el que su cabeza aterrizó de manera violenta sobre un terreno arenoso y húmedo, próximo a una vía de tren en desuso. Ese maldito instante en el que ya no sentía los golpes ni los aullidos de sus agresores ni tampoco el dolor. El tiempo quedó congelado como su mirada, clavada en la de Alfredo, ya sin vida, deslucida y con un hilo de sangre nacido en la sien. «Todos morirán, Alfredo, todos. Solo me falta uno. Tarde o temprano encontraré a la rata de David Roig», se dijo Valiente a sí mismo desnudo frente al espejo, con la voz quebrada, escupiendo odio por sus ojos negros y con los puños cerrados.

La miseria de las calles tenía prohibida la entrada en el Rigat. En las mesas circulares de grueso cristal oscuro, el champán y las botellas de whisky ayudaban a superar una guerra que para algunos ya había quedado atrás. Cuando el inspector Valiente recorrió con paso decidido el pasillo central de la sala de baile, no tardó en divisar una mesa al fondo con un tipo fumando a solas. Mientras, en el escenario, un Bernard Hilda ataviado con esmoquin blanco y pajarita negra ofrecía su melódico swing tocando *Le vagabond*. Unas perlas de sudor asediaban la frente despejada del músico bajo la luz de los focos. Valiente dejó atrás otras mesas, algunas de ellas ocupadas por señores acompañados de sobrinas ambiciosas y dispuestas a todo con tal de virar el rumbo de sus desdichadas vidas. Otto Koppke parecía disfrutar de la melodía llevando el ritmo con los dedos suspendidos en el aire. Valiente tomó asiento frente a él. No necesitaba asegurarse de que se trataba del alemán, había hecho sus deberes y, por tanto, había accedido a una copia de su pasaporte en Jefatura. Al excomandante de la Gestapo le bastó lanzar una escueta mirada para calibrar el tipo de hombre que tenía a un escaso metro de distancia. Los años como miembro de la Gestapo le habían servido para cultivar la intuición y advertir los peligros. Todo en Koppke era distinción: su traje gris de corte francés, la camisa blanca y el pañuelo a juego, el Dupont que descansaba en la mesa sobre un paquete de Lucky... También lucía una abundante mata de pelo fino y rubio, la mirada azul y las mandíbulas bien perfiladas. Pura raza aria. De músculo trabajado y tez pálida, indiferente al sol mediterráneo, afectaba una sonrisa de dientes sanos y una boca que empezó a hablar con la atención puesta en el escenario.

—¿Conoce la historia de Bernard Hilda, inspector?

Otto no esperaba respuesta de Valiente, solo pretendía captar su atención. Pese a que su aspecto no ocultaba su origen, al inspector le sorprendió el escaso acento del alemán. Como hombre políglota y experto en camuflarse en cualquier ambiente hostil, había logrado aquel cometido con excelente nota. Valiente tomó asiento sin mucho afán.

—Bernard es un judío francés de origen ruso criado en Estados Unidos. Dicen los entendidos que es un maestro del violín y que a su orquesta no se le da mal el jazz. Sin embargo tuvo la mala idea de actuar hace tres años en la Cannes ocupada por Alemania.

—¿Por qué se empeñan todos ustedes en contarme su vida o la de otros? —intervino Valiente con desdén.

Otto se volvió hacia Valiente por primera vez, mantuvo la sonrisa y volcó la botella de White Horse sobre el vaso vacío de Valiente. El inspector detuvo las intenciones de su acompañante alzando la mano.

—Prefiero vino.

Otto Koppke reclamó la atención de un camarero que acudió presto, afectando una exagerada reverencia. El alemán pidió vino para el policía y algo de soda para él.

—Como iba diciéndole —continuó Koppke, indiferente al comentario anterior—, el pobre Hilda actuó en el lugar equivocado. Fue acusado de judío y de contratar negros para su orquesta. Se podrá imaginar que un tipo como él siempre tiene contactos, así que antes de que fuera deportado a un campo de concentración cruzó los Pirineos y llegó hasta esta triste ciudad. ¿Conoce a Ramón Tarragó, el propietario del hotel Ritz?

Valiente tampoco respondió. Creyó ver en Koppke a ese tipo de hombre que se regocija viendo encogerse a los demás. No pensaba cometer el error de corroborar lo que era, un simple inspector de policía acostumbrado a castigar a los vencidos pero excluido del submundo que los prohombres de la ciudad habían diseñado para sí mismos.

—Alguien ayudó al hostelero en su guerra civil, inspector, así que Hilda se presentó frente a Tarragó con una petición escrita de ese alguien para que auxiliara al músico y a su mujer. Ahí lo tiene —señaló con un dedo al escenario—, un judío amante del jazz respaldado por gente importante de la ciudad. Y como gesto de agradecimiento eterno decidió convertirse en un activo colaborador del espionaje aliado.

—No he venido para que me hable de un músico perseguido —refunfuñó Valiente, apurando de un trago la copa de vino y poniéndose de pie—. Tal vez prefiera continuar esta conversación en comisaría.

—Siéntese, inspector —dijo Koppke mansamente—. Por favor.

Valiente accedió con el ceño fruncido. Con un gesto le pidió al camarero que le sirviera otra copa.

—Bernard Hilda sabe que podría haberlo matado en cualquier momento, inspector. ¿Y sabe por qué no lo hice? Porque me ha resultado útil. Y en esa misma situación estamos usted y yo, señor Valiente. Sé que me puede arrestar y repatriarme a mi país para que los Aliados hagan conmigo lo que les apetezca, pero todavía tengo mucho que dar.

—Parece que vamos entendiéndonos —dijo Valiente con los ojos puestos en la copa de vino que acababa de aterrizar en la mesa.

En ese instante se les acercaron dos jóvenes de piel tersa y escote pronunciado. La mirada de desprecio de Valiente no fue suficiente para detener sus intenciones. Fue la negativa de Koppke, con su mejor sonrisa y un leve movimiento de cabeza, la que terminó por convencerlas de que aquella noche el alemán no precisaba de su habitual compañía.

—Respecto a Jean-Paul Bernier, inspector, le confesaré que no tuve otra alternativa.

Valiente escuchaba sin pestañear: por lo pronto ya había logrado una confesión.

—Jean-Paul Bernier era el brazo derecho del capitán Raymond.

La expresión de sorpresa de Valiente hizo que Koppke concretara:

—Aquí lo conocen como el Caracremada.

Valiente asintió con una mueca de asco, era lo que le provocaba cualquier mención de Ramón Vila Capdevila.

—Me pregunto si sabe quién era el brazo izquierdo. No lo sabe, ¿verdad? No tema, no suelo anunciar lo que no sé. Era un tal David Roig.

Solo entonces el inspector Valiente tensó todos los músculos, apretó los dientes y echó todo el aire que pudo por la nariz. Apartó de un manotazo la copa vacía que se interponía entre ambos.

—Siga —ordenó el inspector.

Bernard Hilda anunciaba que la orquesta se tomaba quince minutos de descanso. Cuando bajó del escenario una camarera se acercó hasta él, bisbiseó en su oído y el músico acudió resignado a saludar a los integrantes de una mesa ocupada por altos cargos falangistas.

—En 1943, Caracremada, Bernier y Roig fueron detenidos por la Gestapo en Perpiñán por no llevar documentación suficiente —continuó Koppke—. A pesar de ser condenados a trabajos forzados en una mina lograron escaparse. Desde entonces han sido los principales artífices de sabotajes a intereses alemanes para conseguir dinero. Caracremada tiene una sola obsesión en la cabeza, inspector, y es terminar con la vida de Franco, pero para llevar a cabo esa misión es necesaria una sólida estructura económica. Eran ellos, Bernier y Roig, los que dirigían la rama financiera de los maquis. Bajo la supervisión de Caracremada, por supuesto.

—Vamos a ver —dijo Valiente irritado—. Hay algo que se me escapa. ¿Se puede saber qué quiere de esta gentuza el que hasta hace poco ha sido el máximo responsable de la Gestapo en Madrid?

—Discúlpeme un segundo, inspector.

Otto Koppke descruzó las piernas con elegancia, se levantó tras dar un largo sorbo al vaso de whisky y se acercó hasta una mesa cuyos ocupantes acababan de llegar. Se trataba del gobernador Antonio Correa Veglison y todo su séquito. Se saludaron con efusividad. El gobernador apoyó una de sus manos en el hombro de Koppke y parecía divertirse con los comentarios del alemán, cuyo rostro había mutado, como buen camaleón que era. A Valiente no le llevó demasiado tiempo concluir que aquella cita estaba más que estudiada. A Koppke no solo le interesaba mantener la imagen de un tipo bien situado en la sociedad barcelonesa, quería dejar bien claro cuáles eran sus cartas, las personas que lo respaldarían si venían mal dadas. La amenaza de Quesada de enviar a Valiente a Portbou pesaba demasiado en su cabeza. Y sin embargo, en medio de todo aquello, acababa de aparecer el nombre de David Roig. Motivo suficiente para que la razón se viera desplazada por el odio. Enfrascado en sus pensamientos, apenas advirtió que Koppke acababa de regresar a la mesa.

—Ruego que me disculpe, pero Antonio, el gobernador, es un viejo amigo —incidió el alemán por si había algún tipo de duda—. ¿Por dónde íbamos, inspector?

La orquesta de Hilda regresó al escenario y arrancaron con el *Mon coeur est en exil*. A esas horas en las que media ciudad cenaba las sobras del mediodía, el Rigat completaba su aforo y lograba la atmósfera de esperanza de la que se alimentaban los vencedores.

—Me gustaría saber qué relación tiene usted con esa banda de maquis —le recordó Valiente.

—Sé por mi esposa Gertrude que hace unos días visitó la mercería que regentamos.

—No alcancé a ver alfileres y botones, pero sí, allí estuve.

—Aunque es mi mujer la que se ocupa de seleccionar... las telas, hace unos días me vino a ver una tal Bego. Una esquinera que ahora trabaja en el Madame Petit. Y claro, en nuestra mercería todo es de primera calidad, poco usado y muy agradable al tacto. Además la Bego es bajita y, como decimos en

Alemania, las mentiras tienen las patas muy cortas, no sé si sabe que las personas bajitas mienten más que las altas.

—Sé quién es la Bego, conozco el barrio como la palma de mi mano. ¿Qué quería?

—Estaba empeñada en que le diese trabajo. El Madame Petit ya no es lo que era y la clientela es desagradecida y, en ocasiones, ruin. No solo me ofrecía su cuerpo castigado, sino que la Bego también me dio cierta información. Me dijo que un tal Jean-Paul Bernier la frecuentaba a ella y bebía mal vino. —Koppke se sirvió un dedo más de whisky—. Mala mezcla, esa. Fue la Bego, inspector, la que me juró por la vida de sus hijos que Bernier sabía dónde tienen guardado el dinero de la banda de Caracremada. Y claro, si ya habló con Lutz, le contaría cuál es mi principal debilidad —dijo Otto Koppke con su mejor sonrisa—: siempre lo hace.

—Por su culpa perdimos el rastro de ese dinero.

—Venga, inspector, no sea tan pesimista. Me han hablado de usted. Al parecer utiliza de manera muy efectiva algunas técnicas de la Gestapo.

—¿A qué se refiere?

—Provocar miedo en los vecinos para que sean ellos mismos los que hagan de policías, entre otras habilidades. El sistema de los chivatazos siempre funciona, en eso estaremos de acuerdo. Así que acuda al entorno de Bernier, inyecte el terror y obtendrá resultados sin apenas mover el culo de su despacho. Y no se olvide de la Bego, puede que esa zorra sepa más de lo que me contó. Y ahora brindemos.

Koppke alzó el vaso de whisky, pero Valiente no

movió ni una pestaña. El alemán bebió a solas. Continuó hablando:

—Tiene usted información valiosa, úsela y elimine mi nombre de su lista. No tenemos por qué importunar a otros con nuestras pequeñeces —dijo Koppke dirigiendo su mirada al gobernador—. ¿No cree, inspector?

17

Al día siguiente la ciudad amaneció bajo un aguacero que no tenía visos de ser breve. Unas nubes amorfas y amenazantes pretendían anunciar la llegada de septiembre con una semana de antelación. Circular en bicicleta por Barcelona en aquellas condiciones resultó ser una tarea complicada. Los adoquines irregulares, dentados y anárquicos, se convertían al contacto con el agua en una amenaza y los pasajes de tierra que Nil frecuentaba como atajos eran auténticos barrizales. El muchacho terminó la jornada en el cine Avenida de la Luz completamente empapado. Subió la escalera de la cabina de proyección y entró sin decirle nada a Bernardo. Se deshizo del zurrón, que con el peso del agua se había convertido en una losa, y se lo entregó al proyeccionista con el gesto mohíno. Bernardo se fijó en que el muñón del muchacho sangraba.

—Me he caído, no es nada.

—Dame un minuto, cambio la bobina y te arreglo este desastre —dijo Bernardo al tiempo que se deslizaba por la cabina como pez en el agua.

A Nil siempre le había encandilado aquel modo

elegante con el que su amigo enhebraba la bobina en el proyector sin que los espectadores se percataran. «Saber mucho de algo te ayudará a querer a tu profesión, y cuando eso suceda ya no será una profesión, será tu vida», esas eran las palabras que Bernardo siempre llevaba consigo y que en ese instante evocaba el chico.

En cuanto el proyeccionista cumplió con su cometido acudió al botiquín y se puso manos a la obra. Le limpió la herida, leve aunque alarmante por la sangre que emanaba de ella, y se la cubrió con una venda y esparadrapo. Lo obligó a deshacerse de aquella camisa empapada de agua y le prestó una de las suyas, que siempre guardaba en aquel habitáculo que era también un segundo hogar. Los comentarios jocosos del hombre sobre aquella nueva estampa de Nil, ataviado con una prenda donde cabían dos como él, no le hicieron gracia alguna al muchacho. Un rato después seguía callado, con la mirada perdida, enojado consigo mismo y con el mundo. Ni siquiera se había asomado por la ventanilla que daba a la sala, un gesto habitual en él en cada una de sus visitas. Tampoco probó las garrofas y las avellanas que Bernardo solía traer de casa y que en esa ocasión también le había ofrecido al chico. No era la primera vez que sufría el abatimiento de Nil. A decir verdad, en aquellos tiempos todos soportaban la tristeza de los demás en alguna ocasión. La felicidad escaseaba y para ella no existía carta de racionamiento. Y aunque uno se esforzaba a diario en mirar hacia delante y en tratar de no recordar, el peso de las ausencias siempre terminaba aflorando, como lo hace un roedor por mucho tiempo que lleve escondido en el desván.

—¿Sabes que he estado indagando sobre tu cromo? —irrumpió Bernardo. Desde hacía más de media hora en la cabina solo se escuchaba el zumbido del proyector.

Los ojos de Nil despertaron de aquella melancolía arrebatadora.

Bernardo extrajo picadura barata del bolsillo de su guardapolvo y se lio un cigarro.

—Tengo un amigo en la Metro Goldwyn Mayer que llegó a conocer a Blas Vaccaro.

«De nuevo ese lugar», pensó Nil. Últimamente todo convergía en aquel edificio luminoso que escondía más secretos de lo que parecía.

—¿Cuándo iremos a visitarlo?

Antes de que Bernardo respondiera alguien golpeó la puerta de la cabina. Los dos se miraron sorprendidos, no era precisamente un lugar frecuentado por nadie que no fueran ellos mismos. Bernardo se topó con la expresión afable de Leo. Aferrada a su mano iba la joven que habían conocido en los estudios de doblaje. Los dos amigos se saludaron con un abrazo. Cuando Nil reparó en que al viejo Leo lo acompañaba su nieta no supo dónde esconderse.

—Bendita sorpresa —dijo Leo al tiempo que estrechaba la mano de Nil, temblorosa y fría—. Mira, Lolita, a quién tenemos aquí.

La joven saludó con una mano a Nil y se mordió el labio tratando de evitar una carcajada. Las pintas de Nil invitaban a la guasa. Bernardo, avispado y siempre alerta en lo que a proteger al muchacho se refería, se adelantó explicándoles que la tormenta le había empapado la ropa y había tenido que prestarle una de sus camisas. También comentó lo sorprendido que estaba al saber que Lolita era nieta de Leo.

—¿No te lo contó Nil? —preguntó Leo con la voz agarrotada—. Nos vimos hace poco en el cine. Ya ves, al final mi hija sucumbió al sentido común y regresaron a Barcelona. ¿Qué iban a hacer ellas solas en Gerona tras la muerte de su padre?

Bernardo estrechó la mano a Lolita y Nil prefirió no decir nada sobre el encuentro en el cine. No fue precisamente aquella tarde un remanso de paz. La simple mención de la muerte del padre de Lolita por parte de Leo hizo que el muchacho sintiera una atracción mayor por la niña. También ella estaba viviendo esa media orfandad que tanta desazón acarreaba.

—¿Qué ocurre, Lolita? —se interesó Leo—. Tanto insistir en conocer una cabina de verdad por dentro y ahora no abres la boca. —La muchacha respiró hondo y frunció el entrecejo, no era ella una chica tímida—. Aprovecha la oportunidad de tener a un tipo como Bernardo para aclarar tus dudas.

—Se me ocurre una idea mejor —propuso Bernardo—. Mientras tú y yo hablamos de nuestras cosas, ¿qué tal si Nil le enseña a tu nieta cómo funciona este chisme?

Nil tragó saliva y por un instante dejó de respirar. Fue la palmada de Bernardo en su omoplato la que lo activó. Superada la barrera inicial de quien se deja vencer por la belleza, el muchacho accedió al reclamo del proyeccionista e inició el pequeño recorrido con Lolita por la sala. Nil, cabizbajo, se refugió en explicaciones técnicas y aburridas con tal de evitar otro cruce de miradas como el que le acababa de dejar la mente en blanco y le había acelerado la respiración. Lolita fue la primera en acercar su cuerpo al del muchacho cuando le detallaba determinadas piezas del proyector. El roce de su piel y aquel olor dulzón a lluvia y a jazmín terminaron por paralizarlo. Únicamente la sonrisa de Lolita lo rescató de aquel ensimismamiento inédito que todavía no alcanzaba a comprender.

—Y ahora que ya la tienes por aquí, ¿por qué no incorporamos a tu nieta a los miembros de La Gran Mentira? —le preguntó Bernardo a su amigo en voz baja.

—Si te soy sincero, hasta hoy dudaba de que amara el cine como nosotros. Sí, es cierto, a su edad ya es una buena actriz de doblaje, pero no es como él —dijo Leo señalando a Nil—. Sobre el chico no caben dudas. Tiempo al tiempo, Bernardo. Por cierto, ya tengo todo preparado para que recojas lo que me pediste. —Leo consultó un reloj de cadena que descansaba en uno de sus bolsillos—. Si no se os hace muy tarde, pasaros hoy mismo por la librería y lo arreglamos de una vez.

Bernardo le guiñó un ojo a su amigo. Otro secreto que en breve dejaría de serlo y que a todas luces cambiaría la vida de Nil.

18

Romagosa conocía a Soledad como si fuera la hija que nunca había tenido. Sorprender a esa mujer inquieta y llena de energía vagando entre las tinieblas y frecuentando el pasado era para él motivo suficiente de preocupación. Y más si el hecho se venía repitiendo prácticamente a diario desde hacía una semana. Al igual que Nil, Romagosa sabía de los achaques melancólicos que Soledad sufría de tanto en tanto, pero aquello era distinto. La tristeza se había esfumado y había dado paso a la preocupación, incluso al temor, pensó el maestro carpintero. Porque el miedo, como el pan negro, era una herramienta que el Régimen había dosificado gradualmente, y si uno no guardaba cuidado, terminaba convirtiéndolo en su realidad cotidiana.

—¿Qué te pasa, mujer? —preguntó Romagosa sin tapujos, interponiéndose en el camino entre la mesa de Soledad y la puerta de salida de la carpintería—. Llevas ausente una semana.

—¿Acaso he dejado de cumplir con mis obligaciones?

Mostrar las garras era otro mecanismo de defensa con el que contaba Soledad, y el carpintero lo sabía.

En lugar de insistir le regaló una caricia fraternal. Aquel gesto derrotó las intenciones que tenía Soledad de marcharse sin dar explicaciones. Soltó el bolso y tomó asiento en la silla más cercana. El maestro desapareció un instante para regresar con una botella de coñac y dos vasos de cristal estriado. Sirvió y dejó que fuera ella la que hablara.

—¿Te acuerdas del francés que mataron en la escalera?

Romagosa asintió. La noticia se había propagado por todo el barrio y también se había hecho eco de ella la prensa.

—Se llamaba Jean-Paul Bernier y trabajaba para la resistencia, era un maqui, íntimo amigo de David.

—¿Cómo lo sabes?

—Me asusté cuando Nil me contó que lo vio morir. Lo cierto es que el nombre del francés me resultaba familiar. Desde entonces he repasado todas las cartas de David y, efectivamente, en un par de ellas menciona al tal Jean-Paul.

El carpintero acercó otra silla y se sentó frente a la única empleada que tenía. Pocas veces Soledad pronunciaba el nombre de su marido desaparecido, y cuando lo hacía se debía a razones de peso.

—Las cosas no pasan porque sí —continuó—, estoy segura de que ese hombre vino hasta mi casa para decirme algo.

—O tal vez a entregarte algo.

—Si fuera lo segundo ya lo tendría la policía y hubieran venido a por mí.

—¿Qué puedes hacer al respecto? Desde luego, no puedes seguir así, Soledad.

—¿Y qué quiere que haga? Todo indica que el único enlace que tenía en Barcelona para poder contactar con David ha sido asesinado. Y algo me dice que fue obra del inspector Valiente.

—¿Ese cernícalo que apaleó a Bernardo y a Paulino?

Soledad asintió.

—Tengo prohibido desde hace tiempo acercarme a ningún miembro de la organización, solo ellos pueden acercarse a mí. —Soledad negaba con la cabeza con incredulidad—. Y la verdad es que no lo entiendo. Esa norma me parece absurda. Sí, ya sé, soy la mujer de un maqui, pero no he hecho nada por lo que me puedan acusar.

—Ya sabes que tampoco lo necesitan. Hoy por hoy, con nada te enchironan. Ten mucho cuidado, piensa en Nil.

—Es lo que hago a diario —dijo Soledad con la voz cansada.

Romagosa tomó aire, puso una mano sobre la de Soledad y se aclaró la garganta antes de preguntar lo que hasta ahora había callado.

—¿Cuánto hace que David ya no está en tu vida?

Soledad lo miró a los ojos, acarició la mano moteada del maestro carpintero y aplacó el leve temblor de aquellos dedos expertos, artríticos y subyugados por el trajín diario.

—Algo más de cinco años.

—Sabes mejor que yo que David no puede volver, y si lo hace, será castigado del peor modo posible. —Soledad cerró los ojos un instante—. Llevo tiempo callado, dejando que te consumas, y eso no es digno de alguien que te quiere. Quítate ese luto que llevas encima. Mírate, sigues siendo la moza más guapa de toda la ciudad, ¿o acaso no sabes que todavía provocas suspiros allá por donde pasas?

Las palabras sinceras de Romagosa, cargadas de pasión y de verdad contenida, lograron arrancarle un atisbo de sonrisa.

—La soledad mata, te lo dice este viejo que regatea a la parca a diario.

—No diga bobadas —exclamó Soledad.

Romagosa notó sus labios en la frente. Después, la mujer apuró de un trago el coñac, se recompuso la falda plisada de color vainilla y se colgó el bolso de nuevo.

—Ese doctor —murmuró Romagosa—. Bonifaci, ¿verdad? Parece buen hombre.

Soledad chasqueó la lengua, volvió a sonreír y se marchó sin decir nada más. El poder curativo de las palabras siempre depende de la boca que las emita. Y Romagosa, como el padre que Soledad nunca tuvo, ostentaba ese poder.

19

Espinosa se fumó el quinto cigarro de la tarde sin mediar pausa entre ellos. El despacho de la Brigada era una cortina de humo y de temores silenciados. Se impuso una tercera lectura del informe antes de entregárselo al inspector Valiente. Quería asegurarse bien de lo que decía y de cómo lo decía. Cualquier resquicio que el inspector hallara le serviría de justificación para volcar sobre un inocente toda esa rabia ciega que lo devoraba por dentro. Espinosa estaba al límite. Se preguntaba si sería capaz de participar en una tunda más a un pobre desgraciado. Los días que Valiente no lo había requerido para llevar a cabo sus fechorías, su estómago se lo había agradecido. Los ardores se habían mitigado y las ronchas en la piel habían sucumbido. Por las noches alcanzaba el sueño sin ninguna dificultad y hasta había hecho el amor con su esposa, a la que tenía olvidada. A veces acariciaba la idea de que Valiente recibía su merecido en cualquier callejón de la ciudad. Una bala entre ceja y ceja, una posterior corona sin mensaje de sus compañeros y una misa sin asistentes. Espinosa detuvo sus fantasías y regresó al informe. Ninguna de las declaraciones de los vecinos del inmueble en el que murió envenenado Jean-Paul Bernier aportaba información digna de ser mencionada en el documento oficial. Había estudiado la vida personal de cada uno de los vecinos. Bernardo Mas, el proyeccionista del cine Avenida de la Luz, era un declarado republicano pero no se le conocía participación delictiva alguna contra el Régimen desde hacía más de cinco años. Que el hombre fuera un invertido ya le había costado una buena paliza, no era necesario seguir buscando motivos donde no los había. Su *amigo*, Paulino Blanch, el acomodador del cine América, no quería saber nada de tendencias políticas. Todavía recordaba Espinosa el llanto de aquel hombre que se encogía ante el inspector, y cómo se meaba encima y clamaba misericordia arrodillado. Siguiendo las órdenes de aquel degenerado, Espinosa había desnudado a Paulino y lo había obligado a lamer sus propios orines presionándole la sien con un revólver. Y no detuvo a Valiente cuando este había decidido introducirle varias veces por el ano el palo mugriento de una escoba que alguien había dejado en aquella celda de castigo provocándole severas hemorragias. Espinosa apartó de un manotazo el informe y se levantó de la silla, le faltaba el aire. Abrió otra ventana y dejó que el rumor de la Vía Layetana alcanzara esa tercera planta. Desde allí no se escuchaban los alaridos de sus víctimas, que se habían quedado para siempre en los sótanos de ese edificio. Se exigió un esfuerzo de concentración. Valiente estaba a punto de llegar y necesitaba tener las ideas claras. Repasó una vez más el listado del edificio. Delfina la esquinera y su hijo Quim el limpiabotas, dos almas víctimas de una posguerra que terminaría engulléndolos de un modo u otro. Nada reseñable. Luego estaba el doctor republicano, Bonifaci Fuster, especialista en el aparato digestivo —qué bien le iría a él tenerlo de su parte—, a quien, a cambio de sus conocimientos y tratamientos, un viejo falangista retirado en Vilassar de Mar le permitía ocupar una minúscula y ajada vivienda del Poble-Sec. No era un dato baladí que fuera el exguardia de asalto Víctor Valiente uno de los tipos que más empeño había puesto en arruinar la vida de los vencidos. Cuando descubrió que Bonifaci Fuster había regresado de Rusia, Valiente se encargó personalmente de evitar que recuperara la licencia para poder seguir ejerciendo. Aunque el inspector justificó su actuación policial basándose en los dictámenes del nuevo Régimen, lo cierto es que lo hizo porque Fuster no tenía una peseta con la que pagarle. Ya solo le quedaban dos pisos de ese inmueble por repasar. Uno era el de Asunción García, una mujer de noventa años que apenas pisaba la calle y a diario recibía la visita de su hijo Braulio, el propietario de un bar cercano. Y el otro piso, el que había decidido silenciar, era el que ocupaban Soledad Riera y su hijo Nil, el joven tullido que le había ofrecido un vaso de agua y cuya mirada melancólica no ocultaba la tristeza de vivir sin un padre. Soledad era la mujer de un maqui, David Roig, desaparecido del mapa desde el 39. Ella trabajaba en la carpintería Romagosa desde antes de la guerra. Una auténtica belleza a tenor de la fotografía de archivo que tenía delante.

Prefirió no imaginar qué ocurriría si le mencionara a Valiente la existencia de aquella pobre mujer que, como tantas otras, había sufrido la pérdida de un marido que había creído más en una bandera que en sus posaderas. La intuición le decía que la mañana de los hechos Jean-Paul Bernier debió de percatarse de que alguien lo perseguía, y cuando descubrió que ese alguien era un miembro de la Gestapo se refugió en el primer edificio que vio. Recuerda Espinosa que ellos mismos estaban siguiéndolo y todo indicaba que caminaba sin rumbo, sin un destino o cita a la que acudir. Sin embargo, todo ocurrió en ese breve periodo de tiempo en el que lo perdieron de vista. El alemán tuvo que golpearlo con un arma y obligarlo a ingerir la última pastilla. ¿Cómo iba a relacionar aquella trama de espionaje internacional con la madre de un muchacho manco que ha crecido sin el cariño de un padre? Espinosa pensó en sus propios hijos y tomó la decisión. Ningún vecino de esa escalera guardaba relación con lo sucedido. Sí, eso, más o menos, le diría al inspector con sus palabras. Solo entonces Valiente irrumpió en aquella mísera y descuidada habitación de paredes amarillentas y techos abombados por las humedades. Cuando lo hizo se encontró al policía atareado tras una montaña de papeles.

—¿Qué mierda es eso que fuma, Espinosa? —ladró el inspector con su humor habitual—. Huele a ajo quemado. Deje lo que esté haciendo y acompáñeme. Vamos a hacer una visita a la Bego.

Espinosa alzó la cabeza y lo contempló sin abrir la boca, guardó el informe en uno de los cajones, cogió la americana raída con botones descosidos y salió tras el inspector. Se santiguó a la espalda de Valiente y le pidió a su dios que lo perdonara por los actos que estaba a punto de cometer.

El prostíbulo había vivido mejores tiempos. En el salón del Madame Petit donde aguardaban Valiente y Espinosa había descascarillados sillones de piel, baldosines fragmentados y paredes en las que asomaba el moho. Los majestuosos espejos que en otra época le otorgaron al local un aura decimonónica habían desaparecido. Y las bombillas desnudas, sustitutas forzosas de unas lámparas de araña que antaño pendieron del techo, escupían una luz amarilla y tenue que ayudaba a ocultar la inmundicia. Valiente preguntó a la madame por la Bego al tiempo que se encendía un cigarro. La mujer, sexagenaria y maquillada con poco arte, conocía bien cómo se las gastaba el inspector. Se acercó hasta la habitación en la que la Bego se estaba trajinando a un cliente y la advirtió de la presencia policial. Tras la puerta, el cliente aceleró sus fantasías y puso la directa. El servicio ya estaba pagado y llevaba encima el carné de filiación a la Falange. Las prisas no eran buenas para semejantes tareas pero a un policía no se le hace esperar.

La Bego asomó descalza por el salón, cubierta únicamente por una bata roja y negra, propia de una película de Fu Manchú. Su negra melena rizada y la mirada gris todavía gozaban de cierto atractivo, el resto del conjunto adolecía del mismo mal que el establecimiento: las grietas del tiempo. El cliente saludó cabizbajo y con gesto de sumisión a los policías y puso pies en polvorosa.

—¿A qué se debe su visita, inspector?

Valiente la rodeó con paso lento, escrutando aquel cuerpo que en más de una ocasión había manoseado. La Bego tenía muy claro a quién le debía pleitesía si quería seguir llevando comida a sus hijos y no terminar pisando la prisión de las mujeres caídas.

—Cómo se pierden las buenas costumbres —lamentó Valiente, estirando de la mejilla de la Bego con saña—. ¿A qué estás esperando para traernos dos copas de vino?

Espinosa y Bego cruzaron las miradas, temerosa la de ella, hambrienta la de él, cuando la mujer se dispuso a obedecer. Valiente le indicó a su compañero con un leve movimiento del mentón que la siguiera, tal y como le había exigido mientras deambulaban por la calle Arco del Teatro, poco antes de que accedieran al local.

—Quiero que la agarres del pelo bonito ese que tiene, la arrastres hasta una habitación vacía y allí hagas con ella lo que te apetezca. Y cuando acabes, ya sabes, le acercas el mechero a los pezones hasta que suelte todo lo que sepa de Bernier. —A Espinosa se le encogió el estómago—. Si hoy no me das información que valga la pena, la libertad de Angelito tiene los días contados.

Angelito Espinosa no era un estibador cualquiera. Era obvio que gran parte del estraperlo de la ciudad tenía como punto de origen el puerto, y el hermano del policía tenía mucho que ver con ello. El propio Valiente se había aprovechado en más de una ocasión de los tejemanejes de Angelito para conseguir tabaco americano o un buen coñac francés.

Espinosa agarró a la Bego del pelo con furia y la arrastró por un corredor alumbrado con velas y escoltado por varias puertas de madera carcomida. Accedieron a una de las habitaciones y a continuación se escucharon primero unos golpes sordos y poco después unos lamentos. Valiente se acercó sonriente, dio una profunda calada al cigarro y esperó paciente a que su compañero cumpliera con el cometido.

En el interior del picadero, Espinosa se sorprendió al encontrarse con una Bego sumisa aunque entregada a un llanto silencioso.

—Desnúdate —ordenó el policía con una voz mansa al tiempo que él hacía lo propio.

En la estancia había una cama de sábanas raídas y un somier de dudosa resistencia. Las paredes ya no estaban decoradas como lo estuvieron en sus años dorados y en ellas solo podía adivinarse la ausencia de los cuadros que una vez estuvieron ahí. Un corazón cruzado por una flecha con la cabeza de un trébol pintado en la pared servía de cabezal. Únicamente un espejo con un marco de madera, algo barroco y encarado hacia la cama, resistía a esa decadencia del Madame Petit. Frente a la cama había un pequeño lavamanos, un bidé y otro espejo, este de menor tamaño y moteado por los años. En él Espinosa contempló un rostro vapuleado por la viruela y un cuerpo decadente y velludo, entregado irremediablemente a los caprichos de la gravedad. A su espalda Bego se secaba las lágrimas con una mano y lo esperaba en la cama ya sin ropa, con las piernas abiertas y la mirada caída. Espinosa, sorprendido, sintió que lo excitaba toda esa atmósfera de ruinas humanas. Encontrarse con un cuerpo sometido al que explorar, dócil y viciado, lo ayudó a lograr una rápida erección. Ante la impasividad de Bego, el policía resopló, miró hacia la puerta a sabiendas de que tras ella esperaba Valiente y, de un guantazo, le partió el labio a la mujer. El golpe la había pillado por sorpresa, no esperaba esa virulencia de un cuerpo tan esmirriado. La cogió de nuevo del pelo y esta vez, con la mujer arrodillada sobre el colchón, la obligó a que le lamiera el miembro. La sangre de Bego se deslizaba por aquella verga crecida. Mientras lo hacía, Espinosa se recreaba mirándose en el espejo angular. Aturdido por su propio comportamiento, tuvo que reconocer que esa sensación de ostentar el poder tenía algo de embriagador. El hombre reflejado distaba mucho de aquel tipo gris, obediente y disciplinado que los domingos por la mañana paseaba ausente con su familia por el parque de la Ciudadela. De ese hombre correcto y sumiso que solo actuaba y opinaba por boca de los demás. Algo en su interior acababa de romperse. Y le gustaba. Todavía con la Bego agarrada por la cabellera, Espinosa la apartó con violencia y la lanzó fuera de la cama. El golpe, seco y sonoro, llegó hasta los oídos atentos de Valiente. De pronto la mujer se incorporó y esbozó una sonrisa diabólica con los dientes tintados de sangre y el pelo desarmado.

—Si me vuelves a pegar te la arranco de un mordisco.

A Espinosa aquellas palabras no lo hubieran impresionado de haber sido emitidas en otra situación.

Sin embargo, algo había en la mirada de la mujer que destilaba ferocidad. El policía, impasible, le señaló la cama con un dedo y la mujer obedeció sin dejar de mantener el contacto visual. Pero Espinosa fue incapaz de sostenerle la mirada y se situó tras ella. La primera embestida, violenta y traicionera, arrancó un grito de la mujer. Tras la puerta, Valiente sonreía al constatar que su esbirro no lo estaba decepcionando. Espinosa no duró más de un minuto dentro de la Bego. Fue ella la primera en acudir al bidé y lavarse los bajos. El policía continuó durante un instante con la mirada clavada en el techo, tratando de lograr que cuerpo y mente volvieran a reencontrarse.

—¿Qué sabes de Jean-Paul Bernier?

La Bego se limpió la sangre del labio y empezó a vestirse. Tardó tanto en responder que Espinosa se levantó de la cama con malas intenciones, pero estas quedaron anuladas cuando escuchó la voz vencida de la mujer.

—Que es un maqui, que me visita siempre que puede y que nunca me ha pegado.

Sin pedir permiso, la Bego cogió un cigarrillo de un bolsillo de la americana de Espinosa. Aunque el policía le pidió otro para él, ella le lanzó el paquete al suelo.

—¿Te comentó algo sobre una cantidad importante de dinero? —preguntó Espinosa mientras se vestía.

La mujer dio una calada al cigarro, comprimió la mirada y solo entonces comprendió el origen de aquella visita.

—Ahora lo entiendo —dijo con una floja sonrisa, asintiendo con la mirada atiborrada de rencor—. Ha tenido que ser el alemán. ¿También os lo habéis follado para que hablara o con él la cosa se soluciona de otro modo?

—Responde, Bego. —Espinosa señaló hacia la puerta—. Si entra él, va a ser peor.

—¿Peor? No te engañes, tú no eres mucho mejor que esa escoria.

Espinosa dio un paso enfrente y volvió a girarle la cara de un manotazo. En esta ocasión una de sus uñas arañó la mejilla de la mujer.

—Sabes que todo puede empeorar, ¿verdad? —le advirtió Espinosa evocando las palabras que tantas veces había escuchado decir a Valiente.

La Bego se dejó caer al suelo abatida. La desnudez de aquel cuerpo ajado, el rímel descorrido, el labio tumefacto y la mirada vencida le conferían un aspecto deplorable, pero Espinosa no sentía el menor remordimiento.

—Jean-Paul siempre presume de ser el guardián de una fortuna —dijo la Bego con la mirada perdida y una voz ajena, propia de alguien a quien ya no le queda nada—. El guardián de una fortuna.

—¿Te dijo dónde la guardaba?

La Bego negó con la cabeza. Un escalofrío le recorrió el cuerpo, y eso hizo que se aovillara y se abrazara a sí misma temblorosa.

—Piensa. No me puedo ir de vacío. —Espinosa esto último lo dijo con más temor que intención de intimidarla.

—La última vez que lo vi me enseñó una cosa.

Espinosa se acuclilló frente a ella y le apartó un mechón de la cara. Bego no tuvo claro si a continuación iba a recibir otro golpe pero al ver que este no llegaba, y dada la proximidad de aquel malnacido, decidió que lo mejor sería hablar.

—Me enseñó un cromo.

La puerta de la habitación se abrió de una patada. La violencia del golpe fue tal que la Bego temió otra oleada de agresiones sobre ella, y más cuando constató la presencia de Valiente.

—¿Un cromo? —inquirió el inspector.

La mujer alzó la mirada aterrada. Desde el suelo, el cuerpo de Valiente todavía resultaba más amenazante.

—El cromo de un actor, pero no recuerdo su nombre —tartamudeó.

—El cromo de un actor —repitió Valiente para sí mismo—. Y las veces que estuvo aquí, ¿vino solo?

La mujer dudó si sería mejor tragarse las palabras que estaba a punto de pronunciar, pero era tal la repugnancia que sentía frente a esa basura humana que no pudo evitar decirlas.

—Jean-Paul no necesita a otro hombre para acostarse conmigo.

Espinosa hizo el ademán de volver a abofetearla pero Valiente lo detuvo atenazándole la mano en el aire. El inspector asintió calmado y divertido.

—No siempre las noticias corren como la pólvora, ¿verdad, Espinosa? —dijo Valiente—. Esta furcia todavía no se ha enterado de que a su francés le han dado matarile.

La Bego encajó la noticia con aplomo y se obligó

a no llorar ante ellos. Comprimió sus labios trémulos y cerró los ojos. Cuando instantes después los policías abandonaron la habitación, sollozó como nunca lo había hecho. Pensó que la palabra «vida» era demasiado bella para que su paso por este mundo pudiera llamarse así. Se obligó una vez más a recordar la sonrisa de sus gemelos de cinco años, a los que en su ausencia cuidaba una vecina. La única llama que la mantenía aferrada a esa existencia fría, metálica e hiriente.

Ya en la calle, tras cruzar el portal enrejado con el cartel de PETIT iluminado, Valiente volvió a hablar.

—¿Y tú a dónde crees que vas?

La pregunta desconcertó a Espinosa, quien se encogió de hombros y permaneció atento.

—Si no quieres pillar un bicho de la Bego ve a esa tienda de ahí y deja que te metan una cánula de cristal por el pito. Si les enseñas la placa no pagas.

—¿A usted se lo han hecho alguna vez?

Valiente evitó responder. Se esfumó en la penumbra de esa calle estrecha e inquietante y dejó a Espinosa pensativo. En efecto, tal y como el inspector le había indicado, a escasos metros había un negocio de gomas y lavajes cuyo rótulo no dejaba dudas a todo pecador que supiera leer: SIEMPRE ALERTA.

20

—En esta foto todavía no había cumplido los treinta años —dijo con una pizca de melancolía Celestino Parra.

El hombre era uno de los siete miembros de La Gran Mentira y la máxima autoridad en el sótano de la Metro Goldwyn Mayer de Barcelona, una suerte de archivo que no se podía visitar sin su preceptiva supervisión. Celestino acababa de cumplir los setenta y cinco años, y arrastraba consigo una estructura huesuda, cejas blancas y pobladas y una espalda encorvada. No se cansaba de decir que solo abandonaría ese lugar con los pies por delante.

Celestino sujetaba en las manos el cromo que Nil acababa de entregarle. Se levantó de la silla con la energía de un hombre con la mitad de años y sin decir nada se perdió por aquellos pasillos llenos de estanterías metálicas y cajas de cartón apelotonadas. Bernardo y Nil se miraron intrigados sin moverse de sus respectivas sillas, ubicadas junto a la escalera por la que se accedía a la planta baja. Frente a ellos había una mesa de madera sobre la que descansaban un bocadillo aceitoso envuelto en papel de estraza y un libro. El proyeccionista estiró el brazo y se hizo con este último.

—*Nada*, de Carmen Laforet, Premio Nadal —leyó en voz alta Bernardo.

—¿Se ha hecho película de esto? —preguntó Nil.

Bernardo se encogió de hombros, devolviendo el libro al lugar en el que estaba.

—El apellido del cromo no es correcto —se escuchó la voz lejana de Celestino.

—Lo sabemos —gritó Bernardo—, es Vaccaro.

Nil enarcó las cejas y sonrió. Ya había perdido la cuenta de las veces que había escuchado esa misma observación. Deslizó la mirada sobre aquella enorme sala y pensó que en ese laberinto no le iría mal a Celestino una bicicleta. Al poco el viejo regresó sosteniendo en los brazos un pesado legajo de cartón reblandecido por la humedad. Lo dejó caer sobre la mesa y rebuscó ansioso en el interior. Los dedos hábiles de Celestino pasaban veloces las distintas hojas hasta que se detuvo en una de ellas.

—Aquí lo tenemos —exclamó orgulloso—. Se trata de un recorte de *La Vanguardia* de 1933, fecha en la que se inauguró este bendito edificio.

El hombre extendió sobre la mesa con delicadeza la noticia que el tiempo había teñido de amarillo. Bernardo y Nil se acercaron seducidos por el entusiasmo del responsable del archivo.

—¿Este de aquí eres tú, Celestino? —preguntó Bernardo.

—Sí, hubo un tiempo en el que esta cabeza todavía conservaba algún pelo, como puedes ver.

Nil solo tenía ojos para uno de los hombres, que sonreía a la cámara y extendía el brazo sobre el hombro de un amigo. Vestía una camisa y pantalón blanco, y su tez morena indicaba que era pleno verano. A aquel joven la vida le sonreía y era ese estado de plenitud el que había captado la instantánea. La felicidad, cuando asoma, no engaña.

—Y este de aquí, Nil... —dijo Bernardo.

—Es mi padre.

—¿Tu padre es David Roig? —preguntó Celestino con un gesto de sorpresa.

Bernardo agradeció que el hombre hablara en presente a pesar de los años que llevaba desaparecido. El chico asintió invadido por una tristeza repentina para la que no se había preparado.

—Pues justamente eso mismo es lo que os iba a decir —continuó—. Blas Vaccaro tenía un amigo del que no se separaba ni para ir al baño, y ese, chico, era tu padre.

Bernardo buscó con recatado entusiasmo la mirada de Nil, pero este la esquivó. Para el muchacho nada nuevo le estaba diciendo Celestino, puesto que Soledad ya le había desvelado quién era Blas Vaccaro y la sólida amistad que mantuvo con su padre. Sin embargo, esa imagen de su padre, desconocida para él, lo dejó aturdido. Y todavía más cuando escuchó el siguiente comentario:

—En esta casa se los recuerda con cariño —dijo el guardián del archivo—. La guerra se los tragó, pero siempre nos quedarán sus trabajos.

Bernardo esgrimió una mueca de pánico cuando Celestino pronunció esta última frase y, sin que Nil se diera cuenta, le exigió a Celestino, con un gesto universal, que mantuviera el pico cerrado. El hombre no comprendió a qué se debía aquella mueca recriminatoria.

—¿Qué pasa? —insistió Celestino.

Bernardo se levantó de la silla y, con una repentina prisa, le estrechó la mano al viejo, quien todavía trataba de averiguar qué había dicho para que resultara tan inapropiado.

—Me ha comentado Leo que conservas una cosa para nosotros —dejó caer Bernardo al tiempo que le guiñaba el ojo a Nil.

Celestino asintió y volvió a desaparecer entre los pasillos del archivo. Durante su ausencia el muchacho le preguntó a Bernardo quiénes eran las demás personas que posaban junto a su padre y Vaccaro en la puerta de acceso a ese edificio de cristal. Bernardo sujetó el recorte de prensa con las manos, se lo acercó a los ojos y sonrió débilmente, como siempre hacía ante una fotografía en la que aparecían seres queridos.

—La mujer con el lazo de seda en el pelo —dijo Bernardo—, esta que lleva un vestido largo y estampado, es Margarita Xirgu, una actriz.

—No la conozco —dijo Nil.

—Al igual que tu padre, ella también tuvo que huir de este país.

—¿Y dónde está?

—Dicen que por Argentina.

—¿Y si mi padre está con ella? Eran amigos, ¿no?

La sonrisa de Bernardo se borró, restregó el escaso pelo del muchacho y, pasándole un brazo por el cuello, lo atrajo hacia él con cariño. Celestino se detuvo con la intención de prolongar aquella tierna escena. Dirigió la mirada a la caja que sostenía en los brazos y entonces comprendió por qué Bernardo le había pedido que mantuviera el pico cerrado. De no haberlo hecho hubiera echado por tierra el plan que habían urdido con tanto cariño Leo y el proyeccionista.

21

A Gertrude Fresser le bastó una noche para convencer al comandante Otto Koppke de que a ella no debían confinarla en Auschwitz. Ocurrió en 1940, en plena persecución judía a cargo de la Gestapo y la SA, una milicia del Partido Nacionalsocialista cuyos miembros eran conocidos como los camisas pardas para diferenciarlos de la SS. Fue el propio Koppke el que coordinó la deportación de los más de veinticinco judíos que ocupaban aquel edificio del barrio berlinés de Schöneberg. Otto nunca había soportado los gritos ni los llantos, por lo que aquella noche decidió esperar a sus hombres junto al portal elegido a pesar del aguacero que se abatía sobre Berlín. Cuando los agentes de la SA terminaron con su cometido, Otto fue escrutando uno por uno a todos los detenidos que subían a los furgones policiales a base de empellones y culatazos al tiempo que los policías separaban a los hombres de las mujeres y los niños. Estaba a punto de resguardarse de la lluvia en su vehículo oficial cuando de repente la vio. Lo primero que pensó fue en exigirle al agente de la SA que acababa de empujarla que la dejara en libertad. Su parecido con Marlene Dietrich era asombroso y Gertrude lo sabía. Ella miró al comandante alemán a los ojos con la misma mirada lánguida que solía exhibir la actriz. La melena rubia y aquella seguridad en su expresión captaron al momento la atención de Otto.

—Lléveme con usted —le dijo Gertrude.

No había en su habla ruego alguno, sino todo lo contrario. Si algo contenían aquellas palabras era una advertencia.

Tras mantenerse la mirada bajo una persistente cortina de agua, Otto ordenó a un par de agentes que acompañaran a la joven hasta su vehículo. La primera intención del comandante no era otra que la de llegar a la residencia oficial, desprenderse del uniforme calado y recibir de esa joven judía el calor que su cuerpo precisaba. Pero los planes iniciales del comandante sufrieron un revés después de que sus cuerpos se cataran y hablaran por ellos. Atrapado entre aquellas largas piernas, todavía dentro de ella y sintiendo como los dedos de ella, largos y duchos, le masajeaban el área craneal, Gertrude le pidió que la escuchara. Al comandante le resultó cómico aquel atrevimiento ingenuo por parte de una judía a la que le quedaban horas para que le rapasen la melena y, tras ser desinfectada, la arrojaran a un barracón frío, sórdido y pestilente donde le esperaban unas ropas raídas y doce compañeras de fatalidad. Pronto aquellas carnes cuidadas y delicadas experimentarían toda esa colección de penurias. ¿Por qué no dejar que aquella fierecilla sexual le hiciera una propuesta? ¿Tal vez otra noche juntos?

—Yo os puedo conseguir chicas. Judías tan guapas como yo. Lo que después hagáis con ellas no es asunto mío.

El comandante retiró su pene blando de Gertrude y meditó durante unos segundos aquella inesperada oferta.

—De mí no huirán —añadió la joven con la cabeza apoyada en una mano y el cuerpo inclinado hacia Otto, quien meditaba la idea con la mirada clavada en los pechos tersos de la judía.

Ante el silencio del comandante, Gertrude se levantó de la cama y se asomó a la ventana. La Prinz-Albrecht-Strasse estaba vacía. Dirigió primero la mirada a los adoquines, percutidos por una lluvia más liviana que la de hacía unas horas, para terminar fijándose en la sombra del edificio de la Gestapo, escoltado por una bóveda de niebla que la hizo estremecer.

Otto Koppke siempre recordaría que tomó la decisión más importante de su vida admirando las posaderas de aquella superviviente pizpireta y terriblemente encantadora.

—¿Y si huyen de ti? ¿Y si te dicen que no quieren ir adonde tú les digas? —preguntó el comandante—. ¿Qué se supone que he de hacer contigo si fracasas?

Gertrude Fresser se agachó y regresó a la cama gateando hasta que su boca alcanzó a la de Otto.

—¿Es cierto que en Auschwitz y Ravensbrück hay campos de concentración femeninos que sirven de parada previa a los soldados que regresan del frente?

La pregunta importunó a Otto Koppke, de naturaleza desconfiada. La agarró por el cuello y le respondió:

—¿Quieres comprobarlo en tus propias carnes?

La joven judía reaccionó comprimiéndole los testículos. El comandante la soltó al momento y ella hizo lo propio sin dejar de sonreír.

—Las que no accedan a ir a vuestras fiestas privadas serán enviadas a esos lugares. Así de fácil —terminó Gertrude con su exposición.

Otto Koppke recuperó el resuello y liberó una carcajada, se levantó de la cama y sirvió en dos vasos un brebaje helado a base de frutas, especias, regaliz, jengibre y bayas de enebro que se había puesto de moda entre las tropas alemanas. Brindaron desnudos, intercalando besos ansiosos con miradas insondables, sin imaginar las consecuencias que iba a comportar aquella alianza recién nacida.

La eficacia de la joven judía en su labor nunca fue cuestionada por las tropas nazis. En apenas unos meses se convirtió en el principal cebo en el que picaban las judías de buen porte que soñaban con las vagas promesas que Gertrude elaboraba para ellas, y que se hacían extensibles a sus familiares. Les vendía la posibilidad de servir a nobles familias alemanas y obtener la salida del país, muy lejos del horror que empezaban a vivir los suyos. Los altos oficiales del Régimen pronto se olvidaron de los orígenes judíos de la responsable de esas fiestas repletas de carne fresca. Las jóvenes a las que Gertrude no lograba seducir pasaban a formar parte de un listado que terminaba en manos de Otto Koppke, quien con aquella actividad se había ganado el favor de sus superiores jerárquicos y había ingresado importantes cantidades de dinero por organizar encuentros privados para las principales autoridades del Reich. En 1944 los campos de concentración femeninos, convertidos en prostíbulos para los soldados alemanes, contaban con cuatrocientas trabajadoras sexuales. Algunas de ellas tuvieron que entregarse cada día a seis hombres. Gertrude Fresser jamás dejó de dormir una noche por haber traicionado a los suyos. «Una mera cuestión de supervivencia», se decía a ella misma cuando se acercó el final de la guerra y la conciencia golpeaba en la puerta de la razón queriendo rendir cuentas por aquellas almas jóvenes que ella sola había arruinado.

A finales de agosto de 1945, unos días después de que Valiente y Otto se reunieran en la sala Rigat, el comandante seguía admirando, esta vez en la penumbra de la habitación de un piso de la calle Aribau, las posaderas de aquella mujer hermética, que insistían en llevarlo al séptimo cielo cada vez que hacían el amor.

—Hoy no olías a otras —dijo Gertrude serena, asomada a la ventana. Siempre le había gustado la paz que transmite una calle de madrugada.

—Tú sí hueles a otras.

Desde el principio de su relación Otto supo que para Gertrude, como para la Dietrich, lo de menos era el sexo de la persona con quien se acostaba. El comentario le arrancó a la mujer una sonrisa malévola. Se acercó hasta la cama y le ofreció al comandante la cajetilla de Lucky. Los dos dieron un par de caladas en silencio, dejando que sus manos acariciaran el cuerpo del otro.

—Te noto tenso. ¿Qué te preocupa?

—No haber encontrado el dinero de Caracremada. Le registré al maldito francés los bolsillos, los zapatos, los calcetines...

—¿Cómo son los calcetines de un francés?

Otto obvió la pregunta y continuó hablando.

—No encontré ninguna llave ni nota alguna con una dirección o un nombre. Nada.

—Tenemos dinero.

—Pero no ese. Con el dinero de los maquis tendría a Franco de mi parte. Para siempre. Mi nombre se borraría de esa dichosa lista.

Gertrude se volvió hacia el comandante, le acarició con un dedo los labios, perfilados y carnosos. Sin duda alguna aquella era su parte favorita del rostro de Otto.

—Deberíamos cerrar la mercería —dijo Gertrude como si se le hubiera ocurrido en ese mismo instante.

Otto sondeó en la mirada de aquella judía sin escrúpulos qué le estaba ocultando.

—No me mires así. Se nos ve demasiado, y lo que se ve termina molestando. Y desde que existe esa maldita lista de los Aliados, si un nazi como tú importuna, te deportan.

—Nos entra mucho dinero con las chicas.

—Pero no más que con el arte —respondió Gertrude con su mejor sonrisa. El comandante sabía bien que solo sonreía de ese modo cuando estaba a punto de darle una buena noticia—. Sí, mi amor. He vendido el Picasso que Lutz me encomendó.

Otto se arrodilló sobre el colchón, la agarró de los hombros y la sacudió con alegría.

—Desde hoy mismo vamos a sustituir a Lutz en Barcelona —continuó Gertrude con entusiasmo—. Él me enseñó el circuito, me presentó a los principales marchantes de arte catalanes. Sé cómo traer los cuadros de Alemania y de Suiza hasta aquí. Y lo más importante, sé cómo sacarlos de esta ciudad.

—¿Y Valiente?

El gesto de Otto se ensombreció por un momento.

—A ese tipo solo le interesa el dinero, será fácil mantenerlo contento. Además, cariño, mataste a un maqui, no se investigan ese tipo de asuntos. ¿Acaso te he de recordar que la policía obedece a tu amigo el gobernador? Dentro de cuatro meses recibirás su puntual postal navideña.

Otto se abalanzó sobre el cuerpo felino de Gertrude. Le lamió los pezones al tiempo que sus dedos jugueteaban en las profundidades magnéticas de aquella furcia judía que lo tenía bajo su control. En otras ocasiones aquello hubiera bastado para obtener una fantástica erección con la que tratar de mantener a Gertrude a su lado, aunque solo fuera un día más. Sin embargo, los ojos entornados de Valiente se colaron en sus pensamientos. Otto había conocido en su vida a muchos depredadores y aquel inspector era uno de ellos. No, no iba a ser tan fácil librarse de un tipo que olía la sangre y el dinero a cientos de kilómetros. Asumir que Valiente no iba a desaparecer de su vida lo ayudó a concentrar en su verga todo el deseo que le provocaba su particular Marlene Dietrich.

22

El reflejo de un sol moribundo teñía de amarillo las nubes que se adivinaban desde la ventana del despacho. Era la hora de cerrar y Romagosa ya se había marchado, afectado por una tos incisiva que se había convertido en crónica. A Soledad se le escapó una sonrisa al divisar el desorden en la mesa del maestro carpintero. Ordenó aquellos pedidos que dos días atrás ella le había pasado por orden cronológico y que ahora volvían a estar revueltos. De entre los papeles le llamó la atención una próxima cita de Romagosa con un notario de Barcelona. Soledad se quedó un buen rato rumiando, con la citación en la mano, qué estaría tramando el carpintero. De un tiempo a esta parte era patente el deterioro que aquel hombre había sufrido. La vejez siempre llega por la puerta de atrás, de madrugada y con alevosía, sin avisar y cuando ya no es posible deshacerse de ella. Y eso le había ocurrido a Romagosa, cuyas manos férreas se habían transformado en un conjunto de dedos trémulos. Y su memoria, segura y fiable como un vehículo alemán, ahora oscilaba entre lo ocurrido veinte años atrás y lo más inmediato, excluyendo todo suceso que hubiera acontecido ayer o una hora antes. Soledad concluyó que Romagosa se estaba preparando para traspasar el negocio y, como siempre, no encontraba el momento para decírselo. Aquel hombre la conocía bien y sabía que si había algo con lo que ella no podía era con el desorden. Ponderó la posibilidad de que no todo fuera una mera coincidencia. El modo en el que aquel documento había sido olvidado en la mesa tal vez fuera la forma que tenía Romagosa de decirle que el final de la carpintería se estaba acercando. A Soledad ese pensamiento le provocó una flojera en las piernas. Tomó asiento en la silla que utilizaban los clientes que rogaban al carpintero que les dejara pagar a plazos y fijó la mirada en la única fotografía que aquel viejo de carácter dócil conservaba sobre un pequeño mueble. En la instantánea, Romagosa alzaba al aire a un Nil que apenas tenía dos años y conservaba los dos brazos, y Soledad lucía su mejor sonrisa. Se acercó hasta la fotografía y deslizó un dedo por encima de aquel tiempo detenido, de aquella felicidad que una vez creyó infinita.

El repique de la campanilla la devolvió a la realidad. Soledad consultó la hora en el reloj de cuerda que colgaba de la pared y frunció el entrecejo. No eran horas de atender a nadie, de hecho ya tendría que estar en casa preparando la cena para su hijo. Se asomó a la entrada y se topó con Eugeni Pascual, el propietario del cine homónimo, cerrado desde hacía más de un año por problemas de liquidez económica. Hacía más de seis meses que no se veían a pesar de que el barrio tenía las calles contadas y todos solían pisar las mismas. A Soledad se le encogió el alma cuando vio en qué se había convertido aquel hombre que no hacía tanto era todo un señor. Lejos quedaban los trajes hechos a medida, el pelo cano y abundante bien cortado, como su barba, y esos pañuelos perfumados que asomaban por la solapa otorgándole un halo de distinción. Decían las malas lenguas que su único hijo se había aficionado al juego y a las mujeres excesivamente caras. El joven Pascual había nacido entre algodones y había crecido en la abundancia. Fruto de ello, cuando alcanzó la mayoría de edad su padre le compró un piso en el Ensanche barcelonés con tres habitaciones, terraza con vistas al Tibidabo y aires más oxigenados que los de su barrio natal. A pesar de la guerra, su familia pudo seguir manteniendo ese nivel de vida gracias al cine Pascual, ubicado en la calle Lérida, junto al Paralelo. Sin embargo, una sola termita puede pulverizar una mesa si le das tiempo y no le prestas atención. Y así fue como el joven Pascual se las arregló él solito, en apenas cinco años, para que su familia tuviera que verse en aquella tesitura. La de ir rogando de puerta en puerta que les postergaran las deudas contraídas por aquel hijo torcido a fin de poder llevarse algo de comer a la boca. Al viejo Pascual se le había caído el pelo, su cuerpo rollizo se había convertido en magro y una pátina de abatimiento lo cubría de los pies a la cabeza.

—El señor Romagosa ya se ha marchado —se excusó Soledad algo incómoda.

Se sentía culpable por haber insistido al carpintero que hablara con Pascual y le reclamara la factura.

Sin ningún tipo de duda, la de mayor valor que la carpintería tenía pendiente. Pero ahora, al tenerlo enfrente, pensaba que tal vez Romagosa estaba en lo cierto. De aquel pobre desgraciado que la miraba con ojos tristes solo podía extraerse miseria y el dolor que suponía ver como una fortuna familiar se había evaporado.

—No es a él a quien quería ver —respondió Pascual con un hilo de voz. A todas luces aquel día no había comido. A Soledad el comentario la cogió por sorpresa. Le indicó con un gesto que tomara asiento pero el viejo, con la última dosis de orgullo que todavía conservaba en algún rincón de su alma, declinó el ofrecimiento.

—Lo siento —dijo Soledad, y tras ello suspiró profundamente.

Ya lo había dicho. Que aquel hombre hubiera venido a dar la cara frente a ella era más que suficiente. No sería ella quien humillara a nadie. Al fin y al cabo, Pascual se había convertido en uno de ellos, en un perdedor. En aquellos tiempos una suerte de ligamen invisible unía a los vencidos. No importaba la causa que los hubiera llevado a tal estado: si pasaban hambre, si lloraban a diario una ausencia y sus miradas afligidas se cruzaban, no había nada más que decir. Todos ellos pertenecían al bando del desengaño, ese al que la vida había decidido alejar del sol para abandonarlo al amparo de un frío hiriente, desolador y, al parecer, eterno.

Pascual ignoró la disculpa. Ni siquiera imaginaba a qué se debía. Asió a Soledad por la muñeca fuertemente a pesar de su apariencia enferma y terminal.

—Tarde o temprano sucederá —profirió Pascual con resentimiento y la mirada vacía.

Dio un paso hacia delante y sus ojos llorosos, del color de la tierra mojada, se clavaron en los de Soledad:

—Mantén mi sueño, Soledad, mantén mi sueño.

El viejo Pascual se marchó renqueante, sin dejar que Soledad le replicara y sin mirar atrás. Ella se quedó allí, en el lugar donde el hombre la había dejado, confusa y angustiada ante aquel mensaje sin sentido.

Poco después Soledad siguió los pasos del viejo Pascual y emprendió el camino a casa, ajena al trajín del barrio que parecía emerger cuando el sol declinaba y las terrazas del Paralelo dejaban de ser un secadero. Ya en la cocina, mientras cocía en una olla una col con bacalao, seguía pensando en las palabras de aquel hombre derruido que la había elegido como destinataria de una misión incomprensible. Absorta en sus pensamientos, tardó en darse cuenta de que eran más de las nueve y a esa hora Nil siempre estaba en casa. Sentada a la mesa del comedor, con los platos servidos, fue asaltada por un extraño y helado presagio. Ante la posibilidad de que a su hijo le hubiera pasado algo, se desahogó frente al retrato de David Roig.

—Nuestro hijo está bien, ¿verdad? Dime que está bien —exigió Soledad sin parpadear, con la voz rota—. Porque... ¿sabes una cosa? No es a ti a quien espero, ya no, es por él por quien vivo, por quien trabajo catorce horas al día, por quien me voy al Borne a vender tabaco y café, y si a él le pasa algo...

El sonido de la aldaba de hierro impactando contra la puerta hizo que Soledad interrumpiera el monólogo. Fue entonces cuando la presión del pecho se tradujo al instante en miedo. Nil llevaba siempre las llaves consigo, él nunca llamaría de aquel modo, y a esas horas no esperaba a nadie más. Solo cuando abrió la puerta y vio el rostro lívido de Paulino supo que había ocurrido una desgracia.

—¿Qué pasa? —inquirió Soledad presa del terror.

Paulino tardó en responder, aturdido por la reacción un tanto histérica de la bella Soledad.

—Que vengo con muy mal cuerpo —dijo el hombre con la respiración acelerada—. Un tranvía acaba de matar al Pascual, el propietario del cine. Ha ocurrido a dos metros de donde yo me encontraba.

A Soledad le cambió la expresión. Sin decirle nada, se dejó caer sobre una de las sillas del comedor, se bebió un vaso de agua y sintió que el bombeo del corazón iba recuperando su ritmo natural. Con la mirada perdida, quiso saber más:

—¿Qué ha pasado?

Paulino entró sin requerir de ningún permiso y se sirvió también un vaso de agua. Ver a Soledad tan afectada hizo que él se recompusiera.

—No sabía yo que eran ustedes tan amigos, mujer —dijo el hombre con una musicalidad que le hubiera costado dos guantazos de haber estado frente a Valiente.

Soledad negó con la cabeza y levantó una mano, como queriendo quitarle importancia al hecho, pero ese gesto no acabó de convencer demasiado a Paulino.

—Se ha tirado al primer tranvía que ha visto, como si se hubiera vuelto majara. Pero le digo una cosa, Soledad. —Con una mano en el pecho y la otra apuntando al cielo—. A ese hombre lo ha matado el tarambana de su hijo. Se lo digo yo. —Y Paulino se santiguó al tiempo que besaba a Soledad en la mejilla—. Por cierto, que casi se me olvida. Venía a decirle que Nil y Bernardo se han quedado no sé dónde viendo una película. Con lo del Pascual me he retrasado un poco, así que no se enfade con el chico, que ha sido él quien me ha pedido que se lo dijera y de eso hace más de una hora.

Soledad volvió a respirar tranquila. Detestaba aquella vulnerabilidad que se había apoderado de ella desde el día en el que perdió a su pequeña, pero se veía incapaz de superarla. Cada vez que emergía esa presión en el pecho que la apremiaba a imaginarse en el peor de los escenarios, lo cierto es que alguna tragedia acontecía. Sin saber muy bien por qué se descubrió pensando en el viejo Pascual, en qué lo habría llevado a visitarla en la carpintería para después quitarse la vida.

—¿Quiere cenar conmigo? —preguntó Soledad.

Paulino echó un vistazo a los dos platos, todavía humeantes.

—La de hombres de verdad que querrían escuchar esas palabras de su boca.

—Calle y coma.

Dieron buena cuenta de la cena entre risas y llantos. Con Paulino las veladas siempre terminaban igual. Riendo de aquellas divertidas anécdotas en las que él retrataba a antiguos amantes que paseaban de la mano de sus esposas y llorando cuando regresaba a los momentos en los que su condición sexual lo había llevado a ser vejado con vileza y recluido en oscuras habitaciones malolientes en las que ni siquiera a un perro se le dejaría encerrado. Cada vez que Paulino aparcaba sus alegrías para dejar entrar a las penas se convertía en un tipo gris que había perdido la cordura en algún rincón de su pasado. A esas alturas de la noche, cuando el barrio ya enmudecía y la brisa de Montjuic se dejaba caer en aquellos pisos caldeados, Soledad asentía a las palabras de Paulino sin prestarle demasiada atención, enfrascada en el «mantén mi sueño» que el viejo Pascual le había exigido poco antes de quitarse la vida.

23

En esa ocasión fue Nil quien condujo a Bernardo hasta La Gran Mentira. No le hizo falta que el proyeccionista le recordara dónde estaba aquel lugar secreto que ya formaba parte de sus vidas. El muchacho se moría de ganas de saber qué tramaban ese par de granujas que hacían del misterio su particular y más frecuentado territorio. Durante el trayecto, Bernardo no quiso avanzarle nada sobre el contenido de esa pesada caja que el vigilante del archivo de la Metro les había entregado, y por la que habían tenido que detenerse en más de una ocasión para poder recuperar el resuello.

Leo los recibió sonriente mientras sujetaba en brazos a Nineta, que se puso tensa apenas percibió la presencia de los visitantes. El felino dio muestras de su agilidad con un salto de más de dos metros, cayendo a los pies de Nil para terminar frotando su lomo contra el tobillo del muchacho.

—El día que murió mi padre me encontré a Nineta abajo, en la sala. Nunca supe cómo había llegado hasta allí —recordó Leo con su voz de ultratumba.

Nil reparó en que el librero no llevaba ningún pañuelo, dejando desnuda la cicatriz por encima de la tráquea. Mientras Leo se esforzaba para que sus palabras se escucharan, su piel contenía un pequeño bicho que le recorría todo el cuello. El muchacho pensó en su muñón y en lo mucho que le disgustaba que las personas clavaran su atención en él. Decidió retirar la vista de la cicatriz de Leo y fijarse en la gata, que bajo el foco directo de la bombilla suspendida adquiría un tono azul.

—Es tradición rusa —añadió Leo— dejar un gato en el interior de la vivienda que acabas de adquirir para que se encargue de eliminar los malos espíritus.

—Leo, se nos va a hacer tarde —advirtió Bernardo, cansado de haber escuchado esa historia en más de una ocasión.

—No, no hagas eso —gritó Leo a Nil al ver que el muchacho apartaba al minino de su lado con una sacudida de pie—. Cuando un gato se frota con tu piel está compartiendo su fuerza astral, si lo rechazas bloqueas la energía positiva que el animal trata de ofrecerte.

Bernardo levantó un poco más la caja que sostenía y dijo lamentándose:

—¿Eres consciente de lo que pesa esto?

—Está bien, está bien... —respondió Leo, y se encargó de cerrar el negocio con la puerta de madera—. Hoy Nil va a hacer los honores.

El muchacho estaba absorto en los movimientos de la gata cuando escuchó aquella invitación. Recordaba con exactitud la estantería desde la que Leo había abierto la primera de las compuertas. Sin embargo aquel día le habían exigido que se diera la vuelta y no había podido por tanto saber dónde se escondía el resorte que activaba todo el mecanismo.

—Hay un libro que hace de llave —explicó Leo como si le hubiera leído la mente. Volvía a tener en sus brazos a Nineta—. Si lo apartas, hallarás una pequeña palanca.

Nil se acercó a la estantería e inclinó la cabeza tratando de leer los distintos títulos que venían impresos en los lomos. Cada vez que hacía el ademán de extraer uno de ellos, Leo negaba con la cabeza divertido.

—Lo has engañado —dijo Bernardo impaciente—. No es un libro lo que tiene que buscar.

Nil frunció el entrecejo y siguió buscando afanado frente a la estantería. No tardó demasiado en extraer un álbum que contenía más de cincuenta ejemplares de la revista *Cinelandia*. En el primero de ellos llamaba la atención el rostro dibujado de Claudette Colbert, con sus tirabuzones rubios y unos ojos azules y cristalinos. Tras el álbum el muchacho halló la palanca que los llevaría a otro mundo. El segundo paso fue más fácil. Nil recordaba que era el cuadro de Rita Hayworth el que permitía que se abriera el suelo de la cámara por el que se accedía a la sala. A pesar de que aquella era ya la segunda vez que contemplaba ese cine subterráneo y clandestino, no por ello aminoró su asombro.

—Es fantástico —dijo Nil tras comprobar que Lolita le sonreía desde una de las butacas al tiempo que Bernardo, ya en la cabina, trataba de enhebrar la película en el proyector.

Los dos jóvenes se saludaron con un gesto tímido de mano sin esconder en su mirada la alegría por volver a encontrarse. Ante aquel derroche de inocencia, a Leo se le escapó una sonrisa socarrona que nadie advirtió.

—¿Preparados? —preguntó Bernardo con un grito.

—¿Pero se puede saber qué es lo que vamos a ver? —insistió Nil sin mucho éxito.

Como única respuesta recibió el gesto de Leo que lo invitaba a que tomara asiento en su butaca y el de Lolita guiñándole un ojo.

A esa misma hora el inspector Valiente se hallaba en la Jefatura de Policía, bajo la luz de un flexo en su húmedo y pequeño despacho. Acababa de permitir que Espinosa regresara a casa después de que este le recordara que hacía tres días que no veía a su familia. Las infructuosas horas invertidas en las calles comprobando lo que había dicho la Bego respecto a un cromo que poseía el francés y, principalmente, el episodio violento que había vivido con la prostituta lo habían transformado en otra persona. Consciente de ello, Espinosa había preferido pernoctar esos días en un hostal cercano a la Jefatura, el de la calle Condal, en el que hacían precio especial a los agentes del orden. No lo hizo con la esperanza de sentirse mejor y poder mirar a su mujer a los ojos. Únicamente quería saber quién era, descifrar qué albergaba en su interior para que hubiera reaccionado tal y como lo había hecho. Temía que la amenaza de Valiente solo fuera el resorte, el botón necesario para activar toda esa maldad que había permanecido agazapada en aquel ser gris, poco hablador e incluso sumiso.

Ya a solas, Valiente se levantó de la silla y le dio una patada, desplazándola unos metros hasta hacerla caer. Se encendió un pitillo con la espalda apoyada en la mugrienta pared y lo supo. La investigación estaba en un punto muerto. Después de la visita a la Bego, la pista del cromo no les había conducido a ningún puerto. El inspector sabía bien que frente al miedo no existe el silencio y que tal vez aquella fulana les había mencionado el cromo como podría haber dicho cualquier otra cosa. No tenía ningún sentido ni sabían cómo relacionarlo con la muerte de Bernier ni, sobre todo, con Otto Koppke y el botín de los maquis. Recordaba con temor las palabras de Quesada días atrás cuando lo amenazó con destinar a Portbou al más inútil de sus inspectores. Se asomó a la ventana que daba a un patio interior del edificio y trató de respirar profundamente los aires estancados de su ciudad. Algo le decía que sus días en Barcelona estaban contados.

Mientras tanto, en la sala de La Gran Mentira se apagaron las luces al mismo tiempo que se iluminaba la pantalla. Bernardo y Leo ocuparon sus respectivos asientos, el proyeccionista lo hizo en la fila número tres, una por delante de la de Nil y Lolita, mientras que Leo lo hacía en la número dos, ya que la uno, como solía decir el librero, estaba ocupada por el fantasma de su padre, un cinéfilo de raza que murió dormido en esa misma butaca. Nadie se atrevió a preguntar por qué era Nineta la que ahora la ocupaba.

Cuando Nil leyó el nombre de Anna Karenina en la pantalla y, tras este, el de Greta Garbo, buscó en la penumbra los ojos de Bernardo. El proyeccionista decidió ignorarlo y dejar que se sumergiera en aquella cadencia de fotogramas que jamás iba a olvidar. A Nil le bastó la primera aparición de Fredric March, en su papel de Vronsky, amante de Anna Karenina, para sentir que el pulso se le disparaba. La voz que doblaba las andanzas de aquel militar ruso capaz de hacer volcar los sentimientos de la Garbo era la misma con la que tantas noches el chico se había acostado los primeros años de su vida. Pero aquella voz, ahora profesional, con una excelente dicción y un tono sugestivo —tan distinto del taimado que él apenas recordaba—, no le hablaba a él. Si había algo que el muchacho detestara era precisamente el olvido. Consciente de que lo que se recuerda nunca muere, muchas habían sido las noches en las que había temido que la voz de su padre, como la de su hermana, se diluyera con el paso del tiempo y terminara confundiéndose con las de los demás hasta convertirse en otra. Mientras David Roig hablaba en boca de Vronsky, al amparo de la oscuridad y con el rostro cubierto de lágrimas, Nil se dejaba abrazar por esa voz del ayer. Alertada por los sollozos del muchacho, Lolita abandonó la butaca y tomó asiento junto a él. Le pasó un brazo por encima del hombro y cuando le besó en la mejilla notó que no dejaba de temblar. Y aun así, bajo la inofensiva penumbra de una sala de cine, un Nil dichoso tras haberle ganado la partida al olvido le dedicó una sonrisa.

Segunda parte

1947

I

Barcelona, diciembre de 1947

Dos veranos atrás, durante la investigación del asesinato de Jean-Paul Bernier, la Brigada de Investigación Social no había logrado dar con el escondite donde los hombres de Caracremada custodiaban su dinero. Tal ineptitud sirvió de excusa al comisario Quesada para cumplir con su palabra de enviar a Valiente a pasar una larga temporada en la localidad gerundense de Portbou. En esa población costera donde solo los pinos y el Mediterráneo eran testigos de las actividades clandestinas de la resistencia al Régimen, el inspector se echó definitivamente a la bebida. Pasaba las noches hablando a solas con el fantasma de su hermano Alfredo, rogándole entre lágrimas que le diera más tiempo para llevar a cabo su venganza, suplicándole que dejara de visitarlo o terminaría pegándose un tiro en la cabeza. Pero el espectro de Alfredo Valiente ignoraba todas esas súplicas y se le manifestaba en medio de una cena, frente a un plato de sopa con tropezones, con la cabeza abierta y la cara manchada de sangre, mostrando una sonrisa mellada y a la vez furiosa. O lo hacía colándose en su duermevela, gritándole encolerizado, disipando toda posibilidad de que su hermano conciliara el sueño. Cuando en abril de 1947 Valiente regresó a Barcelona por petición expresa del jefe superior de Cataluña —el aumento de la violencia en las calles exigía una mayor presencia policial y tuvieron que rescatar efectivos de aquellos destinos más apacibles—, había envejecido diez años de golpe. Ese año y medio apartado de la ciudad lo había convertido en un ser rencoroso y apagado. Apenas hablaba y cuando lo hacía no buscaba otra cosa que lastimar a los demás.

El comisario Quesada paseaba su bigote de un extremo a otro del despacho, fumando un caliqueño compulsivamente. Frente a él, en posición de firme y sin abrir boca, permanecía Espinosa, tal y como le había ordenado cinco minutos antes. Valiente llegaba tarde una vez más. El comisario apagó lo que quedaba de caliqueño sobre un cenicero desportillado y sintió un escalofrío que recorrió su enjuto cuerpo. Aquella mañana había elegido un traje de color azul marino, de rayón sintético entreverado con lana, tirantes oscuros y una camisa añil. No todos los días comía uno con su nueva querida, una joven de pantorrillas recias acabada de llegar de Burgos a la que su mujer le había arrebatado la posibilidad de seguir limpiando en casa. Y todo por un inoportuno cruce de miradas que la muy bruja cazó mientras hacía punto. Lo que el comisario no había tenido en cuenta era que la camisa elegida habría sido ideal para un mes de mayo, pero no para aquel feroz invierno que azotaba la ciudad. Se acercó a la ventana y tanteó con la mano a fin de descubrir por dónde demonios se colaba el aire frío.

—Todo el edificio es una nevera, señor comisario —dijo Espinosa sin cambiar de postura a pesar de que notaba un hormigueo en la pierna derecha.

—Haber estudiado para abogado —replicó Quesada—. Y siéntese, hombre. Ya que su jefe no se digna a comparecer, vamos a empezar sin él.

Espinosa tomó asiento en el mismo momento en el que Valiente irrumpía con un portazo. Enfundado en una gabardina gris y con la cabeza cubierta por un sombrero de fieltro, apenas se tenía en pie. Había perdido mucho peso. De su rostro asomaban una barba de dos semanas, unos ojos rojos y llorosos y una mueca extraña en la que los labios pretendían imponerse uno al otro. Alzó el brazo a modo de saludo fascista dejando entrever una mano nudosa y peluda con un temblor alarmante. Quesada rechazó de un plumazo la posibilidad de estrechar la mano a ese desperdicio humano que acababa de sentarse frente a él sin ni siquiera pedirle permiso.

—Cuando termine de decir lo que voy a decir —advirtió el comisario—, quédese, Valiente, quiero hablar con usted a solas.

El inspector, impasible, se encendió un pitillo con la mirada clavada en la ventana a pesar de que tenía a Quesada a escasos dos metros. El comisario respiró hondo.

—Lo que a continuación voy a decirles es secreto de Estado.

Espinosa enderezó la espalda y prestó toda su atención.

—Durante la última visita del Generalísimo a esta ciudad el pasado mes de mayo... hubo un intento de atentado.

Quesada dijo esto último señalando a la fotografía del Caudillo que permanecía en el suelo, apoyada contra la pared. Al comisario, aquel superlativo que se había otorgado el propio Franco siempre le había causado cierto rechazo, pero ese era un pensamiento oculto que lo acompañaría a la tumba. Los ojos de Espinosa estaban a punto de salirse de sus órbitas. Valiente continuaba indiferente, atendiendo a la proyección de luz natural que descubría las partículas de polvo que flotaban por el despacho.

—El plan iba a ser ejecutado al paso de Franco por la estatua de Colón. Consistía en depositar cerca de la calzada dos carteras de piel que contenían bombas caseras compuestas de trilita y plástico. Los terroristas lo tenían todo planeado pero no contaron con las columnas de niños que enarbolaban banderas nacionales al paso de la comitiva. Gracias a Dios se echaron atrás y decidieron marcharse sin activar los explosivos y abandonando las carteras de piel allí mismo.

—¿Se sabe quiénes eran? —preguntó Espinosa bajo la mirada asesina de Valiente, quien ya había abandonado su incomprensible interés por la ventana.

—Sí, y están detenidos —respondió Quesada—. Algunos. —El comisario se levantó del sillón y extrajo una nota de un expediente que obraba en una de las estanterías. Dejó la nota sobre la mesa—. En una de las carteras, además de las bombas, tenían este listado de objetivos. Un general del ejército de tierra que falleció el mes pasado, el mismísimo gobernador civil de Barcelona y un tercer hombre conocido por ustedes.

Valiente levantó ligeramente el ala del sombrero y leyó la nota.

—Otto Koppke —dijo Espinosa en voz alta.

—El mismo —añadió Quesada—. Durante estos meses ha sido vigilado sin que él lo supiera pero no se ha detectado ningún movimiento digno de reseñar. Por eso hemos pensado que ya va siendo hora de que sea informado del peligro que ha corrido y que tal vez aún corre. ¿Y quién mejor que usted, Valiente? Según me han dicho, llegaron a establecer algún tipo de relación. —El inspector ensayó una mirada incisiva sobre el comisario—. En su momento fuimos demasiado tolerantes con él. Estoy seguro de que el alemán tiene información de los maquis que no nos ha facilitado. Es una buena oportunidad para pedirle a Koppke que nos ayude a atrapar a esos terroristas. Quizá convenga recordarle que su amigo Correa Veglison ya no es el gobernador y que la lista de los Aliados no solo no ha perdido vigencia, sino que ha sido ampliada, y el de Otto Koppke sigue siendo uno de los nombres subrayados en ella.

Tras las palabras de Quesada el silencio hizo acto de presencia. Fue Espinosa el que, sintiéndose incómodo, terminó hablando:

—Si no tiene nada más que decir, comisario.

—No, Espinosa, puede retirarse.

El chirrido de la puerta al cerrarse despertó a Valiente de su cogorza. Desnudó su cabeza dejando el sombrero en la silla que había ocupado Espinosa y se desabrochó los dos primeros botones de la gabardina. Todos esos movimientos eran ejecutados con una parsimonia poco natural. Quesada no pudo evitar fijarse en la mugre que asomaba por el cuello de la camisa beige del inspector, cuya ausencia de corbata le hacía un flaco favor. A pesar del frío, el comisario se levantó de nuevo y abrió la ventana: necesitaba airear aquel hedor fétido que había traído consigo el inspector y que viciaba la estancia. Valiente sonrió con desprecio ante aquel gesto tan poco sutil.

—¿Y si Koppke no me cree cuando le diga que van a por él y no colabora? —preguntó Valiente—. ¿Me enviará a Portbou otra vez?

Quesada se apoltronó en el sillón, chasqueó la lengua y le lanzó al inspector una mirada incisiva.

—Termine lo que dejó a medias, inspector.

—Si la memoria no me falla, no recuerdo que usted pusiera mucho empeño en esclarecer la muerte del francés.

—Valiente, no insista en sacar lo peor de mí.

El comisario no necesitaba alzar la voz ni dar un golpe en la mesa. Tenía el poder y sabía cómo utilizarlo.

—Se acerca el día en el que podremos prescindir de policías como usted.

—Fantasías, comisario. Eso es lo que usted querría, ¿verdad? Que todo cambiara —añadió el inspector con rabia.

El comisario cruzó los dedos de las manos y las dejó caer sobre la mesa. Intentó sonreír pero la presencia de aquel ser ominoso le impedía toda relajación facial.

—No vaya por ahí, inspector. De nada le sirvió el escrito que hizo acusándome de rojo encubierto. No sé si se ha dado cuenta de que en este cuerpo ya no goza de ningún tipo de credibilidad.

Valiente no estaba dispuesto a escuchar más sandeces. «A todo cerdo le llega su San Martín», pensó al tiempo que se levantaba y encaraba la salida. Quiso decir algo pero calibró que era mejor callarse y ponerse manos a la obra para que las palabras que había omitido se tradujeran en hechos. Las calles de Barcelona lo esperaban.

2

Un dolor punzante en el muñón despertó a Nil la mañana del 22 de diciembre. Durante el invierno no eran pocos los días en los que el fantasma del brazo amputado se reivindicaba demandando más atención y haciendo las veces de sensor térmico, pronosticando inminentes lluvias o nieves venideras. En una ocasión Nil le preguntó a Bernardo por qué le dolía el brazo que ya no tenía. El proyeccionista le respondió que siempre nos duele aquello que perdemos. Mecido por el recuerdo de aquella respuesta, pisó los baldosines y un frío desagradable le recorrió todo el cuerpo. Sobre la mesa del comedor, Soledad había dejado media barra de pan de racionamiento y algo de café. De no cambiar la situación, pronto regresarían a los días en los que mojaban *melindros* rancios en una taza de achicoria. Nil reposó la frente en el helado cristal de la ventana y descubrió un cielo violeta e indeciso.

Los últimos dos años las cosas habían empeorado. La enfermedad del maestro carpintero ya afectaba a su movilidad, apenas podía llevar a cabo los encargos que recibía. Para tratar de que el negocio saliera a flote, Romagosa había delegado en un joven ebanista del barrio de Sans las peticiones que recibía de los clientes. Sin embargo no eran pocos los que ya habían venido a quejarse ante Soledad de los errores de los que adolecían los trabajos realizados. Romagosa escuchaba las protestas escondido tras la puerta atrancada de su despacho. Que los clientes de toda la vida hablaran de ese modo lo encendía por dentro. Cómo decirles que aquel mueble a medida o esa puerta lacada no había pasado por sus manos, cómo confesarles que un joven aprendiz era el responsable de esos descuidos que él nunca se hubiera permitido. Los comentarios dañinos se extendieron como la pólvora. De esa manera, los pedidos en la carpintería habían menguado y el sueldo de Soledad se resintió tanto que no tuvo más remedio que aceptar que su hijo abandonara el colegio y se dedicara a trabajar como ciclista de un importante número de cines de barrio. Los suspiros de Soledad eran el baremo con el que Nil medía la salud de la economía doméstica, y aquellos días su madre no dejaba de suspirar. Bernardo, consciente de la situación familiar del muchacho, siempre estaba atento a cualquier baja temporal de taquilleras o acomodadores, y en cuanto se enteraba de alguna de ellas se lo decía a Nil, quien se ofrecía a los propietarios del cine en cuestión, que lo recibían como agua bendita.

El muchacho engulló el pan untado con el aceite de una pelleja que una payesa de Tarragona le había intercambiado a Soledad por tabaco. Salió a la calle repasando mentalmente los trayectos que durante esa jornada debía cubrir con la bicicleta. Al pasar por delante de la zapatería de Jacinto le sorprendió el bullicio en la puerta. Se detuvo y se asomó al establecimiento. Una radio sobre el mostrador escupía la voz de Machín con sus *Dos gardenias*. En el centro de un coro improvisado de vecinos, Jacinto bailaba agarrado a la viuda Carmen ante la mirada estupefacta de Nil. El chico se preguntó qué había sucedido durante las últimas horas para que aquella detractora de la felicidad se mostrara radiante e incluso riera las bromas del zapatero. Ya de cerca, Nil pudo ver como Jacinto sostenía en una mano un billete de lotería. Cuando el zapatero vio entrar al muchacho abandonó a la viuda y se lanzó a darle un abrazo que lo dejó sin aire.

—Noventa mil pesetas —gritó Jacinto poseído—. He repartido noventa mil pesetas con *partisipasiones*.

Los vecinos, cuyo número aumentaba poco a poco, empezaron a saltar al tiempo que jaleaban el nombre de Jacinto.

La lotería de Navidad había caído en Barcelona de pleno, como lo hicieron los bombardeos de marzo del 38. Una gran parte de los boletos fueron vendidos en el Borne, recayendo en gente humilde y trabajadora, y un importante pellizco en la zapatería más animada del Poble-Sec.

—¿Y mi madre? —preguntó Nil esperanzado—. ¿A mi madre le vendiste alguno?

A Jacinto se le borró la sonrisa de la cara. Nil captó a la primera que la suerte y su familia tenían la misma relación que el agua y el aceite. Cabizbajo, con el sabor agrio de la decepción, el muchacho abandonó la zapatería rumbo a su realidad.

Caminó un buen trecho hasta alcanzar la calle Pelayo. Lo hizo ofuscado por la condena que la vida había decidido aplicarles. Durante el trayecto no apreció la voz chillona de una joven socarrona de su misma edad que le guiñaba un ojo al tiempo que gritaba «tengo Lucky», ni la caída de un caballo sobre los adoquines de la ronda de San Antonio que paralizó el tráfico matutino ni a un guardia de casco blanco que no supo cómo restablecerlo. Tampoco le agradeció el gesto al anciano que, sujetándole el brazo privilegiado, evitó que un tranvía se lo llevara por delante. A sus quince años la vida le pesaba, y aunque aquella suerte de pensamientos eran intermitentes y de poca duración, cuando asomaban lo hacían con intensidad. Todo a su alrededor se volvía confuso y se deslizaba bajo una neblina por la que transcurrían rostros difuminados y voces amenazantes. Las veces que evocaba a su padre ausente cada vez eran menos. Había aprendido que la memoria, cuando las heridas del pasado siguen doliendo, solo crea infelicidad.

Al llegar al cine Avenida de la Luz, Carmina, la taquillera, le indicó que Bernardo acababa de salir al bar Zurich a tomarse una *barrecha* entre sesión y sesión. El muchacho no lo dudó, necesitaba compartir su mal humor con alguien que lo entendiera.

Nil localizó a Bernardo bajo un toldo que cubría gran parte de la terraza del Zurich y que anunciaba Anís del Mono. Se había sentado solo y disfrutaba del trasiego que la plaza Cataluña ofrecía en plenas fiestas navideñas. Enfundado en un abrigo de paño y con la cabeza cubierta con su sempiterna gorra de lana, el proyeccionista se alegró de ver a su amigo, y al momento levantó la mano reclamando la atención del camarero, ataviado con camisa blanca y pantalón negro y dotado de una mirada audaz, requisito este último imprescindible para formar parte de la plantilla del local.

—¿Qué quieres tomar?

Nil declinó el ofrecimiento con la mano y tomó asiento junto a Bernardo.

—Está bonita, ¿verdad? —preguntó el proyeccionista, embelesado con el palpitar de una ciudad que a ratos se permitía olvidar las carencias y regalaba brotes de esperanza.

Nil se encogió de hombros, adoptando ese ceño fruncido que tantas veces lo delataba.

—¿Qué tragedia nos acontece hoy?

—¿No te cansas?

—¿De qué?

—De ver el mundo de color rosa.

Bernardo omitió contarle que aquella mañana incierta, de camino al cine, vio un recuerdo en cada calle, un arrepentimiento silenciado, un deseo por cumplir. Que los años se acumulan en esa nostalgia artificial que solo confunde, y que cumplidos los cincuenta uno sabe que está más cerca del fin que del principio. Sonrió sin mucho afán y le soltó al muchacho uno de esos guantazos cariñosos suyos destinados a purgarle de esas chifladuras genéticas que de vez en cuando lo transformaban en un joven arisco. Después extrajo del interior del abrigo uno de esos carteles de películas que siempre llevaba encima.

—Mira, «El escándalo va conmigo» —leyó el proyeccionista mientras señalaba con el dedo la silueta de Rita Hayworth como principal reclamo de la película *Gilda*.

Aunque en un principio Nil no reaccionó a su comentario, terminó cogiéndole a Bernardo el cartel de las manos y sucumbiendo a ese fenómeno que iba a zarandear a censores y a mentes limitadas. Bernardo añadió:

—Ayer se estrenó en Madrid y esta noche en el Coliseum.

La simple mención de ese cine erizó la piel del muchacho. El proyeccionista, que le había leído la mente, le dio un codazo y dijo:

—Pero nosotros tenemos nuestra propia sala de cine, ¿verdad? Y Leo, no me preguntes cómo, ya se ha hecho con una copia.

Esto último Bernardo lo dijo acompañándolo de un guiño.

—Y hablando de Leo. Tengo unas bobinas suyas para que se las devuelvas a Celestino, el guardián del archivo de la Metro. ¿Puedes hacerme el favor?

—Ya sé quién es Celestino —soltó Nil con cierto desdén.

—Te lo recuerdo porque alguien me ha dicho que hace mucho que no te asomas por allí.

—No se me ha perdido nada en ese sitio —respondió el muchacho con un destello de irritación.

Bernardo suspiró profundamente, consultó el reloj de pulsera y se levantó de la silla. Nil lo siguió. Reemprendieron la marcha hacia el cine en medio de un silencio incómodo, puesto que apenas quedaba media hora para que se iniciara la segunda sesión matinal. El proyeccionista sabía bien de dónde provenía aquella rabia almacenada en el estómago de su joven amigo, pero no estaba dispuesto a desvelar el plan de emergencia que Leo y él habían urdido durante las últimas semanas.

Poco después de conocerse, Nil y Lolita habían forjado una firme amistad que aunque tenía visos de ascender un rango en la escala de los sentimientos, no había pasado de ahí. No solo compartían sesiones de cine clandestino en La Gran Mentira, también paseos, meriendas y risas, muchas risas. No era ningún secreto para nadie que los dos eran más felices cuando estaban uno cerca del otro. Sin embargo era obvio que la relación había sufrido un giro importante. Según Bernardo, atribuible a la pasividad del muchacho a la hora de expresar sus verdaderos sentimientos y a la incertidumbre sentimental a la que con ello había abocado a Lolita. Lo cierto era que desde hacía unos meses ella solía ir los domingos a bailar con un joven de diecisiete años del que poco sabían. El plan ideado por el proyeccionista en connivencia con Leo no era otro que el de provocar encuentros *fortuitos* entre los dos jóvenes y así encauzar un lazo emocional que estaba predestinado a consolidarse. A pesar de que durante el último año esa relación no pasaba por su mejor momento, cada vez que el viejo Leo lograba que se reencontraran en la penumbra de La Gran Mentira, sus miradas no sabían callar lo que sus bocas sí.

Empeñado en quitarse el frío de encima, Nil pedaleó a un buen ritmo con las bobinas de Celestino cargadas a su espalda. Al llegar a la Metro Goldwyn Mayer, un taxi amarillo se detuvo a su lado. Del vehículo vio descender a un joven pelirrojo que vestía con elegancia, algo esmirriado, de nariz prominente y ojos despiertos. Al cruzar las miradas se repasaron de arriba abajo. En un primer momento Nil creyó que se conocían pero desechó aquella idea al ver la arrogancia que ese desconocido atesoraba. Una vez cruzó la puerta principal del edificio pudo comprobar como todo bicho viviente le hacía reverencia a ese pelirrojo repeinado. El joven se detuvo de improviso, como si hubiera recordado algo importante, y se dirigió hacia Nil, que no se lo esperaba y dio un pequeño brinco.

—¿No serás Nil Roig?

Aquella voz grave del joven no se correspondía con ese flacucho de intensos ojos azules que ahora lo interrogaba. Nil asintió receloso y alerta. A su espalda colgaba el zurrón que contenía las bobinas que le había entregado Bernardo y llevaba la manga izquierda de su abrigo vacía.

—Verás, estamos montando mi próxima película —dijo el joven con la mirada baja, desvelando que a menudo una presunta arrogancia no es más que una timidez oculta—. Y mi compañera de doblaje, Lolita, me ha hablado de un chico sin... —señaló el brazo ausente de Nil— que sabe mucho de cine.

Nil trató de encajar toda aquella información. Le disgustó que Lolita lo hubiera descrito como un manco sabelotodo del séptimo arte. Así es como ella lo veía, pensó. Nada más. En ese instante maldijo su propia interpretación de los gestos de Lolita, aquellos que en alguna ocasión le habían permitido soñar con otra posibilidad. Ese miedo paralizador que le impedía rebasar la distancia de seguridad establecida y lanzarse a besarla acababa de encontrar en aquellas palabras la excusa perfecta para seguir silenciando todo lo que sentía por ella. Abstraído en el contenido del mensaje que acababa de recibir, a Nil le pasó desapercibido el respeto con el que aquel joven actor se había dirigido a él.

—¿Cómo se llamará tu próxima película? —preguntó Nil.

—*Botón de ancla*.

—Ya sé quién eres —dijo Nil con una mezcla de desdén y orgullo al tiempo que su memoria evocaba la interpretación de un arquetipo cubano en la película *Bambú*, de José Luis Sáenz de Heredia, protagonizada junto a Imperio Argentina—. Eres Fernando Fernán Gómez.

El joven pelirrojo esgrimió una sonrisa efímera y le estrechó la mano. Le entusiasmó que alguien lo reconociera. Ese era el indicador inequívoco que hacía tiempo andaba buscando. El hecho que corroboraba que ya formaba parte de esa lista de actores y actrices que habían dejado de ser anónimos. Una semana atrás el joven Fernando había asistido al estreno de una de sus películas en un cine de Barcelona como uno más del público, quería saber de propia mano qué opinaban los espectadores sobre su trabajo. En aquella ocasión nadie lo reconoció. Esa noche solo el whisky pudo atemperar esos miedos inoportunos que asomaban a la primera de cambio. Agradecido ante aquel reconocimiento espontáneo, nunca olvidaría a ese muchacho tullido de mirada vivaz.

—¿Quieres acompañarme hasta los estudios? Hoy tenemos una sesión interesante de doblaje. —Fernando acercó sus labios hasta la oreja del chico y le susurró—: Solo por ver las piernas de Lolita ya vale la pena acercarse.

En ese instante a Nil le revoloteó en la cabeza un recuerdo de dos meses atrás. Iba en bicicleta por el Paralelo cuando poco le faltó para estamparse contra un semáforo. De la sala de bailes Apolo vio salir a Lolita corriendo y disgustada. Con una falda ajustada que permitía intuir el esplendor de sus pantorrillas, la chica había revolucionado a un corrillo de mozalbetes que fumaban alrededor del local. Cuando Nil se acercó, acelerando el pedaleo, pudo distinguir el disgusto en su cara. No llegó a tiempo de bajarse de la bicicleta y acercarse hasta ella para saludarla. Un joven cercano a la mayoría de edad, con el pelo engominado y ataviado como si tuviera diez años más, salió del Apolo y, en cuanto la vio, corrió hasta alcanzarla y le atenazó un brazo con violencia. A continuación se miraron a los ojos, desafiándose uno al otro, pero ella no esquivó el beso que él le dio. A Nil le flojearon las piernas, y el único brazo que le quedaba no tuvo la fuerza suficiente para mantener el manillar. Con la bicicleta tirada en la carretera con un giro de rueda imposible, como si hubiera desfallecido ante esa estampa inesperada, el chico vio delante de sus narices como se evaporaba su sueño más secreto. Desde aquel momento Nil se empeñó en averiguar quién era aquel muchacho de anchas espaldas que le hacía la corte a la protagonista de sus fantasías. No tardó demasiado en saber que su nombre era Alejandro Espinosa, que tenía diecisiete años y era hijo de un policía. Una gélida tarde de noviembre, mientras Nil esperaba que Quim terminara de lustrar los zapatos de uno de sus clientes fijos en el Bracafé, descubrió al joven Alejandro bajando por el paseo de Gracia. Sin pensárselo dos veces y sin decir nada a su amigo, se dispuso a seguirlo. Su sorpresa fue mayúscula cuando, a las puertas de la Jefatura, Alejandro se abrazó al policía de voz sumisa al que él le había servido un vaso de agua el día que asesinaron en su escalera a Jean-Paul Bernier. El terror hizo acto de presencia unos instantes después, cuando el inspector Valiente, mostrando evidentes síntomas de abandono en su ropa y en su expresión, le estrechaba la mano a ese joven ladrón de sueños ajenos. Si a Nil ya le escocía en el alma que Lolita se viera con el hijo de Espinosa, el comentario que acababa de hacer Fernando Fernán Gómez sobre las piernas de la muchacha lo había alterado del todo. No, no pensaba ir al condenado estudio a comprobar con sus propios ojos como Lolita se había convertido en el epicentro de las miradas de deseo de media ciudad. Abrumado por esa oleada de pensamientos, abandonó apresurado el edificio, dejando al joven actor con la palabra en la boca. Nil no disponía de dinero para acudir a sastrerías de corte y confección ni para rociarse el cuello con esos perfumes franceses que de vez en cuando asomaban por la puerta del Ritz. Mucho tenían que cambiar las cosas durante los próximos años para que dejara de creer que el dinero era la llave maestra de todas las puertas. «Y todo por no comprarle un maldito décimo a Jacinto», maldijo mientras le propinaba una patada al aquenio de un plátano de sombra, que impactó contra la rodilla de un viejo que hablaba solo, ajeno a todo lo que no fuera el pasado que permanecía anclado en su cabeza.

3

Ver a la gente sonreír, aunque solo fuera por un día, a Soledad le provocaba alegría. Llevaba demasiados años soportando la escasez, las pérdidas irreparables y las humillaciones, por lo que, apoyada en el quicio de la puerta de la carpintería, se entretuvo un buen rato viendo el trasiego de vecinos que vitoreaban el nombre de Jacinto, subiéndolo a caballito y mojando el instante con botellas de cava Canals i Nubiola con las que el hábil Braulio se había encargado de abastecerlos a precio de amigo. Ya pasarían cuentas mañana, le dijo el propietario del bar más antiguo de la calle Poeta Cabañes al zapatero convertido en rey mago.

Soledad se llevó una mano al cabello apelmazado. Lo llevaba recogido con una coleta porque no tenía ni el dinero ni el tiempo suficientes para poder arreglárselo. Dado que la actividad en la carpintería se había reducido de manera notable, su principal entrada de pesetas era el estraperlo. Fue el propio Romagosa quien viendo las orejas al lobo le presentó a una sobrina suya de Tarragona, mujer de campo, empeñada en hacer crecer la economía doméstica vendiendo pellejas de aceite en la gran ciudad. Romagosa se ofreció a comprar las primeras partidas para que fuera Soledad quien las colocara en el mercado negro. El despacho del carpintero se había convertido desde hacía un año en una suerte de almacén. Café, aceite y tabaco. Los tres pilares que ahuyentaban el hambre de la casa, ayudando a que Nil creciera sin necesidad de delinquir y, sobre todo, a que ella no tuviera que entregarse a los que dirigían la ciudad, aquellos contra los que su marido luchaba desde hacía más de ocho años.

Soledad regresó mentalmente al guirigay humano del barrio y sonrió. «Tiene guasa que haya tocado el gordo en el Borne», pensó. El territorio por el que se movía como pez en el agua día sí, día también. Asomó la cabeza en la carpintería y consultó la hora en el reloj que colgaba de la pared. Se sorprendió al ver que a esas horas Romagosa todavía no hubiera hecho acto de presencia. El propio Bonifaci Fuster le había advertido meses atrás que la demencia senil, como el tiempo, nunca retrocedía. Le recomendó que estuviera atenta a todo lo que hacía ese hombre que vivía solo y no se dejaba ayudar. Aunque no sintió en el pecho síntoma alguno que pronosticara una desgracia ulterior, decidió ir a visitar a Romagosa. Cerró la carpintería y, al salir, intercambió un saludo discreto con los Melero, un matrimonio vecino del que siempre obtenía la mejor sonrisa de él y la peor ojeriza de ella. Al cruzarse con ella, el señor Melero no dudó en volverse y disfrutar de aquel contoneo natural que solo tienen las guapas. La señora Melero, defensora de la Sección Femenina de la Falange, ya había intentado en diversas ocasiones captar a Soledad para que asistiera a las reuniones que organizaban en algunas salas de cine del barrio los jueves por la tarde. «Sumisión al marido, la imagen de una mujer abnegada, obediente y con dos objetivos por encima de todo: ser fiel y fértil.» Un compendio de todo aquello que Soledad detestaba. Recordaba una ocasión en la que la señora Melero la había detenido en la calle para ofrecerle la revista *Medina*. Apenas la ojeó, leyó que una de las principales doctrinas defendidas a ultranza por las seguidoras de José Antonio Primo de Rivera era habituarse al dolor, a la incomodidad y al sacrificio. Soledad no había elegido ser víctima de una guerra, ni tampoco habitante de una ciudad tomada. Sin embargo sí decidía cómo vestía, qué pensaba o quién gobernaba sus caderas. Aspiraba a ser una mujer libre y no pensaba cesar en su empeño. Tenía muy claro que, de haber vivido en otra época, hubiera estudiado medicina para aplacar los dolores nocturnos que Nil soportaba en su brazo ausente, remendar el cerebro deshilachado del viejo Romagosa y reducir las taquicardias que ella misma sufría cuando las escenas del pasado la apresaban entre alambradas de recuerdos.

Enfrascada en sus pensamientos subió por la empinada calle Margarit, cuyos adoquines se estrenaban aquel mes. Como cada diciembre, y con las sobras municipales que el año dejaba, se llevaban a cabo algunas obras en los barrios más olvidados de la ciudad. Pero en la esquina con el Paralelo le había parecido distinguir la silueta de un tipo enfundado en un abrigo de paño cuya intensa mirada la puso alerta. Ser una mujer sola a cargo de un hijo pequeño le había activado ese instinto de supervivencia que la acompañaba allí donde fuera. Descartó la posibilidad de que se tratara de un guripa por las prendas desgastadas que llevaba, y sin embargo aquella mirada furtiva la intranquilizó. Alcanzó el portal de Romagosa, subió los tres pisos a oscuras y, tras palpar a tientas el picaporte de hierro fundido, golpeó en la puerta. Una vecina asomó en el descansillo y se quejó de que hacía apenas un momento el viejo tenía puesta la radio para todo el barrio. Soledad la ignoró e insistió con la aldaba. Cuando ya estaba a punto de darse por vencida se abrió la puerta. El aspecto del carpintero era deplorable. Cubierto por un batín de franela y una camiseta de tirantes por donde asomaba una pelambrera blanca y con los pies descalzos, lo rodeaba un aura de músico loco y abandonado. Su escaso pelo cano parecía haber sufrido una descarga eléctrica. Romagosa, situado entre la puerta y el marco, impedía el acceso al interior. Soledad captó las intenciones del viejo al momento y decidió respetarlas: era su casa y no pensaba saltarse la decisión del que hasta la fecha había sido como un padre para ella. La presencia de una cucaracha correteando por el pie del carpintero arrancó un grito de Soledad. No quiso imaginar cómo estaría la casa por dentro. Romagosa mató al bicho de un pisotón sin importarle estar descalzo y se excusó diciéndole que se había dormido. Le pidió quince minutos para vestirse y acercarse a la carpintería. Fueron su voz blanda y aquella mirada vidriosa, extraviada en un territorio ignoto, las que alertaron a Soledad de que ya nada sería como antes. Aquella mañana, la palabra «irreversible» se convirtió en una losa real y palpable.

Bajó las escaleras vencida, olvidándose de nuevo de encender la luz del rellano. La pequeña ventana ubicada en la primera planta le permitía moverse en la penumbra con cierta habilidad. De no haberse encallado su mente en la visión de aquella cucaracha chafada por el pie desnudo de Romagosa y en el chasquido del diminuto cuerpo negro al estallar, tal vez hubiera notado aquel olor a tabaco y a humedad y aquella respiración acelerada, propia del cazador, a escasos metros de distancia. El ataque fue por la espalda y de súbito. Una mano le cubrió la boca mientras la otra la tenía agarrada por encima del pecho.

—Escúchame —le ordenó una voz desconocida, joven y trémula—. Tu marido, David Roig, está en Barcelona.

Al escuchar ese nombre, Soledad dejó de temer por su vida, aunque el corazón le seguía latiendo apresuradamente.

—Si me prometes que no vas a chillar, te suelto.

Soledad asintió. El joven apartó la mano de su boca pero al retirar la otra, la que cubría los pechos de la mujer, se tomó un tiempo innecesario que hizo que pudiera sentir ambos montículos con todo detalle. Soledad le soltó un guantazo que el joven descarado encajó con una sonrisa canalla. Le tendió una nota escrita a mano. En ella aparecía la dirección de una tienda de radios, gramolas y discos ubicada en la calle Muntaner.

—¿Recuerdas a Pierre Bernier?

Soledad no tuvo que esforzarse demasiado para acordarse del francés, hermano del tipo al que asesinaron en su propia escalera. Era actor de doblaje y un viejo amigo de su marido. Uno de esos nombres que David le dio en sus últimas cartas para el caso de que necesitara ayuda en su ausencia. Volvió a asentir, en esta ocasión manteniéndole la mirada al tipejo.

—Allí te espera. Y recuerda: nadie puede saber que David está en la ciudad. Ni siquiera tu propio hijo.

El joven la repasó una vez más con ojos libidinosos, se encendió un cigarro y le ofreció otro a Soledad. La mujer declinó la oferta, se escondió la nota en el bolsillo del abrigo y abandonó el edificio a paso vivo. Todavía afectada por lo sucedido, Soledad, en lugar de bajar por Margarit, decidió subir la calle hasta alcanzar las primeras arboledas de Montjuïc. Se dejó caer bajo la sombra de un algarrobo y, con la espalda apoyada en el ancho tronco, rompió a llorar. Algo de esperanza contenía ese llanto pero también un racimo de rabia al saberse vulnerable. El vuelo coordinado de unas gaviotas que atravesaban un cielo cárdeno y exhausto la hizo sentir todavía más pequeña e insignificante. Lejos de allí temblaba la ciudad, como ella. Si hubo un momento en su vida en el que necesitó un abrazo fue justamente aquel.

4

El día antes Valiente había llegado a avergonzar a Otto Koppke con su mera presencia. Lejos quedaban los días en los que el alemán deslizaba su sombra por las ciudades españolas a la caza de información. Desde hacía un año, el matrimonio Koppke regentaba una prestigiosa galería de arte en unos bajos de la calle Puertaferrisa. No podían permitir que sus nuevos clientes los relacionaran con aquel policía corrupto que, aunque les cobraba mensualmente su particular diezmo, hasta la fecha siempre había respetado el pacto de no pisar aquel negocio levantado alrededor del expolio de arte nazi en el que Valiente había puesto el cazo desde que regresó de Portbou. La función del inspector no era otra que la de expedir documentos sellados por la policía a fin de evitar problemas en los distintos puertos españoles desde donde las obras recién adquiridas viajaban a países suramericanos. Impelido por su esposa, Otto Koppke había citado al inspector al día siguiente en un lúgubre bar de la calle Escudellers, algo más acorde con la imagen actual que Valiente desprendía. Un camarero del Rigat que hacía horas extras en aquel antro que olía a fritura, a perfumes baratos y a derrota les sirvió un vino en unas copas pegajosas con huellas de otras bocas. A Koppke le sorprendió el abuso de los silencios de su interlocutor. No lo recordaba hablador pero tampoco tan taciturno. Todo en él era pesadumbre, abandono y rendición. Valiente depositó sobre la barra, a modo de recordatorio y con desgana, una nueva lista de los Aliados —alguien se había encargado de subrayar un nombre de los veinticinco que la integraban—. Un instante después repitió ese gesto con la nota escrita a mano en la que uno de los autores de la tentativa de atentado a Franco había anotado la nueva dirección de Koppke. Fue este segundo documento el que llamó la atención del alemán. Cuando se interesó por aquella nota el inspector le respondió sin tapujos:

—Los anarquistas te quieren muerto y saben dónde encontrarte. Esta nota la encontramos en uno de los maletines intervenidos a quienes querían freír al Caudillo.

A falta de más información por parte de Valiente, tuvo que ser el alemán el que elucubrara sobre por qué se había convertido en objetivo de los rebeldes. Repasó mentalmente los últimos años, su nula actividad más allá de ayudar a Gertrude a sacar adelante el negocio del arte. No le cabía otra respuesta que no fuera la muerte de Jean-Paul Bernier.

—Alguien de los suyos se ha ido de la boca, Valiente, es obvio. De otro modo esta gentuza no hubiera sabido de mí.

El inspector asintió con desdén. En tiempos de

penurias cualquiera podía venderse a cualquiera. Frente a él, un cojo vestido de negro que ofrecía tabaco americano acababa de meter la mano en la entrepierna de una mujer que estaba sentada en la barra. Se llevó un bofetón y tuvo que arrodillarse para recoger los paquetes de cigarrillos. No recuperó ni la mitad, otras manos más veloces se encargaron de que así fuera. A Koppke se le ofreció la tercera mujer de la tarde, a la que rechazó con un vago gesto de la mano. A pesar de que fuera hacía frío, la temperatura del local empezaba a alcanzar cotas insufribles.

—Van a por usted, Otto. Deme algo más de ellos o esta será la última vez que lo veo vivo.

El alemán no se lo tomó como una amenaza directa. A decir verdad, el policía estaba en lo cierto, necesitaba su protección. Apartó el vino, que no había probado, con la mano y se aseguró con la mirada de que nadie más los escuchara.

—¿Recuerda cuando le hablé de los dos hombres de confianza de Caracremada?

—Asistí a la autopsia de uno de ellos.

—Pues estos días el otro está por Barcelona.

Los ojos de Valiente dejaron de mirar el espejo que tenía enfrente y se clavaron en los del alemán. Se bebió el vino de un trago, se limpió la boca con una servilleta de papel y, tras convertirla en una minúscula bola, la lanzó sobre el serrín del suelo.

—¿David Roig?

Otto Koppke asintió, dejó un duro sobre el mostrador, se sacudió unas motas de polvo inexistentes de la solapa del traje oscuro de rayas finas y antes de marchar se detuvo un instante al lado del inspector. Los dos se desafiaron a través del espejo que escoltaba la barra. Entendieron que su encuentro estaba a punto de finalizar.

—Muy pronto Gertrude negociará un Monet. Ya le daremos instrucciones. Y no se olvide de averiguar quién pretende mi cabeza.

El inspector se quedó solo en el bar. Necesitaba digerir la noticia que Koppke le había dado. Volvió a pedirse un vaso de vino y brindó con el fantasma de su hermano Alfredo, que ahora asomaba en el espejo del bar, sonriente y satisfecho al saber que la venganza estaba cada vez más cerca. Envalentonado por el vino y por un futuro esperanzador, recordó que hacía días que no se pasaba por La Gaucha. Desde su regreso a Barcelona tras el castigo cumplido en Portbou, Valiente había decidido aprovechar el tiempo en la ciudad.

La Gaucha era una de las casas de tolerancia más populares de la calle de Robador. Llamaba la atención, apenas uno accedía, la pizarra de tiza que había en el mostrador con la anotación del resultado de los partidos de fútbol de la jornada. Los clientes merecían marcharse bien informados antes de regresar a sus domicilios, habida cuenta de que ir al fútbol era una de las excusas más socorridas durante el fin de semana. Tampoco faltaban una buena pila de misales para aquellos clientes que tenían entre sus argumentos el de haberse pasado la tarde rezando el rosario. En cuanto Valiente accedió al local se topó con la Reme, una palanganera encargada de llevar el agua y las toallas a las habitaciones cuando la reclamaba alguna de las chicas. La Reme sabía cómo se las gastaba aquel malparido que años atrás había detenido a su marido por permitir pernoctar en su casa, durante una sola noche, al hermano menor de la familia, perseguido por el Régimen desde el 39. Siete años después el marido de la Reme todavía se despertaba a media noche meado y llorando como un niño, sumergido en un abatimiento del que nunca lograría salir. Sin mediar palabra, Reme dejó las toallas y el cubo de agua y le sirvió al inspector el vino de garrafón que siempre exigía, dejando que este se acomodara en el único sofá que ocupaba la denominada sala de presentaciones. En ella las chicas acostumbraban a desfilar ante el cliente que las solicitara y se dejaban hacer hasta que una de ellas, o un par, resultaba ser la elegida. También era el lugar en el que Valiente solía esperar a la madame para que le entregara el sobre mensual con la cantidad ya pactada. Un grito desgarrador hizo que Valiente se pusiera en pie y que a la Reme se le cayeran las toallas que acababa de recoger. Se asomaron los dos al pasillo por el que se accedía a las distintas habitaciones. Varias fueron las cabezas que empezaron a emerger de las puertas que conformaban aquel pequeño *meublé* de una sola planta. De la habitación más lejana, aquella que reservaban a clientes especiales, surgió un tipo de barriga colgante y bigote poblado y curvo con pecho velludo que iba en calzoncillos.

—Sal ahora mismo, que te vean todos —gritó el hombre con la mirada puesta en el interior de la habitación.

Enfurecido por no salirse con la suya, el tipo volvió a entrar en la habitación. Se escuchó un nuevo grito. Valiente se acercaba sin prisas y con cautela cuando de repente vio asomar a una mujer desnuda, rechoncha y de pelo encrespado andando a cuatro patas, cubierta por un capote del ejército rojo mientras el hombre, achispado y violento, montaba sobre ella al tiempo que voceaba «Viva España». La madame hizo acto de presencia ruborizada ante la escena, que volvía a repetirse una vez más.

—Grita «Viva España», zorra —ordenó el hombre golpeando con su pie el costado de la mujer como a un caballo.

La mujer se deshizo del tipo logrando que cayera al suelo y regresó humillada a la habitación. El hombre se incorporó con dificultades a escasos metros de Valiente, que presenciaba la escena con absoluta calma. El inspector sopesó la posibilidad de marcharse pero la mirada inquisitiva de la madame le sirvió para recordarle que el sobresueldo que cobraba incluía solventar ese tipo de situaciones. A pesar de su inicial reticencia, mostró su placa con gesto de hastío y el tipo se puso firme.

—Sargento primero de intendencia Manuel Ortiz de Olivares, señor.

—Entrégueme su documentación.

—Si no le supone un problema —dijo el sargento—, le pediría que me acompañara a la habitación. Esa mujer está loca y además me ha robado.

—No me haga perder el tiempo, sargento. —El tono de Valiente no invitaba al compadreo—. Documentación.

El sargento regresó al momento con los papeles

requeridos y los pantalones puestos. Valiente le devolvió la documentación sin mirarlo a la cara.

—¿No le parece que ya está bien? —recriminó la madame al sargento envalentonada.

Confiaba en que el inspector la respaldaría. Tenía entendido que quien paga manda. Y a ese inspector borracho y nada follador lo pagaba ella.

—Esa tipeja de ahí —insistió el sargento señalando hacia la habitación— se ha aprovechado de un descuido para robarme dinero de la cartera. Quiero denunciarla.

Se volvió a abrir la puerta, esta vez con violencia, y la prostituta se encaró al sargento. Su acento gallego fue lo segundo en lo que reparó el inspector. Lo primero fue uno de los pechos desnudos, denso y caído, que fluctuaba por encima de la escueta bata de seda.

—Yo no he robado a nadie, *carallo* —dijo Delfina entre sollozos—. Y ya está bien de tanta humillación. Nosotras también somos personas, *carallo*, somos personas...

Valiente se acercó a un metro escaso de la prostituta. El sonido de las suelas de los zapatos del inspector era lo único que se escuchaba en aquel pasillo cada vez más poblado de cabezas curiosas. El inspector se deleitó repasando aquellas carnes prietas que, aunque ya no podían enfrentarse a la gravedad, todavía eran apetecibles.

—¿Te parece humillante gritar «Viva España»? —le preguntó Valiente a Delfina a escasos centímetros de su boca.

El hedor que desprendía Valiente hizo que ella

retrocediera unos pasos. Atemorizada por la actitud del inspector, negó con la cabeza, se cubrió el pecho y sintió de nuevo un terror inminente.

—Devuélvele el dinero al caballero —exigió Valiente a Delfina, quien dirigió su mirada a la madame en busca de ayuda. Pero nadie se atrevió a abrir la boca.

—Yo no le he robado nada y además le he realizado un servicio —repitió la gallega con la cabeza gacha, dispuesta a evitar ser tildada de lo que no era.

El inspector la agarró del pelo y la llevó a rastras hasta la habitación. Cerró la puerta de una patada y después no se escuchó nada. Aquel silencio conmovió todavía más a la madame, que tras dirigirle una mirada de despecho al sargento solicitó permiso para entrar. Fue el propio Valiente el que minutos después le franqueó la entrada. Cuando la madame accedió a la habitación, Delfina estaba desnuda a cuatro patas sobre la cama, llorando y con la respiración entrecortada. Un hilo de sangre le descendía por la entrepierna.

—Paga al sargento lo que pida —ordenó Valiente a la madame al tiempo que se lavaba las manos en una palangana de agua que había bajo la cama.

La madame acudió presta a socorrer a Delfina pero el inspector la apartó de un empujón.

—Y tú, descarada, vístete y dame la documentación.

Fue la propia madame quien se la entregó a Valiente.

—Delfina Pazo Mariño —leyó el inspector—. Me vas a tener que acompañar a Jefatura.

Delfina volvió a llorar y se arrodilló todavía desnuda frente a él. Al intentar agarrar la mano de Valiente para besarla este la abofeteó lanzándola contra el suelo.

—Delfina, por favor —dijo la madame, dolida pero con autoridad—. Haz caso al inspector. Estate tranquila, todo se solucionará.

Espinosa vio entrar a Valiente al servicio de los calabozos de la Jefatura agarrando a una mujerzuela del brazo. Enfundada en un abrigo hecho de retazos, con las medias oscuras rotas y el labio partido. Los dos policías cruzaron las miradas sin decirse nada. Aunque en un principio agradeció que en aquella ocasión no requiriera su presencia, algo le impedía abandonar aquel edificio y regresar a su casa. Se quedó detenido en medio de aquel pasillo del que pendía una solitaria bombilla, cuya luz alicaída convertía el espacio en siniestro. Si a eso se le añadía los alaridos intermitentes y el sonido de esos golpes sordos producidos por puños enfundados o barras de hierro envueltas con trapos, podía afirmarse que los sótanos de la Jefatura eran desde hacía un tiempo el mismísimo infierno terrenal. Espinosa no tardó en escuchar las arcadas de la mujer. Incluso llegó a imaginar su rostro de angustia, esa mirada común de terror que tan bien conocía. Y al final, la confesión. Cuando el policía se acercó sigilosamente hasta la entrada del baño, la voz de Valiente le llegó nítida.

—Visto lo visto, te voy a convertir en una quincenaria.

—No, por favor, eso no.

La palmada fue sonora y seca. Espinosa calculó que le habría girado la cara. Escuchó los llantos y fue entonces cuando lo notó. Una gran erección crecía por debajo de sus calzones. Se acarició el miembro por encima del pantalón y calló un gemido. Desde hacía un tiempo la violencia se había convertido en ese resorte necesario para que se sintiera más hombre. Por eso golpeaba a su mujer. No tenía nada que ver con ella, todo se debía a ese anhelo de poder que había nacido en él. Después venían los lamentos, las peticiones de perdón y, sobre todo, el callar la verdad. Se había convertido en otra persona de la que ni quería ni podía escapar.

—No me ingrese, inspector, tengo un hijo y quince días encerrada son muchos.

Otro guantazo. Esta vez Espinosa no solo lo escuchó, sino que fue testigo directo. La mujer, arrodillada, apoyaba los brazos en el retrete e intentaba evitar con todas sus fuerzas que la cabeza terminara dentro. Valiente la sujetaba del pelo al tiempo que sostenía un cigarro en la boca. Al inspector no le sorprendió que su subordinado quisiera presenciar la escena. Siempre lo había sabido. Espinosa lo llevaba escrito en la mirada. Solo era cuestión de tiempo que aflorara la bestia que llevaba dentro. El policía se había convertido en un adicto al mal. Para Valiente, sin embargo, se trataba de algo muy distinto, simples herramientas para conseguir sus propósitos. Alentado por la presencia del policía, el inspector sonrió como lo haría un demente entregado en cuerpo y alma a la ejecución de un plan malvado. Se limitó a seguir la particular ruta que había trazado.

—Todos me dan información, Delfina —dijo Valiente mientras presionaba la cabeza de la mujer hacia abajo.

Espinosa se arrodilló tras ella y le levantó el abrigo, haciendo que sus nalgas quedaran a la vista.

—¿Puedo? —preguntó el perro de presa a su amo.

Valiente liberó la cabeza de Delfina y se quedó mirando el pene erecto de Espinosa. Le entraron ganas de cortárselo allí mismo y que así sufriera lo mismo que él.

—Escóndete eso —ordenó el inspector.

Aun así, Espinosa apartó las bragas de Delfina con furor, arañándole la piel. De no ser porque Valiente lo empujó, el policía la hubiera sodomizado allí mismo. Espinosa no reaccionó durante un buen rato, quedándose aturdido, con la espalda apoyada sobre el azulejo blanco y el miembro caído entre sus manos.

—Acabo de ahorrarte mucho dolor en el culo —dijo Valiente, esta vez algo alejado de Delfina, que permanecía en la misma posición—. ¿No crees que es hora de que me des alguna información útil? Hasta ahora solo me has dicho tonterías.

—¿Y qué quiere que le diga, inspector?

—Alguien que odia a los militares, tiene amigos republicanos, ¿me equivoco? —conjeturó Valiente ante la mirada aterrorizada de la mujer—. ¿Conoces a alguno que me pueda interesar? Ya sabes, alguien que merezca un correctivo.

Delfina negó con la cabeza sin dejar de llorar.

—Se me acaba de ocurrir una idea —dijo Valiente con voz entusiasta, casi juvenil—. Espinosa, ¿no querías usar tu pito?

La pregunta le pilló desprevenido al policía, que aún tenía el pene colgando.

—Mea —ordenó Valiente, y Espinosa obedeció sin rechistar.

Mientras el policía orinaba en el retrete, Valiente metió en él la cabeza de Delfina al tiempo que tiraba de la cadena. A las náuseas le siguieron los espasmos y a estos, el vómito. Espinosa se apartó a tiempo de evitar que la mujer le vomitara en los zapatos.

—Todavía me quedan más ideas, Delfina —insistió Valiente hastiado, la situación ya empezaba a enquistarse.

Caminó por el aseo con impaciencia. Se detuvo frente a uno de los espejos y se ajustó la camisa en el pantalón. Delfina alzó el rostro con el pelo empapado, pegado a los pómulos, el labio hinchado y los ojos rojos.

—Una de mis vecinas... Su marido es un maqui.

A Valiente aquella confesión no le despertó ningún interés.

—Se llama Soledad, muy guapa ella, y tiene un hijo tullido.

La cara de Espinosa cambió. El inspector hizo el ademán de abandonar la estancia cuando, de pronto, Delfina dijo un nombre que lo paralizó.

—¿Cómo has dicho? —preguntó Valiente.

—David Roig, ese es el nombre de su marido —continuó Delfina.

—¿Y dónde dices que vive esa mujer?

La voz del inspector se volvió agresiva.

—En mi portal, Poeta Cabañes 6, piso primero.

Espinosa recordó el vaso de agua, al joven manco aturdido por el hallazgo de un cadáver en el edificio, el informe entregado dos años atrás a Valiente en el que ni siquiera mencionaba a los ocupantes de aquel piso. Una investigación que no los llevó a nada.

—¿Ese no es el portal donde...? —preguntó Valiente.

Espinosa decidió que lo mejor sería no hacerse el despistado. Asintió con solemnidad. Con un poco de suerte, Valiente no repararía en el error de haber pasado por alto a aquel par de desgraciados.

—Llévatela al calabozo —ordenó el inspector con la mirada extraviada, sintiendo como todo el universo se confabulaba en un mismo día para que pudiera encontrar a David Roig—. Que la rapen y se arrepienta durante un par de días de sus pecados.

5

Aquella misma tarde, unas horas antes de que Delfina cayera en manos de Víctor Valiente, el alemán hizo sus deberes. Cansado de tener que enfrentarse a la sempiterna amenaza de la lista de los Aliados, Otto Koppke decidió que era hora de darle a ese inspector lo que quería. «Los asesinos siempre regresan al lugar en el que se cometió el crimen», se dijo a sí mismo con cierta resignación pero sin un ápice de arrepentimiento. Así que después de su conversación con un Valiente en horas bajas, pero más peligroso que nunca, regresó a la calle Poeta Cabañes número 6. No pasaron ni diez minutos cuando vio salir del edificio a un joven alto, huesudo y de mandíbulas pronunciadas. Sus ojos castaños, aunque apagados, eran grandes en proporción al rostro, decorado por una barba sin afeitar que crecía de manera irregular, con más fuerza en la barbilla y el bigote y escasa afluencia de vello por encima del mentón. Llevaba en la mano uno de esos maletines de madera cuya agarradera servía a la vez para que los clientes descansaran sus zapatos deslustrados. Koppke calculó que a esas horas el joven limpiabotas empezaría la segunda parte de la jornada laboral. Esa en la que algunos se acicalaban antes de visitar a sus amantes, decidían pulir los botines al tiempo que disfrutaban de un buen coñac o simplemente tomaban el pulso a la ciudad manteniendo una charla con un don nadie. Los años en la Gestapo le habían enseñado que ciertos objetivos tienen ojos en la espalda, pero Quim no era uno de ellos. Durante el trayecto únicamente se volvió cuando alguna moza lo sobrepasaba y el muchacho requería de una nueva perspectiva para alimentar sus fantasías. Lo vio entrar en el Bracafé de la calle Caspe. Punto final del recorrido. Otto Koppke accedió al local y eligió una mesa pequeña, redonda y de madera y tomó asiento con sosiego, sin perder de vista al joven. Antes de reclamar la atención del camarero, este ya se había acercado hasta su mesa. Las buenas propinas las dejaban los tipos elegantes, risueños y poco exigentes como Koppke, que eran detectados apenas ponían un pie en el local.

Atrás habían quedado los años en los que Quim era un mozalbete que hacía sus pinitos como limpiabotas y tanto la clientela como los empleados del Bracafé lo habían acogido con cariño y ternura. A sus diecisiete años, el betún, los cepillos y los paños eran instrumentos que el joven utilizaba como tapadera. Una excusa ideal para andar de un lado a otro de la ciudad con el maletín a cuestas y lograr esa aura de desgraciado con el que evitaba llamar la atención de la policía. Desde hacía un año, el hijo de la Delfina tenía por oficio la venta de anfetaminas, barbitúricos y, en menor medida, cocaína. Todo cabía en su maletín y, gracias a los camareros de confianza que a cambio de propinas algunas veces y de mercancía otras hacían correr la voz sobre la existencia de un limpiabotas que también sabía cómo lustrar la mente, el negocio iba viento en popa. Entre los principales compradores de Quim se encontraban aristócratas, artistas del flamenco, chaperos, toreros, actores de cine y teatro y estraperlistas de las altas esferas. Por eso, cuando Ricardín, el camarero más joven del Bracafé, le guiñó un ojo a Quim señalándole la mesa de Otto Koppke, el limpiabotas no dudó ni un instante en acercarse hasta él.

—¿Limpia, caballero?

El alemán sonrió satisfecho. No era aquella la primera vez en la que gracias a su paciencia era la propia presa la que se le acercaba. Asintió con la cabeza al tiempo que solicitaba la presencia de Ricardín.

—¿Te apetece comer algo? —preguntó el alemán a Quim.

—Un pepito de ternera y un vaso de vino —respondió Quim a Ricardín como si no se conocieran.

Otto asintió, autorizando así al camarero a que trajera lo que el joven limpiabotas le acababa de pedir.

—Usted no es de aquí —afirmó Quim ya en plena acción. Su habilidad con el cepillo saltaba a la vista. Ni siquiera necesitaba mirar hacia el zapato.

—No —respondió lacónicamente Otto—. Pero tú sí eres del Poble-Sec.

La respuesta hizo que Quim detuviera la mano al instante y clavara su mirada en los gélidos ojos azules del alemán. Tal vez Ricardín se hubiera ido de la lengua con aquel cliente, quiso creer el joven limpiabotas.

—No sé si sabe... —Quim decidió no andarse por las ramas y soltar su cantinela habitual mientras continuaba con el cepillado— que además de lustrar zapatos también vendo betunes que alegran el alma.

La mirada azul de Otto no parpadeó. Intentó descifrar qué le estaba proponiendo aquel buscavidas callejero que llevaba la calle tatuada en la cara. La mente de Koppke funcionaba como una máquina perfecta cuando pretendía interpretar una conducta imprevisible. Repasó las acciones más penadas por la ley y, tras descartar que fuera un chapero, pues no halló gesto alguno que denotara un cariz sexual, concluyó que pocas cosas prohibidas cabían en aquel maletín. Frente a él, Quim continuó con su cometido, sabía que al cliente no había que atosigarlo y que algunos no pedían lo que querían hasta que lo veían marchar. Si le vendía a aquel tipo las dos últimas dosis de cocaína que le quedaban, el Pantera se iba a alegrar. En una sola semana habría sido capaz de distribuir lo que estaba previsto que fuera para dos. Sin embargo, el estómago se le revolvía cada vez que ponderaba la posibilidad de solicitarle al Pantera un nuevo reparto de los beneficios. Cierto era que el gitano se la jugaba negociando con la mala gente del puerto, pero al final el que daba la cara en las calles era él. Pero ya conocía las condiciones, y si quería otras el Somorrostro era el lugar donde discutirlo. Ese barrio donde uno sabe cuándo entra pero jamás cuándo sale. Estaba ensimismado en sus pensamientos cuando llegó Ricardín con una bandeja de acero, y sobre ella el pepito de ternera con dos copas de vino.

—¿Le importa si paro dos minutos y me lo como? —preguntó Quim.

El alemán accedió.

Estaban sentados uno frente al otro, y el alemán pudo apreciar que la voracidad del joven atestiguaba cómo era su día a día. Masticaba con fruición, como si temiera que alguien le arrebatara la comida.

—Muéstrame qué llevas en el maletín —exigió Otto.

A Quim se le pasó el hambre de golpe. Apartó el bocadillo de su vista y puso un pie sobre el maletín.

—Dime una cosa, chico. ¿Con qué se encontraría un policía si lo abriera ahora mismo?

Quim tardó en responder y lo hizo ruborizado.

—Con varios tipos de betún.

—Ya. Betún para las almas —se mofó Otto ante el joven, cada vez más nervioso y con el cuerpo descompuesto.

Ricardín no perdía detalle desde la barra y no le gustaba un pelo lo que intuía.

Otto Koppke apartó de un golpe el pie del joven y ahora era el suyo el que pisaba el maletín.

—Sigue con tu trabajo —ordenó el alemán, sabiéndose poseedor del timón que marcaba el rumbo de aquel encuentro.

Quim obedeció y se agachó para continuar con la limpieza de los zapatos sin poder evitar que su mirada se desviase hacia la puerta.

—Ni se te ocurra salir disparado. Sé muy bien dónde vives.

El joven continuó con su cometido, pero la desgana y el desconcierto eran patentes.

—Por cierto, ¿conoces al muchacho manco de tu escalera?

El silencio de Quim enfureció a Koppke, pero el alemán sabía cómo controlar su ira. Se le ocurrían cien maneras distintas para que aquel mamarracho cantara por soleares pero ni era el lugar ni tampoco el momento.

—Tu comportamiento hace que me acuerde de alguien —afirmó Otto con calma, ante la sorpresa de Quim—. ¿Sabes de quién? De ese francés que murió en tu escalera y al que también le hice un par de preguntas que no respondió.

El muchacho era una manojo de nervios. A pesar del tiempo transcurrido, recordaba perfectamente el único asesinato que había tenido lugar en su edificio.

—Sí —pronunció finalmente Quim.

—¿Sí qué?

—Que sí conozco a un chico manco. Se llama Nil y es amigo mío.

Otto Koppke extrajo de su americana una tarjeta de visita.

—Entrégale esto a tu amigo. Y, por favor, recuérdale que ya ha llegado la hora de que me devuelva algo que me pertenece.

Otto dejó diez pesetas sobre la mesa.

—Y ahora termina lo que empezaste.

El alemán le ofreció una sonrisa tranquilizadora, impropia del tipo que le hablaba un minuto antes. Mientras servía a otras mesas, Ricardín se tranquilizó al ver que las cosas iban restableciéndose.

—No me denuncie, por favor —suplicó Quim totalmente entregado.

Otto Koppke señaló hacia el cielo.

—Me gusta esta canción, ¿a ti no? —preguntó el alemán refiriéndose a la voz de Édith Piaf, que sonaba a través de una radio que había detrás de la barra.

Sumergido en aquella convocatoria a la melancolía, Otto pensó que el *Adieu mon coeur* era una de esas maravillas por las que valió la pena tomar París.

—Cumple con lo que te acabo de pedir y no te preocupes por mí, muchacho. Eso sí, antes de marcharte dame un poco de ese betún. Hoy tengo el alma algo desencajada.

El primero en marcharse fue Quim. La última venta del día se le había atragantado. Sabía oler el peligro y aquel tipo encajaba en el perfil, por muy buenos modales que luciera y por muchos trajes a medida que vistiera. Recorrió el camino pensando en cómo pedirle al Pantera más dinero y en qué deuda tendría Nil con ese tipo misterioso que le había insinuado que se había cargado al francés que murió en su escalera. En ese instante no le dedicó a su madre ni un solo minuto de sus pensamientos. Y sin embargo, a menos de un kilómetro, Delfina estaba arrodillada en el suelo, con la cabeza metida en un retrete mientras luchaba por volver a ver a su hijo.

Otto Koppke abandonó el establecimiento imaginando el rostro de Gertrude cuando viera el regalo que tenía preparado para ella. Desde que se habían marchado de Madrid no habían vuelto a probar aquel tipo de sustancia. Tal vez fuera a causa de aquel pensamiento, por el hecho de evocar con añoranza la efusividad sexual de Gertrude durante aquel periodo de su vida o por el hábito de relajarse tras un acometimiento, quién sabe, pero lo cierto es que al doblar la calle no reparó en la oculta presencia de un tipo. Los mismos ojos que frente a Soledad resultaron libidinosos y burlones ahora se habían convertido en perfectos centinelas.

6

Soledad había pasado la tarde a solas tratando de superar el sobresalto del portal de Romagosa. Sentada a la mesa del comedor frente a una taza de café y arropada por un batín de felpa, sostenía en una mano la tarjeta que el joven desconocido le había entregado. Con la mirada fija en la ropa tendida del balcón de enfrente, barruntaba el modo en el que se acercaría a aquella tienda donde le darían razón sobre el nuevo paradero de David. Pero, si realmente estaba en Barcelona, ¿por qué no los visitaba? ¿Qué le impedía poner el pie, aunque fuera solo por una noche, en la que era su casa? Regalarle a Nil el abrazo que tanto ansiaba y a ella... Muchas noches habían transcurrido desde la última vez que fantaseó con volver a poseer aquel cuerpo ausente. Estaba cansada de tanto misterio, de formar parte de una trama en la que nunca quiso participar. Había sido condenada sin juicio previo a una larga espera cuyo final era imposible de pronosticar. La guerra le había arrebatado a su pequeña y a su mejor amiga. En las calles ya nadie hablaba de los años pasados: borrón y cuenta nueva. Si una paseaba por las Ramblas se respiraban aires renovados, infinitas ganas de soñar y las mismas ganas de olvidar. Pero por mucho que lo intentara ella no podía. La estaba destruyendo esa incapacidad de comprender todo lo que la rodeaba. La llegada de Nil, cabizbajo y con una mirada que reflejaba una profunda tristeza, interrumpió aquellos viajes internos. Soledad se levantó con una energía impropia de ella y se apresuró a abrazar a su hijo adolescente. A Nil le molestó ese gesto, no estaba para arrumacos ni carantoñas. Y sin embargo ella era lo que más necesitaba. El muchacho tiró de malas maneras el zurrón sobre una silla, se dirigió a la única habitación del piso y se acostó en la cama sin mediar palabra. Soledad suspiró y se asomó por el umbral de la puerta. La caída de la tarde iluminaba la estancia con una luz malva que, proyectada en las paredes, convertía el piso en un escenario apocalíptico.

—¿Qué te pasa, hijo?

Nil escuchó la voz de su madre pero solo tenía ganas de llorar.

Soledad se acercó y se sentó al borde de la cama. Le quitó a Nil los botines remendados y le acarició los pies por encima de los calcetines. Era algo que le gustaba desde que era un niño, lo relajaba y en la mayoría de las ocasiones lo ayudaba a conciliar el sueño. Ella eligió permanecer en silencio, lo conocía bien. Si había un modo de empujar a Nil para que hablara era no preguntándole.

—Si tuvieras que elegir entre un chico de diecisiete años, alto y fuerte y otro de quince y manco... —dijo Nil tras permanecer callado bastante rato—. ¿Con quién te quedarías?

El muchacho se incorporó como un resorte de la cama y se sentó.

—Con el más guapo —respondió Soledad con una sonrisa que su hijo no llegó a ver. La luz agonizante del día teñía de oro el rostro de su madre—. Así que se trata de eso.

—Siempre se trata de eso —dijo Nil golpeándose con rabia el muñón.

Soledad detestaba aquel gesto que el chico repetía cuando estaba disgustado.

—No podré estar con quien quiera ni tampoco podré ser proyeccionista, mamá. Nunca. Soy un tullido.

Su madre lo sujetó por los hombros y lo obligó a mirarla.

—No digas eso y deja de golpearte, por favor. Puedes ser lo que quieras, Nil, pero de manera distinta a los demás. Todos tenemos nuestras limitaciones.

—La mía se ve.

Soledad tragó saliva, y cuando estaba a punto de responderle escucharon como la aldaba repicaba sobre la puerta. La sonrisa de Bernardo fue recibida como agua bendita. Soledad le indicó con un gesto vencido el camino hacia la habitación.

—Levanta el culo de la cama, gandul —exclamó el proyeccionista, enérgico a pesar de que el día acariciaba su final.

—¿Qué pasa? —respondió el muchacho con languidez.

—Me acaba de llamar Leo a casa y me ha dicho que ya tiene el nuevo proyector alemán. ¿No te apetece probar un Ernemann?

A Nil le cambió la cara.

—Así que tira para La Gran Mentira que yo me acerco en media hora, necesito hablar con Paulino sobre unos asuntillos.

Desde hacía un año, Leo estaba negociando con unos conocidos suyos la posibilidad de adquirir material de una sala de cine de Berlín que había cerrado el negocio. Fue un miembro de la familia Sargatal, conocidos transportistas de la ciudad, el que le advirtió de aquella posibilidad. Desde entonces Nil y Bernardo habían soñado con ese artilugio que favorecería la reproducción de las distintas bobinas que Leo traía de todo el mundo. Durante el camino a La Gran Mentira, Nil fantaseó con la posibilidad de que el proyector alemán tuviera el tamaño adecuado para que él pudiera manejarlo con más facilidad. Al llegar a la librería la puerta estaba atrancada y lucía el cartel de CERRADO. Al instante lo recibió Leo en la calle con un abrazo paternal muy sospechoso, habida cuenta de lo escasos que eran los gestos afectivos en el viejo de voz castrada.

—Anda, ya sabes cómo va esto —dijo Leo—, baja tú primero que tengo que terminar de anotar unos libros que acabo de vender.

Nil obedeció con el presentimiento de que algo raro estaba ocurriendo. Accedió a la cámara secreta tras apartar de la estantería la revista *Cinelandia* con el rostro dibujado de Claudette Colbert y deslizar la palanca. Se acababa de dar cuenta de que aquella era la primera vez que se adentraba en ese lugar a solas. Alcanzada la cámara, apartó de modo mecánico el retrato de Rita Hayworth y observó sorprendido como de la escotilla de la escalera asomaba un rayo de luz. Que él recordara, Leo no le había comentado que hubiera alguien en la sala. Descendió lentamente, con cautela y repentina desconfianza. La sala estaba preciosa, mucho más bonita que la última vez que la vio, apenas un mes atrás. Leo se había encargado de pulir los suelos y reforzar con terciopelo negro los cabezales de las butacas, ahora numeradas con una pequeña placa de latón y con los nombres cincelados de todos ellos. Pero si a Nil se le incendiaron las orejas y se le disparó el pulso fue por la presencia de Lolita, entretenida en admirar la nueva adquisición de su abuelo. Cuando la joven de dieciséis años recién cumplidos se volvió, no escatimó en regalarle una sonrisa al que hasta hacía muy poco era su mejor amigo.

—Nil.

Nada desarmaba más al muchacho que el modo en el que aquella voz cinematográfica declamaba su breve nombre, prolongando la ele final de tal manera que la lengua se quedaba encasquillada en el paladar y lograba arrancarle un destello de sensualidad. En ese instante lo de menos era el proyector alemán que relucía detrás de Lolita. Sus facciones de niña se habían quedado atrás, en ese tiempo inocente en el que se conocieron, donde el cine siempre había servido como excusa para poder estar juntos y compartir meriendas y paseos a la hora en la que se encendían las farolas de la ciudad. Lolita conservaba una mirada verde y mordaz, el pelo lacio y oscuro y una inocencia intermitente. Era en sus formas, en el modo arrebatador en el que las caderas reivindicaban su lugar, en los dos pechos orgullosos, densos y firmes que tensaban el jersey de lana que vestía donde se apreciaban los cambios, la repentina transformación de niña a mujer.

—Ya ni me hablas —lamentó Lolita pasando por su lado y tomando asiento sobre una de las butacas.

A Nil se le engatillaron las palabras. Sumido en un estado de confusión que oscilaba entre el enamoramiento y el rencor, se acercó hasta ella, apoyó la espalda en la pared y se dejó caer en el suelo de uno de los pasillos de la sala. Solo un palmo separaba los pies de ambos.

—¿Cómo te va con el hijo del guripa?

—No lo llames así —lo regañó Lolita con poca convicción.

Que no le hubiera respondido a esa pregunta le proporcionó una pequeña dosis de valor para seguir hurgando. Al fin y al cabo, es en lo que callamos y no en lo que decimos donde habita la verdad.

—Un día os vi en el Apolo y no parecías muy feliz.

—Así que en tu tiempo libre nos espías...

Lolita mantenía su tono amigable. No pensaba enfadarse con alguien tan especial para ella.

—A una mujer no se la trata así.

Nil insistía en evocar aquel recuerdo que le había dejado una herida abierta. De no haber sido porque Lolita había cedido al beso de aquel pimpollo, se hubiera acercado y le hubiera enseñado cómo se trata a la chica que amas. En ese momento, transido por la ira, le hubiera bastado con un solo brazo para darle una lección a ese *ganàpia*.

A Lolita ese último comentario sí llegó a importunarla. Se levantó de la butaca y se acercó hasta la pequeña cocina que Leo había construido años atrás bajo la cabina de proyección. Una bandeja de papel de la pastelería del barrio hacía de base para un par de *brioches*. Leo lo había dispuesto todo para que estuvieran lo más cómodos posible. La joven hincó el diente a uno de los bollos sin dejar de mirar a Nil.

—Es por el brazo, ¿verdad?

El tono de Nil cada vez era más hostil. Se levantó del suelo con habilidad, sin apoyarse con la mano.

—¿Qué?

—Que si es por esto. —Nil volvió a golpearse el muñón del mismo modo que lo había hecho instantes antes frente a su madre—. Que lo prefieras a él en vez de a mí.

Lolita dejó de masticar y ni siquiera reparó en que tenía la boca abierta, las manos le sudaban y su respiración se había acelerado.

—¿Y cómo se supone que debo saber que eso es lo que quieres?

Nil se acercó a paso lento, necesitaba tiempo para poder responder a eso. Cómo decirle que había visto ochos veces *El mago de Oz* solo para escuchar su voz en el personaje de Glinda, el hada del norte. Que más de una tarde, a escondidas, esperaba hasta que la veía salir de la Metro Goldwyn Mayer y la protegía a distancia hasta que cruzaba el zaguán de su casa. Cómo decirle que a pesar de que llevaba más de un mes deseando ver el proyector alemán que descansaba a escasos dos metros de ellos, en esos instantes aquel cacharro le importaba un rábano.

—Esas cosas se saben, ¿no crees?

El tono de Nil cambió drásticamente, era una voz vencida, casi resignada, y sin embargo preñada de sinceridad.

—Esas cosas se dicen.

—Llevo dos años soñando contigo.

A Lolita aquel anticipo de declaración amorosa la pilló desprevenida. Tanto que se echó a llorar. Solo entonces Nil maldijo no tener dos brazos, no arroparla entre ellos y transmitirle todo lo que sentía. El muchacho se quedó paralizado, y cuando creyó que todo se había ido al traste, fue Lolita la que se abalanzó hacia él y estalló en sollozos al tiempo que lo abrazaba, trémula y más frágil que nunca.

—Alejandro no me trata bien —balbuceó la joven.

Nil sintió como una navaja hecha de palabras entraba y salía una y otra vez de su estómago.

—¿Te ha hecho daño?

Lolita continuaba pegada a él negando con la cabeza. Nil se apartó de ella con delicadeza y, alzándole el mentón, quiso saber más.

—Entonces, ¿qué es lo que te hace?

Al principio Lolita se encogió de hombros, poco después se decidió a dar una explicación.

—Es el modo en el que me habla. A veces me grita, me dice cosas feas delante de sus amigos... No le interesa nada de lo que hago y se siente superior a cualquier mujer. Y yo no he sido educada para aguantar eso, Nil. Ni a él ni a nadie se lo voy a consentir.

Hubo un momento de silencio. Nil entendió

aquella suerte de reivindicación natural con la que había crecido gracias a su madre. No entendía otra vida que no fuera aquella en la que las mujeres fueran el pilar fundamental.

—Además, con él no me río —añadió Lolita, todavía afectada por su reciente confesión.

Nil supo en ese instante que lo correcto era preocuparse por su amiga, contarle algo que la animara e intentar ayudarla a encontrar una solución. Pero tuvo que esforzarse para contener la sonrisa maligna que le florecía por dentro y neutralizar un grito de felicidad.

Unos metros por encima de ellos, junto al mostrador en forma de claqueta de cine, Bernardo y Leo discutían sobre quién era en esos momentos el mejor actor de películas del Oeste. Fue el librero quien consultó la hora y preguntó a su amigo si le apetecía tomarse un vino en el bar Can Martí, un lugar próximo a la calle Urgel frecuentado por ambos. «El amor, como los platos bien cocinados, necesita su tiempo», dijo Leo al proyeccionista guiñándole un ojo y palmeándole la espalda.

7

La ciudad se desperezaba entre serenos que ansiaban la cama e insomnes que se tomaban la primera *barrecha* del día. Víctor Valiente se bajó del tranvía en la ronda de San Antonio y desde allí quiso acercarse a su objetivo estirando las piernas. Lo hizo sobre unos adoquines desiguales sumergidos en una niebla densa que otorgaba a esa parte de la ciudad un aspecto fantasmal. La brisa del puerto recorría el Paralelo provocando escalofríos a los adormecidos transeúntes. Y en las fachadas de algunos edificios las primeras luces teñían de azul unos tejados inhóspitos que rezumaban humedad.

El inspector no había pegado ojo durante toda la noche. La simple mención de los nombres de Soledad Riera y David Roig por parte de Delfina le había removido toda la bilis acumulada durante años. A pesar de que el fantasma de su hermano Alfredo no había cesado de recordarle lo que debía hacer, se prometió a sí mismo que lo haría a su modo. Tras haber rumiado cómo se le había podido escapar que aquella tipeja vivía en ese edificio con su hijo —juraría que hace años la había visto con una niña pequeña—, concluyó que había tenido que ser un descuido del inútil de Espinosa. Al cruzar el Paralelo a la altura de El Molino, el inspector sonrió de manera inconsciente. Recordar el tipo de bestia en el que se había transformado su compañero le resultaba divertido. Sin embargo, para hacer según qué cosas había que tener la cabeza bien amueblada, y el policía estaba muy lejos de ello. Por ese motivo decidió no contar con él para aquella cuestión que emprendía con el entusiasmo con el que se inicia una venganza personal.

Fue al tercer cigarro cuando la vio salir. El paso del tiempo y la miseria no habían logrado torcer su belleza. Aunque desgreñada y ataviada con ropas humildes, Soledad todavía generaba algún suspiro. Sin embargo, la ausencia de maquillaje y la elección de su indumentaria inducía a pensar que no iba a visitar a nadie que fuera especial para ella. El inspector recordó con exactitud aquella misma boca cerca de la suya y el tacto de sus pechos turgentes. Pero esos recuerdos se solapaban con otros más desagradables, los mismos que acudían de madrugada, al descuido y con alevosía. La mujer caminaba con un paso vivo poco habitual para un sábado por la mañana. Dejaron atrás el mercado de San Antonio y enfilaron la calle Muntaner. Si uno se fijaba en los detalles, pensó Valiente, la ciudad mostraba ciertos síntomas de mejora dentro de su pronóstico reservado. Mientras que las calles pavimentadas eran cada vez más, las mujeres madrugadoras con el cesto de mimbre en la mano, haciendo cola en los colmados, eran menos. Todo eso quiso creer el inspector de una ciudad en la que aún se adolecía de sabañones, de uñas moradas por el frío y cartillas de racionamiento y había más miedo que pan. Soledad entró a una tienda de radios, discos y gramolas que acababa de abrir al público. El inspector escuchó el sonido lejano del *For Sentimental Reasons* de The King Cole Trio. En un principio a Valiente le costó distinguir el rostro del hombre que atendía a Soledad, pues el cuerpo de la mujer se interponía entre ambos. Por de pronto no se saludaron con efusividad, sino que se dispensaron algunas palabras, y fue después de hablar cuando se abrazaron de manera sentida y prolongada. Solo entonces Valiente tuvo miedo. Volvió a cernirse sobre él una sospecha reincidente que lo acechaba los últimos meses. Temía haber perdido el juicio. Una cosa era soportar las presencias fantasmales de su madre y Alfredo y otra muy distinta la de incorporar a su cabeza los cadáveres que había dejado atrás. Y es que el tipo que en ese momento abrazaba a Soledad Riera no era otro que el difunto Jean-Paul Bernier. El inspector se pellizcó el entrecejo, se restregó los ojos y volvió a mirar, esta vez de más cerca, fingiendo estar interesado en un disco de los muchos que estaban expuestos en una caja de refrescos que descansaba sobre la acera. Concluyó que no estaba loco, que el parecido de aquel tipo con la víctima de Otto Koppke era notable pero uno vivía y el otro no, y eso solo podía significar que ambos compartían un parentesco próximo. La ínfima diferencia de edad que los separaba indicaba que solo podían ser hermanos o primos. Valiente tomó nota mental, averiguaría quién había detrás de aquel negocio.

Tras The King Cole Trio, el tipo tuvo a bien que en la gramola sonara el *Ballerina* de Vaughn Monroe y subió el volumen. Ninguno de los dos quería que se escuchara una sola palabra desde la calle. El tipo le pidió a Soledad que tomara asiento en una silla que él mismo trajo de la trastienda, se acuclilló frente a ella y le habló. No había pasado ni medio minuto cuando Soledad se llevó las manos a la cara y rompió a llorar. Ese momento de debilidad permitió a Valiente poder mirar con total impunidad. Al fin y al cabo ninguno de ellos estaba atento a lo que ocurría más allá de su pequeño universo. El tipo le extendió un pañuelo a Soledad y le acarició el pelo. Ella asintió y detuvo aquella suerte de caricia que más que sosegarla la había incomodado. El hombre desapareció tras la puerta que había detrás del mostrador y regresó con un vaso de agua que Soledad rechazó. Se secó las lágrimas y salió apresuradamente de la tienda. El gesto pilló por sorpresa a Valiente, quien solo pudo volverse y fingir su persistente interés en los discos expuestos. Continuó con el seguimiento de la mujer a pesar de que a la altura de la calle Floridablanca el cielo de Barcelona, gris y enrabietado, quiso descargar su furia en la vigilia de Navidad. Soledad se detuvo y apoyó una mano en el muro de un edificio. Le faltaba el aire. Estalló de nuevo en sollozos. De no ser por el temblor de su cuerpo, nadie hubiera distinguido su llanto de la lluvia que la asediaba. Un hombre con paraguas, elegante y de avanzada edad, se interesó por su estado. Soledad lo ignoró y siguió caminando sin rumbo determinado, sintiéndose extraviada, frágil y vencida. Ignorando que lo peor estaba por llegar.

8

Después de terminar la jornada laboral como ciclista de cuatro cines de barrio, Nil pasó a recoger a Lolita tal y como habían quedado. Pasaron la tarde juntos en La Pallaresa, una chocolatería que acababa de abrir ese mismo año en la calle Petritxol y cuyo producto estrella era un suizo, una taza de chocolate coronada con una cima de nata.

—¿Piensas mucho en él? —preguntó Lolita sosteniendo la cuchara en el aire, esperando a que el chocolate dejara de humear.

Nil suspiró profundamente, aquella pregunta acababa de hendir la piel de su memoria.

—Cada día —respondió el muchacho—. ¿Tú no?

—Sí, pero lo mío es diferente. En mi caso ya no me queda la esperanza de volver a verlo. Mi padre está muerto, Nil.

El muchacho asintió sin dejar de mirar aquellos ojos verdes, ahora apagados, que aun así lograban hipnotizarlo.

—A veces no sé qué es peor —añadió Nil—. La incertidumbre está amargando a mi madre, y me enfurece que lo pase mal. Ella se merece lo mejor.

—Perdona por haber sacado el tema —dijo Lolita—. Pero no tengo otro amigo al que le falte en estos momentos un padre y necesitaba preguntártelo. Algunos días su ausencia me provoca migrañas.

—No pasa nada —dijo Nil negando con la cabeza—. ¿Hablamos del futuro?

Lolita sonrió ante la propuesta y se lanzó a probar el suizo.

—¿Cuál es tu sueño? —preguntó la joven con los labios teñidos de cacao—. No me lo digas. Ser proyeccionista.

Nil asintió feliz, más por estar disfrutando de su presencia que por el hecho de que hubiera adivinado su anhelo.

—¿Y el tuyo?

Después de pensárselo un instante, Lolita respondió:

—Que alguien me quiera durante toda su vida.

Aquella respuesta les hizo regresar mentalmente a terrenos que habían quedado pendientes de resolver desde su último encuentro en La Gran Mentira. Una extraña sensación de ahogo recordó al muchacho que todavía no había pensado en cómo solucionar ese obstáculo llamado Alejandro.

Nil acompañó a Lolita hasta el portal de su casa. Llevaba toda la tarde ensayando una mirada concreta. Aquella que expresaba que ya no era el muchacho acomplejado y miedoso que veía en la nieta de Leo su fantasía más silenciada. Una suerte de arrojo se había apoderado de él desde que le había confesado que llevaba dos años soñando con ella.

—¿En qué piensas? —preguntó Lolita—. No has dicho nada desde que salimos de La Pallaresa.

La joven se acababa de acomodar la melena azabache por detrás de la oreja y detuvo su paso para mirarlo de frente, demandando un nuevo acto de valentía. Fue ese pequeño gesto de la joven el que hizo que Nil sintiera un presagio templado, como la caricia de su madre en la frente cuando a medianoche lo despertaba su pesadilla más recurrente. El muchacho alzó la cabeza hacia un cielo crepuscular que parecía no tener prisa por oscurecer. Tomó aire y resopló. La sonrisa de Lolita se dulcificó en el mismo momento en el que Nil ordenó a su boca que explorara la tierra deseada. Se besaron con ternura, bajo la melancólica mirada de una anciana que apenas recordaba el sabor de unos labios ajenos.

Poco después Nil puso rumbo a su barrio evocando el beso cálido de Lolita. Un beso que encerraba la promesa de un inminente futuro común. Le parecía que las luces navideñas que colgaban por las calles tenían más intensidad y hasta podía oler los distintos platos que se cocinaban en el vecindario. Todo en él era dicha y se deslizaba sobre los adoquines con la levedad de un ingenuo. Durante esas fechas, aunque la ciudad no estaba para fiestas, se hacía de tripas corazón y sus habitantes se esforzaban en aparentar que todo iba bien. Una suerte de armisticio donde se prohibía hablar de política en las mesas y mencionar a aquellos que ya no estaban, sobre todo si la ausencia se debía a la guerra o a sus posteriores consecuencias. Desde que su padre había desaparecido la Navidad no se celebraba en casa pero su madre siempre le tenía alguna sorpresa preparada. Uno de los propietarios del cine Alarcón, agradecido por el éxito que había tenido *El fantasma de la ópera*, le había regalado a Nil una caja de orejones de albaricoque de un pueblo de Alicante. El muchacho ya se imaginaba la sonrisa de su madre frente a uno de sus postres favoritos. Sumido en aquellos pensamientos dejó la calle Calabria atrás y enfiló el Paralelo. Las aspas de El Molino, iluminadas con motivos navideños, le sirvieron de faro en ese mar de gente que apuraba el paso para llegar a casa de sus familiares. «El dolor compartido es menos dolor», pensó Nil. Entre esa multitud con el paso acelerado no pudo distinguir a Otto Koppke, enfundado en un abrigo gris con el cuello levantado y la cabeza cubierta por un sombrero de ala estrecha, elegante y de fieltro, adquirido años atrás en una sombrerería de la calle de la Montera de Madrid. El alemán vigilaba a lo lejos el paso grácil del muchacho y la sonrisa que arrastraba con él desde que se había separado de una joven bonita de piernas largas y ojos gatunos. Ponderó la posibilidad de detenerlo pero desestimó la idea a causa del número de personas que a esa hora transitaban por la avenida. La información siempre es poder. Otto Koppke acababa de descubrir dónde vivía la joven que le alegraba el corazón a Nil. Más pronto que tarde eso sería suficiente para conseguir lo que se proponía. El alemán dio por finalizada la vigilancia y puso rumbo hacia su casa, donde la bella Gertrude había decidido celebrar una cena en compañía de personajes influyentes de aquella ciudad que cada vez le gustaba más.

Cuando Nil accedió a su portal se topó de cara con Bonifaci Fuster, que parecía tener prisa.

—¿Ocurre algo, doctor?

—¿Qué?

—Nunca lo he visto bajar los escalones de dos en dos —explicó Nil con una sonrisa que el doctor no le devolvió.

—Tonterías mías, muchacho. Hoy es Nochebuena y no tengo vino. Voy a por una garrafa antes de que me cierre la bodega.

La imagen de Bonifaci Fuster cenando a solas a Nil le dolió en el alma.

—¿Y si se trae ese vino a casa? Seguro que a mi madre le hace ilusión que venga. Y donde comen dos, comen tres.

—¿En serio?, ¿tú crees? Pues no se hable más, vuelvo en cinco minutos.

Pero antes de que el doctor saliera a la calle se hizo el silencio. Delfina, ojerosa, demacrada y con la cabeza rapada, pasó entre los dos hombres y subió por la escalera con dificultades, renqueante. A pesar de que Fuster hizo el ademán de ayudarla, ella lo rechazó de un manotazo. Aquellos días todo el mundo sabía qué significaba que a una mujer le raparan la cabeza. El castigo de las quincenarias, de las prostitutas que no habían cumplido con la normativa o no habían satisfecho las fantasías de algún prohombre o policía. A Nil le vinieron recuerdos lejanos de una tarde de cine, de una mano intrusa en su bragueta y de un disgusto que jamás compartió con nadie. Fue Bonifaci Fuster, vencido ante la imagen desoladora de su vecina, el único que abrió la boca.

—Feliz Navidad, Delfina.

La mujer siguió subiendo peldaños con gran esfuerzo, indiferente a la voz del doctor y a ese mundo que la había vuelto a humillar sin que ella hubiera hecho nada aparte de luchar por que su hijo no conociera el hambre. Maldita vida la suya, se dijo, malditos todos los que la poblaban.

—Mira qué he traído —dijo Nil a su madre en cuanto entró en casa sosteniendo en la mano la caja de orejones—. Un regalo del señor Claudio, del cine Alarcón.

Soledad esbozó una sonrisa que pronto desapareció. El gesto fue captado por Nil a la primera, algo había ocurrido para que su madre no reaccionara con alegría ante esa fruta deshidratada. Ella besó la frente de Nil y se volvió para terminar de cocer la cena, bacalao con cardos. Había revestido la mesa con un mantel blanco, y había puesto sobre ella cubiertos de acero, un par de platos y tres velas rojas sobre ramitos de la suerte navideños que había comprado en el mercado de santa Lucía.

—Le he dicho al doctor Fuster que venga a cenar.

Soledad se volvió enfurecida, pero antes de que abriera la boca alguien dejó caer la aldaba sobre la puerta. Fue Nil el que acudió apresurado a abrir. Bonifaci Fuster se había ataviado en un santiamén con sus mejores galas, y mientras con una mano sujetaba una botella de vino, con la otra sostenía un precioso ramo de violetas recién cortadas de su balcón, perladas y refulgentes como su frente.

A Soledad se le cayó el mundo a los pies. Cubierta con el delantal de diario y vencida por la noticia que había recibido horas atrás de boca de Pierre Bernier, no sabía cómo afrontar aquella situación incómoda e inesperada. Nil se excusó para ir al baño y desapareció confiando en que la presencia de aquel buen hombre templara la irascibilidad de su madre. Cuando el muchacho regresó Bonifaci había desaparecido, solo el ramo de violetas puestas en remojo en el interior de un jarro atestiguaba su efímero paso por la casa.

—¿Y el doctor?

—Nil...

Soledad se deshizo del delantal y tomó asiento. La olla bullía con el bacalao y los cardos y en el barrio se escuchaban los primeros villancicos de la noche. Barajó la posibilidad de explicarle a su hijo qué sucedía pero algo se lo impidió.

—Hoy no me encuentro bien para visitas, por mucha Nochebuena que sea.

—¿Qué te pasa, mamá?

Soledad negó con la cabeza, se incorporó de la silla y apartó la olla del fuego.

—Recuerdos, hijo, ya sabes.

—Pero Bonifaci también está solo.

—Prepara la mesa, anda.

—Si ya está.

—Falta esto.

Soledad le tendió una bandeja de frutos secos e higos. Nil la puso en la mesa y se acercó de nuevo a su madre, quedándose embobado viendo cómo emplataba el bacalao.

—¿Recuerdas la voz de papá?

A Soledad se le resbaló el cucharón en el interior del cazo y suspiró.

—Si te digo la verdad, ya no sé si es la suya la que recuerdo.

Nil estuvo a punto de decirle que él podía escucharla cuando le viniera en gana, pero eso lo obligaría a tener que hablarle de La Gran Mentira e incumplir la primera de las normas que tanto Leo como Bernardo le habían exigido. Alguien volvió a dejar caer la aldaba sobre la puerta. Soledad buscó en la mirada de Nil algún tipo de respuesta pero el muchacho se encogió de hombros. Ninguno de ellos se imaginaba al doctor Fuster hostigándolos para pasar la noche juntos. Cuando Nil abrió la puerta, un muchacho de su misma edad, enfundado en un abrigo de ante y con media cara cubierta por una bufanda de lana roja, recuperaba el resuello. Parecía algo alterado.

—Buenas noches —saludó educadamente, y miró a la nada tratando de recordar el mensaje que llevaba consigo—. Mi abuela me envía para decirle que el señor Romagosa se ha caído al suelo y que se lo han llevado al hospital. Ha sido el propio señor Romagosa el que nos ha dado esta dirección.

Soledad se llevó una mano a la boca y se volvió a sentar. Esta vez, la poca energía que le quedaba había desaparecido de su cuerpo. El muchacho esperó durante unos segundos algún gesto de agradecimiento, pero al ver que ninguno de los presentes estaba por la labor se marchó con la cabeza gacha y refunfuñando.

—Ve con él, mamá. Yo estoy bien.

El sonido lejano de una zambomba les recordó que la felicidad no tenía porciones para todos. Soledad se calzó unas botas de invierno y se cubrió con el abrigo deshilachado que tanto detestaba. Besó a su hijo y abandonó el piso con el rostro demudado. Aunque Nil creía ser consciente de todo lo que pasaba por la cabeza de su madre, lo cierto es que estaba muy lejos de ello. Barruntaba la posibilidad de ir en busca de Bonifaci Fuster cuando sonó de nuevo la aldaba de la puerta. Nil se encontró de frente a un Quim de mirada caída y hombros abatidos.

—Me iba a dar una vuelta pero he visto salir a tu madre corriendo —dijo el limpiabotas—. La mía se ha acostado sin dirigirme la palabra. ¿Cenamos juntos?

Dieron buena cuenta de la vianda que Soledad había cocinado. La cena habría transcurrido en silencio de no ser por las historias que de vez en cuando soltaba Nil, todas ellas relativas a las anécdotas que acontecían en las distintas salas de cine que visitaba a diario. Estaban devorando la bandeja de frutos secos y los orejones cuando Quim al fin lo dijo:

—Mi madre es puta.

Nil se encogió de hombros restándole importancia, y continuó pelando cacahuetes. Se comió un par y volvió a hablar:

—Ya lo sabía.

—Yo también sabía que tú lo sabías —replicó Quim.

—¡Qué lío!

Los dos muchachos se rieron con ganas al tiempo que algún vecino añadía a la zambomba el acompañamiento de alguna que otra pandereta. Para aquel entonces nadie sabía medir los decibelios y el guirigay del barrio: tras la cena la cosa iba a más.

—Me refiero a que mi madre me contó lo que os pasó en el cine —explicó Quim sin borrar la sonrisa de su cara, todo lo contrario de Nil, que se quedó blanco y atónito ante tal confesión—. Fue un accidente, olvídalo.

Nil asintió sacudiendo la cabeza varias veces con rapidez, como si tuviera miedo de que su amigo cambiara de parecer. Lo miró durante un instante y no apreció otra cosa que no fuera tristeza y sinceridad. El dolor por ver como una madre se dejaba la vida por verlos crecer era algo que compartían, pero Delfina había ido más allá. Y aunque Nil descubrió en la mirada de Quim un atisbo de rabia, supo en ese momento que los dos estaban dispuestos a dar sus vidas por ellas. Era el momento de cambiar de tercio, de matar dos pájaros de un tiro. Por una parte, enterrar definitivamente el tema de Delfina, y por otra, encontrar una solución para el pretendiente de Lolita.

—Necesito que le pidas un favor al Pantera —solicitó Nil con cierta solemnidad ante la sorpresa de Quim.

Nadie de ese edificio conocía los negocios que se llevaban entre ambos. Cierto era que Nil sabía de la férrea amistad que había entre el Pantera y su vecino, pero aquella petición olía a chamusquina.

—Tenemos que ayudar a Lolita.

Nil mintió como un bellaco. En menos de cinco minutos describió con sumo detalle las falsas agresiones físicas que la nieta de Leo había sufrido a manos de aquel aspirante a guripa que tenía la mano muy suelta. Cuando terminó su explicación, Quim dio un golpe seco sobre la mesa, se levantó de la silla cargado de ira y miró el jolgorio de otros balcones a través del cristal. Lo hizo con la nostalgia doliente que supone no haber vivido según qué cosas. Se encendió un cigarro, dibujó aros de humo en el aire y apoyó la espalda en la pared.

—Dame su nombre y apellidos y los lugares que frecuenta y el Pantera se ocupará de todo, aunque me cueste dinero —aseveró Quim.

Los dos amigos se fundieron en un abrazo. En otro piso no muy lejano alguien hacía resbalar una cucharilla sobre una botella de Anís del Mono y cantaba un villancico.

—Se me olvidaba —dijo Quim extrayendo de un bolsillo del pantalón la tarjeta de visita que le había entregado Otto Koppke—. Esto es para ti.

El muchacho la leyó y levantó las cejas.

—¿Galería Fresser? —se preguntó a sí mismo—. No sé qué es.

Quim le facilitó una somera descripción del tipo que se la había entregado y de cuáles eran sus intenciones. Aunque en un principio Nil no reparó en quién podría ser, cuando escuchó algunos de sus rasgos se le ocurrió que el mejor modo de saber si hablaban de la misma persona sería mediante un reconocimiento fotográfico. Acudió presto a la habitación y de una caja metálica de galletas de Camprodón extrajo una colección de cromos de actores de Hollywood. Cuando ya creía que no lo encontraría lo descubrió escoltado por Van Johnson e Yvonne De Carlo. Regresó al comedor sosteniendo un cromo en la mano, y apenas lo depositó sobre la mesa Quim alzó las cejas y lo marcó con un dedo.

—Hostia, es él —exclamó el limpiabotas.

A Nil no le hizo falta saber más. Tragó saliva contemplando la estampa del actor Joseph Cotten y sintió que su lengua se había convertido en un trapo inútil. Acudió al grifo y se sirvió dos vasos de agua que bebió como si acabara de transportar ocho bobinas de películas.

—¿Estás bien? —preguntó Quim coincidiendo con el repiqueteo de las campanas parroquiales que anunciaba el momento de ir a la misa del gallo.

Nil asintió al son que marcaba aquella liturgia religiosa, tratando de adivinar qué querría de él aquel tipo dos años después. En cuanto Quim se retirara a su casa buscaría la caja de libros que guardaba debajo de la cama. Le imploró al dios de los desgraciados que en su afán de vender cosas de casa su madre no se hubiera desprendido de su ejemplar de *La isla del tesoro*, el último lugar donde había escondido el cromo de Blas Vaccaro.

9

Soledad despertó el día de San Esteban sobre el único balancín de mimbre que había en la sala de visitas del Hospital de Sant Pau. Al desperezarse sintió un dolor incipiente en las lumbares. Rodeada por vidrieras modernistas que permitían que entrara una avalancha de luz, apenas había podido pegar ojo. Desde que habían ingresado al carpintero solo iba a su casa para asearse y asegurarse de que a Nil no le faltara de nada. Se fijó en la fecha que mostraba un calendario colgado en la pared con una chincheta. Aun con todo lo que estaba sucediendo, mantenía grabado en la memoria el día que Pierre Bernier le había señalado en su último encuentro. Y aquel día había llegado. Consultó la hora en el reloj de pulsera que le había regalado Romagosa un año atrás y cruzó, con el cuerpo dolorido, el largo corredor que conducía hasta el pabellón de San Rafael. En aquella estancia había diez camas, cuatro radiadores enormes en el centro de la habitación y un altar en honor al santo que le daba nombre. Aunque el espacio poseía una belleza arquitectónica sin igual, tanto por la bóveda hecha de *trencadís* como por la luz natural que invadía la sala y resaltaba los motivos florales, en su interior predominaban las respiraciones discontinuas, los lamentos postreros y las flojas sonrisas de los moribundos. Romagosa había llegado inconsciente al hospital y así seguía. Los partes médicos no eran nada halagüeños, y a pesar de que el galeno que se ocupaba del carpintero le había dicho a Soledad que se fuera a casa, que ya la llamarían si había algún cambio, ella había preferido quedarse allí. Y así transcurrió la mañana, escuchando la tenue respiración de un Romagosa inerte con quien ya no volvería a cruzar esa mirada de complicidad que los había acompañado durante tantos años. Soledad besó su mano tibia, cogió aire y salió a la calle con el estómago encogido y el peso del mundo sobre los hombros.

Valiente maldijo el instante en el que ella se subió a un tranvía sin que él tuviera tiempo para reaccionar. Detuvo al primer taxi que pasó, y tras mostrar la placa le exigió al conductor que siguiera al transporte público hasta que él se lo dijera. Le extrañó comprobar que Soledad no se bajaba cuando alcanzaron la parada del Paralelo. El tranvía continuó ascendiendo por la montaña de Montjuic. En aquel momento las cavilaciones del inspector eran muchas y desordenadas. La había seguido los últimos dos días y no había hecho otra cosa que visitar a la momia de ese carpintero que estaba a punto de diñarla y a su hijo el manco. Aquel cambio de rumbo pilló a Valiente por sorpresa. A escasos metros del acceso principal a la prisión del castillo, Soledad descendió del tranvía y siguió la cola humana, conformada en su mayor parte por mujeres y niños que encarrilaban en silencio y resignados el acceso de control del centro penitenciario. Muchas de aquellas mujeres guardaban su turno descansando en corrillo, en las inmediaciones del puente de madera que vomitaba la fortaleza. Rostros avejentados, cansados de llorar la ausencia de un hijo, un marido o un hermano. Mujeres temerosas de que aquel fuera el día en que les comunicaran que el reo al que habían venido a visitar formaba parte de un proceso judicial sumario y que sería fusilado antes de quince días. Lágrimas silenciosas y esperanzas truncadas se manifestaban frente a ese penal que con su presencia compacta y vanidosa dominaba la ciudad.

En cuanto Soledad sorteó al primer grupo de mujeres que ya habían gozado de su visita semanal, accedió a la fortaleza con el corazón encogido, sin poder evitar que su cuerpo tiritara. El inspector aprovechó ese momento para acceder a la sala del servicio de guardia, el primer habitáculo que todo preso pisaba al llegar a aquel lugar. Allí eran identificados y clasificados por la tipología delictiva que se les había imputado. En el caso de los llamados presos políticos la mayoría de las acusaciones se basaba en mentiras que escondían otros intereses. Un vecino rencoroso que detestaba que alguien pensara de manera distinta a la suya, el capataz harto de las reivindicaciones sociales de algún trabajador o la opinión tergiversada de un agente del orden, quien a cambio de un precio módico se quitaba de en medio a quien le pedían. En esos tiempos, señalar al vecino se había convertido en una de las actividades más productivas del nuevo Régimen. El número de ciudadanos honrados convertidos en presos alcanzó cotas impensables. En esa sala oscura de paredes socavadas por la humedad, los guardias desnudaban a los nuevos internos y les minaban la moral encauzándolos hacia una cárcel mental que era mucho peor que la que les esperaba. El número de suicidios siempre se silenció en el castillo, pero años más tarde los supervivientes de aquellos muros infranqueables afirmarían que superó al de las ejecuciones, diarias y puntuales. Valiente se interesó por saber a quién venía a visitar Soledad. Le pidió al guardia que repasara el libro de registros pero el joven de piel macilenta y cuerpo magro volvió a repetir el mismo nombre que había pronunciado hacía unos instantes. El inspector le arrebató el libro de las manos y buscó con ansia, pero no encontró lo que quería. Jean Blanchet, nacido en Montpellier en 1909, ese era el nombre del preso por el que Soledad acababa de preguntar. El inspector lanzó enfurecido el libro contra la pared ante la nerviosa mirada del joven guardia, que, inmóvil, decidió esperar instrucciones de aquel responsable de la Brigada de Investigación Social. Valiente recuperó el resuello y le exigió al guardia un cigarro. La rabia siempre terminaba paralizando su mente y eso no podía permitírselo. Y todo ello lo pensó mientras andaba por la sala de un lado a otro, exaltado como un perro en celo. Cuando de pronto reparó en una posibilidad.

—¿En qué fecha ingresó el tal Jean Blanchet? —inquirió Valiente al joven guardia.

—Según la ficha, hace diez días, señor.

El guardia decidió seguir leyendo ante la mirada estricta de Valiente:

—Fue arrestado por una pareja de la Guardia Civil en las inmediaciones de Figueras. Lo sorprendieron en una reunión clandestina de maquis.

Valiente le dio una profunda calada al cigarro y sonrió, dejando entrever unos dientes abrasados por la nicotina.

—¿Tienes algo de comer? —preguntó Valiente con tono severo—. Llevo horas pateando la ciudad sin llevarme nada a la boca.

El joven acudió con desgana hasta uno de los cajones que escondía la única mesa de la estancia. De ahí extrajo un bocadillo envuelto en papel de estraza. El olor a salazón aceleró el apetito de Valiente.

—Si quiere, podemos compartirlo, inspector.

Valiente le arrancó de las manos el tentempié y le hincó el diente como si no hubiera comido en una semana.

—Quiero que antes de diez minutos —dijo el inspector con la boca llena, asomado a la ventana de la sala— desfilen por ese patio todos los presos que hayan llegado durante las últimas dos semanas. Y no se olviden de quienes estén siendo visitados en este mismo momento. ¿Entendido?

El joven guardia carraspeó.

—Verá, señor, creo que eso debería consultarlo con el director.

Valiente acercó su corpachón al del guardia, de tal manera que sus bocas quedaron apenas separadas por un palmo. El inspector masticaba ruidosamente y mantuvo su mirada clavada en la del joven.

No le hizo falta decir ni hacer nada más. El guardia abandonó la sala y transfirió la orden al oficial de servicio que coordinaba la seguridad de los calabozos. Cinco minutos después, un grupo de dieciocho hombres formaba descalzo sobre los adoquines incómodos del patio de armas. Valiente se había reservado las últimas dentelladas del bocadillo para ese instante. Ver como aquellas sabandijas salivaban cabizbajos resultó ser el aperitivo previo al clímax final que ya empezaba a imaginar. Al inspector le llevó más tiempo del previsto reconocer al hombre que andaba buscando. Los últimos años aislado, privado de las comodidades más esenciales y viviendo a cielo abierto, se reflejaban en aquel rostro demacrado de pómulos pronunciados y gesto aguerrido. Valiente alzó con un dedo el mentón de David Roig y lo observó durante unos segundos. Después le escupió y lo abofeteó en reiteradas ocasiones ante la impasividad de los guardias y del propio Roig.

—Arrodíllate —ordenó Valiente al tiempo que extraía de su cintura una Luger niquelada.

Le apuntó a la cabeza. David Roig no movió ni una ceja.

—¿Qué está pasando aquí?

Irrumpió en escena un hombre cercano a los cincuenta, de abundantes patillas y enorme bigote y ataviado con un abrigo de plumaje y traje a medida.

—Este hombre se llama David Roig, señor director —respondió Valiente sin quitarle el ojo a su presa—. Debería ser juzgado por financiación de anarquistas, crímenes en la retaguardia y falsificación de documentos.

—Haga el favor de guardarse esto —exigió el director de la prisión a Valiente sin levantar la voz.

El inspector vio en sus modales a un fiel seguidor del comisario Quesada. Valiente respondió a la petición y se acercó al director.

—No se deje engañar, señor. Ni se llama Jean Blanchet ni ha nacido en Francia.

—¿Puede usted demostrarlo?

Valiente sonrió como respuesta y no dijo nada más, quedando a la espera de la reacción del responsable del centro. La sonrisa floja que asomó en el rostro de aquel tipo elegante animó a Valiente.

—Le propongo un trato, señor director.

Los dos hombres se alejaban de aquel grupo de presos cuando el cielo se resquebrajó. Al rayo le siguió un trueno ensordecedor. Un nido de nubes negras se había detenido sobre la temida fortaleza y el aguacero no se hizo esperar. La lluvia repiqueteaba con fuerza sobre los adoquines desiguales del patio y sobre las cabezas afeitadas de los presos. Ante la aparente indiferencia de los guardias, atentos a recibir alguna indicación del director, algunos de los reclusos empezaron a farfullar entre dientes *La Marsellesa*. Eran voces amigas, decididas a no dejar que el héroe al que acababan de humillar sucumbiera. David Roig agradeció el gesto alzando la voz, desafiando a los centinelas armados con fusiles, cuyas jóvenes miradas todavía no habían aprendido a esconder el miedo. Aquel bisbiseo en lengua extranjera irritó a uno de los guardias, que repartió culatazos por doquier, alcanzando con uno de ellos el ojo derecho de David. Las voces callaron, y durante un buen rato solo se escuchó la tormenta. La sangre que manaba del ojo de David se transformó en un riachuelo teñido de bermellón. Al cabo terminó diluyéndose sobre la hierba mojada que florecía entre los adoquines. Poco hicieron después, en el botiquín, para que el preso no perdiera el ojo.

Esa noche, con la visión menguada y la incertidumbre creada por la presencia de Víctor Valiente, David Roig fue trasladado a una celda individual. Era lo más parecido a una cueva que pudiera imaginar. Solo la salvaba de ello la existencia de una insignificante obertura al exterior. Había escampado y la luna se colaba como una enredadera por la diminuta ventana. Era una luz mentirosa, reacia a los cautivos, pero gracias a ella pudo leer algunos de los mensajes que descubrió sobre aquellas paredes encaladas que se habían descascarillado por la proximidad del mar. El nombre de las mujeres que los anteriores inquilinos no habían vuelto a besar, reivindicaciones políticas de todos los colores, certezas de vidas inciertas, ruegos a dioses ausentes, palabras yuxtapuestas de quien había perdido la cordura, confesiones fratricidas, todo ello escrito en esos cuatro muros aislados donde por encima de todo imperaba un absoluto silencio. David se recostó en el gélido suelo con un ojo menos, el miedo como viejo compañero y con la reciente imagen de una Soledad deslucida, de mirada vacía y tacto extranjero.

10

A Nil la espera se le había hecho eterna. La concatenación de días festivos le había impedido acercarse hasta la calle Puertaferrisa y visitar la galería Fresser. Eran muchas las preguntas que se había hecho durante ese par de días y pocas las respuestas que lo habían satisfecho. La oscuridad del piso atestiguaba que no había nadie allí aparte de él y que su madre andaría de nuevo camino del hospital. Desde que habían ingresado a Romagosa apenas se habían visto. La noche pasada la escuchó sollozar. Era el llanto contenido de quien se ha resignado y no quiere porfiar con la vida por miedo a que esta se enfurezca más. Tal vez si vendiera aquel maldito cromo podría sanear la economía familiar y conseguir que su madre se sintiera más aliviada. Levantó la pesada persiana de madera con ayuda del correaje y se aseguró de que no cediera elaborando con su única mano un eficaz nudo. Miró al cielo enfurruñado. A alguien de ahí arriba se le había vuelto a caer el tintero y lo había esparcido por el cielo o de toda la ciudad, tiñéndolo en esta ocasión de nubes enlutadas y sombrías. Desde que había perdido el brazo su estado de ánimo guardaba una especial relación con el tiempo. Durante los días nublados el muñón protestaba y eso se traducía en dolor. No conocía a nadie con dolor que estuviera contento. Ni siquiera Bernardo. La mesa estaba sin recoger. Se calentó en un cazo la escasa leche que les quedaba, se abrigó a base de superponer prendas de otras temporadas una encima de otra y salió a la calle.

El proyeccionista fue la primera persona con la que se topó. Sostenía en una mano una bolsa de leche fresca y una barra de pan.

—¿Te has caído de la cama? —preguntó Nil.

—En esta ciudad, si no madrugas, la vida se te arruga.

Nil asintió convencido de que su amigo acababa de pronunciar una gran verdad.

—¿Te acuerdas del cromo de Blas Vaccaro?

Bernardo asintió y dijo:

—Hacía mucho que no me lo mencionabas. No me lo digas, has decidido venderlo.

—Puede que sea lo mejor...

Nil dijo esto último mirando al suelo, propinándole una patada a una chapa de cerveza.

—¿Y se puede saber a qué se debe ese cambio de opinión en este justo momento?

El muchacho se encogió de hombros, evitaba a toda costa que su mirada se cruzara con la de Bernardo. Estaba inquieto, cambiando el peso del cuerpo de una pierna a otra.

—¿Ha ocurrido algo que deba saber?

Nil negó levemente con la cabeza, con desgana, lo cual transmitía poca credibilidad.

—A ratos sigo echando de menos a mi padre, y ese

cromo..., durante un tiempo creí que si lo conservaba, él regresaría. Pero el tiempo pasa y nada cambia.

—El próximo domingo te acompaño al mercado de San Antonio y te ayudo a venderlo.

A Nil le gustó la idea y lo demostró poniendo su mano en el hombro de Bernardo. Cuando el proyeccionista estaba a punto de reemprender el paso, el muchacho volvió a hablar.

—¿Me acompañas a una galería de arte? Quiero enseñarte una cosa.

Bernardo le enseñó la bolsa de leche e hizo una mueca de resignación, un gesto que solía repetir cuando las rutinas de la casa le impedían realizar otra tarea.

—Deberías estar más con tu madre, chico. Ahora te necesita más que nunca. La he visto hace un rato y ni siquiera me ha saludado. La verdad es que está muy desmejorada.

—Lo de Romagosa la está afectando más de lo que pensaba —admitió Nil.

—Súbete al tranvía y acércate hasta el hospital, anda. Déjate de galerías de arte y de mandangas.

Nil se despidió con un vago gesto de la mano sin decir nada más y, terco por naturaleza, puso rumbo a la calle Puertaferrisa. Durante el trayecto barajó las posibilidades que tenía de salir indemne de todo ese embrollo del cromo que tenía a su padre como piedra angular. Buscó palabras que decir, imaginó poses que adoptar pero todo se iba al carajo ante la imagen severa de aquel hombre que había matado a otro hombre en su portal. Hasta ahora había sido capaz de mantener el cromo a buen recaudo, así que no era cuestión de dar pasos en falso. Cualquier día de esos podía reaparecer su padre y requerirle aquel codiciado y misterioso objeto de deseo.

El muchacho se preguntó en qué lugar se parapetaría un detective de esos que había visto en las películas para poder vigilar la entrada de la galería. Decidió hacerlo sentado en un banco municipal que quedaba al amparo de un platanero. La distancia que lo separaba del negocio únicamente le permitía ver el trasiego de clientes pero prefería ser cauto a excesivamente curioso. Y así transcurrió un par de horas sin que nada ocurriera. Nil había cambiado de postura en más de seis ocasiones y se convenció a sí mismo de que jamás sería detective. «Una galería de arte no tiene nada que ver con un colmado», pensó ante la posibilidad de que nadie asomara por aquel local en todo el día. Sin embargo la persiana estaba levantada desde que él había llegado. Saltó del banco dando un brinco y, cuando estaba dispuesto a enfilar la calle Condal y seguir el consejo de Bernardo, la vio salir de la galería. Pasó por su lado ajena a su presencia, contoneando las caderas y dejando el rastro de un aroma a rosa recién cortada. Exhibía una media melena rubia con los rulos sueltos en las puntas. El tono de su piel era pálido, y por ello contrastaba con el rubor del maquillaje, que oscilaba entre varios tonos de rosa y contrastaba con el azul abismal de sus ojos. El punto central del rostro era sin duda la boca, donde un lápiz labial brillante se había encargado de delinear aquel fruto prohibido. Un abrigo de ante ceñido ocultaba un vestido de Christian Dior adquirido recientemente tras una fructífera transacción mercantil. La envolvía un aire de inaccesibilidad y, aun así, los pocos hombres que deambulaban en ese momento por la calle se volvieron para verla una vez más. A un barrendero enfundado en una gran blusa azul se le resbaló el escobón de las manos y solo le quedó silbar. Incluso un joven cura con sotana, sumergido en sus dudas carnales, la saludó esperanzado en obtener algo más que una escueta sonrisa. De no ser porque la escuchó hablar en español con una mujer que acababa de saludarla, Nil hubiera pensado que se trataba de la mismísima Marlene Dietrich. Sonrojado por el mero hecho de haberse imaginado un encuentro a solas con aquella mujer en la galería de arte, la vio perderse entre la multitud de la plaza Cataluña, a la altura de la sala Rigat. Todavía aturdido por aquella aparición celestial, continuó su periplo y resolvió regresar a su punto de vigilancia. Tal vez la marcha de aquella belleza provocara algún movimiento más. Nil se quedó lívido al ver a la persona que acababa de acceder a la galería con paso decidido, abrigo de fieltro, sombrero y el cuerpo del tamaño de un gorila. La aterradora presencia de Valiente en aquel lugar encendió todas las alarmas del muchacho. Sin pensarlo ni un solo instante, corrió sin mirar atrás.

El inspector desnudó su cabeza y dejó el sombrero encima de una réplica de columna corintia partida que había en medio de la sala. Otto Koppke asomó en cuanto escuchó repicar la campanilla de la puerta. Su gesto cambió ante la presencia inesperada de aquella pesadilla recalcitrante.

—¿Qué avances me puede dar? —inquirió el inspector.

El alemán reculó un metro hacia atrás a causa del insoportable hedor a alcohol, sudor y naftalina de Valiente. Improvisó una de esas sonrisas con aire conciliador que tan buen resultado le habían dado antaño.

—Deme un par de días más, inspector, tengo la solución cociéndose a fuego lento.

—¿Le dice algo el nombre de Jean Blanchet?

Otto echó la cabeza ligeramente hacia atrás, entornó sus gélidos ojos azules y realizó un inconfundible gesto de negación. Valiente había podido leer en su mirada que no le mentía, aunque con gente de ese pelaje nadie podía fiarse de nada.

El inspector recuperó el sombrero y, dándole la espalda al alemán, deambuló por la sala contemplando con indiferencia los diferentes cuadros expuestos.

—¿Sabe una cosa? Creo que no estoy bien pagado.

—Esos temas discútalos con Gertrude, inspector.

Valiente se volvió con energía, por un momento el alemán creyó que iba a golpearlo, por lo que tensó el abdomen y los puños. El gesto no le pasó inadvertido a Valiente.

—No tema, Otto —advirtió el inspector—. Con usted no necesito utilizar la violencia.

Koppke se tragó su orgullo. A pesar de que el policía pesara treinta quilos más que él, seguía siendo un adversario asequible. Valiente añadió:

—Pero no se olvide de la lista de los Aliados. Ya sabe que soy un tipo impaciente.

Aunque en un principio el gesto imperturbable del alemán indicaba que ese comentario no le había afectado, procuró hallar un resquicio de luz con el que alumbrar las oscuras intenciones de Valiente.

—El dinero de los maquis está escondido en un nicho de un cementerio de Barcelona —confesó Otto con un tono displicente, cansado de la socorrida amenaza.

—¿Por qué no me lo dijo antes?

Koppke tardó en responder. «Otra mentira», pensó Valiente.

—Porque se trata de mucho dinero —respondió Otto, esta vez sonriendo—. Hasta hace bien poco todavía tenía mis propias esperanzas.

El alemán no pensaba contarle que en breve iría a por ese muchacho manco con el que se cruzó el día que se ocupó de Bernier. Es probable que él fuera la última persona que el francés vio antes de morir, así que puede que le dijera algo de suma importancia o que le entregara algún objeto que al propio Otto se le habría escapado cuando lo registró. La clave que le permitiera saber el cementerio y el nicho en el que se había enterrado el dinero.

—¿Y no se sabe ni siquiera el nombre del cementerio?

El alemán negó con la cabeza sin perder de vista al inspector.

Valiente asintió con la mirada ausente, se cubrió la cabeza con el sombrero y antes de abandonar la galería decidió jugar a eso de decir las verdades a medias y mentir con una sonrisa.

—Empiezo a confiar en usted, Otto, porque, ¿sabe una cosa?, tenía razón, David Roig está por Barcelona.

II

Una luz desfallecida golpeaba los ventanales de la sala de visitas del hospital de Sant Pau. Soledad era la única persona en mitad de aquella quietud que brindaba esa fría tarde de diciembre. Sus ojos, aunque dirigidos a uno de esos cristales, permanecían anclados en aquel rostro de David vencido, fatigado, asilvestrado y marchito que había visto en prisión. Un hombre ausente con una mirada que olía a cerrado, a almacén de la desdicha. La frente con surcos, los labios exprimidos, todo él devaluado. El encuentro fue breve, un centinela reclamó la presencia de David cuando apenas llevaban tres minutos uno frente al otro. Llegaron a rozarse con las manos aunque no les estaba permitido el contacto. Debería estar prohibido prohibir que dos manos se acaricien. En aquel fugaz encuentro, Soledad tuvo tiempo suficiente para hallar en los ojos de su marido los escombros de una vida en ruinas, una mirada ajena y preñada de preguntas. Fue en ese preciso instante cuando supo que todas aquellas noches infinitas que había pasado sin él las había dedicado a recordar a otro hombre, a alguien a quien los años todavía no se le habían tragado la carne de los pómulos. El tiempo también había devorado su voz ronca y persuasiva, de actor de radionovela, y sus eternas ganas de vivir, de amar y de ser amado. No habría luna que le explicara las atrocidades que habían tenido que ver aquellos ojos, ni esperanza alguna en su gesto, solo la lluvia bordeando su mirada. Por primera vez en su vida sentía que los separaba una infinita distancia. Sumida en esos sombríos pensamientos, el inesperado beso de Nil en la mejilla le produjo al principio un sobresalto, y después una alegría tan grande que se abrazó a él como si este hubiera regresado de entre los muertos. A Nil le pareció que durante esos días su madre se había encogido.

—Es posible que no pase de esta noche —dijo Soledad desanimada.

—¿Sigue inconsciente?

La mujer asintió abstraída. Pasaron la tarde haciéndose compañía, hablando de nimiedades. La tristeza que aquellos días asolaba a Soledad había encontrado acomodo en la inminente muerte de Romagosa. Quedaba a salvo de contarle a su hijo de dónde le venía todo ese profundo dolor que la iba consumiendo por dentro. Nil había esquivado con habilidad todas las preguntas de su madre acerca de Lolita, pero cuando fue él quien pronunció su nombre al muchacho se le escapó una sonrisa delatora. Soledad sintió una extraña sensación que oscilaba entre la alegría de ver a un hijo feliz y la melancolía de saber que su pequeño se estaba convirtiendo en un hombre. Se levantó de la silla y le ofreció la mano.

—Te acompaño hasta la puerta —propuso Soledad con firmeza—. Ya no son horas para que estés aquí.

Poco antes de despedirse, Nil tuvo que padecer una vez más toda la retahíla de instrucciones que su madre recitaba sin apenas tomar aire. «Llama al doctor Fuster o a Bernardo si necesitas algo, no te olvides de comprar todos los alimentos de la cartilla y mantén la casa ordenada. Descansa y no dejes que nadie entre en casa.» «Nadie», subrayó con énfasis, temerosa de que la detención de David provocara alguna reacción entre sus compañeros de la resistencia.

Nil, estremecido, abandonó el hospital a paso ligero. Ver a su madre tan abatida, sin energía y conquistada por esa tristeza infinita lo noqueaba. Todos aquellos sueños en los que se imaginaba una vida mejor para ambos se alejaban conforme pasaban los días. Era en momentos como ese cuando se aferraba a las palabras que ella misma le venía repitiendo cada vez que algún suceso inesperado terminaba perjudicándolos. «Todo pasa, Nil, todo.» Después de repetirse más de diez veces aquella frase como un mantra, vio las cosas de otro modo. Tomó aire, se deslizó por las calles de la ciudad y recordó que en el cine América reponían *Una noche en la ópera* de los hermanos Marx. Le pareció la mejor de las propuestas antes de cenar a solas frente a los dos retratos familiares, que en un día como ese poco lo podían ayudar. Recorrió gran parte del trayecto en un sucio tranvía ruidoso y atestado de personas. Un hombre de vocecilla risueña canturreaba una vieja canción.

Levantó varias miradas furtivas y un tipo con idéntica complexión a la de Valiente le instó a que se callara. Siempre habría quien confundiera la alegría con la frivolidad. «Demasiadas heridas por cicatrizar», pensó Nil. Las calles del centro de la ciudad estaban radiantes, repletas de luces navideñas. Conforme se acercaba a su barrio aquel alborozo menguaba. Allí, las calles ofrecían su aspecto más lúgubre bajo la luz de gas de los faroles, alternando los encendidos con los apagados. La estrechez en la economía, como las desgracias, siempre afectaba a los mismos.

Se acomodó en una butaca del anfiteatro mientras escuchaba el inconfundible final del NO-DO. Años atrás Bernardo había invertido una tarde en contarle las consecuencias adversas de tragarse semejante pasquín político pergeñado por mentes maquiavélicas. El proyeccionista estaba seguro de que antes de una década los profesionales de la mente descubrirían anomalías de la psique producidas por el consumo de aquel instrumento audiovisual del régimen franquista. Advertido de las consecuencias nefastas que acarreaba, el muchacho jamás había visto ninguno. Unos minutos después, y en plena efervescencia cómica, a Groucho Marx le hacían la manicura con el fin de ganar algo de espacio en el interior de un camarote atiborrado de gente. En ese justo momento el muchacho escuchó pronunciar su nombre.

—Hola, Nil, ¿me recuerdas?

La voz provenía de la butaca de al lado, y el chico se quedó petrificado. En la penumbra de la sala de cine, Otto Koppke estiró con fuerza de una oreja a Nil.

—Tienes algo que me pertenece.

Los quejidos de Nil irritaron a un hombre acomodado en la fila de delante.

—Dentro de dos días y a esta misma hora, te espero aquí, en la puerta principal —advirtió Otto con un susurro sin soltarle la oreja—. No te olvides de traer lo que es mío. Sé cómo terminar con tu padre y dónde vive tu chica, calle Aribau, 13. ¿Me equivoco?

Mientras el público del cine estallaba en risas cuando los hermanos Marx y una docena de personas más salían disparados por la puerta del camarote, a Nil se le había helado la sangre. Al término de la película, el resto de los espectadores abandonaron la sala, pero el muchacho permaneció paralizado en la butaca. Fue la anciana encargada de la limpieza la que se interesó por él. El chico todavía temblaba y tenía la mirada perdida en la pantalla blanca. Con la ayuda del acomodador, la mujer logró acompañarlo hasta la puerta de salida. Una ráfaga de aire frío lo despertó de aquel letargo llamado terror. Nil arrancó a correr por el Paralelo y no se detuvo hasta que cruzó el portal de su casa.

—Siempre he dicho que el actor este del bigote desquicia a la gente hablando tan rápido —dijo el acomodador a la anciana.

La mujer, en lugar de responderle, se apresuró a recoger la porquería que esos desalmados dejaban en cada sesión. A estas horas ya debería estar metida en la cama y cuidando de sus huesos, lamentó mientras barría con premura todo lo que la artrosis le permitía antes de que se volvieran a abrir las puertas y dieran comienzo las variedades de Raquel Meller.

12

«David Roig posee una información vital para el Régimen.» Con esa afirmación y un escrito policial sellado y rubricado por él mismo, el inspector Valiente había convencido al director del penal, entusiasmado ante la posibilidad de dar un paso más en su carrera, para que lo autorizara a visitar al preso las veces que quisiera, poniendo a su disposición todo el material y el personal disponible en la fortaleza.

Era la tercera vez que Valiente visitaba a David Roig en apenas cuarenta y ocho horas. Todo perro apaleado huye de quien le produce recelo. Y eso mismo hizo el preso en cuanto vislumbró la silueta de tres figuras humanas accediendo a la mazmorra. Acurrucado en una de las esquinas, se protegía la cabeza con los antebrazos y emitía todo tipo de sonidos guturales propios de los animales más salvajes. Valiente le tendió el trozo de cuerda a uno de los centinelas. En esta ocasión el director se había asegurado de que los acompañantes del inspector fueran tipos más curtidos. No era de recibo que un guardia del castillo terminara vomitando delante de un preso al no poder digerir ciertas prácticas policiales, tal y como había ocurrido la última vez que había pisado aquel lugar. La queja del inspector tuvo su efecto, y en esa ocasión fue escoltado por dos adeptos al Régimen que creían a pies juntillas en la desratización de esos rojos pordioseros. Mientras un centinela agarraba la cuerda, el otro se ocupó de bajarle a David Roig los pantalones, impregnados de orín, sangre y mierda. Se aseguraron bien de sujetar los testículos del preso, y al tiempo que uno estiraba de la cabeza a David el otro lo hacía en sentido contrario, tirando de la guita. Sus alaridos no fueron motivo suficiente para que aquel par de depravados se detuvieran. Solo la voz de mando de Valiente logró que lo hicieran.

El inspector ahuyentó al espectro de su hermano Alfredo, que en un rincón de la mazmorra le exigía un mayor ensañamiento. Valiente se acercó con esa parsimonia atribuible a quien ya ha fantaseado con ese momento: queriendo recrearse en ello, dilatando el tiempo como lo hacen los enamorados poco antes de separarse. Se acuclilló junto a aquel despojo humano y le habló:

—Todo esto es por lo que nos hiciste, lo entiendes, ¿verdad?

David asintió de manera inapreciable, con un leve movimiento de cabeza.

—Si quieres que te fusilen mañana y así evitarte todo esto, dime dónde está el nicho en el que guardáis el dinero.

David abrió el único ojo que le quedaba cuanto pudo y clavó su mirada en la del inspector. Parecía que iba a perder la conciencia cuando de pronto reunió las pocas fuerzas que conservaba y logró lanzarle un escupitajo sanguinolento a la cara. La reacción de Valiente no se hizo esperar. Se limpió la cara con el brazo y mandó a uno de los centinelas a por unas tenazas.

—Lo quiero sin dientes —ordenó Valiente con la mandíbula tensa y un puño alzado que terminó impactando contra el rostro desfigurado de David.

A las tenazas les siguió la introducción de cuñas de madera afiladas entre las uñas. Pero el preso no dijo nada. Fueron Valiente y sus secuaces los que, cansados de aquella tozudez inhumana que exhibía el cautivo, precisaron de un receso. Abandonaron a David a su fortuna y se dirigieron a la sala de descanso, donde les esperaba un tentempié que el propio director había organizado en honor a los miembros de la distinguida Brigada de Información Social, que con su cometido limpiaban España de enemigos y aseguraban el futuro de una sociedad mejor.

13

A Nil lo despertó la luz matutina que invadía el comedor. Cada noche antes de acostarse se aseguraba de que todas las ventanas tuvieran las persianas abatidas, temeroso de que el primer rayo de luz del día pudiera desvelarlo. Desde niño necesitaba dormir en la más absoluta oscuridad. Tal vez esa costumbre era lo más cercano a volver al interior de la placenta materna, donde la negrura y el silencio apaciguaban todos sus temores y lo hacían sentirse más seguro. Notó en los pies el frío de las baldosas y se sobresaltó al descubrir a su madre sentada con el cuerpo inclinado hacia delante, los brazos tendidos sobre la mesa y el mantel arrebujado sirviendo de improvisado cojín. Junto a ella había una botella de anís vacía, cerillas desparramadas y un paquete de Lucky arrugado, hecho un ovillo. Soledad, desgreñada y todavía vestida de calle, tuvo que realizar un esfuerzo para levantar la cabeza y enfocar sus ojos hacia los de su hijo.

—Romagosa ha muerto.

El muchacho se dejó abrazar por la cintura, enhiesto y sin saber muy bien qué hacer ni qué decir, amortiguando con el pecho el llanto desconsolado de su madre. Consideró como una verdadera condena su incapacidad física para poder abrazar a quien más quería.

Después de convencerla para que se acostara unas horas, Nil salió a la calle. La noche anterior lo había decidido. Antes de entregarlo necesitaba indagar más sobre aquel cromo que podía costarle la vida a su padre y quién sabe qué a la pobre Lolita. Repasó mentalmente las amenazas proferidas por aquel tipo en la penumbra del cine América. En ningún momento le había mencionado el cromo. Únicamente insistió en recordarle que le entregara aquello que le pertenecía. Además, no podía obviar todo ese cúmulo de casualidades que hablaban por sí solas. Valiente visitando la galería de arte que el tipo regentaba, el moribundo pronunciando el nombre de su padre y entregándole un cromo de Blas Vaccaro, íntimo amigo de la familia. Convencido de que cada vez se encontraba más cerca de la verdad, resolvió visitar al viejo Leo. El librero lo recibió con su sonrisa más granuja, esa que solía poner cuando el tema a tratar llevaba falda, tenía el pelo lacio oscuro y los ojos verdes y se hacía llamar Lolita. Pero aquella mañana de luto y desolación Nil no estaba para otros asuntos que no fueran aquel cromo. Tras suplicarle a Leo que no se callara nada respecto a Blas Vaccaro, pues se había convertido en un asunto de vida o muerte, el librero asintió con solemnidad, conmovido por las razones del muchacho. Jamás lo había visto con aquella determinación.

—Hay una mujer en mi vida de la que nunca te

he hablado. —El librero se quitó las gafas y clavó sus ojos en los del chico—. Y esa mujer ahora se está muriendo.

—Pero, Leo —intervino Nil con el ceño fruncido—, ¿me puede aclarar qué tiene que ver eso con el cromo?

—Ella es la madre de Blas Vaccaro.

El librero se encajó el abrigo con decisión, se acomodó una bufanda de lana alrededor del cuello y le sirvió a Nineta un recipiente con un poco de leche. Sin mediar palabra, dejó que Nil saliera primero, colgó el cartel de CERRADO y, antes de emprender la marcha, echó la llave de la puerta.

Unas horas después de haber conciliado el sueño, Soledad despertó con migraña. Localizó en la mesita de noche una caja con tabletas Okal y se apresuró en ingerir una de ellas. Acudió al baño y rezongó en voz alta al ver como de la cuerda que atravesaba la estancia todavía colgaban camisas de Nil y ropa interior de ambos. Absorbida por las urgencias de los últimos días se había olvidado de su propia vida. La visita inminente a David era motivo suficiente para que se esmerara en los detalles de su pelo, eligiera el maquillaje que mejor combinara con la ropa y ensayara frente al espejo todo un surtido de sonrisas. Aquellas pequeñas tareas la ayudaron a olvidarse del vacío que sentía por la muerte de Romagosa. Ya vestida y engalanada, se probó frente al espejo el único abrigo que tenía. Desanimada ante aquella versión famélica de ella misma, decidió que no quería que David la viera así. Se armó de valor y decidió visitar a Delfina. A pesar de que nunca habían tenido problema alguno, Soledad era de las que creía que siempre quedaban otras alternativas antes de que una mujer tuviera que vender su cuerpo. Y aunque jamás se lo diría a ninguna de ellas, estaba convencida de que detrás de cada prostituta había una mujer resignada. Cuando Delfina le abrió la puerta, cubierta con una bata de seda y con la cabeza rapada, ambas se quedaron sin palabras. Una al tratar de digerir aquella humillación visible, la otra temerosa de que Soledad hubiera sabido de su confesión en los calabozos de la Jefatura. En cuanto Soledad expuso el motivo de su visita, Delfina se relajó y se entregó en cuerpo y alma a esa nueva causa, que no era otra que la de devolver a su vecina la belleza que siempre había tenido. Una hora después Soledad abandonó el edificio reconvertida en la verdadera Lana Turner del barrio.

Aconsejada por Delfina, Soledad desechó la idea de atravesar ciertas sendas de Montjuic. Desde la guerra, y a la caída de la luz del sol, esos caminos se habían convertido en terrenos peligrosos donde hombres de mal pelaje se escondían entre los arbustos a la espera de alguna víctima despistada. Prefirió realizar el trayecto en el tranvía que cubría la línea desde el monumento de Colón hasta la parada del funicular en Montjuic. Fue allí donde se apeó y recorrió andando el último tramo de esa carretera que conducía al castillo. Necesitaba pensar qué le diría a David, cómo podía sacarlo de ese pozo mental que sus ojos reflejaban. Abstraída en aquellos pensamientos llegó al acceso principal de esa fortaleza intimidatoria. A pesar de que ella insistió en volver a ver al preso francés Jean Blanchet, el joven guardia que la atendió se encendió un cigarrillo, la repasó de arriba abajo con aires desdeñosos y esbozó una de esas sonrisas que conturba a quien la recibe.

—La puta de David Roig viene a visitarlo —gritó el guardia a otro compañero.

Soledad ignoró el insulto y se quedó petrificada al escuchar el verdadero nombre de su marido. Y aunque empezó a cavilar acerca de las consecuencias de aquel descubrimiento, no tuvo tiempo para llegar a ninguna conclusión. Un guardia la agarró por el brazo y la condujo por un túnel empedrado, oscuro y gélido. Mientras lo cruzaban a paso ligero el hombre le susurró al oído un sinfín de obscenidades. Ante el silencio de Soledad, trémula y expectante, el guardia empezó a detallarle el deplorable estado físico de David. De vez en cuando, interrumpido por su propia risa, detenía la narración. Tras el túnel vino un largo corredor y después una sala de espera con dos sillas vacías encaradas en el centro de la estancia. Sin ventanas, sin color definido, únicamente la luz blanca de una bombilla renqueante sostenida por un alambre. Antes de dejarla sola el guardia le manoseó el culo y con un dedo sobre la boca le exigió silencio. En un ángulo del techo de la sala se había formado una pequeña estalactita. Una gota tras otra repiqueteaba contra el suelo adoquinado. Soledad sintió como un escalofrío le recorría todo el cuerpo. Estaba levantándose el cuello del abrigo cuando Valiente irrumpió en la sala. El primer impulso de la mujer fue caminar como un cangrejo en busca de un muro en el que refugiarse. Así lo hizo, lentamente, tratando de mantener el equilibrio y sin perder de vista a aquella alimaña que tenía delante. Valiente, al tenerla tan cerca después de todos esos años, sintió el impulso de abalanzarse sobre ese cuello de cisne y estrujarlo hasta que dejara de patalear. Pero se calmó a sí mismo, tenía un mejor plan para ella. Durante un tiempo impreciso se estudiaron con la mirada sin decirse nada. El único que hablaba en la sala, aunque solo Valiente podía escucharlo, era su hermano Alfredo. Reclamaba justicia, ojo por ojo, diente por diente. A Soledad le atemorizó el bisbiseo enfermizo que Valiente mantenía consigo mismo. Recorrió con la mirada la sala y no halló arma con la que poder defenderse en el caso de necesitarla. El odio emanaba de los ojos insomnes del inspector como la niebla en el amanecer de un camposanto.

—Así que quieres ver a Jean Blanchet —dijo al fin Valiente con una fingida calma.

Soledad eligió callar. Los últimos años había conocido a demasiadas personas que cumplían condena por sus palabras. Valiente se acercó hasta ella y le abrió violentamente la boca, después la empujó contra la pared.

—Tienes lengua —afirmó el inspector—. Empezaba a preocuparme.

El policía sabía jugar bien con los nervios de las personas a las que sometía. Caminó despacio por la sala y completó hasta cinco vueltas antes de volver a hablar. Sabía que durante los silencios la mente de la presa fabricaba más miedo.

—Podría encerrarte por esto, Soledad. Es un delito muy serio colaborar con la falsificación documental de un anarquista tan buscado como David. Por cierto, ¿te he dicho que esta mañana lo han condenado a muerte?

Valiente seguía caminando, con los ojos clavados en el suelo. Al levantarlos se topó con una cara impregnada de terror.

—Es cuestión de una semana, o quizá menos. Así que me he permitido que tengáis un encuentro inolvidable. ¡Guardias! —gritó.

David Roig irrumpió en la sala pateado por uno de los centinelas. Tenía un ojo tapiado por su propia carne, la boca mellada y el cuerpo molido a palos. Al verlo, Soledad se cubrió el rostro con las manos pálidas y ahogó un grito. Respiró hondo y corrió hacia él para abrazarlo. Aquel hedor que jamás olvidaría le provocó una arcada e hizo que los brazos le flaquearan. David cayó al suelo ante la impotencia de su mujer para sostenerlo.

—Si quieres, puedo ordenar que le den comida —dijo Valiente con hastío—. A pesar de mi insistencia y de mi preocupación por su estado de salud, no ha querido comer nada desde que ingresó aquí.

La mirada asesina de Soledad no iba a cambiar los planes del inspector. Se acercó a ella y le desabrochó cada uno de los botones del abrigo. La respiración de Soledad era cada vez más acelerada. David, ajeno a lo que sucedía a un metro por encima de él, agradeció aquel instante sin golpes.

El inspector despojó a Soledad del abrigo y se lamió los labios.

—Ábrete la camisa y enséñame las tetas —ordenó el inspector—. No será la primera vez que las veo. ¿O es que ya no te acuerdas?

Soledad lloró en silencio, dirigió los ojos al cuerpo maltrecho de David y obedeció. Sentía cada gota de la estalactita que caía al suelo como una aguja perforándole la piel.

Alfredo instaba a su hermano a que le arrancara los pezones a mordiscos para enseñarle a esa zorra lo que era el verdadero dolor. «Que sufra como tú estás sufriendo, Víctor.» El inspector, embelesado frente al torso desnudo de esa bella mujer, ahora atemorizada y trémula, ignoró la voz del hermano muerto. De no estar mutilado de por vida la hubiera sodomizado allí mismo. Y lo hubiera hecho frente al único ojo que le quedaba al republicano malnacido que tenía a sus pies.

—Guardias —reclamó Valiente—. Traed el caviar.

Soledad hizo el ademán de cubrirse el pecho pero Valiente se lo impidió sujetándola fuertemente de un brazo. Al guardia que acababa de entrar le divirtió la escena. Siguiendo el plan preestablecido abandonó en el suelo un recipiente metálico que contenía una repugnante y compacta masa de color marrón. Valiente le propinó una patada a David en el costado.

—Tu comida ha llegado, perro.

David se arrastró obediente como un can hasta el cacharro y dejó caer la cabeza en el interior. El sonido de su boca deglutiendo terminó de derrumbar a Soledad.

—No lo hagas, David, no lo hagas, mi amor.

—Vístete. Como me temía, tu marido prefiere la comida a mirar tu cuerpo. Vuestro tiempo ha terminado —le dijo Valiente a Soledad al tiempo que extraía del abrigo un montón de papeles atados con un cordel—. Estas son las cartas que David escondía cuando fue detenido. Todas ellas son para ti.

Soledad extendió la mano pero el inspector no le correspondió. Del bolsillo del pantalón extrajo un mechero y les prendió fuego, lanzándolas después a un rincón de la sala.

—Lamentablemente, Soledad, el catalán no está permitido en esta fortaleza. Los presos solo pueden expresarse en castellano, el único idioma de esta España libre. ¿Verdad que lo entiendes?

—Ya hemos sufrido bastante, ¿no cree? —dijo Soledad con rencor mientras clavaba la mirada en el fuego.

Valiente le dedicó una sonrisa poco amigable.

—Tú todavía no sabes lo que es sufrir. Ven mañana, Soledad, a esta misma hora. Como ves, tu marido te necesita. Y ahora lárgate, a los perros no se les debe molestar mientras están comiendo.

14

Desde su operación de laringe, Leo se había convertido en un hombre más taciturno, reacio a mostrar ese habla metálica que le recordaba a diario que su vida pendía de un hilo llamado esperanza. Aunque los médicos le habían asegurado que el mal había sido extirpado, lo cierto es que hay enfermedades tercas, empeñadas en vencer. Y aquella amenaza agazapada en la cabeza del librero, aunque intermitente, le había quitado la alegría que lo caracterizaba, esa de la que tanto le había hablado Bernardo al muchacho. Otra terca enfermedad, la tuberculosis, le estaba ganando la partida a Victoria Viladrau, el amor de su vida y madre de Blas Vaccaro.

A pesar de que Leo siempre solía decir algún comentario jocoso cuando estaban a solas, en esa ocasión realizaron el trayecto en un inédito silencio. Nil respetó aquella suerte de abatimiento que a menudo traen consigo las historias interrumpidas que perviven en nuestra memoria. El librero se detuvo frente a un elegante portal de la calle Cruz Cubierta, a escasos metros de la plaza de España. Para Nil, que el edificio tuviera ascensor ya era una marca de distinción. En el espejo de aquella caja mecánica labrada con maderas nobles, el muchacho distinguió el reflejo del flácido rostro de un hombre invadido por una súbita palidez.

—Seguro que ella también está nerviosa —dijo Nil, que le había leído el pensamiento a Leo.

—No sé de dónde sacas que estoy nervioso —respondió el librero al tiempo que intentaba salir por la puerta equivocada del elevador. Ambos sonrieron.

Al salir de la caja mecánica pulsaron el timbre de una puerta cuyo cartel rezaba: FAMILIA VACCARO.

Los recibió la hija de Victoria, Montse, de treinta años. Era la viva imagen de su madre y afectaba modales de señorita. Tenía un cuerpo estilizado coronado por una melena rubia y lisa. Victoria provenía de una familia adinerada que con la guerra había perdido gran parte de la fortuna. Pero los genes pervivían al margen de los reveses que la economía familiar había tenido que soportar. Ella y Leo se fundieron en un sentido abrazo. El padre de Montse había fallecido cuando ella y su hermano eran apenas unos niños, y desde ese instante, *el tío Leo*, amigo de su madre desde que ambos habían compartido pupitre en el mismo colegio, cuidó de ellos como si fueran sus propios hijos. Cuando Montse se convirtió en una adolescente avispada supo que la relación entre su madre y Leo era justamente lo que parecía, así que pudieron contar con ella para convertirla en cómplice de sus sentimientos. En cambio, su hermano Blas se mostraba ausente, siempre alejado del hogar, desprendido de ese nexo familiar que para él dejó de existir el día que su padre murió de repente después de tomarse un café de sobremesa durante una remisa tarde de domingo. La segunda y definitiva desgracia que azotó a esa casa, el impío asesinato de Blas, fue lo que puso final a la historia entre Leo y Victoria. Esta, sumida en una tristeza crónica que la incapacitaba para relacionarse con nadie que no fuera su hija, le pidió a Leo que se marchara de su vida. Ya no le quedaba más amor que dar.

Después de que Montse les sirviera un café a los dos invitados, y aprovechando su presencia, salió a la calle a ultimar las compras del día. El médico de Victoria la había advertido de que la salud de su madre se apagaba, y sin embargo aquella mañana había amanecido con una energía renovada.

—Dicen los especialistas que antes de marcharse disfrutan de unos días apacibles, ajenos al dolor de los pulmones y con suficiente lucidez para despedirse —afirmó Montse con una sonrisa triste—. Me alegra mucho de que seas tú el que venga a visitarla justamente hoy, Leo. Pensaba que ya no lo harías. Y lo hubiera entendido, sé cómo te ha tratado estos últimos años.

Leo, con los ojos llorosos, negó con la cabeza restándole importancia. Montse fue la única de esa casa que lo había visitado en el hospital durante el tiempo que permaneció ingresado tras su operación.

Nil se quedó en el umbral de la puerta de aquella habitación llena de medicamentos en la que se veían varios libros apilados sobre una mesita de noche y podía sentirse la sombra de la muerte pululando. La luz de la tarde, invernal y tenue, bañaba aquella estancia que olía a la manzanilla y al tomillo que llenaban un recipiente de aluminio que descansaba bajo la cama. Leo solo se acercó a Victoria, encamada, cuando ella se lo pidió con aquella sonrisa que había permanecido intacta, la misma que había cautivado al librero cuatro décadas atrás. La enfermedad, empeñada en menguar el cuerpo de una mujer que había levantado pasiones, no pudo evitar que ese par de almas se alegraran de volver a verse. Ninguno de ellos hubiera pronosticado un reencuentro en esas condiciones. Leo, con la voz castrada, el corazón encogido y el ánimo trémulo. No obstante, los ojos de Victoria, del color de la resina, parecieron revivir ante aquella visita espontánea y sin embargo tan deseada. Hablaron largo y tendido, tanto que Nil decidió acercarse al comedor, tomar asiento y esperar a que le llegara su turno. De tanto en tanto le llegaban al oído algunas carcajadas que, aunque débiles, eran carcajadas al fin y al cabo. Fue después de que Leo la pusiera al día sobre el hallazgo del cromo de Blas Vaccaro, y una vez que se aseguró de que estuviera preparada para hablar de su hijo, cuando el librero reclamó la presencia del muchacho. Tras unas mínimas presentaciones, asomó el Nil resolutivo, ese que temía por el destino de su padre y estaba dispuesto a llegar hasta el final. Cuando el librero le dijo a Victoria quién era el padre del muchacho, una pátina de nostalgia enteló la mirada de la anciana. En más de una ocasión sus ojos se desviaron hacia el brazo ausente de Nil. «Maldita guerra», pensó.

—Entonces, señora, ¿cree usted que hay algo que debería saber de su hijo y de mi padre? —preguntó Nil al detectar que la mujer se había atascado en los años en los que Blas era considerado uno de los mejores dobladores de películas.

Victoria consultó con la mirada al librero, quien asintió convencido.

—Verás, Nil —arrancó a hablar la mujer con una voz estrangulada—, el honor debería acompañar a las personas incluso cuando mueren, y no tengo muy claro que contándote ciertas cosas no vaya a deshonrar la memoria de mi hijo y de quienes murieron como él.

—Hay vidas en juego, Victoria —le recordó Leo.

La anciana pidió al librero que acomodara el cojín en sus riñones para así poder incorporarse algo más, dejando que su cabeza descansara en la pared formando un ángulo de noventa grados. Respiró hondo y clavó la mirada en la ventana, como si gracias a ella pudiera viajar a través del tiempo.

—Todo ocurrió durante la noche de San Juan de 1935. Lo supe años después por boca de Mateu, un amigo de Blas y de tu padre que tuvo también un final trágico. En el Pueblo Español habían montado un entoldado cubierto de guirnaldas y farolillos rojos. Si no recuerdo mal, creo que tocaba un tal Bonet, un genio del swing y del jazz de la época. Eran tiempos convulsos pero las guerras son como las tormentas de verano, nadie se las espera y cuando llegan nos empapan. ¿Verdad, Leo? —preguntó con la voz vencida, y el librero asintió con una sonrisa afable—. Aquella verbena, Blas, Mateu y Gustavo convencieron al joven matrimonio formado por David y Soledad para que acudieran a la fiesta. Querían que llevaran con ellos a Antonia, una moza por la que mi hijo Blas tenía devoción. No es que pudiera competir con la belleza insultante de tu madre, pero la chica tenía algo y siempre se mostraba risueña.

El muchacho tragó saliva. Algunas noches todavía se despertaba sobresaltado viéndose con el rostro cubierto de polvo, el brazo izquierdo arrancado de cuajo y el cuerpo de Antonia hecho un amasijo de vísceras y extremidades. Junto a ella, la pequeña Rosa, convertida en una muñeca rota, con los ojos en blanco y las piernas dobladas en una postura imposible.

—Así que imagínate a tus padres —continuó Victoria— llevándote en un carro con dos años, apartados del escenario y sin poder bailar las piezas de swing con las que por aquel entonces la gente enloquecía. En un momento determinado de la noche, según me dijo Mateu, Soledad le pidió a tu padre si podía encargarse de ti y así poder bailar una de las canciones junto a Antonia. David accedió a regañadientes, sabedor de que dejar a tu madre en medio de una pista de baile equivalía a lanzar a un mar de tiburones un anzuelo armado con el mejor solomillo sangriento del mercado. Tras el baile, Antonia le pidió a Soledad que la acompañara a unos urinarios de madera que habían construido para la ocasión detrás del entoldado, cerca de una antigua vía de tren inutilizada. Solo entonces David reparó en que dos jóvenes corpulentos, ataviados con americanas a pesar del calor de la noche, se habían acercado a Antonia y a Soledad. De lejos pudo ver como en un momento determinado tu madre se deshizo del brazo de uno de ellos, que intentaba atraerla hacia él. Poco después de que las dos chicas se marcharan hacia el urinario, aquel par de mastodontes las siguieron. David se impacientó. Con el gesto desencajado, reclamó la presencia de sus amigos con la mano. Cuando les detalló el motivo de su preocupación, decidieron acercarse hasta los baños. A menudo es nuestra parte intuitiva la que impone la velocidad de nuestros actos. A pesar de llevar con ellos el carro de un bebé, atravesaron el gentío, la alfombra de confeti y se plantaron en un instante allí. Me dijo Mateu que lo primero que hizo tu padre al ver la escena fue apartar el carro en el que descansabas unos metros y seguidamente extraer de la tobillera una porra casera sujetada por una goma. El gesto fue imitado por sus tres amigos. Todo ello lo hicieron con el máximo sigilo, sabiendo que en el factor sorpresa radicaba la posibilidad de éxito. Y digo yo que no sería difícil que cuatro jóvenes de sangre caliente acordaran en ese momento, y sin abrir la boca, un ataque sincronizado. Y más cuando descubrieron el cuerpo inconsciente de Antonia en el suelo, medio desnuda y con una brecha en la cabeza, y que uno de los mastodontes sujetaba del pelo a Soledad por detrás mientras el otro, con los pantalones bajados, le arrancaba la ropa y la manoseaba con desesperación.

La pausa de Victoria terminó alterando a Nil.

—¿Qué le hicieron a mi madre?

—No pudieron hacerle nada más, hijo. Los golpes de porra cayeron sobre los agresores con extrema violencia. La cabeza de uno de esos bichos impactó contra el riel oxidado de una vía que descansaba en una traviesa podrida, abandonada y cubierta de hierba. Se llamaba Alfredo Valiente y perdió la vida a los veintisiete años. Fue Soledad la que detuvo a David y a Blas mientras pateaban el cráneo del otro bestia. Mateu se percató de que de su americana sobresalía una sobaquera. Llevaba un arma de fuego. Se la quitó y le apuntó a los testículos. A pesar de los ruegos de Soledad, no hubo nada que hacer. Mateu disparó sobre aquella parte del cuerpo que el mal bicho no había sabido controlar. Todos los demás, excepto Gustavo, que abrumado por la situación se echó atrás y se ocupó de que a ti no te sucediera nada, continuaron propinándole patadas a aquel cuerpo desfallecido que perdía sangre entre las piernas. Es de suponer que Víctor Valiente, aun herido de gravedad, llegara a escuchar la voz de mi hijo Blas pronunciando el nombre de tu padre y planeando cómo salir de allí. Una voz que quedó grabada a fuego en su cerebro y que años después reconoció en un programa de radio. O al menos eso fue lo que dedujo Mateu poco antes de que también fueran a por él. En el *Soli* del día después publicaron que dos guardias de asalto habían sido brutalmente atacados por cuatro delincuentes. Fruto de aquel brutal ataque uno de ellos había perdido la vida, el otro un riñón y la posibilidad de tener descendencia.

—¿Guardia de asalto? —preguntó Leo sorprendido ante aquella parte de la historia que no conocía o tal vez no recordaba.

—No me hagas caso en las fechas —advirtió Victoria—, pero creo que en 1940 a los integrantes de la guardia de asalto que superaban ciertos expedientes de depuración les permitían integrarse en la Policía Armada.

—Entonces, ¿Valiente fue republicano? ¿Como mi padre? —preguntó Nil con una mueca de incomprensión.

Victoria esbozó una sonrisa efímera y negó con la cabeza.

—No, hijo, Valiente solo tiene una bandera y esa es la del mal. Planeó su venganza desde el día que abandonó el hospital después de recibir su merecido, pero la guerra detuvo sus intenciones. Un día mi hijo se fue a trabajar, feliz de poder dedicarse a lo que más amaba, pero nunca más lo volví a ver.

Victoria hizo una pausa, se dejó coger la mano por Leo y continuó:

—Lo encontraron al día siguiente cerca del Campo de la Bota con dos balas en la cabeza y el rostro desfigurado.

Victoria se secó unas lágrimas en silencio y sin perder la compostura.

—¿Qué les pasó a los otros? —inquirió Nil.

—Tres cuartos de lo mismo, hijo. Detenciones de madrugada, desapariciones y alguien que los encuentra días después con un tiro en la sien en alguna lúgubre calle o en cualquier descampado de la ciudad —respondió Victoria visiblemente cansada tras el esfuerzo de su narración—. Cuando unos gitanillos encontraron el cuerpo de Mateu lo estaban devorando unos perros abandonados.

Leo y Victoria leyeron en los ojos espantados del muchacho lo que estaba pensando. Valiente había aniquilado a todos los jóvenes que aquella noche de verbena le habían dado su merecido, a todos menos a David Roig.

—Que no lo encuentre jamás —volvió a hablar Victoria— o lo matará. Es un mal bicho que está enfermo de odio, y quien sufre ese mal no se cura.

Fuera empezaba a oscurecer y Victoria pidió al librero que corriera el visillo y encendiera la luz de la habitación.

—¿Puedo ver el retrato de mi hijo?

La pregunta pilló por sorpresa al chico, pero no se lo pensó. Se sentía en deuda con aquella mujer de voz apocada. Metió la mano dentro del pantalón para buscarlo. No pudo evitar sonrojarse. Tras el movimiento de rastreo, su única mano extrajo el cromo de Blas Vaccaro. Antes de entregárselo trató de limpiarlo sobre su propia pierna.

—No te preocupes, chico, a las puertas de la muerte una ya no tiene reparos.

Nil le tendió el cromo algo avergonzado, y en cuanto la mujer vio el dibujo sus ojos se dilataron. Pasados unos segundos preguntó:

—¿Montjuic?

Los dos invitados se encogieron de hombros y no supieron qué responder. La mujer acarició con un dedo aquella imagen de un tiempo perdido, cerró los ojos y besó sin parar la estampa de aquel hijo que le había sido arrebatado. Durante un instante Nil creyó que la mujer no iba a devolverle el cromo pero estaba equivocado.

—Es el cementerio de Montjuic —continuó Victoria—, donde descansa mi hijo y muy pronto también lo haré yo. No sé si eso tiene alguna importancia para vosotros y ese asunto que os lleváis entre manos.

Nil y Leo se buscaron con la mirada. Tal vez el

cementerio, como acababa de decir Victoria, y no el mote por el que lo conocían, formaba parte de aquel mensaje cifrado que el francés asesinado quería transmitir a su padre el día que se acercó con el misterioso cromo hasta su portal. Nil caviló sin decir nada, intentando atar cabos.

—El día que se muera Valiente llevadme flores a la tumba.

—No digas esas cosas, mujer —pidió la voz metálica de Leo.

Al intuir que había llegado la hora de despedirse, Nil hizo el ademán de marcharse para dejarlos a solas. Fue Victoria la que se adelantó a las intenciones del muchacho.

—Espera, chico, que Leo también se marcha contigo.

A Leo ese comentario lo sorprendió tanto que no supo cómo interpretarlo.

—No hay felicidad que no tenga su pero —sentenció Victoria.

—¿De qué libro lo has sacado? —preguntó Leo mientras señalaba hacia la mesita de noche.

—De uno de Galdós, que como no hizo películas no forma parte de esa lista de genios que tienes en la cabeza. Anda, vete con el muchacho, que los buenos amantes jamás se despiden, ¿o es que aún no lo sabes, Leo?

El librero se inclinó hacia ella y la besó en los labios con intensidad, humedeciendo el demacrado rostro de la mujer de su vida con sus propias lágrimas.

De camino a sus respectivas casas, a Nil le corroía por dentro una duda.

—¿Por qué no me lo contó usted antes?

Leo continuó caminando con la mirada puesta en un horizonte que solo él podía atisbar. Cuando Nil creyó que no iba a responderle, la voz metálica del librero se hizo escuchar.

—Victoria siempre ha tenido una memoria prodigiosa y ningún pelo en la lengua. Todo lo contrario a mí, chico, que solo recuerdo películas y actores y nunca sé qué cosas se pueden contar y cuáles no.

—Me ha parecido una gran mujer.

Leo asintió sin dejar de sollozar. A la altura de la calle Viladomat separaron sus caminos sin decirse nada más. El librero andaba absorto en sus pensamientos y no había dejado de llorar desde que habían salido de casa de Victoria. El muchacho se detuvo y vio en su amigo la silueta de un hombre hundido que debía empezar a afrontar una nueva pérdida. Nil recordó con añoranza las palabras que Bernardo solía decirle a algún parroquiano del Braulio cuando el proyeccionista llevaba más de dos carajillos encima:

—Cuando estés preparado para enterrar a los tuyos, entonces lo estarás para envejecer.

Al bueno de Leo le esperaban una retahíla de noches de insomnio y soledad, y conociéndolo como ya lo conocía, de muchas películas.

15

La vida de David Roig dependía de un milagro. Soledad despertó de madrugada con esa certeza que no dejaba de martirizarla. Sabía que disponía de pocas horas para evitar que su marido fuera fusilado por Valiente y los suyos, y sin embargo se sentía incapaz de hallar una salida. Acurrucada en una de las sillas del comedor y arropada por una chaqueta de lana que ella misma había confeccionado un año atrás, contempló el fragmento de amanecer que se escenificaba a través de la ventana. Se preguntaba si aquel mismo albor, en ese preciso instante, sería el que avistaba su marido desde algún rincón de su celda. David estaba cansado de huir y ella de esperar. Desde el día en que él había decidido luchar por la causa, Soledad supo que el riesgo a que se lo devolvieran muerto era muy alto. Y aunque la pena y la esperanza van de la mano, solo la primera termina anidando en el corazón de quien la sufre.

Le esperaba un día largo y doloroso. Romagosa había dejado escrito que lo enterraran en la más estricta soledad, «solo mi cuerpo sin vida y el enterrador, al que no tendré el placer de conocer. Sin misas ni mandangas, como un buen ateo, que por no creer no creo ni que esta nota sirva para algo». Fue don Aurelio Monteagudo y Barquero, ilustre miembro del Colegio de Notarios de Barcelona, con notaría en el paseo de Gracia, quien había requerido la presencia de Soledad el día anterior a fin de evitar que se llevaran a cabo actos fúnebres que el causante, según propia voluntad manifestada por escrito, detestaba. Soledad aceptó a regañadientes las últimas voluntades de Romagosa, y de no ser porque el notario le mostró la carta y reconoció sin ningún género de dudas la letra del carpintero, hubiera acompañado al difunto hasta la mismísima tumba por mucha palabrería que utilizara aquel tipo adiposo de hombros caídos, bigote amarillo por la nicotina y mirada lasciva. Una vez superado el trance, don Aurelio, aturdido frente a una montaña de documentos, dictó a su ayudante una diligencia que la propia Soledad escuchó y que rezaba así: «A tenor de que en Barcelona a la gente le ha dado por morirse en fiestas de guardar y ante la incapacidad material de dar puntual y oportuna salida a todos los asuntos en tiempo y forma, emplazo a doña Soledad Riera París, como heredera única del testamento cerrado y ológrafo de don Juan Romagosa Clavé, a que comparezca en el día de mañana en estas dependencias a las nueve horas y así pueda conocer las últimas voluntades del causante», que en paz descanse. Esto último no se incluyó por exigencia de un don Aurelio que no le quitaba ojo de encima a Soledad.

Poco antes de salir a la calle, Soledad se había asomado a la habitación de su hijo para asegurarse de que este durmiera apaciblemente. Se preguntó cuándo y cómo iba a contarle todo lo que estaba sucediendo. Durante aquellos años el muchacho había transformado la ausencia de su padre en una presencia obsesiva y con el tiempo dañina. No pasaba una semana sin que hiciera alguna mención o comentario relativo a David. No quería ni siquiera imaginar lo que un desenlace fatídico provocaría en Nil. La ausencia de un padre huido, por dolorosa y destructiva que pudiera resultar, no alcanzaba las cotas de la de un padre fallecido. Le preparó sobre la mesa un vaso de leche y un *brioche* algo seco que la pastelera del barrio le había dejado a mitad de precio y le dejó una nota escrita en la que le decía que estaría ocupada arreglando los papeles de Romagosa.

Durante aquellos años el despotismo era el rasgo más común en los hombres que ostentaban algún tipo de cargo oficial. Puntual a su cita, Soledad tuvo que esperar una hora y media a que don Aurelio hiciera acto de presencia en la notaría. Dedicó gran parte de ese tiempo a contemplar la fachada de la Casa Milá. Desde el gran ventanal que coronaba la sala de espera de la notaría Monteagudo, el edificio ingeniado por Gaudí desprendía un magnetismo único e incomparable. Un canto a la naturaleza aprovechando el capricho de un matrimonio burgués que había decidido fijar su residencia en aquella avenida repleta de edificios emblemáticos, cines, teatros y tiendas exclusivas.

—Es una roca modelada por una ola invisible —dijo don Aurelio al irrumpir en la sala detrás de Soledad, que seguía hipnotizada ante aquella obra de arte convertida en hogar y oficinas.

—¿Cuántas chimeneas tiene en el tejado?

—Más de treinta, y se comenta que si alguien pasa a solas una noche junto a ellas, la madre naturaleza le desvelará secretos que harán de su vida un cuento de hadas.

Soledad se volvió y miró al notario con gesto de incredulidad.

—¿Está preparada para empezar una nueva vida?

A Soledad la pregunta le sorprendió incluso más que la leyenda sobre las chimeneas de Gaudí.

—Acompáñeme —exigió don Aurelio.

Recorrieron un largo y amplio corredor decorado con cuadros y con fotografías antiguas de la ciudad. Accedieron a lo que parecía el despacho principal y Soledad tomó asiento frente al notario. Los separaba una mesa ampulosa, invadida por expedientes y construida con maderas nobles que el propio Romagosa hubiera admirado durante horas.

—Dígame una cosa... —dijo el notario.

Tenía las manos cruzadas sobre su voluminosa barriga. Los lentes le resbalaban por la nariz, y por encima de ellos persistía esa mirada lujuriosa que alternaba los labios de la mujer que tenía enfrente con el contorno que dibujaban sus pechos.

—... ¿Qué clase de relación tenían usted y Romagosa? Lo digo porque no se nombra heredera única a una empleada así como así. Además de dar fe, también suelo ser una tumba para los secretos de mis clientes —añadió guiñándole con torpeza uno de sus ojos.

Soledad se agitó en la silla, incómoda ante esa actitud acosadora que los tipos con poder no dudaban en practicar. Le asqueaba todo de aquel tipo, su presencia, el modo en el que la miraba, las suspicacias que su mente enferma había creado, la sensación de que su posición privilegiada le permitía indagar en la intimidad de una mujer por el simple hecho de ser mujer. Estaba segura de que los tipos como don Aurelio o el propio Valiente eran fruto de una sociedad enferma incapaz de ver a la mujer como a un ser igual a ellos. Soñaba con que algún día sus nietas pudieran vivir sin que el ser mujer supusiera una causa de discriminación y se sintieran libres de vestir, hablar y actuar como les diera la gana sin consecuencias y, sobre todo, sin miedos.

—No creo que sea de su incumbencia el tipo de relación que manteníamos el señor Romagosa y una servidora —respondió con displicencia—. Si no le importa, le agradecería que fuera al grano, llevo más de una hora esperando y hoy tengo un día muy complicado.

La fotografía enmarcada de Franco tras el rostro sonrojado y tenso de don Aurelio advirtió a Soledad de que tuviera cuidado a la hora de proferir según qué tipo de ideas. Algo le decía que aquel impresentable era de los que con una sola llamada a Jefatura le podía arruinar la vida mucho más de lo que ya la tenía.

Don Aurelio carraspeó y se colocó los lentes de manera que le permitieran leer en voz alta el testamento ológrafo de Joan Romagosa. Sus últimas voluntades habían sido recogidas en apenas medio folio. Desde ese mismo momento Soledad Riera París se convertía en la propietaria de la carpintería Romagosa, sita en el número 12 de la calle Tapiolas.

—Le recomiendo que acepte la herencia a beneficio de inventario —dijo don Aurelio, que ante el gesto de incomprensión de su cliente procedió a aclarar aquella expresión—. Quiero decir que la acepte de manera que no deba responder con sus propios bienes de las deudas de Romagosa, sino que solo pagará las mismas con el dinero o bienes que haya obtenido con la herencia.

—¿Hay muchas deudas?

—Diez meses del alquiler del piso, nada más.

—¿Y dinero?

—Me temo que la cuenta bancaria de Romagosa está más pelada que la cabeza de nuestro Caudillo. Sin embargo, poco antes de que Romagosa y Eugenio Pascual fallecieran, este último a consecuencia de un desgraciado accidente, ambos acudieron a mí. Dónde me habrán dejado... —Hablaba para sí mismo al tiempo que removía el sinfín de papeles que cubrían la mesa—. ¡Conchita! —gritó encolerizado.

Al segundo, una mujer que rondaba los treinta años, poco agraciada, enjuta y consumida por los nervios de soportar a un tipo como el notario, entró en el despacho cabizbaja y servicial.

—¿Dónde tenemos el contrato entre Romagosa y Pascual?

Conchita se acercó a la mesa y puso orden a aquel galimatías documental. Al cabo le entregó un portafolios al notario y esperó de pie en actitud reverente.

—¿Y ahora qué estás esperando? —le preguntó don Aurelio a la mujer con desprecio—. Anda, pon al día el archivo y no me molestes más. Hay que conservar mi mesa ordenada y tener la cabeza en lo que hacemos, ¿estamos? Y si no puedes compaginar la familia y el trabajo ya sabes dónde está tu sitio. Cocina, marido y niños. Hala, a trabajar.

Cuando Conchita abandonó humillada el despacho, don Aurelio continuó con su diatriba.

—Quién me mandaría a mí contratar a una mujer si además he de esconderla para que no me asuste a los clientes. —Don Aurelio inclinó el cuerpo hacia delante todo lo que su barriga le permitió y de nuevo endulzó su áspera voz—. Si al menos fuera como usted, con su presencia.

Soledad se mostró imperturbable, ni un gesto que denotara el odio que crecía en su fuero interno hacia ese ser despreciable.

—Pero no creo que le interese trabajar para mí después de que le lea esto —avanzó mientras sostenía con una mano el portafolios que Conchita acababa de entregarle.

—No me gustan las sorpresas —dijo Soledad con su tono más indolente.

—Esta sí.

Y don Aurelio procedió a leer las cláusulas de ese contrato por el que Eugeni Pascual Perelló, mayor de edad y en plenas facultades mentales, hacía entrega a Joan Romagosa Clavé de la escritura del edificio conocido como cine Pascual, sito en el número 10 de la calle Lérida de Barcelona, a fin de saldar de ese modo la deuda contraída con la carpintería Romagosa por las costosas reformas llevadas a cabo en dicho negocio.

Soledad tardó un par de minutos en comprender el significado de todo aquello. Y fue entonces cuando viajó mentalmente a las discusiones que mantenía con Romagosa por las deudas pendientes de cobrar, por el modo en el que el carpintero protegía a quienes una vez habían sido sus amigos. De repente evocó un episodio concreto, ese en el que el viejo y decrépito Pascual le exigió con voz vencida «mantén mi sueño», poco antes de lanzarse bajo un tranvía. Aquellas últimas palabras, que en su día no tuvieron ningún sentido para ella, ahora le percutían la conciencia.

—No veo que se alegre —observó el notario con cierta indignación—. No todos los días se hereda una sala de cine.

—No tengo dinero. Me acabo de quedar sin trabajo. ¿Cómo se supone que voy a poder arrancar un negocio así?

Don Aurelio le dedicó una sonrisa y se levantó de la silla.

—Venda el local y toda la maquinaria de la carpintería, ponga un anuncio en *La Vanguardia*. Digo yo que una mujer como usted tendrá un hombre que la ayude —propuso el notario ante la mueca de fastidio de Soledad.

A continuación, con una prisa repentina nacida de la incomodidad, don Aurelio le abrió la puerta. La nueva propietaria del cine Pascual se apresuró en levantarse para abandonar aquel despacho que olía a rancio y a despotismo. Por otra parte, al notario nunca le habían gustado las mujeres ariscas y aquella podía ser la presidenta de todas ellas. Con lo simpático y comprensivo que era él con las damiselas desamparadas.

—Conchita le indicará los documentos que tiene que firmar —añadió don Aurelio—. Enhorabuena, Soledad, y siempre a su disposición, querida. Por cierto, el nombre de Pascual me parece infame para un cine.

16

Nil llamó desde la cama a su madre pero no obtuvo respuesta. Apartó los ojos de un sol naciente que atravesaba la ventana del comedor y leyó la nota con la mano a modo de visera. «Los papeles de Romagosa...», pronunció con displicencia. Qué importancia podía tener ya un negocio ruinoso dedicado a la carpintería que se acababa de quedar sin carpintero, se preguntó. Apartó el vaso de leche y el *brioche* de su vista. Tenía el vientre encogido. Se sentó en una de las sillas y clavó la mirada en los retratos de los familiares ausentes. La muerte de Romagosa y la irrupción de aquel asesino que amenazaba la vida de su padre habían transformado aquel hogar en el espacio común de dos extraños taciturnos. Necesitaba a su madre más que nunca, pero no era el mejor momento para incrementar su preocupación. Hoy era el día de la cita. Entregaría el dichoso cromo y le rogaría a ese hombre volver a ver la sonrisa de su padre, esta vez en persona.

Durante toda la mañana estuvo con la cabeza ausente. Debido a un ligero retraso en el transporte de una de las bobinas se llevó una fuerte reprimenda del encargado del cine Condal. Con la muerte de Romagosa, el único ingreso que entraba en casa, estraperlos aparte, era su mísero sueldo, así que se tragó el orgullo y encajó las dañinas palabras de aquel retaco amargado sin abrir la boca. Al terminar la jornada resolvió que el mejor modo de agotar las horas que faltaban para reencontrarse con aquel asesino sería pasear por la ciudad. Dejó las Ramblas atrás, con los quioscos invadidos por mirones de la prensa, al tiempo que se cruzó con una manada de marineros ávidos de vino y de mujeres. Esquivó la estatua de Colón y se detuvo frente a la escalinata del muelle de Atarazanas. La tarde empezaba a teñirse de sangre y un viento de levante conducía las nubes hacia el castillo de Montjuic. Las últimas golondrinas del día amarraban en los noráis tras haber visitado el rompeolas. Los golpes del último sol sobre las aguas del puerto animaban a que los barceloneses siguieran soñando. Después de pasar una hora en ese lugar, Nil recordó la historia que una vez le había contado su padre acerca de ese negocio marítimo exportado por un cubano de la bahía de Matanzas. Bautizó a esas embarcaciones con el nombre de *golondrina* rememorando aquella ave típica de su país que aunque se adentraba en el mar siempre regresaba a tierra firme. Bajo la luz creciente de las farolas, ahora reflejada en las turbias aguas de la dársena, el muchacho se convenció de que su padre era una de esas gaviotas que más pronto que tarde terminaría regresando al hogar. Sin embargo, algo en su interior le decía que entregar el cromo a ese crápula no era lo más correcto. El mensaje cifrado que escondía el dibujo de Blas Vaccaro tenía un solo destinatario capaz de interpretarlo y ese no era otro que su padre. Temía equivocarse, poner en manos del diablo lo que había preservado durante esos años, pero las consecuencias de no hacerlo lo horrorizaban.

Llegó al cine América puntual, pero allí no lo esperaba nadie. El muchacho comprobó que no habían cambiado la cartelera y seguían proyectando la comedia de los hermanos Marx. Aquella experiencia acabaría siendo tan traumática que a pesar de los esfuerzos que realizaría años después, Nil jamás pudo volver a reírse con ellos. El mostacho de Groucho Marx siempre le recordaría los hechos que estaban a punto de acontecer. Un silbido fue lo que lo puso en alerta. Barrió con la mirada los alrededores y vislumbró una silueta apoyada a la esquina de la calle Concordia, poco iluminada a esas horas y apenas transitada. Si el tipo quería el cromo tendría que acercarse él, pensó un Nil precavido, que lejos de admirar a los valientes sin cabeza prefería ser un cobarde previsor. La figura de Otto Koppke no tardó en emerger de la bruma que invadía el Paralelo. Nil distinguió aquel caminar pausado de hombre acostumbrado a saborear todos los actos que lleva a cabo. Cuando lo tuvo a menos de un metro el alemán le exigió con la mano que se acercara hacia él, lejos de la mirada de la taquillera, absorta en el programa de radio que escuchaba. Koppke se detuvo, y al encenderse un cigarro, el resplandor del mechero dejó ver una mirada tensa, asediada por la preocupación.

—¿Le has hablado de este encuentro a alguien, muchacho?

Nil negó enérgicamente con la cabeza. En anteriores ocasiones la voz de aquel tipo le había parecido resuelta, carente de la rigidez de ese momento. El alemán se volvió varias veces con gran nerviosismo.

—¿Me has traído lo que me pertenece?

El chico asintió y mantuvo la mano en el bolsillo del pantalón, no quería desvelar el tembleque que se había apoderado de él. Koppke no dejaba de mirar a un lado y a otro. Fueron tantas las veces en tan corto espacio de tiempo que el propio Nil, atendiendo a su instinto arácnido, se planteó huir sin saber muy bien por qué. La noche era fría y las pocas personas que merodeaban por las calles caminaban a paso rápido.

—¿A qué estás esperando? —preguntó Otto con esa arrogancia con la que había intimidado a tantas personas en un pasado no muy lejano.

—Me gustaría pedirle algo —anunció el chico con voz trémula y sin brío, con la cabeza gacha y la mirada sumisa.

Lo primero que Nil escuchó fue el rugido cercano del motor de un coche. Y a partir de ese momento todo sucedió en apenas dos segundos. Una ensalada de tiros acertó sobre el pecho y la cabeza del alemán, que aunque en un principio parecía que se resistía a caer, finalmente lo hizo de espaldas, con los brazos abiertos en cruz y dibujando una mueca de sorpresa definitiva. Al muchacho, con el rostro manchado de sangre ajena, no le respondieron las piernas. Le pareció que todo se había hecho silencio, y aun así, con la mente abstraída, tratando de asimilar lo que acababa de ocurrir, le dio tiempo a cruzar su mirada con la del tipo que todavía sujetaba una ametralladora en el interior del vehículo. A los ojos del muchacho, el hombre que acababa de ejecutar a Otto Koppke era el francés que había muerto dos años atrás en su portal. El mismo que le había entregado el cromo que su único puño ahora estrujaba en el bolsillo del pantalón. Los gritos de desesperación de la taquillera del América atrajeron a los primeros curiosos, que se acercaron con cautela al ver un cuerpo sin vida sobre un charco de sangre. Cuando repararon en el joven tullido que sollozaba desconsolado a escasos metros del cadáver algunos de ellos se acercaron hasta él. Un vecino lo arropó con una manta y lo invitó a que esperara a la policía en el interior de un bar cercano. Media hora después, frente a una humeante taza de tila, Nil hacía oídos sordos a las atropelladas interpelaciones de un joven policía. El muchacho solo tenía una pregunta en su cabeza pendiente de responder: ¿Qué sería ahora de su padre?

17

Soledad abandonó la notaría aturdida y se subió al primer tranvía que la acercó hasta las inmediaciones del Paralelo. Durante el trayecto intentó poner orden a todas las emociones que el testamento de Romagosa le había provocado. Una sonrisa se le dibujó en la cara cuando imaginó cómo recibiría Nil la noticia. Eran los nuevos propietarios de una sala de cine. Superada la angustia inicial ante aquel giro inesperado, creyó a pies juntillas que ya se les ocurriría el modo de volver a poner en funcionamiento lo que Eugeni Pascual, castigado por la mala vida de su hijo, no pudo ni supo llevar a buen puerto. Posiblemente había sido su insistencia a Leo la que había provocado que Pascual terminara entregando la sala, consideró Soledad con la cabeza apoyada contra la ventana del tranvía, ajena a la cercanía de un tipo que aprovechaba cualquier curva para acercarse más a ella. Desconocía cuánto podía llegar a facturar una sala de cine de barrio en Barcelona pero estaba segura de que en ese momento se encontraba en condiciones de poder negociar con Valiente. ¿Y si le concedía un importante tanto por ciento del negocio? ¿Enterraría de ese modo el odio cerval que aquel tipo les tenía? ¿Salvaría definitivamente a David? Descendió del tranvía con aquella idea rondándole en la cabeza. Subió los peldaños de la escalera de tres en tres y abrió la puerta del piso con el corazón desbocado y unas enormes ganas de abrazar a Nil. Pero en casa no había nadie, la leche y el *brioche* de la mañana estaban intactos. Aunque tuvo un arrebato de preocupación por su hijo, se obligó a aplazar esa conocida intranquilidad inherente a ser madre a sabiendas de que lo único malo que le estaba sucediendo a Nil eran las horas de trabajo que acumulaba desde que Romagosa había cerrado la carpintería. Lanzó una mirada de esperanza a la fotografía enmarcada de David y tomó aire. Si algo no podía perder era tiempo. Se bebió con rapidez el vaso de leche, cogió el *brioche* y salió a la calle.

Poco antes de cruzar la puerta de acceso del penal recordó que aquel día no tenía permiso para realizar visitas, pero las últimas palabras de Valiente, claras y concisas, erradicaron cualquier duda. En esa ocasión Soledad preguntó por el inspector en lugar de hacerlo directamente por su marido. Con la ropa andrajosa y el pelo sin arreglar había conseguido sepultar algo de su belleza, y el joven guardia apenas reparó en ella. Al igual que en su última visita, aquella tarde también tuvo que seguir los pasos de un taciturno centinela que atravesó un gélido túnel de piedra, pero esta vez el destino final fue la propia celda de David. Aislada de las del resto de los presos, aquella cueva estaba destinada a los casos perdidos que el director de la prisión tuviera a bien considerar como tales. Ninguno de los inquilinos anteriores había logrado salir con vida de aquella fortaleza dentro de la fortaleza convertida en un infierno. Soledad tuvo la sensación de encontrarse en pleno corazón de la montaña, en una suerte de nicho grande donde predominaba el olor a orines, a sangre y a muerte. El centinela la dejó a solas en aquel angosto y sombrío corredor de arena cuyas paredes de roca terminaban justamente ahí. La única luz del lugar provenía de un par de antorchas que colgaban de un saliente. Se asomó al pequeño agujero de la puerta de hierro que tenía enfrente y pudo ver a David descansando de cara a la pared, tumbado en el suelo y cubierto por una frazada cochambrosa y maloliente cuyo hedor la llegó a alcanzar. A pesar de que gritó su nombre, David no se inmutó. La voz de Víctor Valiente, grave y contundente, irrumpió a la espalda de Soledad.

—Buena chica, Soledad, gracias por venir. Hoy el día nos depara muchas sorpresas.

—¿Cuánto dinero quiere? —preguntó Soledad con voz trémula, sin remilgos.

Valiente se acercó a ella y le estiró con fuerza del pelo recogido. No cesó hasta lograr que la mujer doblara las piernas y terminara arrodillada.

—Así que después de tantos años has decidido comprarme —afirmó Valiente, y su voz resonó de tal manera que a Soledad le pareció escucharla dos veces—. Vamos a ver, déjame pensar.

Valiente deslizó la bragueta del pantalón y tras ello los calzoncillos. Se sujetó su flácido pene deformado por las heridas de bala y lo restregó por la cara de Soledad.

—¿Cuánto vale quedarse lisiado de por vida? ¿Y perder a un hermano? Dime, zorra, ¿cuánto vale?

Soledad empezó a sollozar al percatarse de que se había equivocado de estrategia, ya que no había nada que hacer con aquel animal herido en su orgullo. Y aun así aprovechó el momento en el que el inspector tenía las manos ocupadas en acomodar el miembro maltrecho para levantarse y encararse con él.

—¿Cuánto vale que intenten violarte, que te humillen y que maten a tu hija de tres años y a tu mejor amiga? Nos dejó abandonadas en pleno bombardeo como si fuéramos animales —gritó Soledad sin miedo, sintiendo que ya estaba todo perdido—. Las dejó morir.

Valiente le respondió con un par de guantazos.

—Desnúdate ahora mismo o el manco de tu hijo hoy se queda sin padres.

El llanto apenas le permitía obedecer. Valiente interpretó la nula reacción de la mujer como otro acto de desobediencia. La volvió a golpear hasta hacerla caer de nuevo al suelo arenoso, putrefacto y teñido por la sangre seca de otros. Esta vez Soledad obedeció y se deshizo de todas las prendas que llevaba. Valiente sonrió al contemplar aquel cuerpo escuálido y tembloroso que todavía le era apetecible. La manoseó todo lo que quiso, y cuando se cansó, sabiéndose impotente para poder ir más lejos, abrió la celda y la empujó de una patada. Soledad, abrazada a sí misma y sintiendo un frío punzante, se acercó recelosa hasta David. No escuchaba su respiración y, conforme se arrimaba, más insoportable le resultaba aquella fetidez que provenía del cuerpo de su marido. Solo entonces Valiente carcajeó durante todo el tiempo que le llevó a Soledad descubrir que David estaba muerto. El grito de Soledad fue tan desgarrador que fulminaron las ganas de reír del inspector. Y a ese grito le siguió otro. Y otro más. Vencida por los acontecimientos, solo le quedaron fuerzas para llorar.

—David sí que tenía dinero y no tú, muerta de hambre. Pero el rojo hijo de puta no quiso decirme dónde lo guardaba —lamentó Valiente, apoyado en el quicio del portón, al tiempo que se encendía un cigarrillo.

Soledad se volvió sujetando con las manos la cabeza inerte de David. Arrodillada en el suelo, su respiración era cada vez más acelerada, y en esa imagen se recreaba el inspector.

—¿Recuerdas a Bernier, el francés que murió en tu escalera? —preguntó el inspector sin pretender que le respondiera—. Únicamente él y David sabían dónde está la fortuna que esconden los maquis. Pero ya ves, no he tenido paciencia.

—Algún día lo pagará, inspector —dijo Soledad entre sollozos, para terminar escupiendo en el suelo.

—Dicen de ti los guardias de este hotel que con tu presencia reanimas a un muerto. Venga, te doy cuatro horas para que lo intentes.

En lugar de esperar una réplica, el inspector consultó el reloj y pensó que era momento de tomarse un coñac en el despacho del director de la prisión. Cerró el portón de hierro y se aseguró de que el centinela no la dejara salir hasta el siguiente cambio de guardia.

El suceso había llamado la atención de todo el barrio. Al día siguiente, en los corrillos del Poble-Sec, sería a todas luces la comidilla por excelencia. «El hijo de la Soledad lo vio todo», «el chaval ha vuelto a nacer», «algo tendrá que ver porque, según la taquillera, poco antes de escuchar los tiros los vio hablando juntos», «ya te dije yo que esa familia no es trigo limpio». Nil sintió que esta vez debería contárselo todo a su madre antes de que se enterara por otras bocas. Iba el muchacho calibrando cómo lo explicaría cuando se topó en el portal con un achispado Quim.

—Estás blanco como la leche —dijo el limpiabotas—. Ni que hubieras visto a un fiambre.

El muchacho ni siquiera respondió, pasó por su lado y se dirigió hacia las escaleras.

—Serás *ganàpia* —exclamó Quim dando un brinco y poniéndose a la altura de Nil—. Que sepas que el Pantera ya ha hecho lo que tenía que hacer, ¿me oyes?

Nil asintió de manera mecánica.

—Ya le puedes decir a Lolita que el hijo del guripa se ha acojonado y no la va a molestar más, te lo aseguro. ¿Me oyes o no? ¿Pero a ti qué te pasa hoy?

Nil apoyó la mano en el hombro de Quim, le dio una floja palmada en la espalda a modo de agradecimiento y, sin mediar palabra, entró a su casa. Abatido y dispuesto a enfrentarse a su madre, lo que vio le sacudió el corazón. Los cajones del armario de la cocina se amontonaban en el suelo, el colchón de la cama asomaba por la puerta de la habitación, rasgado y dejando un rastro de espuma por toda la casa. Sobre las baldosas del comedor, viejas fotografías esparcidas, dibujos infantiles de Nil hechos trizas, las sillas volcadas y restos de cristal esparcidos como si hubiera habido una explosión. Y Soledad en un rincón, desconsolada y trémula, con la mirada extraviada y el gesto desencajado, sosteniendo con una mano el retrato de David y con la otra un cuchillo que dejó caer al suelo en cuanto vio asomar a su hijo. La pregunta le quemaba los labios.

—¿Dónde está? —le preguntó a Nil con una voz ajena y abatida.

El muchacho no sabía qué responder.

—¿Dónde está, Nil?

El grito fue tal que las luces de algunos balcones de la calle se encendieron a pesar de ser más de medianoche.

—¿Qué es lo que te dio el maldito francés?

A Nil le fue imposible responder. Su cabeza trataba de saber qué había ocurrido para que su madre se hubiera transformado en un ser poseído por el mal. La ropa rasgada, el pelo hecho un ovillo, su piel manchada de sangre oscura y un hedor impropio de ella. El modo en que se acurrucaba con la fotografía de David en su pecho, la rabia con la que había pulverizado aquel intento de hogar. Y aquellas interrumpidas y definitivas palabras que apenas logró pronunciar:

—Tu padre...

El muchacho no precisó de más datos para llegar al único motivo por el que su madre era capaz de perder la cabeza de aquel modo. Al tratar de acercarse a ella, un nuevo gritó lo paralizó:

—¡Vete! —exigió Soledad entre sollozos, con la pena oprimiéndole el corazón—. Dejadme sola.

Nil obedeció con la cabeza gacha y, al abandonar el piso, con la puerta entreabierta, descubrió a Bonifaci Fuster en pijama y con el rostro demudado. Al doctor le llevó algo más de tiempo descubrir qué había ocurrido. Quiso preguntar al chico pero este lo esquivó con habilidad y bajó los escalones como si lo persiguiera el mismísimo demonio.

Minutos después, Leo recibió a Nil en La Gran Mentira sosteniendo en los brazos a Nineta y con el ceño fruncido. El modo en el que el muchacho había aporreado la puerta había conseguido irritar al librero. La tristeza que lo acompañaba aquellos días se esfumó ante la desesperación que mostraba el muchacho. Incluso la gata, molesta ante aquella visita inopinada, abandonó los brazos de su amo y de un salto se situó al lado de la estantería principal. El librero aprovechó el momento para cubrirse la garganta con uno de sus pañuelos.

—Me pillas aquí de milagro —dijo Leo mientras trataba de anudarse la prenda estampada—. Me ha dado por ordenar la tienda y ya ves, me han dado las tantas.

Nil caminó hacia la estantería ignorando la explicación de Leo, se acercó hasta el lugar en el que estaban las revistas *Cinelandia* y extrajo la que mostraba en su portada el dibujo de Claudette Colbert. A Leo le molestó que el joven actuara de aquel modo, ignorándolo y faltándole al respeto con ello, así que lo atenazó por su único brazo antes de que bajara la palanca que activaba el mecanismo y, mirándolo a los ojos, le preguntó:

—¿Qué te ha pasado, hijo?

A Nil aquel gesto cercano lo devolvió al presente. El tacto de Leo actuó como un cubo de agua fría.

—Necesito escuchar la voz de mi padre —respondió el muchacho con un hilo de voz.

Solo entonces Leo lo comprendió todo. Unos minutos después, mientras Nil dejaba caer su cuerpo molido sobre la butaca que tenía asignada, el librero preparaba la bobina de una vieja película atestada de voces muertas. Al muchacho se le empañó la mirada bajo la luz que el proyector emanaba. Era la primera vez que escuchaba la voz de su padre con la esperanza del reencuentro aniquilada. Y esa certeza lo sumió en el más profundo de los desconsuelos. Leo abandonó la sala sin decir nada, dejando que su joven amigo se enfrentara a una pena que con el paso del tiempo remitiría pero que había llegado para quedarse.

Tercera parte

1949

I

La galería Augusta era de las pocas que se había alejado del eje principal del comercio del arte, ubicado en su mayoría en el centro de la ciudad. Para gran parte de los habitantes de Barcelona la avenida del Generalísimo quedaba en las afueras, pero gracias a la publicidad vertida en cuñas de radio y prensa escrita, la Augusta lograba que la afluencia de clientes fuera notable. Fundada en 1940, la galería era una de las principales promotoras de exposiciones de cuadros de artistas incipientes, conferencias y tertulias. Aquel mes de septiembre, Gertrude Fresser, convertida en uno de los principales reclamos del sector y a quien la viudez le había sentado de maravilla, asistió a la exposición de un joven pintor que, como el resto de su generación, insistía en situar su mirada en el amor a la patria que tanto propugnaba el Régimen. En los bajos de la galería, su propietario, Antonio Sellarés, había construido una sala acogedora con vigas de madera y paredes blancas con chimenea y cómodos sillones donde ofrecía un cóctel a los invitados. Al término de la exposición, comentada por el propio artista, Gertrude deambulaba por aquella sala reservada para eruditos coleccionistas como Dalmau, Rodón, Uriach o Joan Prats, el primero en coleccionar las obras de Joan Miró, y para aquellos otros que habían hecho dinero rápido con el estraperlo. Esta segunda clase de coleccionista era la que le interesaba especialmente a la alemana, nuevos ricos obsesionados en adquirir con esas compras cierta condición social sin importarles un pimiento el impulso del arte en la ciudad. Sonaba música de jazz, una joven camarera servía cava y un surtido variado de canapés, las mujeres estrenaban vestidos y los maridos se recreaban, como ya iba siendo costumbre, en las curvas sugerentes de Gertrude. Decían las malas lenguas que desde la muerte de Otto Koppke no había vestido ni un solo día de negro, que frecuentaba las cafeterías más elegantes de la ciudad y que entre sus amantes se hallaba el propietario de un célebre hotel de Barcelona. Al poco de empezar aquella velada reservada para privilegiados, un apagón dejó a oscuras momentáneamente la sala. Gracias al equipo electrógeno con el que contaba la galería, la luz regresó en apenas un par de minutos, y con ella, en medio de la sala, también apareció el inspector Valiente. Lejos de la imagen de abandono que arrastraba dos años atrás, el dinero que obtenía de Gertrude lo había convertido en otra persona. Trajes a medida, zapatos italianos y una barba que pasaba por las manos de un profesional una vez por semana. Había perdido algunos quilos y mostraba una piel más cuidada, pero su presencia continuaba siendo inquietante. Y es que los ojos de un lobo no admiten maquillaje. Cuando Gertrude reparó en él, no tardó en apreciar alguna mirada desdeñosa hacia ese extraño que no encajaba en aquel surtido de almas sedientas de poder. La alemana se acercó al inspector con la mejor de sus sonrisas, se colgó de uno de sus brazos con un gesto afectuoso y se lo llevó hasta la puerta de salida.

—¿A qué viene esto? —preguntó Gertrude en la calle con la sonrisa ya evaporada—. No son estas las normas.

—Venga, no se me enfade —respondió el inspector condescendiente, repasándola de arriba abajo con una desvergonzada mirada que importunó a la alemana.

—Seré rápida —anunció Gertrude al tiempo que extraía una pitillera dorada del bolso diminuto que colgaba de su clavícula. Valiente se apresuró a darle lumbre—. Dispongo de un Goya recién aterrizado. Se trata de *El cojo de Remolinos*, pertenecía a un marchante judío.

—Como usted.

El comentario de Valiente provocó un prolongado suspiro de Gertrude, que aun así continuó con la exposición.

—Necesito darle salida a Argentina vía aérea para que desde allí mi contacto lo haga llegar sano y salvo a México.

El cielo, violeta y rosado, en ese lugar de la ciudad era más amplio, más nítido y bello. Un sacerdote imberbe enfundado en una sotana los saludó con un golpe de cabeza, la parroquia del barrio quedaba a menos de cien metros de la galería.

—¿Qué hay de la vía marítima que utilizaba el amigo Lutz?

—Ya ha dejado de ser segura. Quien se instala en la rutina termina entre rejas. Debería saberlo, inspector.

Valiente asintió y depositó una mano sobre el hombro de Gertrude, quien no dudó en apartarla con un gesto de evidente menosprecio. No estaba hecha su piel para ser acariciada por humildes y ásperos dedos amarillos, quemados por el tabaco y cómplices de quién sabe qué tipo de ultrajes.

—Tengo amigos en los aeropuertos, no supondrá ningún problema.

—Recuerde, inspector, que sacrifico rapidez por seguridad.

Valiente miró alrededor para asegurarse de que estaban completamente solos. Un Buick negro y reluciente se detuvo ante el semáforo en rojo, a escasos metros de la entrada a la galería Augusta. El inspector clavó la mirada en el conductor. Solo un estraperlista se compraba aquel modelo de coche. Por un instante se imaginó conduciendo uno de ellos.

—Un Goya merece un incremento de mi parte, ¿no cree?

Gertrude Fresser estudió la mirada del hombre que tenía enfrente. Estuvo a punto de decirle que formular una pregunta retórica es el peor modo de convencer a un interlocutor desmotivado.

—¿Y si le digo que dispongo de una información que vale oro? —anunció la alemana.

—Deje que eso lo diga yo.

—¿Recuerda el dinero escondido de los maquis? Ese por el que asesinaron a mi pobre Otto.

Valiente frunció el entrecejo. Esa estúpida sonrisa que le había estado acompañando desde que pisó la galería de arte acababa de desmoronarse.

—La colonia alemana en Barcelona es muy activa, inspector. Y nos reunimos con frecuencia.

—Me consta.

—Lo que no le consta es ese objeto de deseo que le costó la vida a mi pobre marido.

Para el final de aquella oración Gertrude Fresser utilizó un tonillo que podía interpretarse como de tristeza fingida. Tenía a Valiente donde ella quería, nervioso y entregado. La alemana continuó hablando:

—Se trata de un viejo cromo de un actor de cine. Esa es la llave que abre el agujero en el que está escondido el dinero que mi difunto Otto tanto buscó.

—Conozco la historia del cromo desde hace dos años, pero jamás nos ha llevado a nada.

—Cuando lo encuentre, busque en el contenido del cromo, inspector, es allí donde hallará la solución. Parece ser que en el 47 fallaron en el atentado a Franco, pero los anarcosindicalistas de los maquis esta vez quieren acertar y necesitan ese dinero para llevarlo a cabo. ¿Sabía que gran parte de ese tesoro escondido es dinero alemán?

—¿De verdad considera que con esto me paga más? ¿Con una información desfasada? Además, ¿por qué me lo cuenta ahora?

Gertrude Fresser exhibió una sonrisa helada, extrajo del bolso un sobre blanco y se lo entregó a Valiente.

—Otto me enseñó a dosificar la información que una posee. Elegir el momento oportuno y la persona adecuada es otorgarle a esa información el verdadero valor que tiene. Digamos que durante estos dos años no he visto peligrar su compromiso conmigo, inspector. Excepto hoy, que me ha faltado el respeto acudiendo hasta aquí para pedirme más dinero.

—Solo pido lo que me pertenece.

—No confunda mi altruismo con un derecho adquirido, inspector.

La contundencia de Gertrude Fresser provocó un suspiro contenido en el inspector. El miedo a dejar de formar parte del negocio hizo que Valiente reculara. Alzó la mano a modo de disculpa pero la alemana no le dio opción a que volviera a hablar.

—Para que vea que no soy una mujer rencorosa le diré que se me olvidaba un detalle —añadió Gertrude—. El día en el que Bernier perdió la vida en el portal del Poble-Sec, llevaba encima ese cromo. Si mal no recuerdo, ni Otto ni ustedes supieron encontrarlo. Como comprenderá, sigo en contacto con exagentes del servicio de inteligencia alemán y, ¿sabe qué me dijo uno de ellos hace un mes? Que no hay que ser muy inteligente para llegar a la conclusión de que el cromo no salió nunca de ese edificio. ¿Se considera ahora bien pagado, inspector?

2

Soledad apartó de manera brusca con la mano el folio en blanco que tenía enfrente. Llevaba más de una hora en aquella buhardilla desolada tratando de encontrar el nombre más adecuado para la sala de cine que había heredado de Romagosa. Una sola mesa regalada y una silla tomada de su propia casa completaban el mobiliario de ese habitáculo que coronaba el edificio donde se hallaba aquel cine sin nombre. Había tardado dos años en poder ahorrar el dinero suficiente para hacer realidad el sueño de Nil. Siempre había sido una persona hábil en lo que a administrar una casa se refiere, pero de no ser por la venta del pasivo de la carpintería y de las numerosas cajas de tabaco y aceite que Romagosa ocultaba en su piso y por las ayudas intermitentes que le llegaban de manos de jóvenes desconocidos que trabajaban para Pierre Bernier, no podría haber mantenido aquella alocada idea de convertirse de un día para otro en una mujer empresaria.

Fue Nil el encargado de convencer a Bernardo, Paulino y Jacinto, el zapatero del barrio, que todavía conservaba cierta habilidad para enmendar imposibles y pintar paredes sometidas a la humedad, para que los ayudaran a reformar aquel negocio que, lejos de prometer un futuro apacible, a Soledad le consumía los nervios. Acostumbrada a vivir de un sueldo esmirriado pero fijo y a una vida laboral sin muchos altibajos, la idea de mantenerse en el filo de la incertidumbre se le hacía cuesta arriba. Mantenerse ocupada había resultado ser la fórmula ideal para no habitar en el pasado. Únicamente cuando estaba a solas, en la penumbra de un piso cada vez menos frecuentado por Nil, las zarpas del ayer trataban de agarrarla y llevársela a esos infiernos en los que ya había estado. Solo entonces Soledad flojeaba y la tristeza la acompañaba durante varios días. Aquel verano los ahogos habían sido menos habituales, los ataques de ansiedad más controlados. Y aunque la compañía de su hijo solía ser el mejor acicate para enfrentarse a ese dolor agazapado, de vez en cuando se concedía la presencia del bueno de Bonifaci Fuster, convertido en su médico particular y confesor habitual. Aunque él soñara a diario en ser algo más, Soledad todavía conservaba el miedo a querer en falso. Cansada de no hallar el nombre que buscaba ni tan siquiera a solas, decidió bajar con tiento por la escalera de madera que conducía a uno de los pasillos del vestíbulo. Todo estaba patas arriba, y Bernardo y Jacinto se esmeraban en dejar inmaculada la barra que pretendía convertirse en una cafetería. Soledad sorteó en el camino restos de serrín, botes de pintura y de aguarrás. El proyeccionista y el zapatero todavía discutían sobre aquello que ella no había sabido resolver.

—¿Pero cómo vas a llamar al cine Los Malparidos? —protestó Bernardo con el martillo en la mano.

Jacinto se encogió de hombros y miró a Soledad divertido. Enojar a Bernardo se había convertido en su principal atracción. Con el tiempo, al zapatero le habían crecido las orejas, por imposible que eso pudiera parecer. Además, unas bolsas moradas le colgaban de los ojos y el desorden de sus dientes se había visto incrementado por la pérdida de alguna pieza.

—¿Y Buffalo Bill? —propuso Jacinto.

—Corren tiempos donde predomina lo germano por encima de lo anglosajón —recordó Bernardo con un tono lastimero.

—Pues no se hable más, yo le pondría Roig y punto —insistió Jacinto.

—Otra vez —replicó Bernardo hastiado—. Pero cuántas veces te tengo que recordar que desde el 39 esos malnacidos a los que tú aludes no nos permiten usar nombres en catalán.

—Pues Rojo, el *sine* Rojo, ¿a que suena bien? Y en el idioma universal de este imperio que el día menos pensado muere empachado de tanto *nasionalismo* —sentenció Jacinto.

—Esa es una palabra prohibida en los días que corren, me temo, y además mucha gente no la sabe pronunciar —respondió Soledad alicaída mencionando una idea que ya en su día usaba David y ahora ella había adoptado como suya. En algunas ocasiones también se la había escuchado decir a Nil cuando alguien le hacía repetir su apellido paterno.

—En este país siempre hemos sido muy sensibles a las palabras —lamentaba Bernardo.

—La sensibilidad de quien manda es *proporsional* al miedo a perder el trono —aportó Jacinto sin dejar de deslizar el pincel por una de las paredes.

—Habló el filósofo de la Universidad de Salamanca —apuntó Bernardo.

—¿Y ese ruido? —preguntó Soledad señalando hacia la puerta entreabierta por la que se accedía a la sala.

—Es Paulino, que lleva dos horas puliendo las butacas y las paredes —respondió el zapatero—. El *tersiopelo* es cosa delicada y requiere de buenas manos.

Esto último lo dijo guiñándole un ojo a la nueva propietaria del cine aprovechando que Bernardo andaba distraído.

—¿Y a Nil no lo han visto? —preguntó Soledad.

—Menuda mañana nos ha dado con lo de seleccionar al personal —respondió Bernardo agitando una mano—. Anda como loco. Le he dicho que no se complique la vida, que vaya a ver a Leo para que lo ayude a poner un anuncio en el periódico. Ese hombre tiene amistades por toda la ciudad.

—Pero si Lolita puede hacerse cargo de la taquilla y yo de la cafetería —protestó Soledad.

—No siempre —explicó el proyeccionista—. Este año a la niña le han dicho que tendrá que doblar más películas y estará más ocupada. Y usted, Soledad, tendrá que atender otros menesteres, asuntos más administrativos, ¿no cree?

Soledad asintió poco convencida pero sabiendo

que Bernardo estaba en lo cierto. Ser mujer empresaria a las puertas de los años cincuenta requería tener la mente abierta y atenta y no invertir tiempo en pequeñeces que terminarían robándole la energía.

—Pues será el único *negosio* que tira *p'alante* —convino Jacinto—, porque el mío ya no es que esté en números rojos, es que los números hacen chiribitas cuando los calculo. De seguir así le voy a pedir un empleo de acomodador, Soledad.

—Ese ya tiene un nombre y es Paulino —se adelantó Bernardo veloz.

—Tan mal no le irá, Jacinto, que si mal no recuerdo, le tocó la lotería —bromeó Soledad.

El zapatero detuvo su actividad, puso el pincel dentro de un bote de aguarrás y se secó la frente con el antebrazo.

—Le voy a *desir* una cosa —farfulló Jacinto adoptando un gesto solemne—. Si hubo una que se *hiso* rica *grasias* a mi arte *andalús*, heredado de mi difunta abuela, a la hora de escoger el número afortunado, fue la señora Carmen, que compró más de *dies partisipasiones* y se fue a vivir a la Bonanova. Lo mío solo fue un *pellisco*, Soledad, que sí, que me dio para pagar mi pisito y salir a bailar cada domingo..., pero ya ve, dos años después aquí me tiene, pintando en mis horas libres.

—Pues no te quejes, bandarra —replicó Bernardo—, que hay quien vive de alquiler y a duras penas.

—Qué bien me iría a mí uno de esos pellizcos este año —dijo Soledad lacónica.

—He escuchado que el día menos pensado eliminan la cartilla de *rasionamiento* —continuó Jacinto sin dejar de aplicarse en el trabajo que se le había encomendado—. Poco a poco nos olvidaremos de todo lo que hemos pasado. Y las guerras son *lecsiones*, Soledad, y si no las aprendemos la vida se encargará de hacernos repetir el curso.

—No lo creo, Jacinto, no todas estamos dispuestas a olvidar.

Esta vez el tono de Soledad sonó más desabrido.

El silencio reinó durante un instante. Bernardo increpó con la mirada a Jacinto, que no se dio por aludido y continuó silbando y pintando la pared.

—Tendría que ir a visitar a mi amigo Luisito —soltó Jacinto sin venir a cuento—, el propietario del *sine* Latino. Su hijo Nil también lo *conose*.

Soledad se encogió de hombros y dibujó una mueca de incomprensión.

—La *experiensia* es un grado y él ya ha tenido tres *sines*. Vaya a verlo de mi parte, hágame caso, mujer, que seguro que en cuanto la vea le alegra el día y le da algún consejillo para el *negosio*.

Soledad buscó en la mirada de Bernardo una suerte de consenso. El proyeccionista balanceó ligeramente la cabeza para terminar asintiendo. Consciente de que todavía quedaba mucho por hacer, Soledad se despidió de ellos y abandonó el cine.

Al pisar la calle Lérida constató que un sol despistado seguía abrasando la ciudad como si acabara de empezar el verano. Una pareja de ancianos caminaba apoyándose el uno en el otro, desafiando la fragilidad de sus huesos y los años de penurias. Al verlos se detuvo y, a pesar de las altas temperaturas, notó como un escalofrío le recorría todo el cuerpo.

La juventud se le había escurrido entre los dedos mientras se había dedicado a sobrevivir. Sintió los arañazos del tiempo. El tiempo. Esa bendita fábula humana, y sin embargo condena universal. La madurez la sorprendió tratando de digerir las desdichas que el destino le había servido, empezando una nueva vida. No deseaba envejecer sola, y sin embargo sabía que era en el querer donde hallaría sus más profundas vulnerabilidades. Reemprendió la marcha camino del tranvía que la acercara hasta el cementerio. Necesitaba hablar con David y dejarle flores a la pequeña Rosa.

3

—Acaban de destituir al jefe superior —anunció el comisario Quesada frente a la pequeña comitiva de inspectores y policías que habían sido convocados en su despacho—. Primero el ametrallamiento de mi vehículo oficial, en el que se produjo la muerte de Salvador, mi chófer. Después el explosivo en las cercanías del Banco de Crédito de la plaza Cataluña con resultado de un ciudadano muerto. Y ahora los atracos del tal Facerías en bancos y joyerías. Tenemos la ciudad hecha una mierda, señores.

Quesada dijo todo esto detrás de su mesa pero de pie, junto a la bandera nacional con el águila y el retrato de Franco, que en esta ocasión estaba colgado en la pared. Valiente tenía claro que la incertidumbre ante la elección del nuevo responsable de la Jefatura había empujado a que aquella sabandija convertida en comisario tomara sus precauciones. Lamentaba profundamente que el día en el que tirotearon a Salvador en su coche Quesada no estuviera dentro.

—Entonces, ¿el último fusilamiento de los integrantes del PSUC no ha servido de nada? —preguntó Espinosa.

—Ahora mismo nuestro principal objetivo es cazar a la banda de los Maños —respondió Quesada—. Ellos son los autores de la muerte de Salvador y de la explosión en las inmediaciones del banco. Así que sacudan todos los avisperos de la ciudad y tráiganmelos aquí. Vivos.

El silencio del comisario fue interpretado por sus secuaces como el final del discurso. Cuando empezaron a desfilar, Quesada volvió a hablar:

—Un momento, no tengan tanta prisa por holgazanear.

La voz del comisario aquella mañana era otra. Más abrupta que de costumbre, menos elegante. Se había salvado de milagro del atentado en el que su vehículo fue cosido a balazos y que terminó con la vida del chófer. Desde ese día sus conflictos internos acerca de las tendencias políticas del país se habían disipado de manera abrupta. Lo quisiera o no, él era comisario de policía, y como tal se había convertido en enemigo directo de aquellos que luchaban por liberar al país de los vencedores. De nada servían las medias tintas, esa conducta ambigua que siempre había sido tolerada por los mandos habida cuenta del origen burgués e influyente de su familia. Por primera vez en toda su existencia, el comisario Quesada temía por su vida y por la de su familia.

—Todos nosotros, sin excepción de rangos ni de destinos, somos objetivo de esos miserables. Incluso nuestros confidentes corren peligro. Ahí afuera hay avispas y son de las que pican.

Cuando Quesada puso punto y final a ese sermón matinal que últimamente tanto se repetía, Valiente se dirigió indiferente a su despacho, pequeño, nada ventilado y mugriento. Se acomodó en una silla de respaldo forrado por una tela de color indefinido y se dispuso a leer la prensa del día ante la mirada atónita de Espinosa.

—Será mejor que salgamos a la calle, jefe —propuso Espinosa con la voz estrangulada—. Si Quesada nos ve aquí...

Valiente ignoró la propuesta de su subordinado. El desgraciado de Espinosa llevaba toda la vida viviendo con miedo ante las posibles represalias de sus superiores jerárquicos. Un miedo que se evaporaba cuando cometía las fechorías que el propio inspector le ordenaba. Desde hacía un par de años Valiente se sentía por encima de todos ellos. Se gastaba el mísero sueldo de inspector en un par de trajes en la sastrería Modelo y en comprar la comida en el colmado Quílez, ubicado en la calle Aragón, donde su propietario, un tal Julián, lo recibía con los brazos abiertos cada vez que lo veía. Había dejado de ser uno de esos policías que frecuentan tugurios y malcomen día tras día sin pensar que el futuro pueda ser mucho más amable con ellos. Ni siquiera Quesada podía mantener el ritmo de vida que el inspector ostentaba desde que Gertrude Fresser y él habían formado aquella fructífera alianza secreta. Además, desde que se ocupó de David Roig y satisfizo su particular venganza, ya no lo visitaba el fantasma de su hermano Alfredo y podía conciliar el sueño como un bebé. Cierto era que se trataba de una venganza imperfecta, puesto que su impotencia lo acompañaría hasta la tumba. Y ese pensamiento lo arrastró a otro que lo llevó al portal de Soledad. La información que una semana atrás le había dado Gertrude acerca del objeto de deseo de Koppke y los maquis sí le quitaba el sueño, y no las advertencias pueriles de Quesada. «Un cromo codificado», recordó Valiente mientras leía las necrológicas de la ciudad.

—¿Recuerdas el día que Otto Koppke mató al tal Bernier? —preguntó el inspector sin despegar los ojos de *La Vanguardia*.

La pregunta sorprendió a Espinosa consultando unos archivos acerca de los integrantes de la banda de los Maños.

—Han pasado cuatro años —respondió el policía a la defensiva.

Siempre que salía este tema a la palestra le producía cierto malestar.

—Repasa mentalmente todo lo que hiciste y dime si llegaste a cachear al muerto.

Espinosa se tomó un tiempo para responder. Miró hacia una de las paredes desnudas del habitáculo y asintió con la cabeza con plena convicción, bajo la mirada atenta de Valiente, quien regresó a la lectura del periódico.

—¿Por qué pregunta eso ahora?

Valiente apenas escuchó la interpelación del policía. Un anuncio destacado en *La Vanguardia* le acababa de robar toda la atención: «Urge contratar personal para nueva sala de cine. Razón: calle Lérida número 10». La muerte de David Roig no había sido motivo suficiente para que se olvidara de Soledad y de su hijo. Al principio mantuvo algunas vigilancias en el piso de la calle Poeta Cabañes, pero se encontró a una mujer encogida y apagada que deambulaba por el barrio comprando comida y tratando de vender las herramientas que el tal Romagosa le había dejado como herencia. Satisfecho al verificar de primera mano que Soledad jamás volvería a ser feliz, el inspector se dedicó a otros menesteres y a disfrutar de ciertos placeres que hasta ese momento su economía no le había permitido. Sin embargo, la reciente información de Gertrude lo había empujado a regresar a aquel barrio infestado de rojos que en todos esos años nadie había tenido a bien exterminar. Solo entonces había descubierto que Soledad visitaba a diario la vieja sala del cine Pascual, que había permanecido cerrada a cal y canto durante años pero que ahora exhibía un cartel de inminente apertura sin fecha determinada. El modo en el que Soledad se dirigía a los obreros que entraban y salían, las ropas limpias que lucía y, sobre todo, la manera en la que sus ojos contemplaban los avances de aquella transformación hicieron recelar a Valiente del papel que tenía la viuda de Roig en ese cine. Una sospecha que constató cuando se acercó esa misma mañana al Registro de la Propiedad y confirmó sus temores. La inscripción registral se encargó de esclarecer todas sus dudas. Soledad Riera París era la propietaria de ese inmueble desde finales del mes de diciembre de 1947. Desde ese instante una idea le martilleaba la cabeza al inspector. ¿Y si la viuda se las había arreglado para hacerse con el cromo y conseguir con ello el dinero de los maquis? Eso explicaría la compra de un cine.

—No pienso esperar aquí a que el comisario me dé uno de sus repasos —insistió Espinosa—. No está el horno para bollos y tengo una familia que alimentar.

Valiente arrancó la hoja que contenía el anuncio, la dobló y la escondió en un bolsillo de la americana. Apartó la mirada del periódico y se encaró a Espinosa.

—¿Todavía no ha aprobado para policía tu chaval?

—Hace ya casi dos años que se fue a Huesca —respondió el policía—, a casa de un hermano de mi mujer. ¿No se acuerda de que se lo dije?

—¿Y por qué se marchó?

—Un desengaño amoroso.

—Lástima, porque estaba pensando en un trabajo para él —dijo Valiente ante la ocurrencia de lograr que alguien cercano consiguiera infiltrarse en aquel cine y lo mantuviera informado.

—La viuda de un militar que vive cerca del Arco de Triunfo declaró hace unos días que en su finca vivía gente sospechosa —recordó Espinosa mientras leía algunos documentos—. Por su descripción, uno de ellos podría ser Simón Gracia Fleringan, uno de los posibles autores de la muerte de Salvador.

—Acércate al piso de esa vieja y toma datos de los vecinos —ordenó Valiente—. Yo tengo otro asunto que resolver.

Caminando por el barrio gótico, Valiente pensó que las ciudades son como los individuos. Algunas crecían aprisa, reivindicando con sus nuevas construcciones un lugar en el mundo pero sin lograr con ellas el rancio abolengo que anhelaban. Otras, como era el caso de Barcelona y los barrios que la integraban, sí gozaban de esa vieja solera imposible de fingir. Aquel pensamiento extraño por inesperado lo llegó a molestar, al vislumbrar la posibilidad de que él fuera una de esas ciudades sin rango y con pretensiones. Borró de la cabeza esa estúpida reflexión inspirada por el conjunto de muros medievales que lo rodeaban. Sus pasos lo llevaron hasta la plaza de San Jaime. Cruzó la puerta del ayuntamiento tras identificarse ante el guardia de turno y se acercó a la diminuta caseta de recepción. Allí lo recibió el semblante circunspecto de Raimundo Viejo. Ochos años atrás Valiente se había asegurado de que ese hombre se convirtiera en el bedel del consistorio y permaneciera así por mucho tiempo al margen de los cambios que pudiera sufrir la alcaldía. Raimundo era a sus cincuenta años los ojos y los oídos del inspector en un edificio donde la presencia de rojos camuflados podía ser peligrosa. A Raimundo le sorprendió aquella visita inesperada del inspector, habida cuenta de que hacía apenas un mes de la detención del ayudante del concejal de vivienda por sus ocultos contactos con miembros del PSUC. De no haber sido por la información aportada por Viejo, la Brigada de Investigación Social no se hubiera olido nada. Por su parte, el inspector se preguntaba qué rama de la ciencia podía explicar cómo de unos cuerpos pequeños, encorvados y orondos como los de Raimundo y su mujer, que iban a la par y pugnaban por ganar el premio al rostro más poco estético de la ciudad, había salido Margarita Viejo, una joven de dieciocho años recién cumplidos que con su presencia enamoraba a jóvenes, enloquecía a casados y reanimaba a jubilados. Valiente extrajo de su americana el recorte del anuncio que acababa de leer en Jefatura y se lo entregó a Raimundo.

—Dile a tu hija que se acerque hasta allí —dispuso Valiente—. El hijo de la propietaria tendrá su edad, más o menos, y es manco. Él y su madre guardan un secreto que quiero saber.

—¿De qué se trata? —preguntó Raimundo con los brazos cruzados a la altura del pecho y la voz trémula—. Una cosa es que me implique yo, inspector, y otra muy distinta, mi hija.

—Toma... —Valiente le entregó el sobre blanco que le había dado Gertrude días atrás. En esta ocasión con una mengua notable de pesetas en su interior—. A ver si dejas de protestar.

Raimundo hizo desaparecer el sobre con habilidad. Una mancha en los sobacos afloraba en la camisa color añil del bedel.

—Dios me libre de quejarme, señor inspector, es solo que meter a la niña en estos asuntos...

—Solo quiero que se camele al tullido, obtenga el trabajo y se entere de dónde guarda esa familia un objeto de mi interés... si es que lo tienen.

—No lo entiendo, inspector, disculpe mis limitadas molleras.

Valiente tenía la sensación de que desde que le había entregado el sobre Raimundo se mostraba más sumiso. Recibir dinero producía en las personas más efectos secundarios que algunas medicinas.

—El chaval se llama Nil Roig —dijo Valiente.

Raimundo anotó el nombre en un bloc de notas

que hasta el momento guardaba en un bolsillo del pantalón.

—Tiene algo que debemos recuperar si queremos mantener las cosas como están en este país.

—Muy revueltas, inspector, si me permite la observación.

—Margarita es más lista que tú y yo juntos, Raimundo. Ella encontrará el modo de saber dónde esconde el objeto que buscamos sin mencionarlo. Otro sobre como este te será entregado al acabar la faena, ¿estamos?

—Perdone la pregunta, inspector, ¿pero no sería más fácil si mi hija supiera lo que busca?

Valiente negó con la cabeza.

—A menudo contar con toda la información es lo que nos conduce al fracaso.

—Si usted lo dice...

Valiente extrajo unas monedas del bolsillo y las dejó sobre la mesa que ocupaba prácticamente todo el habitáculo en el que Raimundo pasaba doce horas al día.

—Cómprate un abanico o no llegarás a Navidad en este horno —dijo el inspector poco antes de salir del consistorio.

Miró al cielo prístino y notó que estaba hambriento. Cada vez que daba un paso que lo acercaba a su meta, su estómago se lo agradecía mostrándose abierto a todo tipo de sugerencia. Puso rumbo al restaurante de las 7 Puertas, detrás del Borne y próximo a la Barceloneta. Se le hacía la boca agua solo de pensar en los guisantes *ofegats* que se pediría como plato principal y en el pijama de postre. Hasta no hacía mucho aquel restaurante destinado a intelectuales, políticos y empresarios, según la *Gaceta Municipal*, era un territorio prohibido para su bolsillo. Pero las cosas habían cambiado. Y muy pronto volverían a cambiar.

4

Dos días después de que Valiente visitara a Raimundo Viejo en el consistorio, el número de aspirantes a los empleos anunciados en *La Vanguardia* para esa sala de cine, todavía sin nombre y de próxima inauguración, daba la vuelta a la manzana. Las conjeturas de Jacinto sobre la recuperación económica en la ciudad se habían desmoronado por completo. Bernardo se lo reprochaba cada vez que por la puerta cruzaba un alma en pena santiguándose para que un ser supremo la eligiera a ella por delante de las demás. El zapatero, superado por las circunstancias y harto de que Bernardo le retransmitiera cada uno de los dramas que escuchaba por la puerta entreabierta del vestíbulo, decidió que lo mejor sería cantar a voz en grito el repertorio de Antonio Machín, así daría una pincelada de alegría a esas citas, más semejantes a una visita al santuario de Nuestra Señora de Lourdes que a una entrevista de trabajo.

Aquella mañana Nil había despertado de un mal sueño en plena madrugada. En esa ocasión no se trataba de la recurrente pesadilla en la que su padre rogaba que dejaran de torturarlo arrodillado en unas viejas mazmorras. Se trataba de Lolita. La discusión que habían mantenido la noche anterior había tenido esa consecuencia directa: soñar con ella, en concreto con la marcha de la joven de su vida para siempre. A pesar de que Lolita hubiera insistido en que ella se podría ocupar de la cafetería del cine y Marisa, una de sus mejores amigas, la sustituiría los días que tuviera grabaciones, Nil no había dado su brazo a torcer y había mantenido la idea de contratar a alguien. No quería que nada interrumpiera la prometedora carrera como actriz de doblaje de la chica. «Cada uno tiene su sueño —le dijo el muchacho—, y los sueños son como los aviones que surcan el cielo, jamás deben cruzarse.» Llevarle la contraria a Lolita implicaba quedarse sin besos durante una semana y soportar sus desplantes. A pesar de su orgullo y de ese carácter férreo, ella se había ganado la confianza de Soledad, que veía en la chica a una mujer de armas tomar en un mundo de hombres donde no eran valoradas. Lolita había heredado el espíritu luchador de todas aquellas mujeres de a pie que había conocido durante esos años, inspirándose en algunas de ellas para convertirse en la joven reivindicativa que era. Sin duda alguna, Soledad era su principal referente. Ni siquiera la muerte de la pequeña Rosa y su marido habían logrado doblegar a esa mujer de porte impecable y fuerza envidiable. Con el paso del tiempo y con tesón había conseguido que la mayoría de los hombres se dirigiera a ella con respeto y admiración. Y eso era algo inusual en esos tiempos en los que las verdaderas heroínas eran víctimas por partida doble: a causa de una guerra que no habían elegido y de la mediocridad de los hombres con los que les había tocado cohabitar. Adormecido por la falta de sueño, Nil pidió a Quim que lo ayudara a realizar las entrevistas. Si era cierto el dicho de que la calle es la mejor de las universidades, el limpiabotas era todo un doctor *honoris causa* laureado por todos los barrios de Barcelona y por parte de los del extrarradio. Nil conocía bien sus propias debilidades y no quería dejarse llevar por los sentimentalismos ni las lágrimas fáciles, armas que la mayoría de las aspirantes no dudaba en mostrar a los cinco minutos de ser entrevistadas. De haber sido por Nil ya hubiera contratado a treinta personas para las dos únicas vacantes de que disponían. Cuatro horas después de escuchar a un importante número de candidatas, los dos muchachos se tomaron un receso y salieron al vestíbulo a charlar con Bernardo y Jacinto.

—¿Cómo va la cosa? —se interesó el proyeccionista.

Bernardo acababa de embarnizar la barra de la cafetería, mientras que Jacinto se las veía y se las deseaba para poder sujetar con garantías el espejo que iba detrás de la barra.

Nil se encogió de hombros y se sentó abatido en las escaleras que conducían al cuarto del proyector.

—Tenemos anotadas cinco posibles candidatas como taquilleras y dos como camareras y ayudantes de Nil —respondió Quim después de dar una profunda calada a un cigarrillo—. ¿Desde cuándo no te limpias los zapatos? —le preguntó a Jacinto.

El zapatero abandonó la tarea del espejo y se volvió enfurruñado.

—No serás tú el que me *alecsione* sobre cómo cuidar mis *sapatos*. A ver, listo, ¿cómo los tendrías si estuvieras aquí todo el día bajo una nube de polvo?

—¿Cubiertos con una bolsa de plástico? —respondió Quim.

Nil levantó su única mano y pidió una tregua. La cabeza le iba a explotar.

—Oye, Quim —dijo Nil presionándose el entrecejo con los dedos—. ¿Y si trabajas en el cine de acomodador con Paulino y cubriendo a Lolita en la cafetería durante sus ausencias? Tal vez mi madre tenga razón y me esté complicando la vida buscando ahí afuera.

El limpiabotas apoyó una mano en el hombro de su amigo con una leve presión.

—Te lo agradezco, pero ya sabes que mi sitio está en la calle —respondió Quim.

Aquella era una verdad a medias. No era ni el lugar ni el momento de confesar a Nil los tejemanejes que se traía con el Pantera desde hacía algunos años.

El cine era un horno y Quim necesitaba tomar aire tras ese ofrecimiento ingenuo de su vecino. Se asomó a la calle Lérida para comprobar por él mismo el estado de la cola. Regresó al cabo de un par de minutos acelerado, trastabillándose con un bote de pintura. Agitando las manos desde el suelo, exclamó:

—¡Qué barbaridad! —Quim ni siquiera sentía el dolor por la caída a pesar de que un hilo de sangre le descendía por la nariz—. No he visto nada igual en mi vida.

—¿Qué ocurre? —preguntó Nil intrigado, aunque sin mostrar preocupación al ver la sonrisa de su amigo.

La respuesta asomó por la puerta principal del cine y dejó a todos sin habla. A Jacinto se le cayó el martillo sobre el dedo gordo del pie. Aun así no profirió lamento alguno. Quim se incorporó como si lo hubiera activado un resorte y acudió presto a ofrecerse como el guía idóneo para sortear los obstáculos que la joven pudiera encontrarse por el camino. A pesar de que Bernardo no compartía el gusto por las mujeres de los presentes, sabía valorar la irreductibilidad de la belleza, y en aquel instante solo tuvo ojos para ella. Y Nil, que no había visto semejante conjunción de curvas más que en la pantalla de un cine, se levantó de la escalinata con la misma celeridad que lo hubiera hecho de encontrarse ante la mismísima Rita Hayworth. La joven lucía un vestido blanco de lunares rojos con los hombros descubiertos que le marcaba la cintura y los pechos. El bajo del vestido apenas le cubría las rodillas y el pintalabios rojo había logrado su cometido, hipnotizar a todo el que la admirara. Se quitó las gafas de sol, y con un sutil golpe de cabeza logró que uno de los rizos rubios le cubriera un ojo, logrando así el llamado *peek-a-boo-bang* que había puesto en boga la actriz Veronica Lake. Fue en ella en quien pensó Nil por la manera en la que esa rubia melena acariciaba los hombros de esa maravilla de la naturaleza. La de veces que había soñado ser Alan Ladd y poder acercarse a una mujer así. El instinto hizo que el muchacho colocara su cuerpo de tal modo que el muñón quedara fuera de la vista de aquella belleza perturbadora. La joven esquivó todo intento de Quim por ayudarla y se dirigió a Nil con decisión.

—Buenos días —dijo una voz melosa pegada a ese cuerpo sublime—, me llamo Margarita Viejo y estoy interesada en la vacante de camarera.

Nil no supo qué decir y sintió una oleada de fuego en el rostro. Mirarla era un sufrimiento. Margarita captó al instante el rubor del joven, al fin y al cabo ese era uno de los muchos efectos que habitualmente provocaba. Se esforzó en evitar que su mirada fuera a parar al brazo ausente del muchacho. Si ignoras las carencias de un hombre, más rápida será su entrega.

La entrevista con Margarita duró cuatro veces más que la del resto de los aspirantes. Nil agradecía que pocos minutos antes Quim hubiera declinado su oferta laboral. Incluso el limpiabotas puso de su parte para que el nuevo propietario del cine no tuviera ninguna duda a la hora de contratarla. Ya se imaginaba tomándose algún carajillo en la cafetería del cine contemplando con embeleso a aquel monumento. Anotaron todos los datos necesarios para ponerse en contacto con ella y se los hicieron repetir, no fuera a ser que se hubieran equivocado al apuntarlos. Margarita fue la única aspirante de la que se despidieron con dos besos y una sonrisa melindrosa, que en el caso de Nil no se borró ni cuando Bernardo trató de advertirle con un estiramiento de cuello forzado sobre la inesperada presencia de Lolita. La sobrina de Leo, que de un plumazo radiografió a aquella vampiresa, sostenía en las manos una bandeja de cruasanes de chocolate recién hechos a modo de disculpa por la discusión con Nil la noche anterior. Ni siquiera parpadeó al presenciar el cruce de miradas embelesadas que Nil y la joven desconocida se regalaban en sus propias narices. Solo cuando Margarita cruzó la puerta de salida contoneándose como Veronica Lake en *La dalia azul*, el muchacho reparó en Lolita. Poco ducho en tales pitotes, Nil no supo fingir un atisbo de alegría ante esa visita inopinada. Tampoco pudo evitar la posterior huida de la joven al sentirse ignorada. Aún con el estómago encogido tratando de pensar cómo iba a solucionar el entuerto con Lolita, en su cabeza siguió fulgurando aquel rostro pecaminoso que de tan perfecto le resultaba inquietante.

5

Era mañana de domingo y al barrio todavía le faltaban unas horas para que fuera el de siempre. Las calles vacías acogieron a una desvelada Soledad, que llevaba horas dando vueltas en la cama. Cuando las cuentas no le salían necesitaba aislarse del mundo para enfrentarse a esa retahíla de papeles y de gastos previstos, a la cifra exacta de dinero invertido hasta el momento y a los futuros sueldos a los que deberían hacer frente. No solía visitar bares pero necesitaba tomarse un café. Había preferido no hacer ruido en casa y dejar que Nil descansara a pierna suelta. Ocupaba más de media cama y ya había dejado de ser un niño. Si el negocio del cine prosperaba, lo primero que haría sería buscar un piso con dos habitaciones. Nil necesitaba preservar su intimidad y ella también, aunque aquella palabra se le antojara ajena, como si perteneciera a esas otras mujeres de muy distinta clase social y ella ni siquiera tuviera derecho a pensar en ello. Se escurrió por la puerta del café Español y el camarero, de su misma edad, la recibió con una bonita sonrisa blanca, impropia para los tiempos que corrían. No había terminado de consumir el café cuando escuchó la voz de Bonifaci Fuster a su vera. Los dos estaban de pie frente a la barra.

—Buenos días, Soledad.

—¿También es de los que madruga o más bien pertenece al ejército numeroso de insomnes?

—Ya hace años que me alisté en el segundo —respondió el doctor con locuacidad.

Fuster hizo un gesto al camarero señalando hacia la botella de coñac. El propietario de la sonrisa blanca esta vez no la lució y se limitó a servir lo que le habían pedido.

Ambos se callaron y por un momento solo se escuchó el repiqueteo de una lejana cucharilla en un vaso de cristal. Bonifaci apuró el coñac de un trago y carraspeó.

—Dentro de unos días me iré a México.

Soledad no supo cómo encajar la noticia pero, como se suele decir, si en ese momento la hubieran pinchado no le hubieran podido extraer sangre.

—Aquí me estoy consumiendo —continuó el doctor—. No puedo dedicarme a lo que soy, y si lo hago ha de ser a escondidas, siempre con el corazón encogido y con la espada de Damocles sobre mi cabeza. La ciudad es una pintura al óleo de tristeza llena de gente resignada que jamás recuperará la sonrisa. Y yo soy una de esas personas. ¿Qué podemos esperar de un lugar donde los chinches, las pulgas y las ratas habitan en nuestras casas? Aquí ya nadie se atreve a ver las cosas como son y sí como quieren que las veamos.

Bonifaci Fuster se moría de ganas de cogerle la mano a Soledad y decirle lo que estaba deseando decir. Así lo había imaginado minutos antes, cuando la vio salir del portal desde su ventana y se dispuso a seguirla. Una vez más le faltó el valor para completar la representación.

—Ya nada me retiene aquí... —insinuó.

Soledad lo miró a los ojos. De haber estado a solas y no en un espacio público lo hubiera abrazado. No estaba segura de sus sentimientos y no quería jugar con ese buen hombre que, estaba en lo cierto, cada día que pasaba se consumía más y en boca del vecindario no era más que un alma en pena. Pero para ella sí era algo más, era alguien que la escuchaba, el hombre que siempre había estado a su lado durante los últimos años. Un tipo culto, compasivo y tierno. La opción más fácil, la egoísta, hubiera sido pedirle que se quedara en Barcelona, pero algo en ella negaba esa posibilidad. No se trataba de un rechazo, era el miedo a lastimar. Únicamente le quedaba amor para su hijo. El resto, la vida se había encargado de arrebatárselo. Y sin embargo temía anclarse a una soledad definitiva.

De entre todas las opciones, Bonifaci no había previsto el silencio de Soledad como respuesta. Volvió a pedirse otro coñac y se lo volvió a beber de un trago. La mano de la mujer cubrió la suya.

—No beba más, por favor —pidió Soledad con un hilo de voz—. Si no le doy una respuesta es por miedo.

—¿Miedo a qué? ¿Qué más podemos perder?

—Mientras vivamos siempre podemos perder más.

—Esa es una visión muy deprimente —replicó Bonifaci sin poder evitar una sonrisa.

Soledad imitó ese gesto y estuvieron riéndose durante un buen rato. Era la risa tonta del vencido, la de aquellos dos soldados supervivientes apuntándose uno al otro con sus rifles, apretando el gatillo al unísono y descubriendo que ninguno de los dos tenía munición.

—Quédate hasta la inauguración del cine —le pidió Soledad saltándose por primera vez el tratamiento de usted.

Aquella cercanía verbal, ese muro férreo que la mujer acababa de derruir fue para Bonifaci un rayo de esperanza. El doctor la miró a los ojos y solo entonces recordó la película que había visto en el cine Avenida la semana pasada, *El cartero siempre llama dos veces*. Nil estaba en lo cierto, Soledad era la Lana Turner de Barcelona y él un pobre diablo que soñaba con besar aquella boca.

—Por supuesto —respondió el doctor con la sensación de que el combate todavía no estaba perdido.

Soledad se despidió con un beso en la mejilla que paralizó a Bonifaci durante cinco minutos. El camarero de sonrisa blanca abandonó apresurado la bandeja sobre la barra y se tomó todo el tiempo del mundo para disfrutar del contoneo de una mujer con empaque, «de esas que te enamoran», se dijo, ajeno al júbilo del cliente achispado que a esas horas de la mañana ya llevaba en el cuerpo dos coñacs y el beso de una diosa.

Víctor Valiente era un tipo previsor, desconfiado por naturaleza y obsesivo. Después de que Margarita Viejo activara el plan que él mismo había diseñado, dejó que transcurrieran dos días para que su presencia en la zona no pudiera relacionarse con la de la joven. Tras la información obtenida en el Registro de la Propiedad, el inspector trató de conseguir más detalles acerca de la compra de ese inmueble. No existía préstamo bancario alguno a nombre de Soledad Riera. La posibilidad de que el dinero proviniera del que el propio David Roig y Jean-Paul Bernier habían ocultado iba ganando enteros conforme pasaban los días. Los domingos eran días tranquilos, propicios para ir a misa o para tomarse un vermut en una terraza del Paralelo. Nadie iba a sospechar que estaba a punto de llevarse a cabo un dispositivo policial creado con el máximo sigilo. Y mucho menos Soledad, que caminaba relajada, a paso ligero y con una sonrisa en la cara. El inspector esperó paciente a que entrara en el cine. Todavía quedaban cinco minutos para que llegara la hora acordada. Calculó que Espinosa y sus secuaces estarían apostados en las posiciones indicadas. El factor sorpresa era siempre esencial para obtener una buena pesca, y aquel festivo de guardar iba a deparar muchas sorpresas. A Valiente le chocó que una mujer como Soledad, con todo lo que había pasado, todavía confiara en el prójimo y se dejara abierta la puerta principal de ese cine sin nombre. Le impresionó la elegancia de un vestíbulo con cafetería que olía a pintura y a productos químicos. Pisó con cuidado el papel de periódico que cubría el suelo. Se detuvo un instante a escuchar en medio de aquel silencio por si había algo que delatara la presencia de la mujer. No tardó demasiado en detectar algo similar a un estornudo o, tal vez, un lamento indescifrable. Siguió el rastro acústico hasta llegar a la puerta de un pequeño despacho sin ventanas e iluminado por un flexo. Soledad, concentrada frente a una mesa repleta de papeles, no lo vio llegar.

—¿Cuándo pensaba enviarme la invitación?

La mujer tuvo que mantener el equilibrio para no caerse de la silla. De nuevo la respiración acelerada, el cuerpo paralizado y la cabeza proyectando imágenes que jamás lograría enterrar: la mano de ese cerdo recorriéndola, el fétido aliento de su boca, aquella violencia cerval contra el ya difunto David y esa risa, esa maldita risa que todavía la despertaba a media noche. Miedo.

Valiente lamentó que no hubiera otra silla para él. El lugar era asfixiante, convendría ir rápido y desaparecer de allí antes de que el sol convirtiera aquel espacio en un infierno.

—¿Dónde está el cromo? O, mucho mejor, ¿dónde está el resto del dinero?

Soledad no se lo podía creer. Dos años después de que asesinara a David todavía seguía anclado en aquello. Se dijo a sí misma que no estaba dispuesta a sufrir otra situación como las ya vividas. Lanzó una mirada subrepticia al cajón abierto, en el que podían atisbarse unas tijeras de grandes dimensiones. Durante un instante fantaseó con clavárselas en la yugular. La posibilidad de convertir aquella quimera en realidad hizo que su respiración todavía se acelerara más.

—Me lo temía —dijo Valiente—, el silencio de los culpables. Anda, date la vuelta.

Soledad negó con la cabeza, el labio le tiritaba.

—¡Que te gires, te he dicho!

La mujer obedeció sin perder de vista aquellas tijeras que no solo ella podía ver.

—¿Es esto lo que buscas? —preguntó Valiente mientras las sostenía con una mano—. ¿Sabes qué me apetece hacer con ellas?

Toda ella era temblor. Valiente le cogió parte de su cabellera rubia y bien peinada y le cortó un mechón.

—Puedo seguir o puedo parar. Tú eliges.

—No sé nada del dinero —respondió Soledad entre sollozos.

—¿Y de dónde ha salido este cine?

—Es una herencia de Romagosa.

La respuesta pilló por sorpresa al inspector, que soltó el pelo de la mujer al instante y lanzó con furia las tijeras contra la pared por encima de su cabeza. Le atenazó el brazo y la bajó a rastras por las escaleras. Al salir a la calle, un coche de los grises esperaba aparcado encima de la acera. En el asiento del copiloto aguardaba Espinosa. Valiente abrió una puerta trasera y empujó a Soledad hacia el interior. Se acercó hasta la ventanilla del policía y constató que su pupilo tenía los nudillos ensangrentados y la camisa empapada de sudor. Espinosa no necesitaba escuchar pregunta alguna, negó con la cabeza y bajó la mirada. La primera parte del plan no había surtido efecto, pensó Valiente, pero todavía quedaba visitar las entrañas de la Jefatura.

6

La crispación que se respiraba en la ciudad hizo que aquel domingo el comisario Quesada se pasara por su despacho. Aunque tenía como norma no abandonar a la familia durante el fin de semana por motivos laborales, lo cierto era que desde el ametrallamiento de su coche oficial su vida había sufrido un vuelco. Se había preguntado muchas veces qué lo llevó ese día a cambiar a última hora de parecer y decirle al chófer que prefería regresar a casa dando un paseo. No pudo evitar que ciertos recelos recayeran en su persona, sobre todo por parte del jefe superior, alguien que le tenía en poca estima y que a menudo le había reprochado el poco afecto que demostraba hacia el Régimen que lo alimentaba y lo protegía de las garras del enemigo. Libre de sospecha gracias a la intermediación de algunos familiares militares con peso específico en la Delegación de Gobierno, necesitaba un golpe de efecto para que todo volviera a ser como antes y así recuperar la vida apacible que tanto echaba de menos. Consideraba que la detención de algún miembro de los Maños podía ser una buena solución, pero las pesquisas relativas a la localización de cualquiera de ellos estaban resultando infructuosas, por no decir todo un fracaso.

Al llegar a la comisaría le extrañó, por tratarse de un día festivo, el número de agentes con los que se cruzó en uno de los corredores. Fue un gesto minúsculo de Espinosa el que lo puso en alerta. El policía se dirigía con determinación hacia los calabozos cuando, al ver al comisario, cambió de repente de dirección. El perro viejo que habitaba en Quesada hizo caso de su instinto y bajó por la escalera hasta adentrarse en el pasillo que conducía a las celdas. Una oleada de tristeza invadió al comisario al tomar conciencia de que posiblemente entre esos barrotes se estaba forjando el símbolo de la represión franquista bajo su mandato policial. Detestaba la posibilidad de que su nombre quedara irremisiblemente ligado a ese edificio en un futuro. Los lamentos de una mujer fue lo primero que escuchó, y tras ellos el inconfundible zumbido de un guantazo. Sorprendió a Valiente en plena faena, con la camisa arremangada y la mirada esculpida en acero. De nada había servido la tregua que el inspector fingía haberle ofrecido desde que parecía cuidarse más y vestía mejor. «La cabra siempre tira para el monte», maldijo el comisario ante aquella escena detestable. El inspector se recompuso como pudo y trató de impedir el acceso a su superior alegando que todo tenía una explicación. La sonrisa atiborrada de culpabilidad que el inspector acababa de trazar no le sirvió de nada.

—¿Cuál es el motivo de su detención? —exigió Quesada.

Valiente tardó en responder y agachó la mirada.

Soledad estaba sentada con las manos a la espalda, esposada. Tenía el labio partido y la blusa arrancada. Uno de sus pechos asomaba entre la ropa desgarrada.

—Quítele las esposas ahora mismo.

Valiente obedeció displicente sin dejar de amenazar con su mirada a los ojos suplicantes de la mujer.

—Vístase, por favor, y acompáñeme —le dijo Quesada a Soledad evitando mirarla para no agredir más su intimidad.

Mientras el comisario y la mujer subían por las escaleras escucharon el estruendo de un portazo metálico. El hambre de venganza del inspector continuaba intacta.

Una hora después Soledad abandonó aquel maldito edificio regio y fantasmal con el cuerpo descompuesto. A pesar de la amabilidad mostrada por aquel comisario convertido en ángel de la guarda, no logró desprenderse de las dosis de terror que de nuevo había tenido que ingerir. Las miradas de los transeúntes con los que se cruzaba eran de alerta al principio y de compasión después. El pelo mojado y andrajoso, la herida en su labio y la blusa convertida en jirones daban pistas de que nada bueno le acababa de ocurrir. Sin embargo durante aquellos años nadie ayudaba a nadie. Cruzó las calles del barrio a paso ligero intentando pasar desapercibida. Pero a esa hora en la que las casas permanecían vacías y las calles atestadas, aquello se convirtió en una misión imposible. Esquivó las miradas de las vecinas parlanchinas, esas cuyas lenguas viperinas la acusaban de haber utilizado malas artes con el pobre Romagosa para quedarse con su herencia, las de los maridos que la desnudaban a diario con esos mismos ojos que hoy la evitaban, incluso la del propio Bernardo, que concentrado en el periódico que sujetaba con las manos, ni siquiera reparó en aquella mujer zarrapastrosa que pasaba por su lado.

Apenas puso el pie en su casa a Soledad le pareció revivir un tiempo pasado. El huracán de secuaces de Valiente se había encargado de ponerlo todo patas arriba. Sentados frente a la mesa, con la cara magullada y alguna que otra herida en brazos y piernas, estaban Nil y Bonifaci. El maletín de primeros auxilios, todavía abierto, descansaba sobre el tapete. Ni el doctor ni su hijo hicieron el ademán de levantarse y preguntarle qué le había sucedido. Se quedaron quietos, con la mirada perdida, todavía noqueados por el torbellino de violencia que habían tenido que soportar. Soledad se acercó arrastrando los pies hasta la habitación, donde las consecuencias del registro todavía eran peores. No quedaba ni un mueble entero y el olor a quemado, que la mujer percibió en cuanto entró, provenía de los rescoldos de la ropa carbonizada que descubrió a los pies de lo que había sido un tocador. Regresó al comedor y se sentó al lado de los suyos. La ley del silencio imperaba entre ellos sin que se hubieran puesto de acuerdo. Al cabo de un tiempo impreciso, Nil lo dijo:

—Buscan lo que me dio el francés antes de morir, mamá.

Soledad lo miró perpleja, con la respiración detenida y el pulso desbocado. En los días que siguieron a la muerte de David, cuando la desesperación dio paso a una pena crónica del alma, ella le había insistido a su hijo en hablar sobre ello. Pero Nil negó una y otra vez que Bernier le hubiera entregado nada cuando fue asesinado. A esa negativa le siguieron días de mutismo por parte de Nil, una convivencia tensa entre madre e hijo y muchas noches de insomnio repartidas a partes iguales. Soledad sabía bien que el dolor por la muerte de un padre no tiene fecha de caducidad. Y sin embargo, después de aquella nueva revelación de Nil, sintió que se había quebrado la cuerda invisible que los unía. Se levantó de la mesa y de un guantazo le giró la cara a la persona que más quería en este mundo.

—¿Qué es lo que te dio? —preguntó Soledad con una voz implacable ante la impasividad de Nil. Bonifaci permanecía sentado sin atreverse a intervenir.

—Un cromo de actores de cine —respondió el muchacho cabizbajo y con un hilo de voz—. Uno de Blas Vaccaro.

Escuchar de nuevo aquel nombre confundió todavía más a Soledad. Deambuló por el diminuto comedor como una fiera enjaulada, negando con la cabeza y, al cabo, vencida.

—¿Y ha tenido que pasar todo esto para que lo digas ahora? —seguía preguntándose Soledad incrédula—. ¿Por qué quiere ese cromo Valiente?

Nil se encogió de hombros abatido. Al cabo de un tiempo impreciso decidió decir lo que había callado durante tanto tiempo.

—Al principio lo conservé creyendo que papá iba a regresar y entonces me felicitaría por haberlo hecho —confesó el muchacho con la mirada entelada.

Nil deslizó un dedo por el borde de la mesa. Bonifaci hizo el ademán de consolarlo pero Soledad lo evitó presionándole el hombro con una mano. Necesitaba seguir escuchando aquel breve y tardío discurso exculpatorio.

—Y después, tras su muerte... No pude deshacerme de él.

Por primera vez durante la noche Nil reparó en el deplorable aspecto de su madre, las heridas faciales de Bonifaci y la destrucción que los secuaces de Valiente habían sembrado por toda la casa. El muchacho rompió a llorar sin dejar de mirar a Soledad. Poco a poco fue luchando por recuperar el resuello hasta lograr preguntar lo que lo consumía por dentro.

—¿Lo mataron por el cromo, mamá?

Soledad, con el cuerpo apoyado en una de las paredes, negó con la cabeza sin derramar una sola lágrima y le respondió:

—A tu padre lo mataron por venganza.

La mujer se incorporó con movimientos lentos, rebuscó bajo la cocina hasta encontrar una botella de anís. Sirvió tres vasos de cristal y los repartió bajo la mirada atenta de los dos hombres. Tomó asiento, alzó su vaso al aire y brindaron al unísono. Fue Soledad la que rompió el silencio tras sus propias palabras.

—Te prometo, hijo, que esta es la última vez que nos humillan.

Fue una voz que le salió rasgando el aire, las entrañas y un orgullo que de tan dañado solo se resarciría derramando la sangre de quien le había arruinado la vida.

7

Bernardo tenía una mala costumbre que en no pocas ocasiones le había costado algún sobresalto. Leer la prensa mientras caminaba por la calle. Aquel mediodía de domingo soleado su atención se había quedado atascada en un anuncio. La dirección del hotel Ritz rogaba a su distinguida clientela que, debido a las múltiples demandas de reserva de su gran salón de fiestas para actos de alto relieve social, se procediera a reservar con la máxima antelación. Era bien sabido que con el precio de una copa de vino en dicho hotel una familia humilde comía durante un día. Asqueado por constatar una vez más que en el más mísero desierto solo hay oasis para los de siempre, hizo una bola con aquel transmisor de verdades ya sabidas y lo lanzó a la primera papelera con forma de tulipa que atisbó. Enfiló la ronda de San Antonio y se detuvo en una parada de libros viejos. Aquel mercadillo, con apenas doce años de vida, se había convertido en la visita semanal obligada del proyeccionista. Estar rodeado de pilas de libros, tebeos y chicos negociando con los cromos de estrellas del cine repetidos le hacía sentir que la ciudad todavía palpitaba en nombre de la cultura. Leo lo había citado para comer juntos, y al veterano librero siempre le hacía gracia recibir algún ejemplar inesperado. Bernardo se acercó a un vendedor de pelo rizado y cuerpo afilado que lo tenía calado. Uno de esos que daba el agua al resto de tenderos cuando se acercaba algún guripa a la caza de material prohibido. La censura franquista había confeccionado una lista de libros cuya venta implicaba una severa sanción. Después de la guerra hubo una sistemática purga de novelas en las bibliotecas públicas, y en algunos casos incluso llegaron a hacerse piras de libros como escarmiento hacia aquellas plumas contrarias al Régimen.

—Buenos días, Marcelino, ¿cómo va la vida clandestina de un librero indomable? —preguntó Bernardo con sorna al hombre de ojos saltones y brazos escuálidos que se afanaba tras un montículo de revistas en hallar lo que otro cliente le demandaba.

—Hombre, Bernardo —exclamó el librero en posición de cuclillas y con una sonrisa sincera—, ahora te atiendo.

Unos minutos después, ya libre de la marabunta de personas que lo atosigaban en busca de un título mal recordado, inventado o corregido, Marcelino atendió al proyeccionista.

—Necesito algo para Leo, ya sabe a qué me refiero —musitó Bernardo guiñándole un ojo y alterando el tono de su voz. Ese gesto lo había visto en alguna película de espías.

El librero frunció el ceño, pensativo, y volvió a agacharse.

—Si viene un enviado de satán póngase a hablar del Barça —requirió el librero.

Hablaba con la voz estrangulada por el esfuerzo que le suponía levantar una columna de pesados libros y, a la vez, extraer del interior de una edición antigua del *Quijote* el objeto de persecución. La obra del Manco de Lepanto, modificada en su interior, le servía como escondite perfecto donde ocultar esas historias perseguidas que ansiaba vender. Así ponía su grano de arena en la lucha contra el disparate.

—Cosa fina —dijo el librero al tiempo que le hacía entrega de la novela elegida en el interior de un ejemplar de la publicación *Garcilaso*—. La revista es de poesía pero no se esfuerce en encontrar versos de Machado.

—Cuénteme algo sobre la joya que me llevo, no querrá que Leo crea que yo no he intervenido en la elección.

—Es usted un pillastre —añadió el librero sin perder el tono amistoso.

Se aseguró de que no hubiera moros en la costa, apoyó las manos sobre los libros expuestos e inclinó el cuerpo hacia delante.

—Se lleva una obra maestra, *El extranjero*, de Albert Camus. La editorial Emecé ha publicado este año doscientos ejemplares en Buenos Aires y ya ve, ahora mismo tiene uno de ellos en sus manos.

—Le doy cinco pesetas y santas pascuas.

Si algo le apasionaba a Bernardo eran aquellos instantes de regateo, donde dos intelectos se servían de cualquier estrategia para llevarse el gato al agua durante la pugna.

El librero dejó claras sus intenciones cuando reclamó la devolución del libro con un movimiento de dedos y una mueca de fastidio.

—Ocho —exigió el vendedor de letras hostigadas.

Bernardo se tomó unos segundos para rumiar y, al cabo, replicó:

—Deme un argumento sólido para que haga tal desembolso. Le recuerdo que voy a comer con Leo, otro ejemplar digno de estudio que pertenece a su gremio. Demuestre algo de solidaridad.

—Un libro tachado de blasfemo por el censor no puede ser malo. Además —añadió el librero—, este es un libro para escépticos y apáticos de la vida. Vamos, que a Leo le va que ni pintado.

Bernardo se quedó sin argumentos para contraatacar tal exposición y pagó el dinero exigido.

—Me está costando muy cara la censura —protestó el proyeccionista.

—No diga eso, que de algo tenemos que comer.

Cuando Leo se percató de que Bernardo pegaba su hocico en la cristalera de la librería, salió a recibirlo. El cartel de cerrado colgaba para aquellos despistados que no respetaban el descanso dominical.

—Llegas tarde —refunfuñó Leo.

—Culpa a tu amigo Marcelino. Anda, toma.

—Albert Camus —leyó Leo con las gafas hincadas en un extremo de la nariz—. Déjame ver.

El librero acudió a una de las estanterías donde conservaba numerosas revistas de distinta procedencia. No tardó demasiado en regresar al mostrador, donde aguardaba pacientemente Bernardo, gran conocedor de las inevitables costumbres de su amigo. Una de ellas, el demostrar que su memoria era prodigiosa.

—Aquí está —confirmó con entusiasmo Leo mientras le mostraba un ejemplar de la revista francesa *Combat* que databa de 1944—. Albert Camus es el director de esta publicación de la resistencia. Mis neuronas se van muriendo pero las que quedan son de pura cepa.

—Y tras esta demostración de sabiduría envidiable y retención mental de datos superfluos, ¿podemos ir a comer?

Leo se acopló el ejemplar de la revista y la novela de Camus bajo la axila y con una mano le indicó a su amigo que lo siguiera hacia el interior. La ruta era de sobras conocida por Bernardo pero en ese momento no le apetecía ver ninguna película. Aun así, convencido de que Leo nunca daba su brazo a torcer, decidió obedecer y poner fin cuanto antes a ese retraso culinario que sus tripas no le iban a perdonar.

Una vez accedieron a la sala secreta de La Gran Mentira, el proyeccionista se acomodó sumiso en su butaca. Le sorprendió que Leo no estuviera preparando alguna proyección, sino que se mantenía de pie frente a la pantalla, como si se dispusiera a dar una conferencia.

—Lo que estoy a punto de contarte no lo sabe nadie —dijo Leo.

Su único interlocutor levantó las cejas.

—Como ya sabes, fue mi padre el que construyó este laberinto de sótanos que con los años, y gracias a tu ayuda, hemos convertido en el único cine de esta ciudad donde reina la libertad.

Bernardo asentía sin pestañear.

—Dentro de esta sala existe otra compuerta secreta.

El proyeccionista barrió con la mirada todos los recovecos de aquel habitáculo que creía conocer bien. Las palabras de Leo le sirvieron de acicate para levantarse y recorrer palmo a palmo, como un perro de rescate, esa estancia que tantas alegrías les había regalado. Acarició las paredes, subió a la cabina de proyección, visitó el aseo y se dio por vencido ante la sonrisa perversa de Leo.

—Siéntate de nuevo —ordenó el librero—. Pero esta vez en mi butaca, no en la tuya.

Bernardo obedeció receloso.

—Y ahora palpa por debajo del apoyabrazos izquierdo —dijo Leo a modo de guía—. Sí, hay un botón. Púlsalo sin miedo.

El rugir de las entrañas de aquella sala fue muy distinto del que Bernardo estaba habituado a oír para acceder a ella. El estruendo de poleas invisibles y engranajes faltos de lubricante hicieron que la pantalla de cine se retrotrajera y permitiera el acceso a un lugar lóbrego y helado a pesar de las fechas en las que estaban. Leo permanecía inmóvil frente a ese paso estrecho que quería mostrar a su amigo. Sin que mediaran palabras entre ellos, el proyeccionista siguió al librero, quien sostenía en la mano un encendedor de gasolina. El olor a humedad y a aguas purulentas azotó los sentidos de Bernardo. Frente a él, escasamente iluminado por la llama que brotaba de la mano de Leo, vislumbró un angosto corredor de piedra sembrado de aguas malolientes. No habían dado más de cincuenta pasos cuando Leo se detuvo y golpeó sobre una puerta de madera que sobresalía de un lateral.

—¿Quién hay ahí dentro? —preguntó Bernardo atemorizado.

—Ahora nadie, simplemente comprobaba el estado de la madera.

El librero empujó el portón hacia dentro y desapareció. Apenas fueron unos segundos pero resultaron suficientes para que a Bernardo se le relajara la vejiga y se le escaparan unas gotas de orina.

—Leo —gritó alarmado el proyeccionista.

De pronto la estancia quedó iluminada por un conjunto de velas que descansaban sobre un plato de porcelana agrietado. Un catre maloliente y una letrina conformaban el escaso mobiliario de aquel zulo.

—¿Qué demonios es esto? ¿Eres uno de esos locos que tiene a gente encerrada? —farfulló Bernardo.

Con el rostro sonriente y sabiéndose el guardián del secreto que estaba a punto de desvelar, Leo carraspeó y, poco después, se puso a cantar con el puño alzado:

—Arriba, parias de la tierra. En pie, famélica legión. Atruena la razón en marcha: es el fin de la opresión...

—Pero si tú nunca has sido comunista, no me fastidies ahora —interrumpió Bernardo más confundido que estupefacto.

—Voy camino de cumplir ochenta años, Bernardo, si quieres te doy otro argumento, tengo más.

—¿Me vas a explicar para qué demonios tienes este cuarto?

—En estos tiempos que corren, darle cobijo a

un republicano huido o a un maqui te puede costar muy caro.

—Me estás queriendo decir que...

—Sí, amigo. Llevo años dando cama y comida a quienes lo necesitan.

—Pero ¿por qué me enseñas esto ahora?

—¿Sabes quién fue el último hombre que durmió sobre este colchón? —Bernardo negó con la cabeza—. David Roig, poco antes de que fuera detenido y... ya sabes.

Un lejano temblor provocó que un hilo de arena bañara la cabeza de Bernardo.

—Es el metro —respondió Leo ante el temor que mostraban los ojos de su amigo—. Apaga las velas mientras yo enciendo de nuevo el mechero. Regresemos, lo que te voy a contar requiere de unas cómodas butacas.

Fue Leo el que presionó el pulsador camuflado de su butaca y devolvió la pantalla a su estado natural. Se acomodaron uno al lado del otro.

—David vio a su hijo emocionado mientras escuchaba su propia voz —desveló Leo.

—¿Quieres decir que en una de las ocasiones en las que Nil escuchó aquí la voz de su padre...?

Leo asintió.

—¿Pero cómo?

—No me seas ingenuo a estas alturas —protestó el librero—. Sabes que este edificio está repleto de paredes por las que puedes mirar sin que tú seas visto. Si te asomas a la ranura de la compuerta que acabamos de atravesar verás un pequeño agujero casi imperceptible.

—Ahora entiendo por qué hace siempre tanto frío en esta sala.

—Recuerda que mi padre murió aquí.

Bernardo hizo un aspaviento tratando de olvidar aquella imagen que a menudo le venía a la cabeza en mitad de una proyección.

—Sigues sin decirme el motivo que te ha empujado a desvelarme todo esto.

—Porque este era, querido, el único secreto que te faltaba por conocer de La Gran Mentira. Ahora ya estás preparado.

—¿Preparado? ¿Para qué?

—Para que Paulino y tú os ocupéis de este negocio que, la verdad, no deja mucho dinero, pero sí muchas satisfacciones.

Bernardo trató de intervenir pero un gesto de Leo se lo impidió.

—Solo te impongo dos condiciones. La primera de ellas, que no dejes de alquilar libros, no podemos reservar la lectura solo a quien puede comprársela. La segunda, que esta sala siga siendo un santuario del cine. Lo de servir de hotel para desahuciados lo dejo a tu voluntad. No soy de los que ponen a la gente en un brete. Y mucho menos a ti.

—Pero si aún estás fuerte para seguir al pie del cañón.

Leo esbozó una sonrisa tan triste y efímera que en cuanto esta se desvaneció se echó a llorar. Envejecer dolía, porque hacerlo era asumir una ilimitada lista de pérdidas propias y ajenas. Bernardo le pasó un brazo por el cuello y atrajo aquella cabeza de pelo desordenado y encrespado contra su pecho.

Cuando el librero consiguió desahogarse del todo, retomó el discurso que tenía estudiado desde hacía unos meses.

—Desde la muerte de Victoria no puedo estar tantas horas solo, Bernardo. Me vence la pena. Créeme, amigo, los libreros y los escritores comparten una misma soledad.

—Y qué te espera, ¿una casa vacía?

—Siempre has dicho que si cae un rayo en mi casa no me va a encontrar. Ya sabes cómo soy: visitaré a mi nieta, a vosotros, echaré mis partidas de dominó en Can Martí y seguiré trapicheando con mis contactos para hacerme con objetos de cine prohibidos. No temas, no vas a quedarte sin ver esos estrenos censurados.

Leo interpretó la afable sonrisa de Bernardo como un signo de aceptación. El librero extrajo un documento arrugado del bolsillo del pantalón y se lo entregó.

—¿Un contrato? ¿Entre nosotros?

—Es por tu seguridad —respondió Leo empleando un tono socarrón—, no vaya a ser que la espiche un día de estos y algún familiar mío no te permita explotar el negocio.

Bernardo rompió el documento manuscrito y lo lanzó al suelo.

—Tienes mi palabra, *ganàpia* —dijo el proyeccionista al tiempo que ambos sellaban el contrato estrechándose las manos.

8

Soledad comprendió frente al espejo que las grandes dudas precisan de una noche de vigilia. Se pintó y se peinó aprovechando la luz rebajada que se colaba por la ventana del baño, que daba a un patio interior. Los signos del terror se esparcían por cada uno de los recovecos de su rostro. Había tratado de masticar el dolor infligido, reducirlo hasta lograr que desapareciera, pero todo intento había sido en vano. No solo había que reparar la avería, tenía que erradicar su causa. Y esta no era otra que Víctor Valiente. En esos tiempos en que la vida humana valía lo que un paquete de tabaco de estraperlo, todavía existía gente a quien le martirizaba la conciencia. Ella era una de esas personas pero, como el náufrago que ahoga al otro para apoderarse de la única tabla de salvación, quiso entender que llegados a ese punto ya no cabía otra posibilidad. Nadie nace para ser humillado por nadie, y sin embargo, en esa vida que le había tocado, ella ya había cubierto el cupo de muchos.

Aquella mañana de finales de septiembre el cielo sufría un colapso de nubes violetas e indecisas que sopesaban la posibilidad de mojar la ciudad. Madre

—No lo puedo esconder, soy un marsellés de pura cepa —alegó ante el gesto de estupefacción que pusieron los dos visitantes—. Contiene anís, principalmente.

—¿Por qué nunca me han reclamado el cromo, Pierre? —quiso saber Soledad.

Lo cierto es que podría haber empezado por preguntarle cómo le iba en los estudios de la Metro, indagar acerca del motivo por el que abrió ese negocio o, simplemente, interesarse por él. Pero hacía mucho tiempo que Soledad ya había aprendido a prescindir de los lugares comunes.

El francés le ofreció una sonrisa blanca que llamó la atención de la mujer. Era un tipo guapo, el marsellés. Y sin embargo había algo en él que no era lo primero en lo que se reparaba al mirarlo. Por encima de todo, desprendía serenidad y confianza. Descansaba en su cerúlea mirada una pátina de tristeza, una suerte de dolor censurado.

—El destino de ese dinero solo le pertenecía a tres personas. Dos ya están muertas. Una de ellas era David —se dirigió Pierre a Soledad—. El otro, mi hermano. El tercero es Ramón Vila Capdevila, Caracremada, al que nosotros llamamos capitán Raymond. Y créame, a pesar de las necesidades económicas de la organización, no está dentro de sus planes arrebatarle el dinero a la viuda de uno de los suyos. Una cuestión de honor, querida. Además, supongo que David le descifraría la clave que esconde el cromo.

Bonifaci escuchaba con atención. Hubiera querido hacer mil preguntas, interrumpirlos, pero sabía e hijo habían estado la tarde anterior, y hasta altas horas de la noche, tratando de poner en orden el desaguisado que los hombres de Valiente habían provocado en su piso. Habían contado para ello con la silenciosa ayuda de Bonifaci, y aun así todavía era patente el paso del huracán policial. Desayunaron taciturnos un café y un vaso de leche condensada rebajada con agua. El primero en romper el hielo fue Nil, volviéndose a disculpar ante su madre por haberle escondido durante tanto tiempo la información del cromo. Carecía de argumentos de peso para convencerla, y únicamente contaba con su sinceridad. Admitió que durante todos aquellos años quiso creer que la estampa de Blas Vaccaro era una suerte de talismán que lo acercaría hasta su padre. «Todos cometemos errores», le respondió Soledad con sobriedad queriendo zanjar el tema. Fue entonces cuando Nil escarbó en su cabeza para hallar otros terrenos más fértiles para la comunicación y le contó que ya había decidido quién ocuparía el puesto de la cafetería y que, a ratos, cuando él lo precisara, esa misma persona también lo ayudaría en la cabina. «Noche de decisiones para la familia Roig», pensó Soledad sin decir nada sobre ello. También ella sabía qué era lo que tenía que hacer. Los años la habían obligado a entender que el dolor se sufre a solas pero los planes eficaces requieren de un equipo. No se perdonaría implicar a Nil en semejante empresa, y sin embargo necesitaba a alguien que la acompañara. Solo existía una persona en este mundo que fuera incapaz de negarle algo.

Llegaron antes de que la tienda de discos y gramolas abriera al público. Un barrendero enfundado en una gran blusa azul despejaba la inmundicia de la calzada con un escobón. El cielo se ennegreció y cayeron las primeras gotas. Mientras Soledad y Bonifaci se refugiaban bajo un balcón herrumbroso invadido por geranios marchitos, Pierre Bernier caminaba por la acera derecha de la calle Muntaner, que encaraba el Tibidabo, ajeno a la lluvia. De hecho, una imperceptible sonrisa asomó en aquel rostro curtido cuando sintió el mimo del agua en su piel. Vestía una camisa beige algo apolillada, un pantalón de un color parecido y unas sandalias que habían soportado muchos veranos. Pelo rubio cortado a cepillo moteado por alguna que otra cana y barba poblada. Sobrepasaba los cuarenta años pero mantenía en su musculatura un tono atlético. El hambre y las fatalidades vividas a menudo ayudaban a dar esa apariencia a quien ya gozaba de una buena dotación genética. Soledad y Pierre cruzaron las miradas y se saludaron con un discreto cabeceo sincronizado. El francés se aseguró de que la calle estuviera despejada, les franqueó la entrada y volvió a colgar el cartel de cerrado para después correr el visillo de la puerta desde el interior.

El francés fue el primero en dar el paso. Se acercó a Soledad y la abrazó al tiempo que le susurraba al oído un «lo siento» sincero y sentido. La última vez que se habían visto había sido en el entierro de David Roig. Aquel día ni siquiera se cruzaron una palabra. Pocos asistieron a ese último acto de despedida del maqui por miedo a ser vigilados. No fueron excepción los allegados, que excusaron su ausencia ante la viuda con un «como comprenderá, señora bien cuál era su papel. Cuando quiso darse cuenta ya se había bebido el vaso de pastís. Por su parte, Soledad necesitó respirar profundamente, tomar aire y dar la réplica a la conjetura del francés.

—Estoy agradecida por todo lo que ustedes han hecho por nosotros, Pierre, por todas las ayudas que hemos recibido durante estos dos últimos años, pero no quiero más dinero manchado de sangre —añadió Soledad—. Y no, ni David ni nadie me dijo nada acerca del cromo.

El marsellés asintió, dejó el vaso en el suelo y apoyó los antebrazos en el respaldo de la silla. Soledad llevaba maquillada en el rostro una firme decisión.

—Por lo que veo, usted no ha venido aquí únicamente para confesarme su dolor, ¿verdad?

La mujer negó con la cabeza y siguió escuchando a Pierre.

—Permítame entonces que le cuente una historia antes de que me diga lo que ha venido a decirme. Creo que merece saber más. —Reparó en el vaso vacío de Bonifaci—: Agarre esa botella y sírvase —le propuso el francés al doctor—. Lo va a necesitar.

Bonifaci siguió la recomendación del francés y este arrancó con la narración:

—Al término de la guerra civil española, el capitán Raymond cruzó la frontera. Fue detenido en la Francia ocupada varias veces y terminó pisando algún que otro campo de concentración, aunque de todos logró escapar. El capitán era un tipo de firmes creencias. Jamás toleró el fascismo, y a día de hoy lo sigue combatiendo. En Francia formó un grupo de resistencia antifranquista. Fue entonces cuando incorporó a David y a Jean-Paul. —La mirada de Bernier languideció unos segundos pero no tardó en reponerse—. Eran tipos duros. Apenas llevaban a cuestas un saco para dormir, un transistor, un pantalón de recambio, calcetines, una maquinilla de afeitar y material para llevar a cabo los sabotajes a dependencias alemanas. Nada más. Esa fue la clase de vida que tuvieron durante años. En 1944 hicieron saltar un importante número de trenes blindados. En concreto uno de la SS con tanques y material bélico pesado que se dirigía a Normandía unos días después de que hubiera tenido lugar el desembarco de los Aliados. En ese tren había mucho dinero, y el capitán Raymond y sus hombres se hicieron con parte del botín.

—¿Es esto lo que nos quiere contar, Pierre? —interrumpió Soledad con desdén—. ¿La relación entre el dichoso cromo y el botín alemán? Ya le he dicho que no quiero ese dinero.

Bonifaci puso una mano sobre la rodilla de Soledad y buscó tranquilizarla con ese gesto. El tacto de la piel del doctor logró su cometido. El francés no le respondió y continuó con su parlamento:

—El servicio de inteligencia nazi, furioso y ávido de venganza en un momento en el que todos los naipes de la partida sucumbían frente a sus narices, obtuvo una información valiosa: el grupo comandado e integrado por maquis españoles descansaba en las cercanías de una pequeña localidad conocida como Oradour. Pero los nazis se equivocaron de lugar. Mientras los hombres del capitán Raymond se reponían en Oradour-sur-Vayres, a treinta kilómetros de ellos una columna compuesta por una decena de vehículos militares, tres camiones, dos blindados semioruga y ciento cincuenta soldados vestidos con ropa de camuflaje, todos ellos pertenecientes a la Segunda División Panzer, la Das Reich, y apoyados por algún miembro de la Gestapo, invadía la población de Oradour-sur-Glane, ubicada a veinticinco kilómetros de Limoges.

Pierre Bernier detuvo su narración, se levantó de la silla y acudió hasta una vieja carpeta que escondía detrás de un montículo de discos. De ella extrajo diversos recortes de la prensa francesa donde se retrataba la masacre que estaba a punto de narrar. Los repartió entre Soledad y Bonifaci, regresó a la silla adoptando la misma posición de antes y continuó. La sonrisa de Bernier había desaparecido hacía un buen rato y su mirada azul parecía luchar contra un vendaval emotivo.

—Eran las dos y cuarto de la tarde del 10 de junio de 1944 cuando aquel ejército nazi improvisado recaló en esa apacible población. Se desplegaron por el núcleo urbano ante la sorpresa de sus habitantes y los dos blindados se apostaron enfrente de la iglesia. El líder de la Gestapo, un tal Otto Koppke, se ocupó de buscar al herrero del pueblo y le exigió que concentrara a todos los vecinos en la plaza del mercado a fin de inspeccionar sus documentos de identificación. Otros soldados se ocuparon de arrastrar hasta la plaza, utilizando la fuerza bruta, a quienes andaban atareados con sus rutinas. Enfermos sacados de la cama, el panadero con el rostro cubierto de harina, el llanto creciente de unos niños amilanados cuyos padres no encontraban palabras para tranquilizarlos. Veinte minutos después, el comandante Koppke, frustrado por no haber hallado al comando español, se dirigió al pueblo utilizando al alcalde como intérprete. Fueron acusados de un delito de depósito de armas para la resistencia y sentenciados. Sin apelación. Separaron a los niños y a las mujeres de los hombres. A los primeros los llevaron al interior de la iglesia, mientras que los hombres esperaron en la plaza el peor de los desenlaces.

Pierre aprovechó que Bonifaci volvía a servirse de la botella de pastís para ofrecer su vaso vacío. Después de que el doctor lo rellenara, el marsellés le dio un profundo trago y prosiguió:

—La locura estalló cuando los soldados hicieron explotar una granada en el interior del templo religioso. Remataban con sus armas largas a todo ser vivo que se moviera. Durante un par de días agruparon los 642 cadáveres en el centro de la plaza y los cubrieron con cal viva para terminar prendiéndoles fuego. Los autores de la matanza bebieron y comieron impasibles frente a esa pira humana en la que se llegaron a contar 205 niños. Solo seis hombres lograron escapar de aquella carnicería. Al cabo, los alemanes emprendieron la partida definitiva de la unidad al frente de Normandía. El comandante Otto Koppke fue destinado a Madrid dos semanas después, cuando en Berlín se supo que todo había sido un error. Los hombres del capitán Raymond conocieron la noticia por la prensa local, la única que se hizo eco de aquella salvajada. Una más de las tantas que se cometieron en el nombre de la guerra.

A Soledad se le encogió el corazón. Recordaba aquellos años de penuria, de aislamiento y de falta de compañía. La ausencia de David martirizando a su hijo y convirtiendo su existencia en un sinvivir. Luchando por ser a la vez la madre que Nil necesitaba y el padre cuyo recuerdo se diluía. Sintiendo una furia inédita por su marido, una furia que acababa de aplacarse en ese mismo instante. Y todo porque David había cruzado el umbral de las personas corrientes para convertirse en un defensor de las causas universales. Se sintió pequeña y egoísta, ruin y mezquina por todos los sentimientos enfrentados que había tenido respecto a él. Por pedirle que fuera distinto, que fuera peor hombre y mejor marido.

Pierre Bernier carraspeó unos segundos y retomó la narración:

—Como represalia por la atrocidad cometida por los nazis, Raymond y doscientos guerrilleros más, entre ellos David y Jean-Paul, asaltaron y aniquilaron a toda una división alemana en una población cercana. El capitán rechazó tiempo después la legión de honor de Francia concedida por esa acción y prefirió continuar con su misión. Jean-Paul y David diseñaron un plan para esconder parte de aquel dinero en España. Habían pensado destinarlo a sufragar el atentado definitivo contra Franco. Pocos días antes de que lo asesinaran, mi hermano me contó que solo uno de ellos tenía la llave. «Hemos vuelto al pasado», me dijo, refiriéndose a un sistema de codificación simple que David y otros maquis ya habían utilizado antaño. La solución estaba en un cromo, el que llevaba Jean-Paul cuando murió y que este le entregó a Nil.

Soledad frunció el entrecejo y no dudó en inquirir:

—¿Cómo supo que se lo había entregado a mi hijo?

—Por un lógico descarte —la interrumpió Pierre—. Siempre he creído que aquel día mi hermano no tenía intención de visitarlos a ustedes, pero al saberse vigilado pensó que lo mejor sería entregar el cromo a una mano amiga. Pero lo que me llevó a deducir que el elegido había sido Nil fue el repentino interés que tuvo Otto Koppke, el asesino de mi hermano, por su hijo —respondió Pierre.

—¿Y ese Koppke? —preguntó Bonifaci.

El médico estaba muy afectado por la historia que acababa de escuchar. Tuvo que apartar los recortes de prensa de su vista y dejarlos sobre una mesa. Aquella matanza lo retrotraía a los tiempos vividos en Rusia. Otras aldeas, distintos nombres, pero siempre las mismas víctimas.

—Era uno de los principales comandantes de la Gestapo —respondió Pierre—. Los propios alemanes se lo quitaron de encima cuando todo empezó a derrumbarse. En Madrid ejerció como espía durante un corto espacio de tiempo, pero la exigencia de los Aliados al gobierno franquista para que procediera a detener y a repatriar a determinadas personalidades nazis provocó su huida a Barcelona. Pero no fue una marcha casual. Si algo tenía Koppke era información. Seguía desde 1944 el rastro del dinero obtenido por Raymond y sus hombres, *su* dinero. O al menos así es como él lo consideraba. El servicio de inteligencia alemán tenía plenamente identificados a Jean-Paul y David. En el caso de mi hermano, le perdían las furcias y el vino. Supongo que fue en una de sus visitas a alguna de ellas cuando abrió la boca más de la cuenta. La información le llegó a Koppke, que durante un tiempo dirigió un prostíbulo en la calle de la Luna. Lo cierto es que localizó a mi hermano y lo mató inyectándole un veneno letal. Desconozco dónde llevaba escondido el cromo Jean-Paul, pero lo cierto es que el alemán no pudo encontrarlo. Yo mismo me encargué de hacerle llegar al capitán Raymond la noticia de su muerte. Aunque transcurrió un tiempo, la respuesta fue de nuevo contundente. Me envió a cinco de sus hombres y estos se pusieron en contacto conmigo.

Pierre levantó la mano derecha y se quedó observándola durante un tiempo impreciso. Sus dos interlocutores no dijeron nada.

—Les presento a la mano que ejecutó a Koppke a escasos metros de Nil.

Soledad se llevó una mano a la boca.

—De ese modo pude llevar a cabo mi particular venganza por la muerte de Jean-Paul y de aquellas seiscientos cuarenta y dos almas asesinadas en Oradour-sur-Glane. Si Koppke fue a por Nil era porque tenía el cromo.

—Nil nunca me había dicho nada sobre eso —dijo Soledad apenada en el momento preciso en el que el doctor tomó una de sus manos. El gesto de Bonifaci recibió una mirada de agradecimiento por parte de la mujer.

—Ocurrió la misma noche en la que mataron a David —respondió el marsellés haciendo uso de una cadencia más lenta en la conversación—. Además, su hijo, Soledad, no podía ser consciente del peligro que corría. Antes de que se me olvide... quería explicarle que el número del cromo corresponde al nicho de un cementerio, y el falso apellido del actor, Montjuic, es el que marca el lugar —dijo el francés—. Mi hermano y su marido... fueron unos héroes, Soledad. Y ahora dígame qué puedo hacer por usted.

Ella rebuscó en el interior del bolso que llevaba. No tardó demasiado en extender sobre la mesa recortes de prensa nacional que se vanagloriaban de las hazañas logradas por el inspector Víctor Valiente. El retrato del policía aparecía en algunos de ellos.

—Sé muy bien quién es —dijo el francés.

—Acabe con él y el cromo será suyo —propuso Soledad con una determinación únicamente fragmentada por el temblor de su voz.

Pierre Bernier respiró hondo y cogió aire sin apartar aquella mirada pétrea del rostro bicolor del inspector. Cuando el marsellés alzó de nuevo la cabeza, una mujer con los ojos encendidos le exigía una respuesta.

—Hace unos meses un grupo anarquista ametralló el vehículo oficial del comisario Quesada, el jefe de Valiente —explicó Pierre mientras Soledad recordaba a aquel hombre afable que la rescató de las garras del inspector—. La cosa no funcionó y ahora la ciudad está patas arriba. Algunos de los nuestros han sido detenidos injustamente y ejecutados. Matar a un policía es ahora tarea arriesgada, Soledad. Es algo que, como comprenderá, tengo que consultar con los de arriba.

Tras aquellas palabras, Soledad supo que no había nada más que decir, se levantó del sillón y Bonifaci la secundó. Estrecharon las manos con la del francés y se despidieron con las miradas secas. Al acompañarlos hasta la puerta de salida, la lluvia había amainado y el cielo, como el corazón de Soledad, parecía haber encontrado su particular remanso de paz. Pierre Bernier regresó a la trastienda, se acercó al retrato de Víctor Valiente y se esforzó en retener en la memoria aquella expresión de infinita maldad.

9

En lugar de sentir la fatiga en el brazo superviviente, le dolía el que no tenía. Nil llevaba más de dos horas pintando las paredes de lo que iba a ser la cabina de proyección. Últimamente Bernardo estaba desaparecido y Jacinto no era precisamente un modelo de constancia. Se tomó un momento de descanso sobre una pequeña escalera de madera con la que lograba alcanzar el techo y se masajeó aquel apéndice inútil de su cuerpo. Durante un tiempo llegó a pensar que el muñón no era más que una suerte de castigo divino por haber sobrevivido a su hermana Rosa. Un impertinente recordatorio que se manifestaba, cuando lo ignoraba, en una obstinada molestia. Mecido por esas ideas absurdas que no lo ayudaban a reconciliarse con la realidad, no logró escuchar su presencia. Fue la voz meliflua de Margarita la que provocó que se le cayera al suelo el pincel impregnado de pintura blanca.

—No pretendía asustarte —dijo la joven, que había conseguido todo lo contrario.

A Nil se le pasó muy rápido el sobresalto.

Margarita volvía a lucir un vestido estampado

cuyo escote hubiera trastornado a toda la Sección Femenina de la Falange. El único motivo por el que Raimundo permitía a su única hija vestir de ese modo no era otro que la obediencia debida a Valiente. Cuando el inspector le exigía llevar a cabo uno de sus planes lo mejor era cumplir y terminar cuanto antes.

—Esto es para ti —indicó Margarita al tiempo que le hacía entrega de un paquete envuelto con papel de estraza y atado con un delicado cordel—. Por haberme seleccionado entre tantas aspirantes al puesto.

El muchacho lo recibió con la mano silenciosa, aquella que no emitía queja alguna. Sus ojos seguían encallados en los de Margarita. Cuando Nil regresó de sus fantasías más recientes, reparó en que deshacer aquel tipo de regalos le solía llevar demasiado tiempo. No quería mostrar debilidad alguna frente a ella, por lo que dejó el paquete sobre una pequeña mesa y respondió:

—Supe que el empleo era tuyo desde el primer momento en que te vi.

Margarita encajó el comentario con una mueca picarona en la que, mientras balanceaba la cabeza ligeramente, fruncía su boquita de piñón y los ojos trataban de devorar a los de Nil. En la cabeza del muchacho de nuevo se produjo un colapso.

—Deja que te lo abra yo.

La joven se acercó hasta el regalo, y en apenas unos segundos deshizo el nudo del cordel que hubiera resultado ser toda una pesadilla para el muchacho. Una tras otra, Margarita fue esparciendo las fotografías sobre la mesa ante el gesto alegre de Nil.

Imágenes en blanco y negro de Ava Gardner, Victor Mature, Alan Ladd, Gene Tierney, Linda Darnell, Humphrey Bogart y Veronica Lake. A Nil le hizo gracia ver entre todos ellos el rostro de Margarita con algunos años más.

—¿Nunca te han dicho que...?

Margarita no le dejó terminar la frase.

—¿Que me parezco a la Lake? Sí, muchas veces —añadió la joven con cierta propensión a la indiferencia.

—Son todas estupendas, muchas gracias, Margarita.

—Para que decores la cabina con ellas. Las compré en el mercado de San Antonio en cuanto salí de la entrevista. Tus ojos no saben mentir.

Un Nil ruborizado hizo el ademán de estrecharle la mano en señal de agradecimiento pero fue ella la que se acercó y le besó en la comisura de los labios.

—Perdona —dijo Margarita con poca convicción—. No he podido evitarlo. Además, a partir de ahora vamos a pasar muchas horas juntos, así que... ¿y si nos dejamos de formalidades?

A Nil le bullía la cabeza. Nunca antes ninguna mujer le había provocado tal cúmulo de sensaciones. Lejos del amor que sentía por Lolita, aquello era distinto. Margarita era un vendaval que a nadie dejaba indiferente.

—¿Y si te relajas conmigo, Nil?

Margarita mojó un dedo en el bote de pintura y, tras ello, se tintó la punta de la nariz.

Las risas de ambos no se hicieron esperar.

—Vamos a ser la envidia del vecindario con tanto jolgorio. ¿Verdad que ya nadie se ríe? ¿No te parece triste? —farfullaba Margarita sin dar tiempo a que Nil pudiera responderle—. Desde aquí tienes toda la información necesaria —dijo deslizando la mirada por el habitáculo.

—¿Qué quieres decir?

—Que por esa ventana puedes ver el ambiente que se respira en la sala y por esta otra —dijo la joven señalando a la única abertura que la cabina tenía hacia el exterior— puedes comprobar hasta dónde alcanza la cola de espectadores.

De improviso, Margarita se quedó muda. Desde la ventana pudo ver llegar a la joven a la que el día de la entrevista se le vino el mundo encima cuando descubrió que Nil solo tenía ojos para ella. Todo indicaba que iba camino del cine. Se le acababa de ocurrir una idea que podría acelerar las cosas.

—La chica del otro día... —insinuó Margarita mientras jugueteaba con un mechón—. Esa que me lanzó una mirada de bruja.

—¿Te refieres a Lolita?

—Supongo que sí.

Margarita se acercó a la puerta que daba acceso a la cabina y la dejó entreabierta.

—¿Es tu novia?

Nil alzó las cejas y tomó aire antes de responder.

—No tienes por qué decirme nada —se adelantó Margarita al hallar en el gesto del muchacho la información que pretendía—. ¿No tienes calor?

Tras la pregunta, la joven deslizó con maestría y disimulo uno de los tirantes de su vestido. Siguiendo aquel plan que acababa de improvisar, recortó la distancia que los separaba con la boca entreabierta y los ojos teñidos de fingido deseo. Calculó la distancia de esos pasos lejanos que solo ella había podido escuchar. Nil tenía bastante con afrontar aquella situación inesperada que ni su mente más calenturienta se hubiera atrevido a imaginar. Solo cuando Margarita estuvo segura de la inmediata entrada de Lolita se lanzó a los labios de aquel pobre muchacho tullido que creía que la vida le acababa de guiñar un ojo.

Nil no tuvo capacidad de reacción.

—Te odio, Nil Roig —musitó la abatida voz de Lolita—. Te odio.

Nil corrió tras ella con todas sus fuerzas pero Lolita le llevaba ventaja. El impulso de los dos brazos y el deseo de alejarse físicamente de su primera gran decepción la convirtieron en una perfecta velocista. Vencido y avergonzado, el muchacho se detuvo en mitad de la calle Lérida. Ni tan siquiera el reciente sabor a Margarita, que todavía conservaba en los labios, logró aplacar el dolor metálico que conllevaba la culpabilidad de un necio.

10

Una semana después de que Lolita se alejara de la vida de Nil, una azotea de Barcelona sirvió de tapete emocional para un par de amigos. Al tiempo que la tarde se iba muriendo, una luz de oro líquido teñía de rojo las antenas, las jaulas con canarios y la ropa tendida que configuraban aquel mundo elevado que convertía a los hombres en hormigas y a los grandes problemas en nimiedades. Allí arriba, alejados del bullicio y de la tristeza que salpicaban las calles de la ciudad, el sol no se racionaba como en los pisos en los que ambos muchachos vivían más abajo. Lugar de chismorreo con ciertas garantías de seguridad, improvisado patio por el que transcurrían las infancias, los tejados se habían convertido en aquel espacio común al que acudían las almas más necesitadas de respuestas. Ese terreno sagrado que no se avenía a ninguna creencia que no fuera la de la libertad.

—Anda, prueba esta maravilla —dijo Quim con la mirada vidriosa y la espalda apoyada en la pared de un lucernario—, a ver si se te pasa la tontería.

—Lolita no es ninguna tontería —replicó Nil con la cabeza gacha rechazando ese cigarro, de un olor extraño que se asemejaba al del orégano quemado.

Quim siguió consumiendo con afán aquel material que vendía, maravillado por una luz crepuscular que transformaba los tejados del Poble-Sec en una ciudad secreta y deshabitada.

—¿Existen los amores inútiles? —preguntó Nil.

—El Pantera siempre dice que el amor más inútil es el que no te la pone dura.

Nil miró a Quim con el mismo asombro con el que lo hubiera hecho si su amigo se hubiera convertido en un saltamontes.

—Si quieres fulminar una duda, hazte una buena pregunta —anunció Quim masticando cada una de las palabras. El cigarro que fumaba lo había convertido en un hombre ralentizado—. ¿Cuál de ellas te la pone más dura? Respóndete y se acabó la duda. Sabiduría callejera, vecino. Y, sobre todo, jamás confundas a una lagarta con una de las buenas. Pero eso lamentablemente no te lo puedo enseñar.

Era tal el derroche de seguridad de su amigo que Nil asintió sin atreverse a decir nada. Si Margarita era una hoguera de San Juan, Lolita era la chimenea frente a la que se combaten los inviernos. Sabía que aquella no era la respuesta que Quim desearía escuchar, por lo que decidió silenciarla.

—Me voy —soltó Quim sin dar más detalles.

—Pero si acabamos de llegar.

—Me voy de Barcelona.

Nil se volvió hacia su amigo y le prestó toda la atención que aquel anuncio impreciso requería.

—Tengo un dinero ahorrado y mi madre ya no

es lo suficientemente joven para dedicarse al oficio. Si no la saco pronto de aquí se va a marchitar como los geranios de nuestro balcón, que no los regamos desde el 39.

—¿Un limpiabotas puede ahorrar?

Quim sopesó por un instante confesarle todo a Nil pero no quería que su amigo se quedara con esa idea en la cabeza. «Somos como nos recuerdan», pensó el joven buscavidas.

—No te olvides de que los mejores zapatos de la ciudad han pasado por mis manos.

Nil asintió una vez más, convencido por aquel desparpajo fruto de la esencia de las calles.

—¿Y ya tienes decidido cuándo y a dónde?

Ahora el que asentía era Quim, apurando el cigarro con fervor. La luz rojiza le bañaba medio rostro, y eso hizo que tuviera que estrechar los ojos.

—Las ciudades son tristes —musitó el limpiabotas con la mirada clavada en un celaje desteñido decidido a explosionar.

Nil se quedó amarrado a esa sentencia final de su amigo. Años después, siempre que lo recordara, sería de aquel modo: con las piernas recogidas, la espalda curvada, los brazos apoyados en las rodillas, una mano sujetando aquel maloliente cigarro y la mirada ya puesta en otro lugar.

Quim y Delfina abandonaron Barcelona al día siguiente, en silencio y de manera discreta. Los negocios de Quim se habían complicado de tal manera que el único modo de salvar el pellejo era la huida. Llevaba meses apropiándose del dinero del Pantera. Y había llegado el momento de desaparecer. Nil nunca volvió a saber de él. Las consecuencias de aquella tarde anaranjada le enseñaron al muchacho que hay amistades circunstanciales que solo se sostienen por una coincidencia en el espacio y el tiempo y que cuando se elimina uno de ellos esas amistades se evaporan como lo hace el agua al caldearla.

A seis manzanas de allí, en otro tejado, Leo, Bernardo y Paulino tomaban un coñac en una mesa improvisada compuesta por una caja de cervezas y un tablón de madera. Habían decidido sellar el traspaso de La Gran Mentira bajo la bendición de aquel cielo de tintes revolucionarios que parecía mofarse de lo que ocurría por debajo de él. Hacía mucho tiempo que el viejo Leo no se reía de aquel modo. Gran parte de la culpa la tenía un Paulino achispado que en tal estado solía imitar a los personajes más célebres del vecindario. Cuando adoptó el seseo de un Jacinto que representaba la naturaleza de todo el barrio, a punto estuvo el librero de caerse de la silla oxidada que había hallado en la azotea. Fue Bernardo el encargado de recuperar la conversación que los había traído al lugar.

—¿Ya lo has hablado con tu hija, Leo?

—Mi hija siempre ha considerado la librería como el juguete de su padre. Si te soy sincero —añadió Leo con un deje lastimero—, a ella nunca le ha importado un pimiento. Mi nieta ya es otra cosa.

—¿Qué quieres decir? —se interesó Bernardo mientras Paulino volvía a servir otra ronda.

—¿Sabías que Lolita y Nil han roto?

El proyeccionista esbozó su cara de asombro, que consistía en echar el corpachón hacia delante, acentuar la gravedad que arrastraba a su labio belfo y lograr que los ojos amenazaran con salirse de las órbitas. Tardó un minuto en recuperar la postura y cambiar el asombro por una mueca de enfado.

—Ahora lo entiendo. Demasiado joven para oler los problemas... —lamentó el proyeccionista para sí mismo.

—¿A qué te refieres? —quiso saber Paulino.

—Hace unos días Nil hizo unas entrevistas para seleccionar a un par de chicas —explicó Bernardo tras darle un trago al licor—. Una como taquillera y otra como camarera y ayudante de Nil en la cabina. Ya sabéis que sin ayuda es prácticamente imposible enhebrar la bobina si solo tienes un brazo.

—Me imagino —dijo Leo asintiendo y algo apenado.

—No recuerdo su nombre —prosiguió el proyeccionista—, pero una de las aspirantes... si alguna vez dejo de ser el mariquita que llevo dentro, será por una hembra así.

Bernardo se ganó una colleja y la consecuente reprimenda de Paulino.

—Si a estas alturas de la vida todavía andas con dudas, házmelo saber, que uno todavía es joven y tiene mucho mercado.

Al proyeccionista le gustó aquella reacción celosa.

—Acabáramos —dijo Leo—. Las hormonas de Nil han salido a la palestra. Pues tienes un problema que resolver, amigo mío. Y gordo.

Bernardo se encogió de hombros y el viejo librero continuó.

—Lolita me ha llegado a pedir que expulse a Nil

de La Gran Mentira, y claro, no voy a ser yo el que medie entre ellos, como comprenderás.

—Menudo estreno el mío —lamentó Bernardo.

—¿No os parece bonita la ciudad desde aquí? —preguntó Leo ya de pie, asomándose al muro que le permitía avistar el Ensanche barcelonés.

Paulino y Bernardo se unieron al viejo librero y se apostaron a su vera. Durante un tiempo impreciso ninguno de ellos habló. Más bien era el murmullo de la ciudad el que parecía querer decirles algo.

—Recuerdo que de pequeño teníamos un tejado precioso —dijo Paulino—. Era en la avenida Mistral. Una vez me metí dentro de un arcoíris, os lo juro.

—Así te quedaste —respondió Bernardo—, floreado de por vida.

Todos rieron la ocurrencia.

—Hay que ser un verdadero hijo de puta para bombardear una ciudad habitada —dijo Bernardo con el semblante serio y la voz afectada.

—¿Todavía no has aprendido a olvidar, amigo mío? —preguntó Leo.

Ninguno de ellos miraba al otro.

—Sería un error creer que el olvido es voluntario, Leo —respondió el proyeccionista.

—Eso es discutible —apostilló el viejo librero.

Un sol moribundo anidaba en los edificios del barrio de Sans. Todavía podía sentirse su paso en el muro recalentado.

—Una vez me dijiste que discutir te quita años —dijo Bernardo con una sonrisa burlona—. Así que tienes razón, viejo amigo, es muy discutible.

El guantazo fue presenciado por todos los tejados del barrio gótico de la ciudad. Raimundo Viejo lo encajó sorprendido, nunca antes el inspector lo había golpeado. Desde la azotea del consistorio lo primero que se veía era la cúpula del Salón de San Jorge, que coronaba el edificio de la Diputación de Barcelona, de fachada renacentista. Tras la cúpula se erguía la catedral, señorial y acaparadora. Raimundo se cubrió con una mano el pómulo lastimado y se apartó.

—¿A qué viene esto, inspector? —inquirió con voz endeble a pesar del esfuerzo que hizo por mantener su dignidad.

Valiente deambulaba sobre el suelo rojizo de la azotea con las manos en los bolsillos, silbando y contemplando aquel atardecer que, como todo en la vida, lentamente se deslustraba. Ignoró la pregunta del bedel. Una vez más era importante jugar con la incertidumbre creada. Dejar que el otro pusiera en funcionamiento la imaginación y abriera las puertas de sus propios miedos sin lograr deshacerse de ellos. El inspector siguió el vuelo que trazaba una gaviota y, por un momento, la envidió. Empezaba a estar cansado de rodearse de toda esa gente mediocre, supervivientes de una guerra que debería haber terminado con ellos. Necesitaba marcharse lejos, y para ello tenía que reunir la máxima cantidad de dinero. Se volvió con paso decidido y se acercó hasta Raimundo. El bedel se apartó del pretil de la terraza y prefirió recular unos metros. Tras el golpe recibido se esperaba cualquier cosa de aquel energúmeno con poder. A esas horas ya no quedaba nadie en el edificio, y por tanto ningún testigo los había visto subir. Por un instante imaginó su cuerpo impactando contra el suelo empedrado de la plaza y aquello lo paralizó.

—¿Qué te pasa, Raimundo? Estás muy pálido.

El bedel negó con la cabeza y no dejó de recular hasta que su espalda se topó con una claraboya.

—No tengo todo el tiempo del mundo, Raimundo. Cuando dije que tu hija trazara el plan me refería a que tenía una semana para llevarlo a cabo.

—No hablamos de tiempo.

Otro guantazo como medida correctiva. A un inspector no se le interrumpe. A un inspector solo se le dirige la palabra cuando te pregunta.

—Quiero resultados. Y no te olvides de una cosa: nadie es imprescindible.

El inspector dejó a Raimundo achicado en lo alto del ayuntamiento, una mota insignificante de polvo en aquel mar de tejados de distintas tonalidades.

Cuando Valiente cruzó por debajo del puente del Obispo, le vino a la cabeza la leyenda que afirmaba que si al pasar por ese falso puente gótico mirabas hacia la calavera atravesada por una daga y le pedías un deseo, este se cumpliría. El inspector dirigió los ojos hacia esa cráneo dorado que vomitaba una espada y escupió en el suelo. Los deseos pendientes dependían exclusivamente de su voluntad. Enfrascado en sus propios pensamientos, y disfrutando de la paz que otorga haber visto las cosas desde una azotea, en ese instante bajó la guardia. Un racimo de sombras lo acechaban en las primeras penumbras del atardecer. Tres tipos duchos en el arte de la invisibilidad que no pensaban perderlo de vista.

11

Soledad siempre había tenido cierta tendencia a recordar con minuciosidad lo que soñaba. Aun transcurridas las horas era capaz de reproducir completamente los diálogos que había mantenido con los actores que ocupaban ese espacio del subconsciente. Durante muchos años no fue nada extraño escucharle decir que había decidido hacer tal cosa u otra en función de lo que le hubiera revelado un sueño. En su afán por interpretarlos, con el tiempo había leído algún que otro libro sobre la materia. Soñar que se movían los dientes revelaba que no estás rodeado de gente que merezca tu confianza. Hacerlo con que se probaba la sal era una advertencia de que la vida iba a tomar nuevos derroteros. Y soñar con una película simbolizaba que la persona que lo había soñado vive a través de los demás, obviando su propia vida. Aquella noche cálida y sofocante, Soledad había soñado con Romagosa. «No me debes nada, pero me gustaría», le repetía una y otra vez el viejo carpintero con su gesto más afable abrazando con sus manos las de Soledad. Durante las primeras horas de la mañana, la rutina de los últimos días se había encargado de apartar la impronta que aquel último sueño había dejado en ella. Después de tomarse un café donde mojó un chusco de pan duro, atendió a la libreta de contabilidad, repasó los recibos correspondientes a las autorizaciones municipales, las altas del contador de la luz y del agua y el listado de facturas correspondientes a los materiales que habían necesitado para llevar a cabo las reformas. La fecha de la inauguración estaba cercana, aunque todavía no habían decidido cuándo sería. La falta de un nombre con el que bautizar aquel nuevo cine de barrio los tenía paralizados. Aprovechó la calma que a esa hora del día dispensaba el barrio, todavía adormecido e inmerso en esa última oscuridad previa al nacimiento de un nuevo sol. Pensó que sería buena idea recopilar en un papel todo aquello que Luisito, propietario del cine Latino y amigo de la infancia de Jacinto el zapatero, le había contado dos días atrás.

—A mi cine solo van las parejas a magrearse y chavales a los que les da igual lo que les pongas. ¿Sabes qué hago para ahorrarme unas pesetillas? Pues si el lunes proyectamos *Objetivo: Birmania*, a la semana siguiente proyecto la misma, eso sí, bajo el título de *Soldados de sangre*.

Soledad había escuchado atónita toda aquella ristra de consejos rastreros que no pensaba poner en práctica.

—No te olvides de que la ley obliga a españolizar los nombres —le recordó Luisito.

Era un tipo dicharachero que, tal y como le había advertido Jacinto, no tuvo ninguna prisa en que Soledad se marchara del bar en el que se citaron. Expelía un tufo a sudor rancio, y era tan bajito que en algunas barras de bar podrían haberlo confundido con un niño.

—Aquí lo que se lleva es lo alemán o lo castizo. ¿El acomodador, dices? En mi sala van vestidos de rojo y se permite fumar. Y sobre todo no te olvides de reservar unas butacas para los delegados gubernativos y los guripas de paisano. Si es que en esta vida siempre ha habido clases. Y no permitas que nadie grite contra Franco en plena sesión, y si lo hace procura identificarlo, de lo contrario te impondrán los denominados actos de afirmación falangista.

Si había algo que laceraba a Soledad era esa suerte de sumisión a la autoridad que lentamente iba calando en la sociedad y se digería sin ni siquiera cuestionarla. ¿Por qué podía un policía acudir de manera gratuita al cine? ¿Por qué no un obrero, un panadero o un ganadero? El Régimen se había encargado de diseñar un sistema trufado de prerrogativas. Claudicaría, eso sí, en lo relativo a una programación doble de reestreno con los obligados noticiarios documentales. Pero ello no era óbice para que protestara a solas hasta quedarse sin garganta maldiciendo a todos aquellos que los exprimían y diseñaban las leyes para ensanchar sus bolsillos y se arrogaban esos privilegios recién estrenados que tenían visos de ser muy duraderos. Y es que las costumbres que no se cuestionan terminan por convertirse en leyes inflexibles e imperecederas.

—Y recuerda que tu cine será conocido por el tipo de público que lo visite. Mira el cine Colón, sin ir más lejos, lo llaman el potaje porque allí entra de todo. ¿Me comprendes, hermosura?

Soledad sí lo comprendió, y también le molestó que aquel medio hombre se tomara ciertas licencias.

Cerró de un manotazo la libreta en la que anotaba todas las tareas pendientes y se levantó de la silla como un resorte. Deambuló por el comedor invadida por una sensación de intranquilidad de la que no conseguía desprenderse. Ataviada con una fina bata de seda que dejaba intuir todas sus formas, repitió en voz alta las palabras que Romagosa le había dirigido en sueños: «No me debes nada, pero me gustaría». Solo entonces Soledad sonrió y sintió, por primera vez desde hacía tiempo, la levedad de su ser. Acababa de quitarse una losa de encima. ¿Cómo no se le había ocurrido antes? Acudió a la habitación y se deslizó por la misma a oscuras, de memoria, hasta palpar la pierna de su hijo.

—Nil, cariño, despierta.

El tono carente de urgencia de su madre hizo que el muchacho remoloneara con la almohada unos segundos antes de espabilarse del todo.

—Ya tengo el nombre para el cine —afirmó Soledad con voz alegre. Nil emitió una especie de gruñido—. Cine Romagosa. ¿Qué te parece?

El muchacho rumió durante unos instantes la propuesta.

—¿Cómo no se te ha ocurrido antes?

—Eso mismo me he preguntado yo.

Tres horas después, Soledad mandó a Nil a que

se acercara hasta la calle Viladomat, a la sastrería Sánchez e Hijos, para que pudiera obtener el precio aproximado de un uniforme rojo con el que vestir a Paulino el acomodador. Soledad se arregló de manera apresurada y se peló una manzana con los ojos clavados en la pared. Suspiró más veces de la cuenta. Sentirse sola comportaba eso, suspiros y miradas perdidas en el océano de los recuerdos. Desde hacía un tiempo ya nadie madrugaba para ir a comprar y conseguir los productos básicos. Las colas se iban marchitando y, aunque todavía había escasez, lo cierto es que el hambre tenía las garras más recortadas. Estaba a punto de salir de casa para comprar pan y legumbres cuando alguien dejó caer la aldaba sobre la puerta del piso. Al preguntar quién era, una voz agradable de hombre respondió:

—Vengo de parte de Pierre Bernier.

Soledad barajó todas las posibilidades. Podía tratarse de un policía de la Social que acabara de detener a Pierre y ahora quisiera hacer lo propio con ella. Lo cierto es que llevaba días esperando una señal del marsellés. Como si hubiera leído en su mente las dudas que la acechaban, el hombre que había tras la puerta añadió:

—Soy el elegido.

Si Pierre hubiera caído en manos de los secuaces de Valiente jamás hubiera revelado sus intenciones. Soledad abrió la puerta. El tipo era bien plantado y elegante, con un traje oscuro, camisa blanca y corbata azul a rayas. Lucía un fino bigote adherido a una piel bien cuidada. Sin embargo, sus ojos atormentados lo delataron. Fue en ellos donde Soledad halló un poso de tristeza que solo las personas como ella eran capaces de reconocer.

—¿Me permite pasar?

Soledad le franqueó la entrada indicándole con un gesto de la mano que tomara asiento junto a la mesa del comedor. Dejó en la cocina el cesto de mimbre con el que se disponía a salir a comprar y se acomodó frente al hombre, con las manos juntas sobre el tapete y la mirada puesta en aquel rostro agraciado que le resultaba un tanto familiar.

—Me llamo Josep Lluís Facerías, pero todos me llaman Face —prefirió obviar el sobrenombre del Dandy.

La mujer le estrechó la mano sin disimular su estupefacción. Acababa de acomodar en su casa a uno de los anarquistas más buscados por la policía. Recordaba haber escuchado numerosas gestas suyas en boca de viejos amigos de David. Atracos a bancos, a la fábrica de la Hispano Olivetti e incluso algún que otro robo a mano armada a clientes adinerados de *meublés* de Barcelona.

—¿Debo entender con su presencia que han aceptado mi petición?

Facerías extrajo del bolsillo más desfondado de su americana un paquete de Ideales. Solicitó permiso para fumar con un gesto. Soledad accedió y declinó su invitación. Después de la primera calada, profunda, el hombre habló sin despegar los ojos de los de la mujer.

—Llevamos días estudiando al objetivo. Todo lleva su tiempo.

—Lo entiendo.

—Se preguntará por qué he venido a visitarla en lugar de enviar a un mensajero.

Ella se encogió de hombros. Sabía del riesgo que ese hombre corría desplazándose por la ciudad, pero eso mismo llevaba haciendo desde el año 1945.

—Solo quería asegurarme de que con el paso de los días no había cambiado de opinión. El riesgo que asumimos, como comprenderá, es muy alto. Pero satisfactorio, no nos vamos a engañar.

Esto último lo acompañó de una bonita sonrisa. Sus palabras eran pausadas y destilaba una clara intención de buscar en su interlocutora una ansiada complicidad.

—¿Quiere tomar algo?

Facerías negó con la cabeza.

Soledad respiró hondo. Estaba a punto de dictar una sentencia de muerte que, en el caso de no llevarse a cabo y quedar al descubierto, podría volverse en su contra y en la de su hijo. Inclinó el cuerpo hacia delante, apoyó los codos sobre la mesa y posó los labios de cera sobre las manos entrecruzadas. Revocar su petición sería aceptar la peor de las derrotas.

—Quiero que sigan con el plan inicial —ratificó Soledad con un deje de amargura que no le pasó desapercibido a Facerías.

El hombre asintió con una mirada fría.

—Tal vez necesitemos su colaboración, señora.

—¿Qué tipo de colaboración?

—Todo a su momento.

Facerías consultó el reloj barato que llevaba en su muñeca. Soledad no conocía a ningún idealista que se embolsara una peseta. Todo lo que obtenían era destinado a la organización. La austeridad de aquellos tipos era su bandera. Y que en aquel caso ese hombre vistiera un traje elegante aunque sencillo obedecía a la necesidad de aparentar ser quien no era.

—Me esperan a tres manzanas de aquí y si llego tarde lo entenderían como un problema grave de seguridad.

—¿A quién perdió en la guerra? —quiso saber Soledad—. Su mirada no miente.

—Será porque fui camarero en la Rotonda, a los pies del Tibidabo, y vi muchas injusticias —respondió displicente.

Facerías se levantó y esperó a que la mujer hiciera lo mismo.

—He perdido a una hija de tres años y a un marido.

—Lo siento mucho, señora. Y gracias por la advertencia, procuraré entrenar más mis ojos chivatos.

Se estrecharon la mano y se mantuvieron la mirada. Acababa de poner en manos de aquel hombre todo su futuro.

—Gracias y suerte —dijo Soledad.

Facerías se volvió y salió por la puerta con paso ágil. El taconeo lejano de sus zapatos en los escalones volcaba el reloj de arena que Soledad llevaría en la cabeza hasta que Valiente descansara bajo tierra.

Ya en la calle, Facerías regresó a las palabras de aquella bella mujer azotada por el dolor. Se le secó la garganta y tensó las mandíbulas al recordar como los aviones nazis ametrallaron a su esposa y a su hija de pocos meses cuando estas huían camino de Francia al lado de millares de futuros refugiados. Era el año 1939 y él estaba preso. Compartir el dolor termina por debilitarte, y eso no podía permitírselo. Pero tampoco quería olvidarlas. No lo haría mientras respirara.

12

Al finalizar la guerra, Raimundo Viejo se pasaba el día en la calle, visitando a amigos con los que había estado en el bando Nacional, bebiendo *barrechas* mientras evocaban viejas historias y brindando por aquellos a los que habían visto morir delante de sus narices. Al final del día, cuando un sol agonizante les recordaba que todavía no habían encontrado empleo, regresaban a casa con la cabeza gacha. Raimundo lo hacía achispado, taciturno y sin ganas de nada. Una noche, Margarita escuchó discutir a sus padres a voz en grito. De ninguna de las maneras iba a permitir que su mujer se dedicara a la prostitución. La desesperación actúa como las bacterias, al principio apenas es perceptible pero cuando se esparce por nuestro cuerpo, entonces ya es demasiado tarde. Nace la locura, las cosas hechas sin sentido, las malas decisiones que cavan todavía más el agujero del que se pretende salir. Denunciar al vecino del segundo no tuvo que ser fácil para Raimundo. Como tampoco lo fue sobrevivir a los días que siguieron al fin de la guerra. Él siempre achacó a la desesperación aquel gesto despreciable que llevó a

Tomás Gil, padre de dos niños de tres y seis años, al paredón. Acusado de ser el principal responsable de repartir por toda la ciudad pasquines anarquistas que fomentaban la violencia y los ataques directos a agentes de la autoridad, fue una de las primeras víctimas del inspector Valiente. Desde entonces el hambre se evaporó de la casa de Raimundo Viejo, que pasó a ejercer como bedel en el Ayuntamiento de Barcelona. En el barrio tuvo que soportar miradas torvas, algunas recelosas, y los ojos húmedos y acusadores de la viuda de Gil. Una tarde de primavera se le acercó con malas artes uno de esos rojos que no se había olvidado de lo que le había hecho al pobre Tomás. Solo entonces supo Raimundo que debía hacerse respetar. Lejos de amedrentarse, volvió a informar a Valiente, y con sus viles palabras se llevó por delante a dos inocentes más. Con el tiempo, las mentiras de Raimundo se convirtieron en sentencias de muerte. «Nadie te pedirá cuentas», lo alentaba el inspector, temeroso de que un día Raimundo dejara de informarle. Aquel tipo orondo de rostro abstracto se convirtió en el verdadero terror del barrio. En esos tiempos en los que la confidencia de un simpatizante del Régimen se equiparaba a un alud de pruebas procesales, Raimundo se movió como pez en el agua. Con el transcurso de los años, algunas noches se le aparecían en sueños, cuando menos se lo esperaba, todas esas almas condenadas. Las sempiternas ojeras, el caminar rápido por aceras conocidas sin dejar de volverse en cada esquina y llorar a solas fueron síntomas de una culpabilidad mal digerida de la que jamás supo cómo desprenderse.

Nunca antes Margarita había tenido que sufrir un grito o un mal gesto de su padre. Sin embargo, la pasada noche había recibido un guantazo cuando lo interrumpió durante sus reiteradas exigencias. El tono endurecido de Raimundo fue lo que terminó de sorprenderla. Ni siquiera el llanto desconsolado de la joven hizo que el bedel entrara en razón.

—Si me despiden por tu culpa te pongo a trabajar en la calle.

Aquella amenaza y las pocas ganas de seguir bajo aquel techo vetusto que escondía una vida rancia, esa a la que Margarita no quería pertenecer, la empujaron a tomar una decisión. Cumpliría con las exigencias de su padre y se marcharía lejos de allí. Le bastaba un pestañeo para obtener trabajos respetables, de esos en los que los encargados visten trajes caros y sueñan con secretarias como ella. Esa mañana de un septiembre que ya agonizaba, Margarita había madrugado para no tener que regresar a casa de vacío. Cuando vio a Nil salir del portal lo siguió como su padre le había enseñado: dejando una distancia prudencial, desde la acera opuesta y con la cabeza alta. Solo los que evitan la mirada llaman la atención. Dejó que entrara en una sastrería y, cuando el chico salió de la misma, se hizo la encontradiza. Nadie podría decir que aquello no se trataba de un encuentro casual. La fingida alegría de Margarita, el vestido de tirantes elegido para la ocasión y la caricia por encima del brazo superviviente hicieron que el muchacho se olvidara del precio del uniforme rojo de acomodador. Nil aceptó sin remilgos la propuesta de tomar un café juntos en un bar cercano a la calle Campo Sagrado. El lugar tenía esparcidas por el suelo una alfombra de serrín, servilletas de papel arrugadas, cabezas de gambas hervidas y colillas por doquier. Tras el cristal de la barra, unas anchoas con trienios y unas patatas arrugadas como ciruelas pasas les daban la bienvenida a los parroquianos. Después de comprobar el magnetismo de esa barra impregnada de bebidas derramadas y de capas de grasa de rancio abolengo, decidieron tomar asiento en una mesa de mármol alejada.

Margarita puso en marcha su estrategia en cuanto acomodó las posaderas y dejó la caja de zapatos que llevaba con ella sobre su regazo. La sonrisa que había servido de cebo para esa cita improvisada acababa de desaparecer. En su lugar asomaba un gesto estudiado de preocupación que no le pasó desapercibido a Nil.

—¿He dicho algo que no te haya gustado?

Margarita negó cabizbaja, lanzándole una mirada de socorro.

—El camarero me ha recordado a mi padre y eso me ha puesto triste.

—¿Está muerto? —quiso saber el muchacho.

—Está en peligro.

La llegada del camarero interrumpió las intenciones de la joven. Esperó a que les sirviera el café, y cuando se aseguró de que no había más orejas que las suyas, decidió ejecutar el plan. Margarita había sido informada por su padre acerca de las tendencias políticas que regían en casa de los Roig.

—Mi padre siempre ha sido republicano.

—El mío también —añadió el muchacho con un leve entusiasmo.

—La noche pasada, un amigo junto al que combatió durmió en casa. Ya sabes lo que ocurre si dejas que pernocte un perseguido bajo tu techo. Pero mi padre es un hombre leal...

Margarita cruzó las piernas con elegancia, consciente de que de ese modo atraía la furtiva mirada de Nil.

—Jamás le negaría cama y plato a uno de los suyos.

—Eso lo honra.

—El hecho es que Jaume, que es así como se llama, le entregó unas cartas provenientes de Francia que la policía no puede ver. Son instrucciones dirigidas a algunos integrantes del PSUC. Cuando nos hemos levantado esta mañana Jaume ya se había marchado. Dejó una nota para mi padre en la que le rogaba que conservara a buen recaudo estas cartas. —Margarita percutió con un dedo sobre la caja de zapatos—. Mi padre tiene miedo, Nil, no sabe qué hacer con ellas. La gente del barrio tiene la lengua muy larga, y he pensado que quizá tú sabrías dónde...

El chico rumió durante un instante acerca de aquella historia. Conocía ese miedo, sabía bien qué significaba poseer algo que era pretendido por muchos. De un mordisco arrancó el papel al azucarillo y depositó el contenido en el café. Margarita contemplaba anonadada la habilidad que el muchacho demostraba con una sola mano.

—Si tu padre también fue uno de ellos, hazlo por él, Nil.

Al muchacho aquella propuesta lo había cogido por sorpresa pero tenía que admitir que se sentía cómodo en aquella situación. Margarita indefensa, frágil y, sobre todo, accesible. Era un pensamiento ruin, pero de algún modo se equilibraba la balanza. Toda esa inseguridad que la mera presencia de la joven le acentuaba parecía estar diluyéndose en esos momentos.

—Si quieres, yo puedo esconderlas en un lugar seguro, pero no te puedo decir dónde —propuso Nil dándole a sus palabras cierto aire de misterio que a Margarita le pareció algo cómico. El plan estaba saliendo a pedir de boca—. Y cuando las necesites te las devuelvo sin problemas.

—¿Harías eso por mí?

Margarita cubrió con sus manos la de Nil, trémula y fría.

—Eso y más.

La joven se levantó de la silla, acercó su cuerpo al del muchacho por encima de la mesa, apoyó las manos en el mármol y lo besó en la boca.

Nil no salía de su estupefacción y agachó la mirada al saberse descubierto. Acababa de repasar con detalle aquellas tetas prensadas con cuyo tacto fantaseaba. Margarita sonrió burlona y se acabó el café.

—¿Lo de Nil es alguna abreviatura?

—No, solo tengo mutilado el brazo.

—Es bonito.

Margarita percibió que la cosa estaba adquiriendo tintes de incomodidad. Solo quería conseguir la información que su padre le había exigido y después desaparecer. Hastiada de sus propias mentiras y del papel que estaba representando, creyó que era el momento oportuno para abandonar aquel bar pegajoso de paredes desconchadas, refugiarse en algún portal y seguir los pasos de Nil. Y así fue como sucedió. Cuando salieron a la calle, la joven le entregó esa caja de zapatos en cuyo interior se suponía que descansaban los escritos prohibidos de su padre. Confió en que el muchacho no los leyera, de haberlo hecho hubiera descubierto las cartas de amor que su último novio le había enviado durante el pasado verano. Compensó sus repentinas prisas con otro beso en los labios que alimentó las esperanzas de Nil. La pregunta de Quim acudía a su cabeza una y otra vez: «¿Cuál de ellas te la pone más dura?». Mecido por su creciente conflicto interno, el muchacho caminó por las calles con aire despistado y una sonrisa estúpida que no lo abandonó. No tardó demasiado en adentrarse en el pasaje donde se ubicaba La Gran Mentira y cruzar la puerta del establecimiento. Cuando Margarita lo vio desaparecer, siguió su rastro y se aseguró de que el único local en el que podía haber entrado era esa tienda de libros viejos. En cuanto tuvo la certeza de haber obtenido lo que buscaba, se apresuró en abandonar aquel callejón lóbrego y pestilente. Al alcanzar la calle Urgel soltó un largo y profundo suspiro. Empezar una nueva vida solo era una cuestión de días.

13

Cuando su hija terminó de describirle con pelos y señales lo acontecido con Nil, Raimundo le ordenó que se cambiara de ropa y ayudara a su madre con las tareas de casa. A partir de ese momento el bedel no prestó atención a nada, salió a la calle con el corazón desbocado y enfiló el camino hacia Jefatura. Unas semanas atrás el inspector le había dado unas pautas que debía respetar por el bien de su integridad física. La primera de ellas era que jamás acudiera a Jefatura si no había sido requerido previamente por él. Ojos republicanos podían merodear por ese edificio y tomarse la justicia por su mano con quienes colaboraban con los enemigos. Raimundo era consciente de ello, incluso asumió la posibilidad de que Valiente le diera un repaso, pero estaba seguro de que en cuanto le entregara la información que llevaba consigo las cosas cambiarían a mejor. Solo pretendía conservar el sosiego que hasta entonces había tenido. En la última cena de Navidad, afectado por la ingesta de vino, le había confesado al hermano de su mujer, un falangista camisa vieja, su implicación con la Brigada de Investigación Social. «Soy uno de ellos.» La confesión fue recibida con abrazos de admiración y una mirada de orgullo de quien siempre lo había tenido por un mequetrefe.

Cruzó la puerta principal de la Jefatura y permaneció un buen rato esperando a que asomara Valiente. Desde la cochera donde estaba aparcado el coche oficial del jefe superior, Raimundo atisbó una ventana que daba a la primera planta del edificio. Se escuchaban voces tensas y el ajetreo del personal por los angostos pasillos era incesante.

—¿Qué cojones haces aquí?

La voz de mando de Valiente hizo que se volviera y dejara de mirar lo que no era asunto suyo. Raimundo sonrió ajeno a la reprimenda y sostuvo en la mano el papel que le había entregado Margarita con el nombre del local.

—Ya tengo lo que busca.

Valiente se lo arrebató con tal brío que la sonrisa del bedel desapareció al momento.

—Y ahora, lárgate —mandó el inspector.

—¿Nada más?

Valiente lo agarró de la pechera y lo estampó contra la pared. Acercó su boca a la oreja de aquel chivato.

—Si quieres seguir respirando lárgate de aquí ahora mismo. Créeme, Raimundo.

Esto último lo dijo al tiempo que lo soltaba y se ajustaba la corbata.

Raimundo se dirigió hacia la salida cabizbajo, y cuando ya había pisado los adoquines de la Vía Layetana y se adentraba en la calle Alta de San Pedro, frente a la columna modernista que servía de taquilla al Palacio de la Música, lo detuvo la mano de Valiente sobre su hombro.

—Falta el nombre de la calle.

—Es el pasaje que une Urgel con Borrell —respondió Raimundo desalentado.

Valiente le entregó uno de esos sobres que modificaban por completo el estado de ánimo del bedel.

—Te he descontado los días que llevabas de retraso.

Raimundo asintió agradecido. Le ofreció la mano al inspector pero este se dio la vuelta y regresó a Jefatura.

A esas horas el pulso de la ciudad estaba acelerado, las calles bullían y los barceloneses caminaban de manera desigual. Algunos con los hombros erguidos, otros alicaídos. El variado surtido de personas que esa ciudad albergaba se podía contrastar en las arterias viales que recorrían el centro. Ni Valiente ni Raimundo se percataron de esos ojos atentos que acababan de presenciar la escena. De haber seguido al inspector hubieran podido evitar la desgracia que empezaba a forjarse en la cabeza de Víctor Valiente. Pero al comprobar que este regresaba a Jefatura decidieron seguir a Raimundo, sin saber que esa decisión cambiaría el curso de los acontecimientos.

En cuanto Nil había accedido a la librería había percibido que algo raro estaba sucediendo. Nineta gateaba sola y el pañuelo de Leo descansaba sobre la claqueta que servía de mesa al viejo librero. Decidió bajar a la sala de proyección oculta y descubrir qué estaba pasando. Sorprendió al librero en compañía de Bernardo y Paulino con una botella de cava y en pleno brindis. Lo invitaron a sumarse a la celebración, y fue Bernardo el encargado de poner al muchacho al corriente de los últimos acontecimientos. Improvisaron una larga comida que terminó al anochecer. Fue entonces cuando el viejo Leo, animado por el cava y el vino, envió alguna que otra pulla al chico.

—Quiero que sepas, muchacho, que nunca antes dos miembros de este cine clandestino se habían retirado la palabra.

Nil escuchaba avergonzado.

—Así que desde hoy mismo Bernardo y Paulino serán los responsables de tomar algún tipo de solución al respecto. ¿Se puede saber qué ha pasado para que Lolita no te quiera ni ver?

—¿Qué llevas ahí? —le preguntó Bernardo al chico señalando la caja de zapatos, de la que no se había separado un solo segundo.

—Cartas de mi padre que prefiero guardar por aquí —respondió Nil recogiendo la caja del suelo y poniéndosela sobre las pantorrillas.

—No te hagas el loco y respóndeme, pillastre —insistió Leo con los brazos cruzados y una sonrisa contenida.

A Nil la pregunta lo incomodó tanto que se le cayó la caja al suelo y se esparcieron todos los papeles que contenía. Paulino fue el primero en agacharse y leer una de las cartas. Nil no sabía dónde esconderse.

—¿Tu padre tenía una amante? —preguntó Paulino divertido.

Durante unos segundos el muchacho no logró entender la pregunta.

—Y al parecer se llamaba Margarita —continuó Paulino mientras leía fragmentos tomados al azar.

Bernardo reparó en la lividez que el muchacho mostraba. Sacudió el brazo de Paulino y logró conseguir que cerrara el pico.

Nil se arrodilló y leyó algunas de las cartas, todas ellas dirigidas a la misma destinataria. Declaraciones de amor correspondido que nada tenían que ver con la historia que le acababa de contar Margarita. El muchacho se ruborizó sabiéndose engañado y manipulado. Asediado por la mirada inquisitiva de Leo, las burlas de Paulino y el silencio de Bernardo, huyó del lugar en busca de respuestas. Al salir de La Gran Mentira la noche era ya una realidad. A esas horas el pasaje tenía un aspecto fantasmal. Lo atravesó trotando como si el mismísimo demonio lo persiguiera. Al final del pasaje logró deslumbrarlo el destello de las luces delanteras de un vehículo oscuro, pero él siguió corriendo y no se detuvo hasta alcanzar el Paralelo. En el trayecto se cruzó con algunas parejas besándose en portales oscuros y con varias almas solitarias escudriñando en las basuras. También vislumbró la tristeza de las tres chimeneas al despedir otro día y la sonrisa lánguida de un sereno a punto de empezar su turno. Le faltaba el aire y le dolía el corazón. Por mucho que se esforzaba no atinaba a saber qué había pretendido Margarita con toda esa engañifa, con todos esos besos mentirosos. Descansó en un banco municipal ubicado en el Paralelo. Reparó en el trajín de esa avenida que no entendía de tristezas ni de corazones rotos. Pensó que todas las ciudades anochecen de un modo similar y se preguntó cómo sería pasear por esas mismas calles dentro de cincuenta años. Si por aquel entonces aún reinaría el miedo, las libertades serían recortadas y las mujeres bonitas mentirían en el primer café del día. Vencido por una vida que, al igual que una emisora de radio inaudible, le costaba modular, decidió regresar a casa y refugiarse al amparo de la única mujer que jamás lo decepcionaría.

Mientras tanto, en la mansedumbre cárdena de la noche, Valiente y Espinosa aparcaron el Lancia en una esquina y se adentraron cautelosos en el pasaje. El rumor lejano de la ciudad los reconfortaba. No querían testigos cercanos, y aquella ubicación resultaba inmejorable para llevar a cabo sus fechorías. Se apostaron cada uno en uno de los laterales de la puerta, y fue Espinosa el primero en asomar el hocico. En el interior de aquella vieja librería solo detectó la presencia de un gato de aspecto pérfido y el cartel de cerrado colgando del cristal. Valiente le pidió con la mano que tuviera paciencia.

A pocos metros de ahí, bajo tierra, Paulino era el epicentro de todas las críticas. No era propio de él aquel comportamiento burlesco y falto de tacto. Achacó lo sucedido a las copas de cava y al júbilo que le producía haberse convertido en uno de los responsables de aquel negocio tan especial. Fue Bernardo el que se apresuró en convencerlo de que debía disculparse ante el muchacho. Sacudido por los remordimientos, Paulino siguió las indicaciones del proyeccionista y, tras regalarle un afectuoso achuchón a Leo, decidió dar alcance a Nil.

El estruendo mecánico que emitían los engranajes de las compuertas camufladas despistó a los policías, quienes, desorientados, llegaron a pensar que el sonido provenía del exterior. En esa ocasión fue Valiente el que se asomó por la puerta de cristal y descubrió aquel rostro conocido acariciando a un felino de pelo encrespado y ojos de color escarlata. «El compañero ideal de Belcebú», pensó el inspector mientras golpeaba con los nudillos contra el cristal con la cabeza gacha para evitar ser reconocido. Paulino abrió la puerta convencido del retorno de Nil, con la mirada clavada en aquella gata que tenía en sus brazos y ensayando mentalmente las disculpas que ofrecería al muchacho. Sin embargo, al descubrir las figuras de Valiente y su compinche frente a él, Nineta se le cayó al suelo y maulló desgarradoramente. La gata no fue la única que olió el peligro.

—¿Un nuevo empleo, invertido? —le preguntó el inspector mientras atrancaba la puerta de madera.

Si algo tenía Valiente era una memoria prodigiosa.

—Buenas noches —respondió Paulino con un hilo de voz, removiéndose inquieto.

Mientras tanto, Espinosa daba manotazos a libros y a revistas, volcando el contenido de las estanterías con una virulencia extrema.

—¿Sabes qué busco? —preguntó Valiente con esa parsimonia previa al vendaval. Paulino negó con la cabeza y se ganó el primer golpe de la noche. El puñetazo de Valiente acababa de romperle la nariz.

—Es imposible, inspector —lamentó Espinosa con la frente atestada de perlas de sudor—. Puede estar en cualquier revista de estas, dentro de un libro... Esto es de locos. No lo vamos a encontrar.

—Todo tuyo —le respondió Valiente decepcionado.

El inspector se acarició la barbilla pensativo mientras Espinosa se desahogaba con Paulino. Repasó el habitáculo con la mirada. La única puerta que había era la que conducía a un diminuto aseo. Espinosa estaba en lo cierto. Revisar cada uno de esos libros, página por página, podía llevarles una eternidad. No sabía de cuánto dinero se trataba pero empezaba a creer que de algún modo inexplicable todo el que se acercaba a ese cromo terminaba mal. «A menudo un triunfo es simplemente la derrota de tu enemigo, aunque tú no seas el vencedor de la contienda», quiso creer a modo de justificación. Espinosa reventó de una patada el bazo de aquel invertido que no había aprendido la lección. Valiente se puso en cuclillas procurando no mancharse con la sangre y los vómitos y se dirigió a un Paulino inconsciente que empezaba a convulsionar.

—Si no es para mí no es para nadie, ¿me entiendes, maricona?

Otra patada. Esta vez contra el rostro sanguinolento de aquel guiñapo humano.

—Ve al coche, Espinosa, y trae lo que tú ya sabes. Vamos a poner fin a esto.

El policía obedeció con premura y regresó sonriente sosteniendo con las manos un bidón de gasolina. Vertió el líquido por encima de las estanterías volcadas, sobre la claqueta que servía de mesa a Leo y en el cuerpo inerte de Paulino.

—Huele a gloria —se mofó Espinosa.

Se acercó a la caja de recaudación y entregó al inspector el poco dinero que halló.

Valiente se encendió un cigarro con parsimonia y le ofreció otro a su secuaz. Se divirtieron jugando al filo del riesgo, sabiéndose equilibristas sobre un alambre que ellos mismos pisaban.

—No sé usted, inspector, pero a mí ese dinero extra del que me hablaba me hubiera ido muy bien. ¿No nos estaremos precipitando? ¿Y si llamamos a Zapico y a Labrador para que nos echen una mano? Sin contarles nada de nada, no vayan a querer parte del pastel.

Valiente lo miró con reprobación. Apenas le había contado a Espinosa una cuarta parte de la historia de ese cromo, no podía confiar en ese bocazas. Él también había querido ese dinero, más que nadie, pero empezaba a estar cansado de esa ciudad, de esa vida vacía. Y tenía prisa por salir de ella.

—Cuenta tres —ordenó Valiente mientras descerrajaba el portón de madera que daba a la calle y encendía el mechero de piedra.

—Uno, dos y... tres.

La virulencia de las llamas fue lo primero que alertó a los vecinos. Eso y la columna de humo, que podía verse desde distintos puntos de la ciudad. Por fortuna, la librería no colindaba con otras casas habitables. Serafín, el propietario del bar Can Martí, acudió presto sosteniendo dos cubos de agua. Se dejó el alma en intentar sofocar aquellas llamas hambrientas y devastadoras. Serafín era otro de los miembros de aquel cine clandestino cuyas entrañas ardían. Lo imitaron otros vecinos, pero no había nada que pudieran hacer. La Gran Mentira se había convertido en una gran bola de fuego. La única duda que flotaba en el ambiente era saber si el viejo Leo estaría en el interior o ya se habría marchado a casa a descansar.

En la sala de proyección, el primero en percatarse fue justamente Leo. Alertado por el humo que empezaba a colarse por las ranuras de las compuertas secretas, se apresuró en acceder a la sala contigua. Empezó a toser. Pronto supo que en el caso de permanecer allí las posibilidades de mantenerse con vida serían mínimas. Las paredes ardían y el humo empezaba a invadir la estancia. Sin dejar de toser, reculó a tiempo y obligó a Bernardo a que lo siguiera hasta el escondrijo en el que años atrás había pernoctado David Roig. Cuando alcanzaron el zulo, el primero en romper a llorar fue Bernardo. Abatido, sobre el colchón maloliente que había dado reposo a maquis y a otros perseguidos, empezaba a tomar conciencia de la gravedad de los hechos.

—Tal vez haya podido salir —consoló Leo al proyeccionista.

Lo más extraño de todo era que Paulino no les hubiera advertido de nada. Un incendio no era una explosión, su propagación siempre necesita un tiempo. ¿Qué diablos había sucedido allí arriba?

Durante un tiempo impreciso, aislados del mundo, permanecieron callados. Fue Bernardo el que de improviso se alzó con violencia y descargó su ira contra la puerta. Leo lo dejó hacer. Su amigo necesitaba desfogarse, caer rendido y entonces empezar a comprender. Con los nudillos en carne viva, Bernardo se dirigió al librero entre sollozos y con la respiración acelerada.

—¿Cuándo podremos salir de aquí?

—Deberíamos esperar al menos un día o hasta que alguno de los nuestros llegue a la sala —respondió Leo, abatido, pasando un brazo por encima del cuello de su amigo—. No podemos poner en peligro nuestro más valioso secreto. Y allí arriba ya no hay nada que nosotros podamos hacer.

Estuvieron recluidos durante veinte horas. Apenas durmieron y solo bebieron agua. Tenían el cuerpo molido y empezaban a perder la cordura al considerar todas las posibilidades. Cansados de esperar que alguno de los suyos fuera a rescatarlos, calcularon que ya no quedaría nadie de quien esconderse. «Los bomberos habrán sofocado el incendio y tocará empezar de cero, nada más», dijo Leo con la voz apagada. Fue Bernardo el que decidió encabezar aquella expedición compuesta por dos hombres atemorizados que no sabían con qué iban a encontrarse. La sala de proyección estaba intacta, solo el fuerte olor a chamuscado alertaba de que algo había sucedido. Sin embargo, al llegar a la cámara decorada con fotografías del *star system* americano se disparó su preocupación. Algunas paredes estaban completamente calcinadas, apenas podían distinguirse los célebres rostros que colgaban de ellas. Por fortuna el fuego no había alcanzado la totalidad del habitáculo. Tras una limpieza exhaustiva y una esmerada ventilación todo volvería a ser lo mismo, quiso creer Leo con la ingenuidad del ignorante. Fue al adentrarse en la librería cuando se les heló la sangre. Lolita y su madre se abrazaban desconsoladas sobre los escombros de un local arrasado por las llamas. Nada había sobrevivido al fuego. Lolita saltó por encima de las cenizas y fue corriendo a abrazar a su abuelo. Lloraron juntos mientras Bernardo se acercaba apesadumbrado a la hija de Leo.

—¿Encontraron a alguien, Maribel? —preguntó el proyeccionista con la voz trémula.

La mujer asintió entre sollozos, posó una mano sobre el hombro de Bernardo y, sin saber qué más podía decir, se acercó a abrazar a su padre.

—Pensábamos que eras tú —repetía Lolita con desesperación.

Bernardo se volvió y se quedó rígido contemplando a las dos mujeres abrazadas a Leo. El proyeccionista, pisoteando los rescoldos de lo que iba a ser su futuro, salió a la calle con la respiración entrecortada y rompió a llorar como un niño. Atravesó calles, esquivó a personas y apenas reparó en las indicaciones que algunos guardias de tráfico realizaban a conductores y transeúntes. Solo deseaba que al llegar a casa lo invadiera el tufo de Varon Dandy, que Paulino lo esperara sentado frente a la mesa y escuchar el tintineo de la cucharilla en el vaso de cristal al remover el café con dos de azúcar y recibiéndolo con aquel beso mañanero con el que siempre le alegraba el día.

14

Una semana después del suceso, Soledad todavía visitaba dos veces al día a Bernardo. De no ser por ella no hubiera comido en todo ese tiempo. A pesar de que octubre se resistía a abandonar el calor, por las mañanas refrescaba y ya de noche el proyeccionista agradecía el caldo de verduras que su vecina le llevaba. La trágica muerte de Paulino había sacudido a todo el vecindario. Cuando un hombre bueno y alegre se va, todo el que lo conoció queda afectado de algún modo u otro. Durante unos días parecía que en las calles se reía menos, que siempre había quien aplacaba los gritos y que el luto era cosa de todos. Aunque Bernardo agradecía las múltiples muestras de cariño, cada vez que nombraban a quien había sido el hombre de su vida terminaba desmoronándose. La visita diaria de Leo también le supuso un sustento durante aquellos días de zozobra en los que a menudo sentía que perdía el equilibrio. El viejo librero, por su parte, echaba de menos a su gata Nineta y toda esa vida recopilada en libros y revistas relacionadas con el séptimo arte. A pesar de sentir un agujero en el estómago, procuraba mantener el tipo frente a un Bernardo destruido que merecía una reconstrucción.

—Vengo de hablar con Ferrer, uno de los jefes del parque de bomberos del Ensanche —anunció Leo con aquel tono lastimero con el que solía dar las malas noticias.

Bernardo lo escuchaba con la mirada fija en la ventana. Sentados uno frente al otro en el humilde comedor del proyeccionista, la última luz del día, desvigorizada, parecía querer sumarse al duelo.

—Su informe se contradice con el que publicó la prensa.

—En la prensa dicen lo que les dicen —respondió Bernardo indignado—. Y en este país solo tienen permiso para hablar los que pagan.

Leo no podía estar más de acuerdo pero prefirió no echar más leña al fuego y explicarle a su amigo lo que había averiguado. Le había costado lo suyo decidir entre contárselo o quedárselo para él. No recordaba quién había sido, la memoria ya empezaba a flojear, pero alguien a la edad de diez años le enseñó sabiamente que no decir también era mentir.

—No fue un accidente, Bernardo, había trazas de gasolina por todas partes.

El proyeccionista se volvió con un giro brusco de la cabeza.

—¿Qué quieres decir?

—Que no me imagino a Paulino queriendo quemar su propio negocio el primer día de trabajo.

—Sé lo que ocurrió, Leò. Desde el principio he sabido que lo han matado.

La voz del proyeccionista sonaba a lejana. Siguió hablando:

—La pregunta es quién y por qué. Llevo días suplicándole al silencio que alguien me dé un nombre.

Leo se encogió de hombros y se sirvió de la botella de vino que había sobre la mesa. Bernardo le indicó con un vago gesto que también rellenara su vaso. Los dos amigos bebieron en silencio, esquivándose las miradas. En aquel vino naufragaban las palabras que preferían callar.

—Sigo manteniendo la oferta, Bernardo —dijo la voz metálica de Leo—. Me refiero a La Gran Mentira.

—Sé a qué te refieres, pero no. Eso ya no podrá ser.

—Te ayudaré a reconstruir la librería.

Bernardo volvió a servirse otro vaso de vino.

—Mi no es definitivo, Leo.

El viejo librero asintió, se levantó de la silla y se puso una fina chaqueta de punto visiblemente apolillada. Le dedicó una tierna mirada a aquel amigo que no tenía hombros para soportar tanto dolor. Solo albergaba una duda, y no era otra que preguntarse con qué tipo de Bernardo se encontrarían a partir de ahora. El afable, bondadoso, educado y trabajador o el Bernardo anterior a la guerra, aquel que hostigado por tantas injusticias y barbaries solo pensaba en la venganza.

—Pues no se hable más —concluyó Leo—. Me ocuparé yo de limpiarlo todo, pintarlo y asearlo. La Gran Mentira lo merece.

Bernardo brindó al aire con su vaso de vino y se lo bebió de un trago.

—¿Ningún bombero descubrió la palanca por la que se accede a la cámara? —quiso saber Bernardo.

Leo le respondió con una sonrisa y añadió:

—Tuvimos suerte. Quedó camuflada con el humo. Por cierto, se me olvidaba —exclamó Leo ante la puerta—. Soledad me ha dicho que te diga que ya tienes nuevos vecinos donde Delfina.

«A menudo las trivialidades son el camino para volver a erguirse y empezar a caminar», pensó el viejo librero.

—Mientras no sea un falangista.

—Se llama Teresina, tiene un hijo de diez años y su marido, un trompetista de El Molino, la abandonó hace unos meses por una bailarina —chismorreó el viejo librero.

—Ese piso parece estar destinado a mujeres abandonadas por su marido. ¿También ejerce?

—Ella dice que es peluquera.

Bernardo se acarició su cabeza lunar y esgrimió un atisbo de sonrisa que Leo recibió como un brote de esperanza.

—Si depende de mí, va a pasar hambre.

—Cuídate y deja que te cuiden —le aconsejó Leo mientras abría lentamente la puerta.

—Siento mucho lo de Nineta.

Leo agradeció las palabras de su amigo y bajó por la escalera con cuidado de no resbalarse. Aquellos escalones habían sido construidos de manera desigual y en más de una ocasión se había llevado un sobresalto. «Eso es la vejez —se dijo—, ser precavido, asistir a los entierros de quienes no lo han sido y aferrarse a la vida aunque esta duela en el corazón.»

A esas horas de la noche, la calle Princesa apenas estaba iluminada. Las escasas farolas encendidas brindaban una luz macilenta, como si quisieran reivindicar el cansancio de quienes regresaban a su hogar tras una dura jornada de trabajo. Una muchacha socarrona y desdentada voceaba desganada marcas de tabaco mientras sostenía en el brazo un cesto de mimbre cubierto por un trapo, de un negocio de café torrefacto con la persiana bajada salía el ruido del ajetreo de las tostadoras, a lo lejos una ambulancia hacía sonar las campanas y sobre el empedrado acababa de pasar un taxi amarillo y veloz que rozó el pantalón de tergal de Raimundo Viejo. El bedel caminaba rumbo a casa con el paso fatigado del traidor. La noche anterior no había pegado ojo tras una fuerte discusión con su hija Margarita. Todo el amor que le había entregado desde el día en que nació parecía haberse diluido en aquella memoria lozana que solo recordaba lo que le interesaba. «Esta niña ha nacido para darme problemas», se repitió al tiempo que le llegaban las notas de una gramola cercana que dejaba escapar los primeros compases del *Tatuaje* de Conchita Piquer. Entregado por completo a la letra de aquella canción, el bedel no los vio venir. Le descerrajaron un tiro por la espalda y otro en el pecho. Abatido con medio cuerpo en la calzada y el otro medio en la acera, del fondo de sus ojos emergió un cielo oscuro y recortado que lentamente se fue apagando. Nadie lo supo con certeza, pero algunos testigos afirmaron haber escuchado el grito reivindicativo de uno de los dos asesinos: «Muerte a los chivatos».

Facerías se había vestido para la ocasión. Traje oscuro, medio bote de brillantina sobre su pelo negro y lacio, camisa blanca y corbata. Conocía tan bien la atracción de los nazis que vivían en la ciudad por el lujo y el *glamour* como los tejemanejes entre el inspector Valiente y la propietaria de la galería Fresser. El servicio de inteligencia anarcosindicalista no contaba con los medios ni el dinero de los alemanes o del propio Régimen, pero el entusiasmo ante la posibilidad de que los Aliados rescataran al país de las garras franquistas les hacía trabajar sin apenas descanso ni tiempo para el ocio. Fruto de aquel empeño, Facerías había obtenido de los suyos toda aquella información, y a partir de eso solo tuvo que trazar un plan. A la hora en la que los clientes del Ritz se dirigían al salón de baile para rematar la cena con un brandy francés o un whisky americano, Facerías cruzó el vestíbulo alfombrado y preguntó a la mujer que atendía en la recepción, con su tono más afable, por Matías, un camarero del barrio de Horta cuyo hermano menor acababa de ser fusilado en Montjuic hacía un mes. La mujer le pidió que aguardara un minuto y desapareció tras una puerta dorada cuyo letrero advertía que solo se permitía acceder al personal del hotel. Tal y como le había anunciado la joven, Matías no se hizo esperar y compareció ataviado con un traje blanco y pajarita negra. Sujetaba con una mano una bandeja plateada vacía y en sus ojos todavía podía hallarse un resquicio de dolor. Se estrecharon la mano de manera fría y se apartaron de la recepción por indicación del propio Matías.

—Siento mucho lo de Llorenç —dijo Facerías.

El joven asintió agradecido pero no dejaba de mirar en derredor.

—Dispongo de poco tiempo —informó el camarero—. Y si lo hago es por mi hermano.

Facerías sonrió. Tenía muy claro que el tal Matías no era consciente de con quién estaba hablando.

—¿Siguen viniendo los nazis por aquí?

El muchacho asintió.

—Cuando alguno de ellos esté borracho como una cuba suéltale que tienes una información muy valiosa para la propietaria de la galería Fresser.

—No sé si me acordaré.

Facerías se aseguró de que no hubiera otros ojos que los miraran y le entregó un sobre que Matías se apresuró en guardar en el interior de la americana.

—En su interior está anotado el nombre de la galería y una pequeña ayuda para ti.

—¿Eso es todo?

—No —respondió Facerías tajante—. Cuando cuentes con el interés de uno de los alemanes, entonces sueltas la bomba, que no es otra que decir que el cromo lo tienen guardado en el cine de la calle Lérida.

Matías necesitaba aire. Se asomó a la puerta principal del hotel y devolvió el saludo al aparcacoches.

Facerías lo siguió en silencio y permaneció a su lado pacientemente. Lo tranquilizó:

—No temas, jamás te relacionarán con nada.

El muchacho asintió con el rostro pálido y la respiración acelerada. El hombre más buscado por la policía se encendió con parsimonia un cigarro a las puertas del Ritz y le ofreció el paquete a Matías. El muchacho aceptó y poco a poco fue calmándose.

—Es muy sencillo, Matías —le recordó Facerías—: buscas a un nazi borracho, le pides una propina por una información que le interesa mucho a la propietaria de la galería Fresser y cuando acepte las reglas del juego, ya lo tienes. Le mencionas que el cromo que Gertrude anda buscando lo tienen guardado en el nuevo cine de la calle Lérida. ¿Serás capaz? —le preguntó sujetando con las manos la cara del muchacho.

—Sí.

—Buen chico, y no te olvides de una cosa —dijo Facerías mientras descendía la escalinata enfilando sus pasos en dirección hacia el coche donde lo esperaban tres de sus compinches—: Llorenç estaría orgulloso de ti.

15

No se habían vuelto a ver desde que Lolita lo había sorprendido besándose con la fresca de Margarita. El reencuentro tuvo lugar en el entierro de Paulino. El dolor por la pérdida de un amigo había convertido a Nil en un ser frágil, magullado por la vida a pesar de tener solo diecisiete años. Fue Lolita la que se le acercó entre el gentío y, sin mediar palabra, lo abrazó. En las lágrimas silenciosas de Nil residían la súplica del perdón y la incomprensión por todo lo sucedido. Lolita quiso que el momento fuera dedicado en exclusiva a la memoria de Paulino, ya tendrían tiempo para ellos. No había en la joven residuo alguno de rencor. Conocía suficientemente bien a Nil para saber que era una persona maleable, como resultan ser todos los seres sensibles. La anticipada madurez de Lolita, asesorada por la sabiduría del viejo Leo, se basaba en no alejarse jamás de la bondad, la única senda que hacía que la vida valiera la pena.

Diez días después del entierro de Paulino, Lolita y Nil volvieron a coincidir en la salida del edificio de la Metro Goldwyn Mayer. Ella venía de realizar unas audiciones y el chico de pedirle a Celestino Parra, máxima autoridad en el sótano de la productora americana, que revisara si había alguna bobina más en la que apareciera la voz de su padre. Nil llevaba años luchando contra el paso del tiempo y el modo en el que este pulverizaba el veneno de los recuerdos. Lo único que podía rememorar de su padre con verdadera exactitud era su voz. No hallaba en la memoria huella alguna de un gesto característico, de un tic, de una sonrisa espontánea y sincera, de un comprimir la mandíbula para después despacharle una regañina, de un beso paternal de buenas noches. Nada excepto su voz. Por suerte para el muchacho, a sus setenta y nueve años, Celestino gozaba de una lucidez envidiable. No solo encontró un par de bobinas con la voz de David Roig, también le hizo entrega, como le había prometido, de una de las fotos de Navidad que cada año se realizaban a los actores de doblaje de aquel emblemático edificio. Ya en la calle, cuando Lolita vio a Nil creyó por un instante ser el motivo de su visita. La decepción no se hizo esperar cuando él se apresuró en explicar los motivos que lo habían llevado a volver a pisar ese lugar. El mohín de decepción de Lolita hizo que el muchacho diera un vuelco a la conversación.

—¿En qué película andas ahora?

—Soy la voz de Movita Castaneda en *Fort Apache*.

Nil enarcó las cejas, no conocía aquel nombre ni tampoco la película.

—Es de John Wayne, y Movita es guapísima —añadió la joven.

—¿Y no puedes hacerte con una copia? Ya sabes, la proyectamos en La Gran Mentira y de paso le alegramos un poco la vida a Bernardo.

—¿Has vuelto allí desde el incendio?

Nil negó con la cabeza.

—La sala está intacta pero la librería es un solar carbonizado.

—¿Qué va a hacer tu abuelo?

—Reconstruirla, y yo voy a ayudarlo. ¿Sabes que tengo un juego de llaves? Si algún día quieres, puedes acompañarme. Siempre que no andes demasiado ocupado con tu nueva novia.

Esto último Lolita lo dijo con más perspicacia que rencor.

Nil agachó la cabeza y después echó hacia atrás el hombro de su brazo superviviente, un gesto que repetía solo ante Lolita cuando esta lo ponía nervioso.

—No es mi novia.

De pronto, irrumpió en escena un hombre atractivo de mandíbula pronunciada y traje gris perla con corbata roja, se despidió de Lolita con dos besos y una cita en el aire para tomar juntos un café.

—¿A que es un encanto? Es todo un caballero —dijo Lolita mientras sus ojos seguían la marcha de aquel desconocido que terminó subiéndose a un taxi amarillo—. Es la voz del capitán Kirby York.

—¿De quién?

—De John Wayne.

Nil no supo cómo ocultar aquella oleada de celos que acababa de azotarlo en lo más profundo de su ser. Desde ese instante ya nunca vio con los mismos ojos las películas de aquel rudo vaquero que terminaba enamorando a toda doncella del Oeste americano y, al parecer, parte del extranjero.

—Es un viejo.

—Y tu novia una buscona.

—Ya te he dicho que no es mi novia. Además, no sé nada de ella.

—Ya.

—Si quieres quedamos un día de estos —propuso Nil dubitativo e inseguro. Contra todo pronóstico obtuvo por respuesta la franca sonrisa de Lolita.

De ese extraño modo se citaron dos días después, una tarde soleada de sábado, en la puerta del cine Romagosa.

Nil abrió la puerta del vestíbulo a dos hombres enfundados en sendos guardapolvos grises que sostenían el cartel luminoso que coronaría la entrada del cine. En ese mismo instante apareció Lolita, quien se interesó por saber qué ocultaba aquella manta. Cuando el muchacho la puso al día, la joven se alegró de que fuera ella y no otra la que en ese momento estuviera allí.

—¿Podemos ver cómo ha quedado? —preguntó Nil a los trabajadores.

Uno de ellos quiso ser prudente antes de mostrar el resultado final al cliente.

—Su madre nos ha dado poco tiempo, así que si creen que puede faltar algo, necesitaremos un par de días más.

—Descuide —respondió Nil entusiasmado y restándole importancia al comentario.

Cuando uno de los hombres destapó la manta de un tirón, Lolita se llevó la mano a la boca y a Nil se le humedecieron los ojos. Frente a ellos había una enorme elipse dorada que contenía las palabras «Cine Romagosa» compuestas por bombillas rojas e imitando la caligrafía de Soledad, que Nil reconoció al instante. El muchacho estrechó la mano a los dos hombres y los felicitó por el excelente trabajo realizado. Su sueño estaba cada vez más cerca, podía olerlo, tocarlo e incluso ponerle un nombre. En apenas unos días se convertiría oficialmente en el proyeccionista del cine Romagosa. Lejos quedarían los días de bicicleta y zurrón a la espalda bajo la lluvia, los gritos desesperados de algunos propietarios de cines de barrio cuando veían que peligraba el momento de cambiar la bobina de la película que compartían con otras salas porque el ciclista se retrasaba. Estaba dispuesto a sacar a Bernardo de aquel pozo de tristeza en el que se encontraba desde la muerte de Paulino, al igual que el proyeccionista había hecho con él a lo largo de toda su vida.

Cuando los dos jóvenes se quedaron a solas en la cabina de proyección, Nil hizo de tripas corazón y decidió poner al día a Lolita. Le contó lo ocurrido con Margarita en su último encuentro y como esta había desaparecido desde entonces. Lolita prefirió callar y no emitir ningún juicio de valor, aunque se moría de ganas de hacerlo. Ocultó una sonrisa que solo ella pudo sentir y se alegró de que su amigo volviera a ser el de siempre. Cabal y, sobre todo, sincero. El muchacho sabía que todavía quedaba mucho trecho para recuperar el punto en el que aquella bonita relación se había fragmentado por su culpa. No solo era una cuestión de tiempo, pero la centelleante mirada de Lolita lo alentaba a no perder la esperanza.

—¿Cuándo inauguraréis el cine?

—Eso es cosa de mi madre. Cada vez que le pregunto me responde que antes debe ocuparse de otras cosas. —El muchacho dejó de pasar el trapo seco al proyector y se volvió hacia Lolita—. Lleva un tiempo muy rara, desde que fue detenida. Esta vez no lo ha superado.

—Tu madre ha pasado mucho, Nil.

En ese mismo momento la voz de Margarita pronunció su nombre desde algún rincón del vestíbulo. «La dichosa puerta abierta», lamentó Nil. Se apresuró en esconder a Lolita en un pequeño armario en el que en un futuro cercano almacenarían bobinas y herramientas de limpieza para el proyector. La joven accedió divertida al ver en el gesto de Nil más complicidad que temor. Poco antes de dejar la puerta del armario entreabierta y acomodar en su interior a Lolita, Nil le dio un beso en la boca sin capacidad de reacción por parte de la joven.

—Estoy en la cabina —gritó Nil para que Margarita lo escuchara.

—Te debo un bofetón —susurró Lolita, que arrancó una tímida sonrisa al muchacho, todavía turbado por aquella visita inesperada.

Margarita se había transformado en una joven consumida por el dolor, despeinada y ojerosa.

Ataviada con un fino jersey de angora y una falda plisada que le cubría las rodillas, distaba mucho de parecerse a la *femme fatale* que días atrás había tratado de conquistarlo. Tenía la nariz roja y en una mano sujetaba un pañuelo de tela con el que trataba de secarse las lágrimas que rodaban por los pómulos.

—Lo siento mucho, Nil —dijo la joven en cuanto cruzó la puerta de la cabina y se encontró con el gesto hostil del muchacho.

Margarita respetaba las distancias e incluso le costaba mantener la mirada al chico. Había perdido el desparpajo, la seguridad de quien se sabe bonita e irresistible.

—Mi padre se llamaba Raimundo Viejo Artola —dijo la joven mientras apoyaba las posaderas en un extremo de la única mesa que había en la habitación—. Fue asesinado por dos anarquistas la semana pasada en plena calle cuando se disponía a regresar a casa.

—¿Pero tu padre no era republicano?

—Dicen las malas lenguas, y no se equivocan, que mi padre trabajaba para el inspector Valiente, de la Brigada de Investigación Social. —A Nil se le tensaron todos los músculos—. Llevaba años chantajeándolo: o cumplía con lo que le exigía o se quedaba sin trabajo y le amargaba la vida. Todo empezó cuando Valiente le pidió que me utilizara para encandilarte.

—¿A mí? ¿Por qué motivo?

A pesar de que Margarita tenía decidido llegar hasta el final y deshacerse de esa carga, tener a Nil delante lo hacía todo mucho más complicado. Aquel muchacho era un alma cándida que arrastraba por la vida una marca de guerra y una bondad inédita para esos tiempos en los que abundaban el pillaje y los crápulas como ella. La joven respiró hondo, se apartó un mechón de la cara y, ya sin llanto alguno que perturbara su confesión, continuó:

—El inspector quería saber dónde podías guardar algo que tienes y que él pretende.

Nil tragó saliva, empezaba a encajar las piezas que le faltaban.

«El cromo», se dijo para sí mismo.

—Nunca supe de qué se trataba, solo el lugar donde lo guardabas. Y eso es lo que hice —continuó Margarita tras asentir—: engañarte, camelarte y contarte una milonga sobre las cartas de un padre republicano que en realidad era falangista.

—Esa mañana que nos encontramos y tomamos café... La caja de zapatos... ¿Me seguiste hasta La Gran Mentira?

Margarita asintió avergonzada.

—¿Qué le dijiste a tu padre?

El crujido del armario donde se escondía Lolita, llamó la atención de la joven, pero esta puso toda la atención en la respuesta que estaba a punto de dar.

—Le anoté en un papel el nombre de la librería en la que entraste y se lo entregué. Aquel mismo día mi padre hizo lo propio con el inspector de la Social.

—¿Qué día fue eso?

Margarita no necesitó acudir a su memoria para responder a ello.

—El mismo día del incendio.

Lolita salió disparada del armario y se abalanzó sobre Margarita como si el espíritu de Nineta se hubiera apoderado de ella. Le estiró de los pelos y la abofeteó en la cara. De no ser por Nil, a Margarita no la hubiera reconocido ni su madre. Llamaba la atención la actitud pasiva de aquella arpía que había causado la muerte de Paulino y había arrasado el sueño de Leo.

—Solo quiero que me perdones —suplicó Margarita entre sollozos y desencajada—. La vida ya se ha encargado de arrebatarme a mi padre.

Nil se acercó a un metro de ella y se ocupó de que Lolita quedara a sus espaldas. Escupió a los pies de Margarita y le dirigió su mirada más torva.

—Lárgate de aquí.

Margarita obedeció sin muestra alguna de orgullo. Se volvió y cruzó la puerta abatida y con el cuerpo encogido. Acababa de dejar en manos de otros su propia expiación. Una vez más su bienestar emocional dependía de los demás, y esa fue la tónica que acompañó a la hija del bedel hasta el último de sus días.

El único modo que encontró Nil de amortiguar el llanto de Lolita fue abrazándola con su único brazo, sintiendo aquel conocido calor. Ella se dejó hacer. El gesto se prolongó en el tiempo, como si con él honraran la memoria de Paulino y enterraran a la vez culpas y reproches. «¿Quién no ha amado en su vida en alguna ocasión a quien no le conviene?», se preguntó Nil viéndose reflejado en los ojos turbios de Lolita. El muchacho acababa de fumigar una duda que nunca debería haber sido tal, pero la sangre joven, como el ignorante embriagado de entusiasmo, no huele los problemas.

—¿Llevas las llaves de La Gran Mentira? —preguntó Nil.

—Sí.

—Necesito recoger algo mío, ¿me acompañas?

16

Nil decidió pasarse por su casa antes de acudir a La Gran Mentira. Tras la confesión de Margarita, le pareció que era lo primero que debía hacer. Soledad recibió a los dos jóvenes con una sonrisa sincera. Formaban una bonita pareja y sabía que las cosas no habían ido demasiado bien entre ellos últimamente, por lo que se alegró de verlos de nuevo juntos. Se disponía a preparar algo para merendar cuando su hijo la cogió con delicadeza de un brazo.

—El inspector Valiente asesinó a Paulino, mamá.

Soledad necesitó sentarse para digerir la noticia. La contundencia con la que Nil acababa de pronunciar aquellas palabras hizo que ni siquiera le preguntara cómo lo había sabido. Le preocupaba otra cosa.

—¿Lo sabe Bernardo?

Los dos jóvenes negaron a la vez con la cabeza. A Lolita le volvieron a asaltar las lágrimas.

—Yo me ocupo —concluyó Soledad con frialdad, ajena al llanto de Lolita y a la tristeza de su propio hijo—. ¿Ya tienes lo que te pedí?

—Ahora mismo vamos, mamá. Creí que era importante que supieras esto.

Soledad se levantó de la silla y besó a su hijo en la frente con la mirada clavada en un horizonte que solo veía ella. A Nil no le hizo falta saber más. Con un gesto de cabeza apremió a Lolita a salir de allí y acercarse hasta La Gran Mentira. El anhelado cromo de Blas Vaccaro los esperaba en un escondrijo de la sala de proyección.

Una hora después, aprovechando la ausencia de Nil, Soledad puso al día a Bernardo respecto al asunto que se llevaba entre manos. Estaban sentados uno frente al otro a la mesa de visillo almidonado. Los hechos podían precipitarse en cualquier momento y necesitaba el apoyo de personas de confianza. A la hora de narrar los hechos, Soledad no había escatimado en detalles, incluida la explicación pormenorizada de Pierre Bernier sobre el origen del dinero robado a los alemanes. Dejó para el final la información que le acababa de transmitir su hijo. Cuando Bernardo escuchó el nombre del asesino del amor de su vida rompió a llorar. Soledad no encontraba el modo de consolar a aquel grandullón cuyo rostro se iba transformando lentamente. Poco a poco, con la mandíbula tensa y los ojos achicados, como si en ellos concentrara todo el odio que emanaba de algún lugar recóndito de su conciencia, logró aplacar el llanto. La bondad de Bernardo parecía haberse esfumado de golpe. Por la ventana del comedor asomaban la luz cruda de la tarde y la quietud urbana. Entre esas cuatro paredes el dolor volvía con otra cara y las miradas sostenían la bandera de la venganza.

—¿Nil también lo sabe? —se interesó Bernardo.

—No sabe nada del plan. Solo le he dicho que necesito el cromo. No quiero implicarlo más.

—¿Y no le ha hecho más preguntas?

Soledad negó con la cabeza y añadió:

—Se siente culpable por habérmelo ocultado durante tanto tiempo.

Había algo helado, fatídico, en la mirada de la mujer.

—Acerca de lo de Valiente... —dijo Bernardo acariciándose la barbilla, pensativo y con la mirada vidriosa—. Entiendo que cuenta con ayuda.

Soledad asintió.

El sonido de la radio reinaba en los patios vecinales, allí donde la luz moría junto a murmullos que dejaban de ser secretos. Bernardo se levantó de la silla con el cuerpo tan pesado como su alma. Se dirigió a la puerta y puso la mano en el pomo para abrirla. Sin embargo, se detuvo para seguir hablando.

—Cuente conmigo para lo que necesite, Soledad.

Bernardo lo dijo con la voz rota. Esa misma con la que hablaba cuando era soldado, cuando se convirtió en un perseguido en tiempos de plomo, alguien a quien los otros temían. Todo hombre bueno puede dejar de serlo. Un revés de la vida, la crueldad de un semejante o un achaque de locura. En el caso de Bernardo, las razones eran las mismas de siempre: El impío abuso de los vencedores.

—Lo necesito esta misma noche.

Al proyeccionista le sorprendió su rápida inclusión en los planes de Soledad, y aun así no lo dudó.

—¿Qué tengo que hacer?

La mujer se levantó de la silla, se dirigió a la cocina y se sirvió un vaso de agua del grifo. Se apoyó en la encimera y clavó su mirada en la del proyeccionista.

—Me han preguntado si conozco a alguien que disponga de vehículos grandes.

—¿Cómo de grandes, Soledad?

—Lo suficiente para poder trasladar algún cadáver.

Bernardo reparó en la frialdad con la que aquella boca nacida para besar, ahora agrietada por el tiempo, acababa de pronunciar esas palabras. La persona de buen conformar, siempre dispuesta a navegar por los mares que había elegido David Roig, se había convertido en una mujer dura, como tantas otras, como aquellas que enlutadas se abrían de piernas en callejones del barrio chino para dar de comer a sus hijos, como aquellas otras que se lastimaban las rodillas y las manos fregando escaleras en las que nunca vivirían. Impasible frente a la adversidad, Soledad era una de ellas, un animal resistente, una amenaza latente para quien le había quebrado la vida. Su tristeza íntima e inofensiva, como la de Bernardo, había desaparecido.

—Conozco a alguien —respondió el proyeccionista con algo parecido a una sonrisa.

Dos horas después, siguiendo las instrucciones de Soledad, Pierre Bernier y Bernardo se habían encontrado en la tienda de gramolas y discos que el francés regentaba. Tras dar buena cuenta de una botella de pastís, recordaron los días en los que lucharon por la misma causa y a los compañeros que dejaron atrás. Esa tarde no hablaron de cine, solo de pérdidas irreparables y de la necesidad inminente de poner fin a todo ello. Fue Bernardo el que le pidió que lo acompañara a hablar con una vieja conocida que podría ayudarlos. Durante el trayecto, que hicieron a pie, abandonaron el Ensanche para adentrarse en la madeja de calles húmedas, abandonadas por el sol y por la dicha, formada por las pequeñas arterias que atravesaban las Ramblas. Alcanzaron la calle Ancha y Bernardo comprobó que el empedrado era el mismo de siempre, que el salitre del sucio puerto insistía en colarse en los muros y que a esas horas de la noche la brisa marina le calaba a uno los huesos, sobre todo si estos ya contaban con más de medio siglo de existencia. No tardó demasiado el proyeccionista en darse cuenta de que en Barcelona los muertos siempre han sido un negocio, y el estraperlo, cuando este no era a gran escala, había servido a muchos como trampolín para abandonar las penurias. Y eso mismo fue lo que le había ocurrido a Amelia Soler durante los últimos años. En el cartel de la funeraria lucía el apellido de aquella vieja de mal carácter escrito en letras doradas. En la puerta, el rancio carruaje que antaño acompañaba a muchos en su último viaje había sido sustituido por un Hispano Suiza modificado en su parte trasera para realizar las mismas funciones que aquel pero con una elegancia más acorde con los tiempos que corrían. El interior de la funeraria había sufrido una completa metamorfosis. Dos jóvenes ataviados con batas grises y miradas educadas en el duelo atendieron a los dos hombres.

—Buscamos a Amelia Soler.

Uno de los jóvenes se perdió en la trastienda sin decir nada. Las paredes y el suelo del local estaban revestidos de una madera elegante. En las vitrinas se exhibían muestras de las distintas opciones de féretros. Bernardo no encontró rastros de harina por el suelo ni la miseria que invadía aquel mismo espacio cuatro años atrás. Amelia hizo acto de presencia con su rictus habitual, evitando a toda costa una sonrisa, no vaya a ser que el negocio se fuera al garete con tal derroche de alegría. Llevaba mechas en el pelo, un maquillaje preciso, ropas elegantes y joyas en las muñecas, el cuello y las orejas. No había rastro alguno de la cojera que arrastraba la última vez que Bernardo la vio.

—La muerte le sienta muy bien.

—Una hace lo que puede. ¿Qué quiere? La última vez que lo vi por aquí me hizo llorar.

Bernardo acudió a su memoria para recuperar el instante en el que a Amelia le venció el triste recuerdo de Blas Vaccaro.

—Esta vez es diferente.

Los ojos callejeros de Amelia pasearon por el rostro agraciado de Pierre.

—No tienen pinta de querer un entierro —concluyó la mujer.

—De eso estamos servidos —respondió Bernardo con tal espontaneidad que no se apreció resto alguno de amargura en sus palabras.

—Acompáñenme.

Bernardo, esta vez escoltado por Pierre, hizo el mismo trayecto que en su día realizó junto a Nil.

Incluso la trastienda, ahora transformada en un ordenado y limpio almacén, contenía una importante cantidad de féretros colocados sobre una estructura de hierro. Amelia les abrió la puerta de un pequeño despacho anexo que se había hecho construir recientemente. Desde allí podía ver, a través de una gran cristalera, la marcha del negocio.

—Las ropas y los potingues de la cara engañan —dijo la vieja reconvertida en señora—, pero tengo una edad, así que dense prisa y no me hagan perder el tiempo. Puedo oler los problemas antes que a un muerto, y ustedes huelen a problemas. De los gordos.

—Solo queremos alquilarle el vehículo de ahí afuera durante un día —dijo Pierre, que habló por primera vez desde que había llegado.

Amelia captó a la primera su acento francés y el modo pausado en el que se expresaba, tan propio de quien ha estado en las trincheras.

—No saber para qué va a ser usado tiene un alto precio —advirtió Amelia.

—Trabajamos para el maquis, Amelia —confesó Bernardo sin ambages.

Sabía por boca de Leo trazas de la historia de aquella mujer viuda de republicano. La pérdida de sus dos hijos en la batalla de Teruel. La soledad a la que la guerra la había condenado. Otra mujer condenada por la tiranía de los hombres. Otra gestora de miserias. Tenía que utilizar todas las armas de que disponía para vencer la voluntad de aquella vieja hecha a sí misma que no parecía necesitar el dinero a esas alturas de la vida.

—Los maquis... miseria y compañía —murmuró Amelia con un tono de lamento.

El marsellés repasó el despacho de la vieja emperifollada. Mesa de roble, teléfono, pluma de plata, ni una mota de polvo, sillones cómodos y de piel, una caja de bombones abierta de la pastelería La Colmena para paliar el dolor de los familiares que frecuentaban aquellas cuatro paredes... Dinero y tristeza. Una extraña pareja que en aquel lugar parecía funcionar.

—No la volveremos a molestar —terció Pierre—. Y si alguna vez necesita nuestra ayuda, cuente con ello.

A pesar de que Amelia era una dura negociadora, llegaron a un acuerdo crematístico más pronto de lo que en un principio habían creído.

—También necesitaremos a uno de sus chóferes —pidió Bernardo.

—De eso nada —respondió Amelia sin tener que pensarse la respuesta—. Acabamos de acordar el precio de un coche y eso no incluye a mi personal. No puedo permitirme perder a nadie de mi negocio. Y todos conocemos cómo terminan alguna de sus acciones.

Esto último lo dijo con un matiz de reproche.

—Lo haré yo —se ofreció Pierre.

—No me parece una buena idea —dijo Amelia.

Los dos hombres la miraron con ojos inquisitivos.

—Usted es demasiado guapo, llamaría la atención —añadió la vieja—. Sin embargo usted, Bernardo, podría pasar perfectamente por uno de mis empleados.

El marsellés sonrió por la ocurrencia de la mujer y le dio a Bernardo una palmada cariñosa en la espalda. Amelia se levantó, y con ese gesto puso fin a una reunión que le estaba resultando demasiado larga. Se estrecharon las manos y Bernardo señaló hacia la caja de bombones.

—¿Puedo?

—¿Acaso se te ha muerto alguien? —preguntó Amelia con su habitual brusquedad.

—Sí —respondió el proyeccionista con los ojos húmedos.

La mujer cogió la caja de la mesa y les ofreció bombones. Solo Bernardo cogió uno. Si Amelia había aprendido algo durante aquellos años era que el dolor por la pérdida de un ser querido se asemejaba a las mareas, subía y bajaba en función de si los días vividos eran de penumbra o eran soleados pero nunca desaparecía, seguía allí para siempre. En su particular concepción del padecimiento, la mirada de Bernardo no la engañaba, su duelo estaba atravesando un periodo de pleamar.

17

Se deslizaban las primeras horas de la noche por las azoteas de los edificios de las Ramblas cuando Gertrude Fresser recorrió el café de la Ópera con poderío, provocando caídas de cucharillas en el suelo, miradas desdeñosas de esposas y suspiros de aspirantes a poeta con acné. Valiente contemplaba el espectáculo divertido. Sin duda alguna había sentido ráfagas de deseo por aquella mujer durante todos esos años, pero de nada le valía tener aquellos pensamientos a la postre dañinos. Había aprendido a evitarlos, a expulsarlos de la cabeza y a asumir su desgracia. Cuando la alemana alcanzó la mesa del inspector, esperó a que este se levantara y la besara en la mano para dejarse caer después sobre una silla de madera con respaldo asesino. El rumor de las Ramblas quedaba aplacado por el piano de Chopin, que emergía de una gramola cercana a la caja de recaudación. La luz de los farolillos mortuorios que cubrían las paredes del local invitaba a la confesión.

—¿Cómo van las gestiones con el aeropuerto de Madrid? —preguntó Gertrude sin desprenderse de una fina rebeca de punto que le cubría los hombros y las insinuaciones que su vestido rojo pretendía dejar al descubierto.

Al gesto de Valiente para reclamar la atención del camarero le siguió otro de la alemana con el que declinaba cualquier consumición. Al inspector le irritaban las prisas que aquella mujer siempre mostraba cuando estaban juntos. Era consciente de que solo les unían intereses comunes, pero de buena gana la hubiera atenazado del brazo y le hubiera enseñado ciertos modales que no hay que perder ante la autoridad. Valiente decidió sosegarse y obtener de aquel encuentro lo único que buscaba: más dinero. Asintió con la cabeza a modo de respuesta. A ese gesto le siguió el correspondiente intercambio de sobres. El de la alemana contenía la cantidad acordada. El de Valiente, nombres y direcciones, una suerte de salvoconducto para que los cuadros cruzaran cualquier frontera nacional sin incidente alguno.

Gertrude Fresser se levantó de la silla al tiempo que contrastaba gracias a un espejo colgado en la pared, en el que se reflejaban los ojos que la examinaban, que todavía era una mujer deseada. Se retocó parte del flequillo y murmuró:

—Sé dónde está el cromo de Bernier, la llave del dinero de los maquis.

Valiente alzó las cejas y escuchó con atención.

—En la cabina de proyección de un cine de la calle Lérida.

—¿De dónde viene la información? —exigió Valiente.

—¿Se da cuenta de que me ha vuelto a ofender? —lamentó Gertrude.

—No quiero más errores.

—No será por mí, inspector. Los alemanes no nos equivocamos, ¿todavía no se ha dado cuenta de eso?

—¿Por qué me da esta información ahora, en este preciso momento, como quien regala una propina?

—Porque esta es la última vez que nos vemos, inspector —respondió la alemana con voz helada—. Tómeselo como un regalo de despedida.

Valiente no salía de su asombro. Todos sus planes de futuro se acababan de desmoronar. Gertrude Fresser le estrechó la mano con un gesto inescrutable. Quiso evitar a toda costa cualquier reproche por parte del inspector. Se volvió y se dirigió hacia la puerta de salida. Sintió las miradas lascivas, las envidias y las fantasías que acababa de inspirar en apenas seis metros cuadrados. La Ramblas olían a mar y a viajes venideros. La alemana miró la estatua de Colón y suspiró con una sonrisa orgullosa. Le esperaba una tierra que la ayudaría a olvidar, a seguir creyendo en ella y a utilizar de nuevo para sus fines a tipos execrables como aquel del que acababa de despedirse para siempre.

18

A Nil se le hizo de noche en La Gran Mentira. De no haber estado acompañado por Lolita el impacto hubiera sido aún mayor. Ver la librería convertida en rescoldos le daba una pequeña idea de lo horrible que tuvo que ser la muerte de Paulino. Fueron los inmediatos planes de futuro respecto al establecimiento que la joven le detalló y el entusiasmo que ponía en ello los que lo ayudaron a no recrearse en la desgracia con la que tendría que vivir Bernardo el resto de sus días. Aprovechando un momento en el que Lolita andaba ordenando viejos objetos en la antecámara previa a la sala clandestina, el muchacho accedió a esta y se acercó hasta la montaña de bobinas cercanas al proyector alemán que Leo había adquirido años atrás. De entre ellas extrajo el regalo que le había hecho su madre en su decimotercer cumpleaños, la película *El gran dictador*. En el interior de la lata asomó impoluto el cromo de Blas Vaccaro. Nil se lo guardó velozmente en el bolsillo antes de que Lolita pudiera bajar a la sala y pedirle explicaciones sobre aquel objeto maldito que tanta sangre había derramado.

—¿Ya tienes lo que buscabas? —le preguntó Lolita poco antes de cerrar la puerta de madera de La Gran Mentira.

—Sí, ya tengo el juego de llaves que creía haber perdido —mintió Nil.

Si había alguien en este mundo a quien quería proteger de los efectos colaterales que acarreaba aquel cromo era a Lolita. Ella jamás debería saber nada sobre aquel asunto.

La joven dejó que Nil saliera primero, y cuando se dispuso a girar la llave en la cerradura, escuchó su nombre a modo de súplica.

—Lolita —pronunció Nil con cierta pasión y con la mirada en vilo—. Cuenta conmigo.

—¿En la reconstrucción?

—En todo.

A Lolita se le cayeron las llaves de las manos. Fue en el instante en el que ambos se disponían a recogerlas cuando sus rostros se encontraron en el recorrido. Los ojos, encendidos, gritaron. Nil era demasiado joven para saber que todo lo que se conquista también se puede perder. Alentado por el gesto indeciso de la boca de Lolita, anotó en el debe de aquellos labios jóvenes el beso que no tuvo lugar.

Cuando Nil alcanzó el Paralelo, su madre lo esperaba sentada en un banco municipal, frente a las aspas iluminadas de El Molino. La brisa del puerto recorría la avenida advirtiendo de un otoño más frío que triste. Soledad lo vio llegar desde lejos, reconociéndolo por su andar y por aquella silueta recortada que la guerra había tejido. Un escalofrío fugaz le recorrió el cuerpo poco antes de que Nil detuviera el paso frente a ella. Había bajado de casa con una chaqueta de punto algo deshilachada que apenas la abrigaba.

—¿Qué haces a estas horas aquí? —preguntó Nil.

—Cuando llegas tarde siempre me preocupo —respondió Soledad palmeando el banco con la intención de que tomara asiento a su vera—. Y cuando lo hago, las paredes de casa me comen. Necesitaba respirar aire fresco.

Nil se sentó a su lado y se dejó llevar por aquellas aspas alumbradas que invitaban a un mundo pernicioso de penumbra, humo y amigas secretas.

—Toma, mamá.

Soledad clavó su atención en la única mano de Nil. El cromo de Blas Vaccaro resplandecía bajo la luz de una cercana farola. El actor exhibía la misma mirada desafiante que David, la misma sonrisa arrebatada por un destino común. Soledad se preguntó cómo era posible que cupieran en un trozo diminuto de papel tantas muertes. Tardó un tiempo impreciso en coger el cromo. El veneno de los recuerdos la vencía una vez más. Estaba segura de que a esa estampa pretendida que nunca llegó a su destinatario la envolvía una suerte de maldición.

—¿Qué vas a hacer con él? —quiso saber Nil.

Soledad sonrió al descubrir en la mirada de su hijo aquella fragilidad infantil que todavía asomaba de vez en cuando y que pronto desaparecería para siempre. Cogió el cromo y se lo guardó en uno de los bolsillos de la chaqueta. Se incorporó y le ofreció la mano a su hijo, y este la aceptó con la docilidad de un niño. Emprendieron el regreso a casa sin hablar, regalándose sonrisas intermitentes impregnadas de perdón.

19

Al día siguiente, poco antes de comer, el comisario Quesada caminaba pensativo por el despacho. A ratos se asomaba a la cristalera y dejaba que sus pensamientos se deslizaran por la Vía Layetana, a ratos detenía el paso y se rascaba la nuca con la mirada extraviada. Las exigencias del nuevo jefe superior empezaban a ser un incordio. Sabía que la Brigada requería de una reestructuración. Los tiempos cambiaban a gran velocidad y los tipos que habían sido de utilidad en los años oscuros ahora tenían los días contados. Se trataba de seguir poniendo firme a quien lo precisara pero de una manera más discreta. Las sospechas de tibieza que habían recaído en su persona se habían convertido en amenazas de sus superiores. De nada le valía su mano diestra para manejar ciertos asuntos, le exigían mano dura, contundencia con el brote anarcosindicalista y la erradicación de los policías con conductas turbias. Cuando Valiente accedió al despacho, el comisario estaba ensayando mentalmente cómo se lo iba a decir.

—¿Qué quiere? —preguntó Valiente sin saludar.

Quesada le indicó con la mano que tomara asiento

y él hizo lo propio parapetándose tras la mesa que presidía el despacho. El tono desafiante que aquel inspector empleaba siempre le había resultado inapropiado. La decisión tomada era la única salida que veía para quitarse de encima a ese delincuente con placa y pistola que deambulaba por las calles de Barcelona.

—No sé si está al corriente, Valiente, de que durante estas dos últimas semanas han caído cuatro confidentes más —dijo Quesada con las manos cruzadas y los codos apoyados sobre la mesa.

La mirada del comisario no invitaba al compadreo.

El inspector asintió con desgana. A Quesada incluso le pareció escuchar un ligero chasqueo. Otro gesto más de menosprecio hacia cualquier tipo de víctima.

—Uno de ellos era suyo. Viejo, Raimundo Viejo.

—No hizo caso de mis advertencias —se defendió Valiente al tiempo que se encendía un cigarro.

Quesada se levantó de la silla y se acercó hasta el ventanal. De buena gana le hubiera recriminado que se encendiera un pitillo sin su permiso, pero él no era un hombre de conflictos. La energía la guardaba para otros menesteres. La caza con sus amigos o su nueva amante, una nena fogosa de piernas interminables que, aunque caprichosa, no le causaba problemas como la anterior.

—Localizar y detener a integrantes de los Maños o del grupo de Facerías es una prioridad —recordó Quesada con su parsimonia habitual, como si estuviera bajo los efectos de algún somnífero.

A Valiente le irritaba aquel modo de hablar, mascando cada una de las palabras, invitando a que todos los sentidos se durmieran y no lo dejaran reaccionar. Definitivamente, el habla del comisario era tediosa y le producía letargo.

—Estamos en ello.

—Estamos en ello —repitió Quesada, esta vez clavando su mirada en la del inspector y dando la espalda a la ventana.

La luz otoñal del mediodía irrumpía en la cara de Valiente, quien de vez en cuando apartaba la cabeza de ese haz que atestiguaba la cantidad de polvo que pululaba por el edificio.

—Escúcheme bien, inspector...

La expresión de Valiente cambió al escuchar aquella suerte de advertencia impropia del comisario.

—Sé a ciencia cierta que tiene otros negocios y que algunos de ellos son realizados durante la jornada laboral.

Valiente hizo el ademán de abrir la boca pero Quesada detuvo sus intenciones con un gesto.

—No se esfuerce en negarlo, no voy a discutir sobre ello. En estos nuevos tiempos lo que necesitamos son policías implicados y usted es un lastre.

Valiente se levantó de la silla como un resorte con la mandíbula tensa y los puños cerrados.

—No vuelva a faltarme el respeto, comisario.

La voz de Valiente era helada. Quesada dio un paso al frente y, a pesar de su corta estatura, se mostró desafiante.

—¿Qué va a hacer, inspector? ¿Llevarme a los calabozos y martirizarme? ¿Lo va a hacer solo o mejor llamamos a Espinosa?

Una mudez incómoda se apoderó de Valiente.

Quesada aprovechó aquel síntoma de victoria que le otorgaban los galones para regresar a su sillón.

—Mañana por la mañana lo esperan de nuevo en Portbou.

El inspector recortó distancias y escupió sobre la mesa del comisario. Comprobó como el retrato de Franco permanecía en el suelo arrinconado. Valiente lo señaló con la mano extendida.

—Algún día se sabrá quién es usted. Y métase esto en la cabeza: no pienso regresar a esa cárcel de pueblo.

—Salga de mi despacho, Valiente. No quiero volver a verlo.

Ni siquiera en su despedida Quesada levantó la voz. Agachó la cabeza y prestó atención a una montaña de documentos oficiales pendientes de supervisión y firma. Uno de ellos, el traslado del inspector Víctor Valiente a ese pueblo gerundense. Ignoró la mirada furiosa de su subordinado y el segundo escupitajo que lanzó desafiante al suelo poco antes de abandonar la estancia. Cuando así lo hizo, Quesada respiró aliviado y cerró el cajón entreabierto por el que asomaba un revólver. Con tipos como Valiente uno debía tomar precauciones, la locura no entendía de rangos, pensó. Tres segundos después dedicó toda la atención a cómo planificar la próxima cena con esa nueva nena que lograba mantener intacta su virilidad.

Si había un bar en Barcelona durante aquellos años que jamás cerraba las puertas ese era el Nuria. Situado en lo alto de las Ramblas, por él pasaban cazadores que se acercaban a comprar piezas con plumaje para fingir ante sus amigos su buena puntería, viejos policías de la Social, viajeros despistados, perdularios en busca de esos viajeros y jóvenes que querían conocer el célebre tirador de cerveza. Todo cabía en esa suerte de fauna humana que convirtió aquel espacio en emblemático. El inspector Valiente había citado en el bar a Espinosa horas después de recibir la noticia de su inminente traslado por boca del comisario. Llevaban más de siete rondas cuando Valiente le propuso al policía un plan. Este no era otro que dirigirse, en cuanto oscureciera, al cine Romagosa, propiedad de Soledad Riera, y buscar el célebre cromo que les llenaría los bolsillos. Incluyó en el plan, a fin de lograr la máxima implicación de su secuaz, el darle a la viuda su merecido. El inspector se recreó en la descripción del cuerpo de Soledad, alimentando de esa manera la fantasía de aquel policía manipulable, sumiso y peligroso.

—¿Está seguro de que a estas horas nos la encontraremos? —preguntó Espinosa relamiéndose ante esa posibilidad.

Valiente pidió la cuenta mostrando la placa. Quería un precio especial. Él no era un tipo cualquiera, a él se lo trataba con respeto. Y a tenor de los comentarios jocosos que el joven camarero había vertido sobre el peso excesivo de un guardia urbano uniformado que había recalado en la barra momentos antes, todo indicaba que no se había enterado de quiénes eran. Cuando el muchacho distinguió el inconfundible e intimidante objeto cromado que era la placa policial, le mutó el semblante y hasta se sonrojó. Con la mano temblorosa, indicó al inspector que no se debía nada.

—Es muy posible —terminó de responder Valiente a Espinosa sin dejar de indicar al muchacho con la mirada que se anduviera con ojo en visitas venideras—. Así que, venga, no perdamos tiempo. ¿Le queda algún bidón en el coche, Espinosa?

El policía respondió con una sonrisa, y por primera vez en todos esos años el inspector le palmeó la espalda con un gesto rayano en el compadreo.

La luna, que acababa de aterrizar en un charco de aguas purulentas en plena calle Lérida, fue atropellada por el Lancia negro que conducía Espinosa veloz y desafiante. La calle, débilmente iluminada por la luz mortecina de los farolillos, dejaba circular la niebla que descendía desde Montjuic. Cuando los dos policías se bajaron del vehículo no había ni un alma alrededor. Únicamente se escuchaba el tenue rumor del Paralelo y su eterno ajetreo. Valiente esbozó una mueca de aversión al reparar en el rótulo del cine que estaba a punto de inaugurarse. De haber puesto más atención en los detalles hubiera descubierto el cartel de grandes dimensiones que colgaba en uno de los cristales principales. La dirección de esa sala de cine solicitaba disculpas al vecindario por las molestias que pudieran causar las esporádicas pruebas de sonido que pudieran llevarse a cabo durante aquella semana.

—Romagosa —pronunció el inspector en voz alta con el mentón alzado hacia el cielo—. Qué bien te lo debías de pasar con esa zorra.

—Pues ahora es mi turno —añadió Espinosa.

Llevaba la mirada encendida y una sola idea en la cabeza. Mientras con una mano sujetaba un barril de gasolina, con la otra se acariciaba por encima de la bragueta.

El estruendo de una lata les descubrió a un gato callejero y negro que se detuvo frente al inspector. Parecía desafiarlo con la mirada fija, adoptando una postura retadora que invitaba a pensar que en cualquier momento podía abalanzarse sobre Valiente. Espinosa se acercó con malas artes al felino, le propinó una patada en el vientre y el animal maulló renqueante desde la distancia.

Valiente dejó que fuera el policía el que forzara la puerta principal. Mientras Espinosa se concentraba en la tarea, el inspector miró en derredor, asegurándose de que no apareciera nadie.

—¿Ya está? —preguntó Valiente sorprendido por el poco tiempo que le había llevado a Espinosa abrir la puerta.

El policía omitió que ya lo estaba, prefirió que el inspector pensara que todo se debía a sus habilidades. Espinosa sonrió con la boca abierta mostrando esa dentadura desigual que le provocaba un mentón salido. Todo indicaba que Soledad todavía estaba en el lugar.

Los policías se ayudaron de la lumbre que proporcionaba el mechero del inspector para acceder al cine. Pisaron con cautela la alfombra cubierta con papel y trataron de escuchar cualquier sonido que indicara que no estaban solos. Un silencio absoluto reinaba en todo el local. El inspector caminaba lentamente por la sala acariciando las butacas impolutas, numeradas con una chapa. «Caray con la viuda», pensó. El Romagosa no era un cine cualquiera, uno de esos en los que los vecinos se traían sus propios cojines para no dejarse medio esqueleto en el respaldo de las sillas de madera. Cada vez estaba más seguro de que parte del dinero de los maquis descansaba en esa sala. Lejos de enfurecerse como en anteriores ocasiones, el inspector se regocijaba ante lo que estaba a punto de llevar a cabo. No los pudo escuchar ni tampoco intuir. Permanecían a escasos metros, agazapados tras las cortinas laterales y las primeras filas de las butacas. Los hombres de Facerías llevaban cerca de treinta horas apostados allí, tal y como el hombre más perseguido de la ciudad les había indicado. Poco antes de escuchar rodar el vehículo policial habían estado a punto de abandonar, pero a menudo la fortuna, como aquel familiar lejano del que ya no recuerdas su nombre, te visita sin avisar y es para quedarse. Espinosa se apresuró a verter el bidón de gasolina sobre las primeras butacas sin que Valiente se lo hubiera indicado. El inspector parecía inmerso en una nebulosa de pensamientos que no iba a compartir.

—Ya está todo preparado, inspector —susurró el policía con la voz nublada por la bebida—. ¿Subimos arriba a ver si está la viuda?

Valiente levantó una mano exigiendo silencio. No era un sonido identificable, sino un cúmulo de sensaciones lo que le hacía permanecer tenso y concentrado. En medio de la penumbra apareció el fantasma de su hermano Alfredo. «Lárgate, Víctor. Ahora.» El tono de Alfredo distaba del habitual. Recordaba al de su hermano mayor hablándole con voz de mando, exigiendo las cosas más que pidiéndolas, pero en esta ocasión sonaba diferente. De no ser porque aquella sentencia provenía de Alfredo, se hubiera atrevido a pensar que era una súplica disfrazada de consejo. Espinosa continuaba susurrando palabras que Valiente no lograba entender. El inspector caminó lentamente siguiendo el rastro de su hermano pero este terminó evaporándose. Valiente cerró los ojos por un instante y quiso recordarlo jovial y divertido. Un tipo seguro de sí mismo, entregado a salvar la patria de esa chusma capaz de incendiar iglesias y fusilar obispos. Pero cada vez que intentaba evocar aquel rostro vital se le aparecía otro muy distinto, uno con la mirada en blanco y esa fea herida en la sien que le provocó la muerte cuando le quedaba toda una vida por delante. Valiente se sobresaltó al sentir la mano de Espinosa sobre su hombro.

—¿Ha oído eso, inspector?

—¿El qué?

Solo tuvieron tiempo de escuchar la voz de un hombre gritando la palabra «luz». Al instante se iluminó la sala y la ráfaga de tiros no se hizo esperar. De las primeras filas de butacas emergieron más de cinco cabezas, y otras cuatro más de detrás de las cortinas de los pasillos laterales. Las balas percutían en los cuerpos de los dos policías como si se tratara de dos sacos de arena. El primero en caer fue Espinosa, quien se desplomó en una de las butacas con la lengua colgando y la mirada vacía. Una agrupación de disparos a la altura del vientre y otra en el pecho. El torso de Valiente era otro coladero sanguinolento pero el inspector se resistía a caer. Todavía pudo dar algún paso hacia la puerta, enfilando la ligera subida de la sala y distinguiendo la silueta de Soledad. Fue ella quien, dejando caer con decisión una de las manos, instó a Bernardo a que pusiera en funcionamiento el proyector. En la pantalla apareció la imagen de Errol Flynn en *Murieron con las botas puestas*. El alto volumen de la proyección, simulando pruebas de sonido, les ahorraba dar explicaciones a los vecinos y provocar llamadas de alarma, tal y como rezaba el cartel de advertencia que días antes había colgado la propia Soledad en la puerta de acceso. El inspector se arrastró por el suelo hasta alcanzarla. Facerías había ordenado a sus hombres que lo siguieran apuntando con las armas hasta que este dejara de respirar. Soledad vestía como un hombre, tal y como le habían aconsejado aquella noche. Una gorra de pana negra cubría su pelo recogido. Ataviada con unos pantalones oscuros y gabardina del mismo color, se acercó hasta el cuerpo inmóvil del inspector. Le lanzó una mirada preñada de desprecio. La de Valiente, entelada, apenas pudo distinguir el odio que había explosionado en el interior de aquella mujer. Todos esos agravios incubados, los asesinatos perpetrados sin remordimiento alguno, todas esas ignominias. «No existe el olvido ni el perdón para agravios de tal calibre», se dijo Soledad mientras se alentaba a rematar la faena. La primera patada contra el rostro de Valiente fue la que más le costó dar. A esa le siguieron más de una docena, desfigurando un poco más con cada una de ellas el rostro de aquella bestia maligna que había nacido con cuerpo de hombre. Pronto el inspector dejó de sentir los impactos y todo su alrededor se convirtió en una irreversible y profunda oscuridad. De no ser por Facerías, Soledad hubiera seguido golpeándolo hasta desfallecer. Solo cuando el hombre más buscado de toda la ciudad pronunció su nombre se vino abajo. Se alejó de aquel cuerpo muerto temblando, con el pie dolorido y entre sollozos.

—Regrese a casa, Soledad —le dijo Facerías con el mismo tono amable que hubiera empleado el director de una sucursal bancaria con su mejor cliente.

Todo en él tenía un aire de seguridad y escaso arrepentimiento. Les dio a sus hombres instrucciones para que dejaran la sala como una patena y acompañó a la mujer hasta el vestíbulo por el que se accedía a la calle. Soledad tenía la mirada perdida y respiraba aceleradamente.

—Nosotros nos ocupamos de todo. Se ha acabado, Soledad, se ha acabado.

Un compañero de lucha de Facerías, el anarquista granadino Manuel Fernández, detuvo la mirada del maestro de escuela que nunca llegó a ser en los ojos de aquella mujer vencida a la que su admirado colega le prestaba toda la atención. En sus incursiones por los Pirineos ya habían visto a otras mujeres arrastrando aquel pesar, el de haberse convertido en otras. Manuel, de bigote sutil y ataviado con un traje gris, corbata a rayas y pelo engominado, extrajo del bolsillo de su americana una petaca y se la entregó a su amigo poco antes de continuar con su cometido. El espíritu seductor que solía acompañar a aquel par de luchadores se evaporaba ante mujeres como esa. La maldita guerra todavía habitaba en ella y ellos no podían deshacerse de una suerte de culpabilidad inevitable. Facerías se aseguró de que Soledad se recuperara antes de que saliera a la calle. Le ofreció un trago y compartieron un cigarro. Durante un tiempo impreciso ninguno de los dos habló. Frente al cristal de la entrada los contemplaba impasible un gato negro.

—Gracias —dijo finalmente Soledad al tiempo que le entregaba a Facerías el cromo de Blas Vaccaro—. No se olviden de todos los que murieron por esto.

El hombre más buscado de la ciudad asintió con la cabeza, esbozó una débil sonrisa y se despidió de la mujer regalándole una caricia imprecisa en el brazo.

Bernardo interrumpió la proyección cinco minutos después del tiroteo. Ante la ausencia de quejas vecinales, y descartada toda visita inesperada de la policía, se pusieron manos a la obra. Uno de los hombres de Facerías halló las llaves del Lancia en uno de los bolsillos de Espinosa. El coche apareció incendiado al día siguiente en un terraplén próximo a la carretera de Vallvidrera. De los cuerpos, una vez fueron acomodados en el coche fúnebre que Amelia les había prestado, se ocupó Bernardo siguiendo las detalladas instrucciones de Soledad. Los dejó abandonados en un descampado próximo al Pueblo Español, junto a una vieja vía de tren. El mismo sitio en el que catorce años atrás, en plena verbena de San Juan, Víctor Valiente debería haber muerto junto a su hermano Alfredo.

20

El 13 de octubre de 1949, una semana después de que un barrendero hallara los cadáveres del inspector Víctor Valiente y el policía Manuel Espinosa, y en el mismo momento en el que Quesada le daba el pésame a la viuda del agente en una misa requerida por la Jefatura de Policía, se formaba frente a la taquilla del cine Romagosa la primera cola de espectadores. Todo estaba dispuesto para que se inaugurara en la sesión de las seis de la tarde y teniendo como primera proyección la película *Casablanca*. Gracias a la intermediación del viejo Leo, habían acudido a la cita periodistas de *La Vanguardia* y de la revista *Primer Plano*. En la crónica del día siguiente el rotativo afirmaría que «la concurrida asistencia del distinguido público al acto vaticina una próspera y larga vida a esa nueva sala de proyección, dotada de generosas y cómodas butacas de preferencia y general, capaces de aliviar males y soportar una sesión continua sin un quejido por parte de nuestras articulaciones». También hacían alusión a que «la pendiente de la sala resulta adecuada para permitir una buena visibilidad desde todas las butacas y el establecimiento cuenta con un agradable vestíbulo, cafetería y dependencias anejas que sirven como oficinas de su propietaria, la flamante empresaria Soledad Riera». El periodista del diario omitió un tenue olor a gasolina que no atinó a descubrir de dónde provenía y algunos remiendos de butacas que ocultaban los orificios de bala que nadie intuyó. Con el deseo compartido de que el Romagosa arrancara con buen pie el día de su estreno, Bernardo y Leo se las habían arreglado para hacerse con una bobina de la película *Casablanca*. El proyeccionista asomaba por la ventana de la cabina en compañía de Nil y de Lolita.

—Hoy echo de menos a Paulino —dijo Nil con gesto melancólico.

Lolita rodeó el brazo superviviente del muchacho y acomodó la cabeza sobre su hombro.

—Es un día hermoso —dijo la joven, embutida en un vestido primaveral nimbado de pequeños lunares que había provocado incontables torceduras de cuello y numerosos suspiros durante el trayecto de su casa al cine.

—No están todos los que deberían estar —terció Bernardo con un tono que dejaba traslucir una tristeza asumida—. Pero fíjate, muchacho...

El proyeccionista barrió con la mano la estancia para terminar señalando la pila de bobinas enlatadas que descansaban en una esquina. Se escuchaba el rumor de las personas que compraban las entradas y se palpaba el afecto en la piel de un barrio.

—Eres propietario de un cine.

Nil le dio al proyeccionista un afectuoso achuchón. Bernardo había sido el artífice de aquel sueño convertido en realidad, el hombro sobre el que llorar, la mano cálida que había conducido su infancia por la Barcelona bombardeada cuando su padre solo era una voz que recordar. Con él había aprendido que la realidad resulta más cara que ver una película, que en ambas se llora y que solo en las segundas uno vive para siempre.

—Se acabó la bicicleta, muchacho. Y también las lluvias, el frío y las broncas de esos tipejos que ahora son lo mismo que tú —recordó Bernardo ante un Nil dichoso, visiblemente emocionado.

En la puerta de acceso, Soledad recibía a toda persona que el viejo Leo le presentaba. La Lana Turner del Poble-Sec vestía una falda plisada negra con una blusa del mismo color, llevaba los labios inundados de un furioso rojo y lucía un peinado propio de una actriz americana. A pesar de haberse esforzado, no logró esconder del todo las recientes ojeras ni la amargura por la que estaba atravesando. No había sido educada para mandar matar a nadie, y aunque sabía que no había tenido otra opción, sintió que algo en su fuero interno la laceraba. Acostumbrada a quedar a resguardo de las miradas indiscretas, aquel día se sentía desnuda frente a esos ojos que la contemplaban como si fuera la primera vez. A su lado, ataviado con un viejo traje gris, una camisa blanca teñida, con los años, de color hueso y una corbata azul marino, el doctor Fuster le ofreció la mano a modo de salvavidas. Consciente de todo por lo que Soledad había tenido que pasar, comprendía su fragilidad. El recorrido silencioso de una memoria poblada de pérdidas irreparables, el lado derecho vacío de su cama, las vacías tardes de domingo, aquellas lágrimas de desconsuelo bajo la luz descosida de un tejado colmado de recuerdos. De todo ello se acordaba en ese momento Fuster, y eso hacía que su enamoramiento y su admiración por Soledad fueran juntos de la mano. Soledad se demoró en los ojos de Bonifaci, le regaló una escueta sonrisa y terminó aferrándose a esa mano de médico, suave y templada. No era tarea sencilla mirarse a los ojos cuando en ese gesto quedaban condensadas todas las respuestas de Soledad. Nadie necesita de palabras cuando gritan los ojos. De esa manera, en medio de aquella multitud, acababan de sellar su más íntimo trato.

Poco antes de que terminara la proyección, Bernardo abandonó la cabina en busca de algo que llevarse a la boca. Con todo lo acontecido durante los últimos días su estómago se había encogido, y aquel instante era el primero en el que había recuperado el apetito. Además, las miradas cruzadas entre Lolita y Nil bajo la penumbra de la cabina invitaban a desaparecer. A pesar de que ya se había evaporado de la pantalla el *The End* sobreimpreso en la imagen del mapa de África, y con el recuerdo de una Ilsa y un Rick que bebían los vientos el uno por el otro todavía habitando en la cabeza, parte del público asistente se quedó paralizado en sus butacas. Al igual que Lolita, quien ajena al tejemaneje de Nil con el proyector y la bobina continuaba embriagada por aquella historia de amor en medio de una guerra. Una vez más el cine les acababa de ofrecer la oportunidad de vivir una epifanía. Nil silbaba *La Marsellesa* de manera inconsciente mientras miraba por la diminuta ventana la reacción de los vecinos ante aquella maravilla que acababan de presenciar.

—Cuando tenga dinero me compraré una gabardina como la de Bogart —anunció el muchacho tras volverse hacia una Lolita todavía ausente.

—Es un final tan triste como feliz —musitó la joven.

—Yo me hubiera quedado con ella.

—Pero si la deja marchar por amor —alzó la voz Lolita.

Nil se acercó a la joven y la acarició en la cara.

—Pues a mí no me quieras tanto —dijo Nil.

Se besaron con la imperceptible prisa de las bocas desesperadas, sintiéndose los protagonistas de esa historia que acababa de colarse para siempre en sus corazones.

Rondaba la medianoche cuando Teresina, la nueva vecina, empleada por Soledad, terminó de limpiar el cine. La sala estaba vacía a excepción de una butaca. Después del cúmulo de emociones vividas durante el acto inaugural, Soledad solo tenía ganas de regresar a casa y descansar, pero Nil le había insistido en que cuando todo terminara y estuvieran a solas vieran juntos una película corta pero intensa. Aunque la idea original corrió a cargo del viejo Leo, fue Bernardo quien lo ayudó a confeccionarla. Nil sentía un profundo agradecimiento hacia su madre, la adoraba casi tanto como ella lo adoraba a él. Consciente de que nunca se puede estar a la altura del amor de una madre, sabiéndose incapaz de cultivar esa suerte de querencia única e incomparable, para Nil ella era la persona más fuerte que había conocido, quien le había enseñado que solo los muertos olvidados son los que se mueren de verdad. Su Lana Turner particular, entregada a una única bandera, que no era otra que la vida de su hijo. Capaz de convertir la pobreza en un desafío para salir de ella y no en un lamento. Como Soledad le solía decir, «todo pasa, Nil, incluso nosotros». Y esa maldita pero certera sentencia era la culpable de que el muchacho viviera cada uno de los días como si fuera el último, con esperanza en los tiempos oscuros y agradecimiento en los de luz.

—¿Preparada? —gritó Nil desde la cabina de proyección.

—Sí —respondió Soledad en el mismo instante en que la sala quedaba en penumbra.

En la pantalla empezó a aparecer un *collage* de imágenes obtenidas de distintas películas: *Ana Karenina*, *El ángel negro*, *La novia alegre*, *Encadenada* y *Rebelión a bordo*. Soledad no pudo contener las lágrimas. En todas ellas aparecían cortes de distintos personajes representados por diferentes actores, pero todos tenían algo en común: la voz de David Roig. Con una dicción límpida, ajena a la guerra que estaba a punto de estallar, a la pérdida de una hija, a la entrega de una vida por una causa. Soledad jamás olvidaría esa voz salvada de las cenizas que una vez acunó a sus hijos y mucho antes le había susurrado palabras de amor. La misma voz que, aun presa y maltrecha, nunca dio su brazo a torcer. Nil se sentó junto a su madre y le pasó el brazo superviviente por encima del cuello. Ella ardía como una vela de catedral. Él la arropaba con fuerza, compensando de ese modo todos los abrazos postergados de los que su brazo ausente les había privado. Lloraron juntos, dejando atrás alaridos y días de cielo plomizo. Conmovidos por aquella concatenación de fotogramas, madre e hijo se concedieron silencios y besos, y bajo la mágica luz que desprende una pantalla de cine se prometieron que siempre saldrían adelante.

Cuarta parte

2021

I

Madrid, una noche de febrero de 2021

«No sabrán pronunciar Roig», me advierte Nil desde algún chiribitil de mi mente. A pesar de que el comentario me afana una sonrisa y eso siempre ayuda a reducir la tensión, todavía siento el palpitar de mi corazón en las sienes. La actriz, embutida en un llamativo vestido —«reivindicativo», dirán las crónicas del día después—, irrumpe sobre el escenario aupada por unos llamativos tacones cuadrados, flameando al aire su melena rubia y lisa. Los mismos que hace apenas unos años la habían denostado, ahora la reciben entre aplausos y puestos en pie. Es el gesto apremiante de su compañero de gala, veinte años menor que ella, el que la exhorta a abrir el sobre que sostiene con sus dedos de pianista. Pero la actriz se toma un tiempo y, en contra de lo preestablecido por la organización, coquetea con el joven actor recortando las distancias implantadas por el protocolo y enervando al director de la ceremonia, que se consume tras las cámaras por cada segundo de más que se le hurta a la gala. Si no recuerdo mal, hace más de cinco años que el nombre de la actriz no se exhibe en ninguna sala de cine. Su vida se ha reducido a un discreto papel de reparto que de vez en cuando asoma en programas del corazón y en tertulias de madrugada sobre películas olvidadas que ella misma protagonizó. Es en su ávida mirada azul, ampliada por el realizador del acto, donde se agazapan las motas de tristeza que hoy no ha logrado maquillar. De sus manos indecisas se le escurre el sobre que hasta ahora sujetaba, pero en lugar de recogerlo opta por improvisar un breve monólogo. La actriz achaca lo sucedido al vestido ajustado de terciopelo granate, según su joven modista, a pesar de que para ella es rojo teja. Es lo que tienen las nuevas generaciones, dice, ni saben distinguir los colores ni saben quién fue Sara Montiel. El palacio de Congresos estalla en risas ante ese comentario malévolo y cargado de rencor al tiempo que el realizador decide captar un primer plano de los nominados. Es entonces cuando esbozo una mueca ajena que, lejos de hacer que parezca que disfruto del momento, logra desfigurar mi expresión. Muestro una cara prestada para la ocasión. Siempre he pensado que las mentiras más profusas son los silencios y las sonrisas constreñidas. La actriz decide recuperar el sobre caído y vuelve a tener entre los dedos la respuesta a mi ansiedad. Los cuatro nominados tomamos aire a la vez. «Y el Goya al mejor guion adaptado es para...» Durante ese par de segundos todo se congela a mi alrededor. Soy el único que ve como asoma por el escenario Bernardo el proyeccionista, enfundado en un abrigo de paño y con la cabeza cubierta con su sempiterna gorra de lana. Me guiña un ojo para terminar desapareciendo sin más, tal vez intimidado por la emergente presencia de John Wayne, que atraviesa el escenario con su andar perdonavidas y aquel chaleco de piel vuelta impoluto a pesar de las millas recorridas. El vaquero desafía con su mirada cosida con venganzas a una Rita Hayworth que, tras desnudar una mano enguantada como solo ella sabe hacerlo, con los dedos como pinzas a modo de cangrejo, le arrebata el sobre a esa actriz ya soldada al olvido. «... Lucas Roij por *La Gran Mentira*», termina gritando la actriz elegida para anunciar el premio. De pronto Rita se difumina de mi mente, al igual que el eterno vaquero y Bernardo. Recupero la cadencia de mi respiración, echo la cabeza hacia atrás y todo es silencio. No escucho los aplausos, ni siento el abrazo de Jota Quirjona, el director de la película, que está sentado a mi vera y me sacude como un chiflado. A partir de ese instante todo acontece de manera ralentizada. En la cúpula del auditorio, como si de un espectro se tratara, veo el ajado rostro de Nil enfurruñado. «¿Ves como no han sabido pronunciar Roig? Siempre ha sido una palabra maldita.»

¿Cómo agradecer en menos de tres minutos todo lo que mi familia me ha dado? ¿Cómo contar que el cine fue ese refugio en el que niños como Nil conservaron en plena posguerra un retazo de su infancia? Y qué decir de aquellas mujeres taciturnas que eligieron de manera forzosa convertirse en supervivientes. Me dirijo al escenario entre vítores y rostros que no alcanzo a ver. ¿Por qué todo lo que está lejos es de color gris? Me concentro al subir los escalones por miedo a que mis zapatos nuevos de suela virgen me la jueguen. La actriz me recibe con una efusividad ensayada y me besa cerca de la comisura de los labios. Me quedo embobado ante esa mirada cálida que tantas veces he visto en la pantalla ofrecida a otros más altos que yo. El tierno actor me estrecha la mano con una firmeza estudiada, la misma que yo no tengo cuando me acerco al micro sobreexcitado. Podría decir tantas cosas. «Por eso escribí *La Gran Mentira* —pienso—. Para contar la historia de muchos en boca de unos pocos.» «Diles a todos tu apellido como Dios manda. Roig, se dice Roig», me exige Nil desde mi cabeza. La mudez del auditorio me empuja a pronunciar un discurso que no había preparado pero sí soñado.

—Hace cuarenta años mi padre me llevó a una sala de cine de París a visitar a un viejo amigo suyo —arranco de una vez, sin papel alguno que leer: habla el corazón—. En el vestíbulo, entre dos viejos carteles de películas colgados en la pared, distinguí un socorrido eslogan con el que promocionaban la asistencia a las salas de proyección. Decía: QUIEN AMA LA VIDA, AMA EL CINE.

Hago uso de una pausa dramática para recibir un aplauso unánime. No va a ser la actriz denostada la única que esta noche logre poner al público en pie.

—*La Gran Mentira* no es una película más sobre la posguerra de este país —afirmo envalentonado por las circunstancias, acariciando con incredulidad la cabeza del Goya—, es la historia de todas aquellas mujeres que se empeñaron en querer cuando los hombres únicamente se dedicaban a destruir. —De nuevo, un aplauso, esta vez más corto al leer mis intenciones de seguir hablando—. Mi padre y mi abuela me enseñaron que el único modo de evitar que una vida perra se convierta en una mala vida consiste en creer que mañana todo será mejor.

Más aplausos entre aquella amalgama de rostros indefinidos. Tenía la intención de alzar la estatuilla al aire, pero un azafato de sonrisa forzada me invita a abandonar ese instante de gloria volátil. Callados y con paso marcial, recorremos un pasillo alfombrado y negro hasta alcanzar una sala donde me espera el resto de los premiados. Antes de despedirse de mí, el azafato dibuja de nuevo esa mueca de sumisión aprendida, que no casa con su cuerpo de marine embutido en un traje de Zara. A partir de ese instante todo se desarrolla bajo una neblina compuesta por roles prefabricados, promesas de plastilina y celos amordazados. Beso y me besan, abrazo y me abrazan, pero no me siento cómodo. Jamás he digerido bien ese exceso de exhibición emocional tan habitual entre los seguidores del método Stanislavski. No sé fumigar los prejuicios de ese ambiente que con los años he convertido en certezas. La noche avanza entre brindis y lenguas torpes. En un momento determinado, para mi sorpresa, se me planta delante la actriz denostada, conocida en el gremio como Cuca Climent, ladeando la cabeza hacia la clavícula y mirándome de ese modo que merecería un primerísimo primer plano de Stanley Kubrick. Contemplada de cerca posee la belleza clásica de una actriz de los años sesenta.

—Me ha dicho Jota que no pasas la noche aquí...

en Madrid —me dice sin presentarse, da por hecho que todos la conocemos y es cierto.

—Esa es la idea, sí.

—¿Entonces te vas a Barcelona directamente desde aquí, sin dormir?

—¿Quién se va a Barcelona? —se entromete Laura Gálvez, la actriz que interpreta a la joven Soledad, mi abuela, en *La Gran Mentira*, mientras sostiene orgullosa y achispada el Goya a la mejor actriz revelación—. Vamos a hacernos la foto de familia de los ganadores —me grita pletórica.

Asiento obediente y me dejo llevar de la mano de Laura ante la atenta mirada de Cuca, quien señalando hacia el suelo enmoquetado me da a entender que aguarda mi regreso. A la vuelta de mis obligaciones con la Academia, la actriz ida a menos me ofrece una copa de Moët Chandon. Le ofrezco una sonrisa pero niego con la cabeza. Dentro de un mes cumplo cincuenta años, más o menos su misma edad, calculo. ¿Le confieso que una vez me masturbé con un desnudo suyo en pantalla?

Cuca trasiega su copa y la mía. Su mirada inquieta busca al camarero que porta el champán sobre una fuente. Cuando este se acerca a ella, Cuca le canjea dos copas vacías por una desbordada. El camarero tiene tablas con las mujeres, la hace reír con comentarios indecorosos a modo de susurros, dirigiendo una mirada obscena a las turgentes formas que sugiere el vestido color rojo teja de Cuca, quien recibe ese flirteo con más agradecimiento que esperanza. El camarero me ignora con el engreimiento de un napolitano en la Costa Brava y consigue con una sola mano extraer un bloc de notas del bolsillo, depositarlo sobre la bandeja y anotar en ella un número de teléfono que no duda en entregar a la actriz. Ella lo despide con una sonrisa efímera y, cuando lo ve perderse entre la multitud de invitados, lanza el papel al suelo para recortar luego la distancia que nos separa.

—Dicen que la seguridad en la conquista solo nos dura cinco años —suelta Cuca.

—Yo nunca la he tenido.

Cuca me repasa con descaro de arriba abajo.

—No siempre somos conscientes del poder que ejercemos sobre los demás —añade algo afectada—. Mi ex lo tenía, el muy cabrito. Y hablando de ex... —Me pone la pantalla de su móvil tan cerca de los ojos que mi estrabismo no me permite distinguir el texto—. Sabe que estoy aquí, por eso lo hace, para joderme.

—¿Qué pone? Sin gafas no...

—Me recuerda que por convenio me va a entregar a mi hijo mañana a las diez de la mañana. Si no estoy a esa hora en Barcelona me denunciará. Es un hijo de puta redomado. Guapo, pero hijo de puta. Hay que tener mala hostia para elegir de todas las noches del año esta, ¿no crees?

Una hora después es noche cerrada cuando salimos de Madrid. Cuca me detalla mediante un galimatías verbal el frente abierto que mantiene con el hijo de puta redomado. Siempre he sabido escuchar y eso los demás lo perciben a la primera. Si hago un recuento de las veces que he aprendido cosas por mi cuenta, a solas, son mínimas al compararlas con aquellas en que lo he hecho escuchando o leyendo a otros. Ese rápido y contundente cálculo mental es el que siempre me lleva a decantarme por la escucha. A Cuca le da un ataque de hipo y se enfada consigo misma. Extrae de su bolso un espejo de bolsillo para maquillarse y escucho como golpea ligeramente sobre él. Me da un codazo y me ofrece una de las dos rayas de cocaína que acaba de hacerse. Declino por segunda vez en la noche uno de sus convites.

—¿Sabes? —dice Cuca tras dejar impoluto el espejo y borrar de un plumazo el hipo—. Me ha gustado mucho eso que has dicho. Eso de que una mala vida se evita pensando que mañana todo será mejor.

—Funciona. Ya sabes, todo pasa.

—Tu abuela y tu padre debieron de ser personas muy especiales.

—Mi padre todavía lo es, a su manera.

Si alguien me llega a advertir hace quince años que en el 2021 rebrotaría la extrema derecha en la vieja Europa, que Trump sería el presidente de América y que la Climent y yo nos fugaríamos de la gala de los Goya en mi coche, que tiene casi veinte años, con la estatua del cabezón sobre los asientos de atrás le hubiera sugerido que se mofara de su madre.

—Nos espera un largo viaje —anuncia Cuca—. ¿Y si me cuentas *La Gran Mentira* con tu propia voz? Así no me duermo.

Le señalo el espejo de maquillaje que aún sostiene con una mano y concluyo en voz alta:

—No creo que te duermas. Además, te advierto de que no hay nada peor que pedirle a un escritor que te hable de la historia que le ha robado cuatro años de su vida.

—Tenemos muchos kilómetros por delante y mi vida no pasa por su mejor momento.

Lleno de aire y orgullo mis pulmones. Una indicación azul nos señala que en apenas mil metros podemos tomar un desvío a TODAS LAS DIRECCIONES. Quiero creer que Barcelona está incluida en ellas.

—Esta historia empieza con el cumpleaños de un niño y un asesinato —anuncio.

Cuca se descalza, desafía a la tirantez del vestido y, tras doblar las piernas sobre el asiento, encara su cuerpo hacia mí.

—Soy toda oídos.

2

Seiscientos kilómetros y una historia narrada después la Climent sonríe con tristeza y me mira a los ojos con una profundidad que me asusta. Ya no por sus intenciones, sino por los efectos que me causan ciertas mujeres. Sé desde que tenía veinte años cuál es el tipo de mujer de la que me puedo enamorar en menos de veinte minutos. A mis casi cincuenta arrastro un importante número de fracasos sentimentales. Y con el paso del tiempo la cosa no mejora. Ya no es que uno se vuelva más exigente con los demás, sino que se vuelve más tolerante consigo mismo, y esa tolerancia se convierte en comodidad, en una suerte de equilibrio que se solidifica y que, como tal, se hace inexpugnable. La soledad, como la tecnología, crea adicción.

—La historia de Nil es muy triste —dice Cuca con pesadumbre, abrazada a su cuerpo destemplado—. Mi padre se murió de un derrame cerebral mientras me daba un biberón cuando yo tenía seis meses.

Durante un segundo desvío la mirada del asfalto y la hundo en sus ojos.

—Así que mi infancia tuvo una única heroína, y esa fue mi madre. Como Nil. —La sonrisa triste de Cuca no necesita aclarar nada más—. No hay edad buena para que un niño crezca sin uno de sus progenitores, pero es evidente que los años setenta no fueron la posguerra de este país. ¿Te has preguntado cuánto sufrieron aquellas mujeres?

Asiento con pleno conocimiento. Ser hombre es sinónimo de destrucción, ser mujer lo es de construcción. La historia de mi abuela Soledad es la de muchas otras mujeres que sirvieron de pilar para una sociedad que a día de hoy, setenta años después, sigue necesitando manifestaciones por las calles, tuits y lecturas reivindicativas de pasquines para que la otra mitad del ser humano, la mitad demoledora, deje de ocupar una butaca que no le pertenece.

—Cuando me describes la angustia de Soledad —sigue la Climent— me pregunto cómo lograron salir adelante todas esas madres durante aquellos años de lucha.

Cuca ha sufrido una metamorfosis durante el viaje. La actriz banal que he supuesto que era, esa que los sábados por la noche se deja caer en repugnantes platós con tal de no ser olvidada, la misma que hoy deambulaba por los premios Goya barriendo con la mirada en busca de objetivos a los que seducir, rogando un papel más, una nueva oportunidad, ahora ostenta un aura de dignidad propia de quien ha hecho de la soledad su bandera, por mucho vestido ajustado de terciopelo que lleve.

—¿Vive? —pregunto.

Cuca niega con la cabeza y se aparta de la cara, casi con rabia, un mechón caído.

—Estoy sola, Lucas.

Respiro hondo y ahora soy yo el que siente recorrer por todo el cuerpo un escalofrío. Ciertas palabras, cuando no se disfrazan con un tono condescendiente o una sonrisa capaz de esconder los verdaderos sentimientos, adquieren un sentido único y universal. La soledad confesada sin ambages siempre provoca tristeza.

Un instante después el momento se evapora y nos quedamos los dos con la mirada clavada en el exterior, en una autopista vacía sobre la que empiezan a percutir las primeras luces del día. Entonces ella vuelve a hablar:

—Yo nunca pude escuchar la voz de mi padre.

Trago saliva y me da por pensar que contar historias siempre tiene consecuencias.

—Siento mucho haberte removido tanto por dentro.

¿De veras lo siento? Maldito narcisismo de artista.

Cuca resta importancia a mi disculpa turbia con un barrido de mano al aire. Nos quedamos callados durante un tiempo indeterminado.

—Ya hemos llegado... —me dice en el mismo momento en el que alcanzamos la Diagonal.

No hay ni un alma por el camino y la avenida ofrece su versión más inhóspita. Frente a nosotros se despereza una Barcelona callada, adormecida. Me quedo más tranquilo cuando a la altura del florido edificio que alberga al Grupo Planeta un enjambre de taxis negros y amarillos me confirman que no ha habido ningún ataque nuclear. Detenidos en completo silencio frente a un semáforo en rojo, mantenemos una conversación con nosotros mismos. Siento el vacío que comporta todo aquello que concluye, el sabor avinagrado de una despedida forzosa. Llegar a Barcelona con Cuca es equiparable a la nostalgia de un final de verano, a ese último beso, a la triste certeza de esa tierra que no volverás a pisar. Enciendo la radio. Suenan los Rolling con su *Angie* y Cuca la vuelve a apagar.

—Prefiero tu voz —me dice Cuca al tiempo que adorna su confesión con una sonrisa pícara.

La mujer adulta todavía tiene mucho de aquella jovencita pizpireta que según la prensa del corazón atrapaba a sus presas con tan solo un parpadeo prolongado. Y es que esa jovencita nada quiere saber de las aciagas tardes de domingo que su hijo pasa con su exmarido, de las miradas de recelo a un teléfono que lleva más de cinco años sin recibir llamadas de un productor, de las arrugas que poco a poco, aliadas con la gravedad, se impondrán inexorablemente a esa figura y a esos rasgos agraciados que muchas querrían para sí mismas. A la jovencita agazapada en Cuca solo le interesa saberse deseada, sentirse peligrosa frente a un hombre, estirar el tiempo y darle la espalda a esa decrepitud recién estrenada que aún puede maquillar. Dado el silencio en el que me escudo como respuesta, la mujer adulta malinterpreta que no quiero acelerar las cosas. Cómo decirle que a pesar de mi edad un tipo como yo todavía puede arrastrar consigo una mochila colmada de inseguridades.

—¿Cuál es tu plan para hoy?

—Recoger a Nil de la residencia en la que está y llevármelo a un lugar muy especial.

Cuca me mira a los ojos con tal intensidad que soy yo el primero en apartarlos. A continuación solo cabe un beso. Al menos así sucedería si fuera yo quien escribiera este guion, pero los dos nos volvemos y miramos hacia delante mientras seguimos atravesando la ciudad. Y pensar que en cada boca existe una lista de besos pendientes. El castillo de Montjuic, a lo lejos, sirve de faro para el destello de un avión que desciende camino del Prat. El cielo se agrieta y empieza a sangrar.

—¿Por qué lo llamas Nil y no papá?

Necesito pensar la respuesta, a menudo estamos tan inmersos en una costumbre que ni siquiera nos preguntamos por qué persiste.

—A él siempre le ha dolido escuchar la palabra «papá».

Otro silencio.

—Quiero ir contigo —me dice Cuca.

No tengo claro si es la jovencita o la adulta.

—¿A dónde?

—A ese lugar especial —me responde con un entusiasmo que, de ser falso, la haría merecedora ahora mismo del Goya que llevo en el asiento de atrás.

—¿Y tu hijo?

3

Nunca he sabido si fue Nil el que aceleró su enfermedad tras la muerte de mi madre o fue ella, Lolita, la que se marchitó al descubrir los primeros síntomas de la impía dolencia de su marido. Eso pienso acomodado en el interior del coche, mientras escucho el *On the Beach* de Chris Rea aparcado sobre la acera en plena calle de Sants. Confío en que a estas horas de la mañana el guardia urbano de turno esté despachando su primer café del día y se haya olvidado el boletín de multas en la taquilla de la comisaría. Hace algo más de un cuarto de hora que Cuca se ha internado en el portal número 11 y no tengo noticias de ella. Pronto acuden a mi enrevesada mente sucesos escalofriantes en las que un exmarido agrede a la que una vez fue su mujer. La simple posibilidad de que eso pueda suceder hace que abandone el vehículo inquieto y me asome al edificio en busca de pruebas que por fortuna resultan inexistentes. Todo es sosiego, como en el barrio, que lentamente se despereza y permite que un cielo inmaculado augure un día inolvidable. Un taxi negro y amarillo con matrícula azul, un barrendero del siglo XXI con chaleco fluorescente y manguera a presión, un joven acelerando su silencioso patinete aerodinámico y un viejo de huesos lastimados al acecho de la acera con más sol. Las ciudades crecen con sutileza, como no queriendo molestar, pertinaces y sin pausa. Y cuando te despistas han pasado treinta años y esas que fueron tus calles solo mantienen el nombre —algunas ni eso—, pero los olores son otros y de otros, los vecinos de toda la vida ya han fallecido y su lugar es ocupado por completos desconocidos que a duras penas te saludan. Solo entonces acudes a tu memoria para tratar de no sentirte extraviado en tu propia ciudad. Melancolía, lo llaman algunos. Más bien se trata de supervivencia ante la primera llamada de la vejez, esa que no percibes cuando siembra por encima de tus células sin prisas, como las ciudades, dejando que te creas que en el fondo eres el de siempre. Esa misma que logra que el futuro ya no esté en su sitio. En esa nebulosa de pensamientos sombríos me encuentro cuando la veo salir del portal dando un manotazo a la puerta de cristal y de hierro forjado. Le agradezco en silencio no haber repetido el gesto con mi destartalado coche. No hay rastro de niño alguno, algo ha ido mal.

Pongo la radio con la intención de reducir la tensión, borrar de su cara el gesto enfurruñado. Leonard Cohen le canta a su estimada Marianne y una nube colosal e inofensiva abriga al sol que nos observa. Cuca apaga de nuevo la música. Es la tercera vez que lo hace desde que emprendimos este viaje. Me cuesta más de tres semáforos en rojo reparar en lo que me ha querido decir con cada uno de esos actos. No tiene nada que ver con la canción que suena, simplemente necesita ser escuchada.

—Cómo he sido tan tonta —dice al fin, trasluciendo en la afirmación un arrepentimiento mal curado.

Prefiero no intervenir, dejar que sea ella la que cuente lo que me quiera contar.

—Deberían enseñarnos en el colegio a identificar a las malas personas y no la puta trigonometría.

No puedo evitar sonreír ante esa observación que tiene más razón que un santo. Ella sigue mirando al frente con los ojos vidriosos y los labios agrietados, faltos de hidratación o tal vez resquebrajados por el número de reproches recién pronunciados.

—¿Tu hijo está bien?

Cuca asiente sin mirarme. Lo hace lentamente, extenuada, como si hubiera gastado todas sus fuerzas en su reciente batalla. Reconozco su belleza incluso en la derrota, en cada uno de sus rasgos, en el modo familiar en el que se apoya en el reposacabezas del asiento y se cubre un pecho con las manos a la altura del corazón. Me ha faltado menos de medio metro para impactar contra el conductor de un patinete que ha cruzado el paso de peatones a la velocidad de la luz.

Llegamos a la residencia de Badalona, próxima a la vieja fábrica de Anís del Mono y con vistas a un apacible Mediterráneo, antes de lo previsto. Se trata de un edificio de nueva construcción adquirido por un grupo de inversores americanos dedicados a explotar centros especializados en el cuidado de personas mayores. Los primeros años de la enfermedad, Nil vivía conmigo. Seguí a rajatabla todos los consejos médicos que me ofrecieron en una fotocopia de un artículo extraído de Google. Adapté mis rutinas, cambié mi tono agresivo al hablar por otro más amable, paciente, controlé las veces que Nil visitaba el baño, le preparaba a diario la ropa que tenía que vestir, traté de involucrarlo en la preparación de las comidas o en la limpieza posterior de la cocina, dábamos largos paseos por sus viejas calles, evité a toda costa cualquier situación que lo pudiera desorientar y retiré de su alcance, como si de un niño se tratara, los medicamentos y los utensilios peligrosos. Y por encima de todas las cosas, cultivé una paciencia que jamás había tenido. Me causó un gran impacto, de todos los consejos que me dieron, uno en particular: «Ofrécele instrucciones simples», me propuso el doctor Cabestany como quien da los buenos días, ajeno a la complejidad de esa exigencia filosofal que nunca he sabido aplicar. Soy incapaz de hablar en términos claros y concisos, a todo le doy mil vueltas y me pierdo por los entresijos de cualquier tema que pueda tratar. Recuerdo con precisión las dificultades que tuve para vender el guion de *La Gran Mentira* a quien resultó ser el productor definitivo de la película. «Convénceme en dos minutos de por qué tengo que invertir en tu historia y no en la de otro», me propuso. «La historia de mi padre vale más que un par de tus minutos», le respondí de manera desacertada y me largué. De no ser porque una semana después medió mi agente, hoy no hubiera ganado un Goya. Decidí ingresar a Nil en este sucedáneo de hogar el día que me confundió inexplicablemente con John Wayne. Desde entonces no ha vuelto a reconocerme. En su particular batiburrillo mental ya he dejado de ser su hijo. Nunca he dudado del amor de mi padre hacia mí y, sin embargo, cuando se ha sentido solo y desamparado, ha sido a su madre a quien ha buscado en esa impenetrable y extraviada memoria.

No disimulo mi desencanto cuando mis ojos se cruzan con los de la enfermera de la recepción. Una mujer que ronda los sesenta años, entrada en carnes, de mirada inquisitiva y víctima evidente de la tanorexia. Porta la bata blanca con el mismo orgullo con el que un general lo hace con sus galones. Hemos tenido nuestros pequeños desencuentros. Que si la higiene de Nil no es la correcta, que si lo veo más demacrado y esmirriado... Una retahíla de observaciones convertidas en quejas por la ausencia de, lo admito, una sonrisa conciliadora de mi parte y un mejor tono. Pero ella tampoco ayuda. Es uno de esos seres que me hacen creer en la reencarnación. Estoy seguro de que en una vida anterior uno de los dos quemó en una hoguera al otro.

—Vengo a recoger a Nil Roig.

Apenas lo digo me doy cuenta de que ni siquiera la he saludado.

—Buenos días —dice la Sargento de Hierro masticando cada una de las sílabas y haciendo una pausa antes de seguir para dejar claro que acabo de incumplir la primera de las normas.

Cuca me mira y alza las cejas ante el huracán que se intuye.

—A estas alturas ya debería saber que, salvo por

razones médicas, hay que comunicar las salidas de los pacientes con cuarenta y ocho horas de antelación.

—No soy futurólogo...

Intento ganar tiempo mientras leo su nombre bordado sobre su descomunal pecho.

—Verás, Encarni, esta noche pasada ha sucedido algo muy importante para nuestra familia y necesito estar unas horas con Nil.

La hasta ahora conocida como la Sargento de Hierro por mí —y desde este mismo momento, Encarni—, suelta un largo y profundo bufido. Me imagino el papeleo necesario que recorre por esa mente para tener a bien que un hijo pase un día entero con su padre. Pero cuando todo indica que vamos a pasar a la fase de recordar que *el que paga, manda*, le dirige una mirada escrutadora a Cuca y entonces canto bingo. Sus músculos faciales se destensan, sus ojos, estrechos y de un color impreciso, parecen haberse hecho más grandes, y hasta diría que asoma una inédita sonrisa en esa boca de labios gruesos, nacidos para tocar la trompeta como el mismísimo Chet Baker. Encarni acaba de reconocer a la célebre actriz denostada que en las distancias cortas mantiene toda su belleza y encanto.

—¿Usted es quien creo que es? —pregunta Encarni ruborizada.

Cuca asiente con su mejor sonrisa. Saben quién es y eso la revitaliza. Aparca sus penas y se entrega a su público una vez más, aunque este sea unipersonal, antipático y desagradable.

—¿Puedes dejarnos a solas un momento? —me

propone Cuca con un guiño mientras ocupa mi puesto ante el mostrador.

Obedezco y me alejo unos metros, deteniéndome frente a la cristalera, desde la que veo un intenso mar azul y la escultura de Anís del Mono a pie de playa. Pronto llegan hasta mí las risas y los susurros de las dos mujeres. Respiro hondo.

Diez minutos después estoy a solas frente a Nil en una habitación iluminada por el sol. Las vistas son mejores que las que uno puede ver desde la recepción. La altura siempre otorga una sensación de dominio sobre el medio que nos hace sentir mejor. Nil no me mira ni me habla. Me planteo cuántos silencios caben en sus ochenta y nueve años. Ha encogido en apenas una semana, el tiempo que hace que no nos vemos. Apoltronado en aquel sillón de piel negra, con la mirada derramada en un tiempo pasado, me pregunto qué pensará. Tiene la piel cuarteada, las cejas hirsutas y el pelo abundante y blanco. Atrás quedaron los tiempos de chinches en los que Soledad le rasuraba la cabeza. La mano superviviente luce nudosa y animada por un ligero temblor. Ya no le preocupa el perfil que ofrece a los demás, ocultar de manera instintiva ese brazo ausente. Todo en él es descuido. Cuando estamos así lo contemplo con embeleso. Y es entonces cuando veo a un cándido Nil montado en bicicleta, transportando bobinas con una tibia sonrisa o acurrucado en las remotas faldas de su madre. A ese muchacho vestido con camisas remendadas, con la cara tiznada de mugre y los ojos despiertos frente a la gran pantalla de una sala de cine de barrio.

Sé que su estado es precario, que la enfermedad se prepara para alzar la mano del triunfo, pero hoy todavía nos queda el cine, esa fábrica de sueños que en el caso de Nil está por encima del recuerdo de una vieja canción, del nombre extraviado de esa mujer que siempre amó o del rostro de su único hijo.

4

Acomodados en el vehículo y tras un largo silencio, Cuca me pregunta quién es Virna. Es la única palabra que Nil ha pronunciado desde que salimos los tres de la residencia. Es el modo que ha elegido para comunicarse conmigo, porque juraría que cuando lo ha dicho su mirada ha buscado la mía en el espejo retrovisor. He podido captar un atisbo de vida en sus ojos desconectados. Me ha emocionado saber que conozco bien a mi padre. Han sido muchas las películas que hemos compartido, y puedo afirmar sin remilgos que todo lo que sé de cine se lo debo a él. Cuando los ojos de Nil han fotografiado la mirada verde de Cuca no ha sido ella a la que ha visto, sino a su adorada Virna Lisi. Tendría yo ocho años cuando aprendimos a rebautizar a las personas con el nombre de los intérpretes de la gran pantalla a los que se parecían. Ahora, desde esa atalaya lejana a la que solo accede él, continúa enviándome mensajes. O al menos eso es lo que quiero creer. El vacío y el sinsentido son lugares que todos nosotros preferimos evitar. Rechazamos aquello que no comprendemos y cubrimos con sábanas impolutas, como si se tratara de muebles viejos, los miedos que nos acechan.

—Virna Lisi —respondo orgulloso—, una actriz italiana guapísima. ¿Me creerías si te digo que hace unas horas llegué a la misma conclusión que Nil?

—Sé quién es Virna Lisi —añade al tiempo que se libera del cinturón de seguridad y se vuelve de cara a Nil para darle un beso en la mejilla—. Gracias, Nil.

Mi padre es ajeno a los besos de una actriz reconocida. A esa sonrisa de la Climent que a muchos nos desarma. Él persiste en caminar por senderos recónditos, cifrados y pendientes de explorar. Una y otra vez. Una y otra vez.

Alcanzamos la calle Urgel y aparco el coche después de pagar a precio de oro el minuto en zona azul. A pesar de su mirada turbia y del entrecejo fruncido, dejo que sea Nil el que nos guíe, quien ayudado por su voluble memoria recorra el trayecto que tantas veces ha trazado conmigo de la mano. En la actualidad se llama passatge de Sant Antoni Abat, alberga parte de un hotel de diseño solo apto para los bolsillos de extranjeros acomodados y hace años que ha dejado de ser aquella calle lóbrega y cenagosa donde las ratas ahuyentaban a quien se acercaba. Apenas da unos pasos, Nil se detiene confundido. Tal vez sea por esa nueva construcción de faustas cristaleras con sus promesas de lujo o por lo aseada que ha quedado la calzada. Tal vez no haya un tal vez y el motivo sea más simple. Mi padre está enfermo, me repito una vez más tratando de asimilar lo que no termino de aceptar. Uno no elige el modo en el que muere y rara vez en el que vive. En esta ocasión soy yo el que le da la mano. Caminamos con el paso sincronizado y las mentes distanciadas por miles de incógnitas.

—¿A dónde vamos? —pregunta Cuca con el gesto torcido.

Sus tacones no han sido diseñados para este tipo de pavimento carente de alfombras rojas y de sonrisas estudiadas. Es ella quien sujeta con las manos mi Goya, y por un instante temo que no exista ni la actriz ni el premio. Afortunadamente, estoy equivocado, ella es tan real como el viaje sin retorno en el que Nil se embarcó sin querer.

—Es aquí —le indico señalando hacia una puerta con la persiana metálica bajada.

Nil mira hacia el trozo de cielo recortado que los muros que flanquean el pasaje nos permiten ver. Siempre se ha sentido fascinado por el azul del mar y del manto que nos arropa. El maullido de un gato parece despertarlo de su letargo. Mientras trato de liberar el candado de la persiana metálica, Nil se agacha renqueante y acaricia al felino callejero que, remolón, se deja hacer. Dos seres incomprendidos vinculados por una caricia.

—Nineta —pronuncia Nil con un hilo de voz.

Cuca y yo nos miramos desconcertados mientras Nil acurruca al gato con habilidad sobre su único brazo.

Al cruzar la puerta nos recibe un olor a almendras y a vainilla. La estancia es pequeña y oscura pero deja de serlo en cuanto presiono el interruptor y se enciende una lámpara de araña que cuelga del alto techo. Cuca camina despacio, rozando con un dedo las estanterías preñadas de libros viejos a los que atribuyo el olor del local. Hace setenta años Nil y Lolita decidieron repoblarlo para dejarlo tal y como estaba antes de que el inspector Víctor Valiente y Espinosa arrasaran con todo y asesinaran al pobre Paulino. Fue una ardua tarea la de hallar aquellos tesoros cuya lista dejó Leo escrita poco antes de morir. Con el tiempo también se convirtió en la obsesión de mi madre, y yo la heredé. Frecuenté todos los mercadillos del país y parte de Francia, aprendí a regatear con coleccionistas que veían en sus posesiones una extensión del dios en el que creen. Soñé con los libros que hicieron soñar a mis padres.

—Bienvenida a La Gran Mentira —exclamo con la entonación de un feriante.

Cuca no da crédito y se cubre la boca con las manos, girando sobre sí misma, pretendiendo abarcar todo el espacio con sus grandes ojos.

—Existe.

—Mi madre, Lolita, no tuvo hermanos ni hermanas, así que en la actualidad soy el guardián de este lugar.

Nil permanece ajeno a la conversación y a este sagrado local donde los libros tratan de ocupar el lugar de sus antecesores. Sigue acariciando, con una ternura inédita desde que enfermó, a esa gata que en su cabeza no es otra que la Nineta del viejo Leo.

—Nos acabamos de conocer —dice Cuca negando con la cabeza, esbozando un amago de sonrisa y comprimiendo la mirada. Todo en ella es incomprensión—. ¿Por qué me has permitido acceder a este lugar?

—Porque amas el cine —respondo al tiempo que bajo la persiana metálica de la puerta de acceso—. ¿Puedes volverte? Voy a activar el mecanismo que nos va a permitir acceder a la cámara y, desde ella, a la sala de proyección secreta. No te asustes por el ruido, los engranajes tienen más de noventa años.

Cuca obedece y me da la espalda cuando las entrañas del edificio vuelven a rugir. Las poleas, obedientes, agradecen el mantenimiento que les he dispensado durante los últimos años. Siempre he sentido que el espíritu de Leo me ha acompañado desde el primer día que pisé La Gran Mentira. Una vez que la estantería nos permite franquear el primero de los accesos secretos, nos adentramos en la impoluta cámara sin ventanas. Quiero creer que todo sigue tal y como lo conoció Nil. Los focos con reposapiés de madera, los viejos proyectores de cine, la silla del director de cine Edgar Neville, la colección de carteles de películas pintados a mano, las fotografías en blanco y negro del *star system* americano y las columna de bobinas, etiquetadas y ordenadas por el país de producción. Cuca no sale de su asombro.

—¿Qué te parece? —le pregunto.

La Climent, abrumada por todo lo que la circunda, por formar parte de una historia que hasta ahora le resultaba ajena, tarda en responder. Nil suelta al gato y se detiene frente al retrato en blanco y negro de Lana Turner. Pone una mano encima y suelta un profundo suspiro, como hace quien se harta de que nadie descubra lo que para él es evidente. Aprovecho el despiste de ambos para activar el último resorte. Cambié el sistema de Leo y ahora es el retrato de la Turner, en honor a mi abuela, el que activa el mecanismo. Me ayudo del brazo para apartarlos y evitar que Cuca y Nil pisen el área del suelo que se va a abrir ante nosotros. La vida es rara. Es la primera vez que visito la sala de La Gran Mentira en compañía de una mujer que no sea mi madre.

—¿Puedes ocuparte de él mientras preparo todo en la cabina? —pregunto a Cuca aumentando así su perplejidad—. Si te fijas, cada butaca tiene un nombre. Busca la de Nil y entrégale el Goya. Es suyo.

Unos instantes después regreso a la sala. Sorprendo a Cuca acariciando el pelo de Nil, susurrándole bellas palabras.

—¿Uno de sus ataques? —pregunto.

—Supongo. Se ha puesto muy nervioso y ha empezado a agitar las piernas como si estuviera enfadado.

—Ya no me reconoce y, sin embargo, no quiere que me aleje de él. ¿Estás preparada?

Cuca asiente con el entusiasmo de una adolescente al recordar su primer beso. Disminuyo la intensidad de la luz de la sala con un mando a distancia y dejo que en la pantalla aparezca un fragmento del NO-DO con la intención de provocar una reacción en Nil. Todavía recuerdo cómo se sulfuraba cada vez que hablaba de aquella imposición que lo acompañó inexorablemente durante treinta años en cada una de sus visitas a una sala de cine. Mi padre clava su mirada aturdida en la pantalla sin pestañear. Ni la música del maestro Manuel Prada ni la voz de

Matías Prats logran rescatarlo del lugar en el que se refugia. Mi guiño no ha fructificado, como tantos otros. Poco después, los títulos de *La Gran Mentira* aparecen en pantalla, respiro hondo y me acomodo. Bajo la penumbra de aquella sala que tanto ha significado para mi familia, lanzo las mismas miradas intermitentes y centinelas que Nil me dirigía cuando yo era un mocoso y quería asegurarse de que todo estaba bien.

Durante la proyección de la película Cuca se ha agarrado a mi brazo y ha dejado que su cabeza descansara sobre mi hombro. A pesar del esfuerzo por disimular, sé que ha estado llorando. Y es en la última escena, esa en la que Nil muestra a Soledad el *collage* de los doblajes realizados por David Roig, cuando mi padre dice con voz de agua la que será la última palabra que pronuncie:

—Mamá.

Agradecimientos

A ti que has llegado hasta estas líneas te voy a confesar una cosa: escribir es un acto de soledad, cierto, pero publicar una novela es un acto de equipo. Por eso cuando terminé *El chico de las bobinas* lo primero que hice fue buscar una agente editorial que se entusiasmara con lo que acababa de escribir. Ella me aceptó la invitación a un café, una mañana de enero, en la calle Santaló de Barcelona, y bendito el día en que decidí proponérselo. Así que mi primer agradecimiento está especialmente dedicado a Justyna Rzewusca, mi agente editorial, porque sin ella la historia de Nil Roig no habría terminado en mi anhelada colección Áncora y Delfín. Gracias, Justyna, por tu entusiasmo, tu comprensión y por saber allanar el terreno con tu profesionalidad y con tus emociones. Mi segundo agradecimiento es para la editora Anna Soldevila: gracias por la confianza depositada en la novela en cuanto cayó en tus manos. No es fácil convencerme con tanta facilidad para según qué, Anna, pero tú supiste hacerlo con maestría. Al equipo de Destino, por dispensar a la novela los cuidados que tanto requería y yo ignoraba. A mis queridos amigos de la editorial Talentura Libros y la editorial Alrevés, porque sin ellos hoy no estaría donde estoy. Al profesor y escritor Pedro Tejada, por esas dudas que tan rápido convierte en certezas. Al escritor Luis Rodríguez, por interesarse sobre el estado de «la criatura» desde el día de su concepción. A Ji, por nuestros juegos en el Témenos y por hacerme disfrutar de lo que algunos llaman «trabajo». Al maestro Juan Marsé, por escribir como escribe y mostrarme la Barcelona que he necesitado entender para escribir esta novela. A todas esas salas de cine de barrio que cultivaron las semillas de mis sueños y tanto me hicieron volar. A cada una de las personas que durante estos dos últimos años y medio sin publicar me han preguntado con ilusión: ¿para cuándo la próxima? A mis padres y hermanas por alegrarse de mis alegrías y enfrentarse a mis tristezas. Y por encima de todo, a la madre de Pau y al hijo de Elena, mis sextantes en esta travesía.